政协委员文库

信步随风

陈 醉 著

中国文史出版社

目　　录

我，仍在寻找

百年风雨读人体

序

陈　醉

　　《信步随风》是一本文集，收集了本人近年来的部分散文、随笔作品，也有少量的理论性文章。笔者从事艺术学研究和绘画创作工作，这是专业。不过，荣幸的是，笔者还当选过第九、十、十一届全国政协委员和第九届北京市政协委员，参加参政议政工作达十五年之久。每年的两会以及视察、考察活动使我的眼界更开阔，思考更深入。于是，有更好的条件和更大的责任对更多的领域亲身体会和发表议论。自然，散文、随笔和论文的内容也就相对更丰富了。而且，有很多篇章本身就发表在《人民政协报》《中国政协》或《画界》上，我还应约为《人民政协报》写过专栏。我的专著《裸体艺术论》至今已出版六个版本，而第四个版本就是我们中国文史出版社出的。今天，文集又在中国文史出版社出版，我感到非常亲切和荣幸！

　　本文集将文章粗略分为七个板块，以其中一篇文章的标题作为板块的标题。自然，标题力求能够大致概括该板块的主题。

　　第一是"人生犹如串珠子"，这句话是我自己对人生回顾、总结的体会，这里的"串"字，做动词用。文章主要是讲述个人的经历。第二是"艺术　人生　哲思"，这是《羊城晚报》记者对我的一次采访的题目，板块中的文章也基本上涉及这几项内容。第三是"知不足　不知足　足"，这是我自撰的一句题词，意为知道自己不足，就发奋学习，永不知足，最终会得到知识的充足、精神的满足。常以此题赠年轻朋友以共勉。所以该板块多是讨论读书、写书诸事。第四是"美，在你的身边"，是对日常生活中一些问题从美学的角度做深入浅出的论述。第五是"在那遥远的地方"，这是王洛宾的歌词，家喻户晓了。有关视察、考察、参观、旅游，目的地多半是在那遥远的地方而且往往是未知的、神秘的，甚至是艰辛的、新奇的。第六是"我，仍在寻找"，主要是探讨艺术学的问题，对于我们来说，这类基础理论问题的答案，是需要不断寻找的。第七是"百年风雨读人体"，是裸体艺术内容。有关裸体艺术研究的论文基本上都收入已出版的论文集《女神的腰蓑——论性诱惑与人体美的起源及未来》中，本集也收入几篇新近的文章。尤其是《百年风雨读人体》，详尽地论述了中国裸体艺术的发展历程，曾多次在研究机构及研究生院做过讲演，相信对专业工作者和有关高等院校师生会更有参考意义。

最后还有必要说说书名"信步随风"，它来自我的一首题画诗：

信步随风入山中，野径无人香气浓。
豁然开朗林深处，酒醒但坐见花丛。

酒后游人微醉，伴随着和煦的春风在山间密林的野径中闲散漫步。忽然闻到一阵香气，但又不知道是从哪里来的。走着走着，香气越来越浓。到了密林深处，林间小径豁然开朗。游人惊呆了，酒也醒了——因为前面出现了一群正在嬉戏的美女。我希望读者朋友也"信步随风"，随意地翻阅我这本书，也许会渐入佳境，突然发现有点意思，想追个究竟。最后也能豁然开朗，产生共鸣，有所启发——这是作者最大的祈望与欣慰。

人生犹如串珠子

我与名人"零距离"

当今社会，"名人"满天飞。我曾撰文发过议论，凡是名字冠上"著名"的，大多不著名，而不戴"著名"帽子的，往往真著名。谁见过"著名思想家马克思""著名诗人李白"？不过，政协委员中，的确有不少名人，前辈泰斗、当代精英，常常共聚一堂。

得国家厚爱，我也有幸当选了政协委员，能近距离瞻仰他们的风采，聆听他们的高见，得益匪浅。后来有的熟悉了，还聊聊天，争论争论，甚至开开玩笑，竟然能与名人"零距离"了。我是第九届当选的，1998 年 3 月第一次会议。那时两会还是两位委员住一个房间，我有幸与张艺谋委员安排一室。

那时候张导演事业正如日中天，名声显赫，没想到第一次开会居然能与这位大名人"零距离"，甚感荣幸。张委员言谈诚恳谦和，且甚富礼貌，给我留下至佳印象。他当时正在排歌剧《图兰朵》，尤为感人者，说届时将邀我观摩彩排，并解释正式门票请不起，均由外国公司包揽向全世界发售，面值高达数千美元……后来演出时果然请我前往，我当然听不懂台上那

陈醉与张艺谋委员，政协九届会议时他们共住一室
1998 年

3

陈醉与周海婴委员在湖北视察 1998 年

位体形"丰厚"的洋女名人唱什么，但对我来说名人请我看这件事本身比听名人唱什么重要得多。不过，"零距离"也要付出代价的。张委员为新闻记者及"追星族"的追逐目标，来访、来电不断。他不在时，我就要"享受"这些"名人的苦恼"了。

6月份第一次参加视察，前往湖北十堰，又有幸与周海婴委员共住一室。又一位大名人——鲁迅先生之公子，名字几代中国人都熟知。在鲁迅的著作中还有一幅照片《鲁迅与海婴——一岁与五十》，恐怕很多读者都有印象。周委员一路上记者采访、照相、签名之类应酬亦颇为频繁。周先生年长于我，学问大、阅历深，本人获益良多。其性格刚直，疾恶如仇，大有其父遗风。然待人亲切真挚，平易近人。本应我照顾他，岂料其时时照顾我。不时提醒我这个那个，甚至见洗衣服晾得马虎都要动手为我"纠正"。弥足珍贵者，我俩尚有意想不到之缘分。本人未老先衰，若干年前就因肩周不适前往求医，大夫断为颈椎骨刺增生，后又查出腰椎间盘突出。医生一看病历惑然："您未够得此病之年龄也！"听罢好不懊恼，工资未见增生此骨刺倒先增生了，工作成绩未见突出此腰椎间盘却先突出了！近年又添了个过敏症，麻烦不迭，故一直对电扇空调之类享受欠缺福分。当周先生获悉后，不知是真有其事抑或故意照顾我，居然声称自己恰恰亦属厌惧空调一族。于是每到一地，必先动手关机开窗或调至适当档次。时值世界杯足球赛，球迷委员评点有道，本人实属一级球盲，不耻幼稚，常常以诸如何谓越位之类小儿科问题就教于周委员，他非常耐心地一一作答，十分感人。殊富意味者，我俩除普通话外，竟然还能以广州、上海、扬州三地方言交谈，为旅途平添了不少乐趣，成了难得的忘年之交。

时间长了，参加会议和各种活动多了，认识的委员、结交的朋友也越来越多了。一次在外地参观，与陈铎委员走在一起，路上常有人望着我们，甚至指指点点，很感得意。还有大胆的少男少女走过来要与陈铎委员合影——啊，原来他们是看陈铎，不是看陈醉！我"妒火中烧"，决定向他使坏，别让他那么得

亘古的追寻——陈醉画展开幕式。中央电视台主持人陈铎（左一）主持仪式，中国艺术研究院院长王文章（左二）讲话，文化部副部长常克仁（左四）、全国政协联络局局长刘明（左五）、中央统战部一局局长林路征（左三）、中国画研究院院长和中国艺术研究院美术研究所所长龙瑞（左六）出席　2005年1月

意。终于过来两位胆小的悄悄地问我："他好像陈铎，是真的吗?"我故意大声说："哎，陈醉，她说你像陈铎呢！"两位美女扭头就跑，我也享受到了报复名人的得意——这大概应算"负距离"了吧？不过，话又说回来，妒忌归妒忌，我与陈铎委员还是好朋友。那年我的个人画展开幕式，还是专门请他主持呢，脸上顿觉光彩倍增。

甚至，有机会还想利用"零距离"挤进名人行列。一次一位企业界委员要我帮他找几位文艺界名人委员到他的公司聚聚，纯粹参观，喝喝茶，聊聊天，并保证不拍照，不以此做广告。我说不做广告就好办，于是我在自认为达到"零距离"的名人中搜索。第一个就是陈铎，电视主持人，国人最悦目的名人。第二个是陈钢，作曲家，天下最悦耳的名人。承蒙抬举，他的《梁祝》总谱套谱、《王昭君》总谱及一套音乐界名人丛书出版，都是请我题写书名的。还有一位叫陈醉，从事裸体艺术研究与创作的人，凡人最多联想的未名人。我还发挥了一通，说是"三陈雅叙"，有声有色，悦目、悦耳、赏心，是审美的最高境界。活动按计划完成，主人很满意，

陈醉为陈钢作品《王昭君》总谱出版题写书名，陈钢赠送陈醉签名样书纪念　2006 年

我们也很愉快。当然，从中得益的还是我，因为不知不觉中，在"排名"上我又与名人"零距离"了。

与名人交往的确时有受益，能启发智慧，甚至还能将自身潜在的价值对象化。会议是紧张、严肃的，尤其是一连十天，容易疲劳。吃饭时间是活泼的，是个舒缓、释放的机会。"餐桌论坛"上，讲讲故事，说说笑话，是很积极的休息方式。张贤亮委员也是一位大名人，那么多小说、电影作品，还经营了一个影视拍摄基地。我曾经去宁夏参观过他的基地，的确很粗犷、很蛮荒，就连那用旧马车轮和门板做成的长椅，也很有韵味。

报上说他"出卖荒凉"，也说我"贩卖妇女"——当然是指画的，比起他买卖的大手笔，我只是小商小贩了。我很佩服他的聪明和羡慕他的成就，但万万没想到，他在我身上也发现了值得他羡慕的地方。张委员讲述，一次他去同仁医院检查眼睛，医生说他瞳孔里的晶体有毛病，得更换。院方提出

陈醉与张贤亮委员在宁夏拍摄基地　2007 年

几种材料让他挑选，但他都看不上。医生很纳闷，问他究竟想换什么样的，他说："我要陈醉那种，看谁都是没穿衣服的……"张贤亮去同仁医院治疗眼睛不假，但这段对话是即兴创作的。到底是大作家，才思泉涌，妙语惊人！

下面一段故事是白纸黑字发表在报刊上的。我曾与陈建功、张抗抗委员同组，2006年我把《裸体艺术论》手稿捐赠给中国现代文学馆的时候，作为中国作协副主席、馆长的陈建功和作协主席团委员的张抗抗都出席了捐赠仪式，令我深感荣耀。尤其抗抗委员那段深情的发言，一直都给我鞭策和鼓舞。其中谈到，当年他们老三届刚回城，脑子是空空的，对知识如饥似渴，遇到这本观点全新的著作，如获至宝。"《裸体艺术论》给年轻人的创作打开了许多扇门，告诉一直封闭在那种状态下的年轻人对生命、情欲和爱的启蒙知识。我当时就是受了它的启迪，汲取了它的营养，1997年创作出了《情爱画廊》……"她手里拿着一本《裸体艺术论》，说是二十年前购买的第一个版本，话锋一转："我多年仰慕的名人就在眼前，今天这么有意义的日子，我还能错过吗？所以我一定要请陈醉老师为我的珍藏版本题个词。"我受宠若惊，只有名人给追星族签名，今天竟演起"星追"来了。我连忙说："不，不，你才是大明星呢！谢谢你今天能拨冗出席，给了我近距离追星的机会。"然后提笔写下"二十年后遇知音"几个字。建功馆长不失时机地问，是否把这本书也捐赠给文学馆，抗抗笑着说："再等二十年吧！"第二天很多媒体都报道了这个消息，不过令我深有感触的是，《信报》竟然用了一个大黑体字的通栏

陈醉专著手稿捐赠中国现代文学馆，作家张抗抗在仪式上捧出珍藏二十年的初版《裸体艺术论》请陈醉签名，并深情回忆当年受该书影响的故事　2006年6月

标题："张抗抗痴迷《裸体艺术论》。"明明是陈醉捐赠却不提,而是大书张抗抗痴迷,媒体人聪明啊,这叫"明星效应"!感谢抗抗委员,又为我做了一次广告。

在政协多年,还有很多朋友、很多故事,因篇幅有限不能尽书。他们有的是名人,有的"不是"名人,还有的因专业关系不能当名人,但他们的业绩、成就都令我感动。新的一年到来了,我希望能有机会和更多的委员"零距离",交到更多的朋友,学到更多的知识,觅得更多的楷模。

原载《人民政协报》2010 年 1 月 25 日

一个愉快的大家庭

——全国政协书画室纪事

最早听到"书画室"这个名称，我想无非是在机关里辟出一个房间，摆几张画案，当委员活动日的时候，供有兴趣者写写画画，抒发一下情感的地方。"室"嘛，总是很小的。后来时间长了，才发现自己望文生义的无知。原来这"室"字虽小，但却是一个很大的单位。就历史而言，早在20世纪50年代就成立了，只是由于众所周知的原因，后来活动停顿了。现在的书画室，是1985年在邓颖超主席亲自关怀下成立的。就级别而言，它是一个部委级单位，而当今的主任是政协副主席张思卿同志。对于熟识行政建制者，那就可以理解为"副国级"了，相信不少人会感到意外、惊奇。就成员而言，这里聚集了一部分国内外知名的美术界精英，以前辈大家论，如建立书画室倡议者之一刘海粟、黄胄，如原名誉主任和主任者赵朴初、启功。虽然几位巨星已陨落，但对于追星族而言，他们无疑都是心中的恒星。就活动范围而言，大到全国各地。譬如，组织当代国画优秀作品展——各省轮流选十位画家到全国政协办

陈醉与文艺界委员们进行艺术交流

前排左起：濮存昕、许钦松、宋春丽、宋祖英、万捷委员等　2009年

展、组织我们到全国各地考察、采风、写生，组织我们以美术为内容的学术活动、社会活动和海外联谊活动等。对于专业美术工作者，这是一个艺术殿堂，也是一个艺术课堂。而对于我们身在其中的每个成员来说，我想大家还会有一种感觉，那就是书画室更像一个愉快的大家庭。

党和国家领导人如此直接地关怀艺术和艺术家，应该说在政协是体现得最充分的。李瑞环主席、贾庆林主席都曾专门或在不同的场合与书画室委员以及许多艺术家亲切会见过。在李主席亲自关怀下举办的"当代国画优秀作品展"已经第十一次了，每次一个省或自治区、直辖市选出十位画家的作品展出，在艺术界产生很大影响，已经成了当代中国画坛的一个"品牌"。而每次画展开幕式李主席或贾主席都一定出席并会见参展画家。有关画家以及各省领导对此都非常重视并以此为极大的荣誉。当然，还有很多展览和活动，主席和一些副主席常常亲临现场，如政协成立五十五周年展览、每年书画室采风写生汇报展览等，给艺术家以及接待采风写生和有关活动的当地领导和同志们很大鼓舞。谈书画室的工作，不能不提到赵喜明同志。他是全国政协的副秘书长，兼任书画室副主任，也是实际工作的最高领导。他领导水平高，且待人真诚恳切，没有架子，具有很大的亲和力。他把书画界委员以及部分非委员的书画家、理论家都团结在一起，像一个大家庭一样。他知人善任，又交心交友，所以很多委员都有这样的体会，即赵秘书长邀请的活动或交给的任务自己再忙也要想法出席和完成。承蒙厚爱，我也经常会领命去参加一些工作。一般重大的活动，赵秘书长都要亲自组织和主持。就拿优秀作品展来说，开幕式他肯定要陪同主席出席。当天照例都要举办一个研讨会，他也肯定要与该省的政协主席共同主持。只要我不是遇到无法离开的工作或出差外地，肯定也要奉命参加的。另外，各省在预展的时候，赵秘书长都要亲自前往审查。记得2002年我等几位在他的率领下前往山东观看他们的预展，正值"非典"期间，人们已经开始不敢乘坐公共交通工具了，我们也因此而决定自己开车去，一路大雨滂沱浇到济南。其实，这时全国各地已经开始惧怕甚至隔离北京来客了，但工作完成后，省政协主席照样热情招待我们。席间端出来一个大馒头，足有小脸盆那么大，不但我这个"南蛮子"为之惊愕，就连同去的北京人也直言前所未见，主席高兴之余，即令厨房加工，赠每人一只。本以为带回北京炫耀一下必定物惊四座，乘兴分食好友必将"感恩戴德"。

谁料时值"非典"日渐肆虐，恐怖笼罩京城。人们都不敢来往了，更不用说"笑纳"他人食品了！我们两口子都是南方人，对馒头本来就不感兴趣，全靠每天早餐品尝一小块。于是，这个惊人杰作在冰箱里"收藏"数月才被慢慢消化掉。恐怕最难忘的出差就是这次了。

陈醉在全国政协书写巨幅书法　1999 年

再说这个大家庭吧。一般我们每年聚会一次，那就是在春天的两会期间。这时，全国各地的美术界委员以及那些即便是在京但平时也很少出面的年纪大的前辈艺术家委员也都来了，济济一堂，好不热闹。这时，通常会安排座谈会，让大家聚聚，交流交流感情。偶尔还会做个专题讨论，记得有一次曾就当前的艺术现象进行探讨，各抒己见，引起了舆论界尤其是网络的极大关注，一些媒体还给我来电话做深度采访。有时也安排笔会，切磋技艺，即席挥毫。印象较深的一次是我在画画，正好遇上马万祺副主席等领导莅临观看，大概给他留下了印象，所以后来我到澳门举办个人画展时得到了他的热情鼓励并荣幸地应邀到他府上做客。还有一次笔会我写书法李白诗《将进酒》，因为太大幅了，只好脱掉鞋站到案上弯着腰写。热心的朋友给我端来美酒，说写这么大幅的字而且还是《将进酒》，一定要喝酒才行。我很感谢诸位的关爱，可惜不会喝酒，如果真的把那杯酒喝下，很可能就是站在宣纸上晃晃悠悠写"现代书法"了。不过我还是非常高兴，而且为了攀上"惟有饮者留其名"，于是"豪饮"了一口，一气呵成将此巨幅狂草完成。感谢政协报记者拍下了这个情景，后来九届三次会议专刊《聚首千年》还收入了这幅照片呢。

不过，大家庭感觉最浓还是在外出写生采风的时候。书画室每年都安排一次这样的活动，对于画家这的确是一个难得的好机会，因为通过全国政协的周密安排和地方政协的积极配合，我们可以到达一些凭自己的能力所难以到达的地方。譬如 2004 年去新疆，那么大的省份，跑一个地方都不容易，而我们西边跑到了喀什，这是中国地图最西边的那个尖尖了。在那里领略了古疏勒的遗风，在保留下来的老城区里狼吞虎咽地画速写、拍照片。最北跑到了阿勒泰北端的喀纳斯湖，这里是中国地图西部最北的那个尖尖。在这里，远远望去就是友谊峰，那是中、俄、蒙、哈四国交界处。眼下是一片粉绿色的湖水，是山上流下的雪水积存在一条长长的峡谷而成，绿得像假的一样，画成油画肯定会被人误为色彩不准。更神奇的是，传说湖里有巨大的水怪，像外国的尼斯湖水怪传说一样，单此一项就吸引了不少观光客。话再说回来，为了我们的方便，却忙坏了联络局的领导和同志们！书画室具体的工作归属联络局，所以这里的领导实际上也是这个大家庭的管家。每年从选地点、做计划、与地方政协反反复复协商等前期工作都要耗费他们很多时间和精力，这些都是我们看不见的。而看得见的就更感人了，每次带队出去的领导和同志们都非常辛苦。如刘明、刘静、马凤茹等同志，当然还包括地方政协的一些陪同的同志，他们不但要安排好我们的工作日程，还要一路照顾好我们的生活，甚至为我们搬行李。我们当中有年老体弱者，他们就更是加倍细心，无微不至。他们都具有非常明确的为委员服务的意识，他们更具有一颗善良和真诚的爱心，他们真正把我们待为大家庭中的长辈。但是要知道，他们当中有的是局长、处长，还有的本身也是委员啊。

在这个大家庭中，同人们相处也非常融洽。我们已经习惯于长途跋涉了，汽车常常一连要跑几个甚至十几个小时，大家一路聊聊天，讲讲故事，说说笑话，甚至善意地互相攻击一番，也消解了不少旅途劳顿。我们乘坐的面包车都比较好，大家上车时随便就座，最多按惯例把对着车门的座位留给领导同志，这一方面是礼貌，一方面也是工作需要，便于他们先下车与迎候的当地领导见面握手。但有的领导也执意不从。如 2005 年在甘肃考察，团长张道诚副秘书长就是坐在后面，一路与大家说说笑笑，非常愉快。有的地方路况不好颠簸厉害，这时大家都会互相关心，要给年老体弱者调座位，大家难免谦让一番。上次在新疆，州的政协主席陪同，请采风考察团领导上他的轿车，但我们的团长王明明委员说什么也不肯上，刘明局长更是从来都不肯接受这种礼遇的，他们坚持要年老体弱的同志上，于是把年纪最大的毕克官委员请上去了，挨下来的几位谁都"不服老"，只好把我这位既不够年龄也不算体弱的推了上去，理由是我与毕老是同事，更熟悉。没想到一路的麻烦是每到一站我们都不敢开车门，因为外面等候握手的对象并不是我们……

每回一路同行总会有一路故事，更有趣的是，我们大家庭成员中有人本身就是故事，我想给人印象最深的莫过于张守义委员。也许是缘分，一次视察、一次采风，我们曾二赴云南，而且凑巧两次都被安排同住一室——在九届以前，委员是安排两人住一间的。张委员年近七十，胃已全部切除，基本上不能进食固体食物，全靠液体面包——啤酒维持。不知情者往往误认其为酒徒，而他则以雅号"酒仙"自诩。更可爱的是，他还保存着一颗澄澈的童心，甚至"童心"到凡人难以想象的地步。最精彩的例子是，复印机刚引进时，他十分好奇，琢磨着人的脸是否也能复印？然后果真把自己的脑袋摁到复印机里复印了一趟……幸亏没有出危险，同事们又好笑又后怕。事后单位为安全起见，把复印机锁起来了，并派专人看管。而这位老顽童却兴致勃勃地向人叙述复印的效果如何如何好。张守义待人真诚、事业执着，所以我俩相处很是投机，甚至常常还会"碰撞"出一些"火花"来。他每次出行，除了白天画速写外晚上还非常认真地制作他的采风日记，用漫画、诗文手稿、粘贴实物等独特手段把每天有意义和有意思的事情记录下来。记得当我们第二次相会时，高兴之余我就被"碰撞"出"滇西美景多忆趣，两度酒仙逢醉翁"的诗句。而因为可巧我俩带来的毛巾一模一样，他为了区别把自己的打了一个结，并因此获得灵感画了漫画《结绳记事》，这些都收入了他的日记中。虽然他"不食人间烟火"，但论精神、精力绝不逊于我辈。几年前兴霹雳舞时，他曾当众表演，在地上翻转自如。他中午从来不睡觉——他的"胃"不允许他午睡，所以每到一个地方他都利用午休时间到古董摊上淘宝——他非常执着于他的古灯具收藏，尽管太太已经禁止他把这些"破烂"带回家。当然，有时也会执着得有点糊涂。记得我们从大理到了丽江，他中午照例出去了，回来时坐上出租车就对司机说，去某某宾馆。汽车开出丽江城后，司机说得商量一下价钱，他很诧异。正欲与对方论理，司机说你要去的那个宾馆在大理，他才恍然大悟。不过，虽然精力旺盛，但从外表上看他的确又干又瘦。一次考察，到达目的地大家都下车了，走了一段忽然发现不见张委员，最后回到车上寻找，他老人家竟然躺在最后一、二排椅子脚之间的地板上"不能自拔"。大家很纳闷，不知他是怎么把自己给塞进去的，费了好大周折才把他从这夹缝中"扯"出来。为了证明他的单薄，还有一则演义可供参考。一次在京郊十渡写生，他见人玩蹦极，从悬崖上纵身一跳，头快栽到水面时又被弹上去，如是再三才被接下船，很是刺激。不料因此"激活"了他的童心，闹着也要蹦一把。领导当然不允，游乐场更是不敢。他极力辩解，说不光是为了好玩，而是听医生说，瘦人容易胃下垂，最好多做倒立活动，蹦极倒冲剧烈，疗效肯定更佳。我不得不坦诚相劝：您老已做出过"无胃"的牺牲了，如今倒立正立都没有意义，何况年届古稀，就不要再冒险了。但他执意不依，一再声明后果自负，最后只好拜托场方多加保护了。于是工作人员特意在他的腿上多捆了几圈，并加派了几条船在河上接应。一切就绪后，张老摆出一个英雄姿势，一个鱼跃就往崖下跳。岂料他人怎么也不往下坠，而是像风筝一样一直飘在空中……

当然，我们同赴十渡并见蹦极确有其事，胃下垂宜多做倒立活动也属不假，但张委员跳崖的故事是我编的，得过同人们给的"最佳创作奖"，也算是"碰撞"出的一星"火花"吧。

原载《人民政协报》2005 年 9 月 26 日

自画像记

　　大约 1994 年初，《文艺报》记者来访，约我为他所编的《百美图》写稿。我猜想大概是一百幅当代仕女图。正待发问，他已亮出样板——画中的"美女"竟有歪脸、斜眼、大胡子者……但一眼就能认出来，他们大多是美术界知名的老前辈，再读诙谐的题款，真是传神之极！我当即拍板应征。

　　自画像以往倒是画过，但限于素描或油画，多是学生时代为练习而作。漫画也画过，记得曾在研究生部的墙报上"发表"过一组，题为《下放》。第一幅画入学时，头发茂盛，脸上干净。第二幅画毕业时，头已光秃，但胡须长了一大把。头发已经"下放"到下巴了。那是有感于当时读书的清苦而作的，旨在劝诸君爱惜青春。当时报上正宣传企业发奖金的政策"上不封顶，下不保底"，我说拙作亦属一解。不幸言中，毕业时，真有几位同学的头发胡须"上不封顶，下不保底"了。话再说回来，这次稿约，是规定在宣纸上作漫画自画像，且要结合自身的经历写上一点诙谐文字，这就不那么容易了。

　　有人建议："你应该画出一副大学者的形象。"我倒是想这样

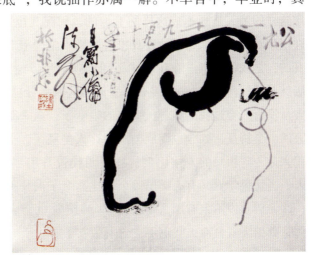

陈醉自画像　1994 年

做。可惜的是，"硬件"不足。以往许多文艺作品都告诉人们这个常识，即学者都有一个大光头和一副深度近视眼镜，这就难为了。也许是由于自己当年用功不够，"下放"的速度慢了吧，所以至今还留着长发。俗话说"头发长见识短"，无奈视力仍有1.5，"见识"一点也不"短"，近视眼镜也配不成。天生欠缺标准的道貌，只好作罢。又有人建议说："你应画个裸体的。"这倒是个好主意，可惜"半残废"的体形，不敢造次。记得上海一位同窗的孩子，一次在大学图书馆见到一本《记者文学》，封面上印有本人拙照及记者长篇专访，标题是：裸体艺术大师某某。孩子不无夸耀地对邻座同学说："这是阿拉爷叔……"不料对方大惑："侬这位爷叔这副样子还能裸体？还能成大师？"同窗来函如实转述了这则故事，使我至今犹感自卑，每每见人时都尽可能衣着严实以图藏拙。自然，别人的建议纯属玩笑，而学子的议论亦属误会。不过，自画像完成后倒借此而凑上了一首打油诗使之得以交卷：写了一本《艺术论》/同仁谑称裸大师/无奈身属"半残废"/平生爱着羽绒衣。

数月后又见记者，告我某位前辈大家对拙像给予相当好评。一语煽起了膨胀欲，今年初在广东举办我的书画展时，把它也挂出来了，果然爱者颇众。回京后我又将它悬于舍中，仍招不少青睐，甚至有提出订货者——要我如法炮制为他们也画上一幅。此中不乏俊男靓女、社会名流。但恰恰因此，不敢揽此"瓷器活"。如对其中一位电影界友人，我如实相告："像您这样的美人是画不成这样的丑像的，何况我也害怕得罪您的影迷。"也许出于对我安慰，她说她还真想有这样一副"丑"模样呢！还有一位更认真的，是我的同事。在我申述了同样理由予以谢绝后，竟完全不以为然，居然对着拙作感叹："我多么羡慕你的这个颧骨！"一语令我喷饭！长这么大从没听人夸过我的颧骨。世道的确变了，向来眼窝深、颧骨高都是我等丑的一个特征，如今也变成美了，让人羡慕了。由此又联想到，古希腊时曾兴过一阵粗短的人体比例；我国明代曾常用"五短三粗"一语赞美男人；当代科学界又有人提出矮个子比高个子命长……兴奋之余，顿时涌出一线希望：说不定有那么一天，"半残废"也会成为最美的体形呢！到那时，哪怕天气再冷，我也不去着羽绒衣了。

原载《今晚报》1996 年 6 月 14 日

出世不鄙功名　入俗勿忘清高

受家庭熏陶，我从小喜欢艺术和文学。1960 年中学毕业时，认为可以既能学到美术又能学到文学，报考了上海戏剧学院舞台美术系。有幸在刚刚留苏回来的导师周本义先生的指导下，练就了较扎实的绘画基本功。同时，因为要接触剧本等大量文学作品，扩展了自己的知识领域。真的"鱼与熊掌"都兼得了。1964 年毕业后即遇上了"社教"和"文革"，先后从事过舞台设计、美术创作、美术编辑和美术教育等专业工作，并曾下放农村劳动。1978 年考取中国艺术研究院"文革"后首批研究生，师从王朝闻先生攻读美术理论。导师的言传身教，使我逐渐领悟到治学的真谛。1981年毕业留院美术研究所工作，我即钻进了裸体艺术研究课题。二十多年来主要都在这个领域劳作，谈谈体会和感想吧。

一、选题：熟悉、兴趣、开创性。这是我从事这项研究的原因，也可算是选题原则。20 世纪 80 年代初，中国知识分子刚从禁锢中解放出来，心情兴奋，思想活跃，很多从前不能涉足的领域尤其受人关注。我是画画出身，且对西方艺术相对熟悉，也是兴趣之所在。最初研究过形式问题，这在当时也是"敏感"区域。发表过论文《论形式感》。后来还涉猎过比较艺术，论文《全面把握中西艺术的美学特质》还获过院优秀科研成果奖。此外，还关注过西方现代艺术，做过积极推介，也从事这方面的创作，有作品《空间，我们的》于 1986 年参加过当代油画展。然而，激起我更大探求欲的还是尚属"禁区"的裸体艺术。对此，从前有过从伦理道德方面的讨论，未见深入研究。这是一片空白，其神秘感和深奥感甚富挑战性！正因为如此，也就更具开创意义。那年代这属于冒险，因条件限制出不了成果，或出了成果却不能出版是完全有可能的。几年工夫白费不算，日后还难以在研究院立足。许多友人好心相劝：不如先做个可靠的题目、站稳脚跟后再去冒险。然而，思考再三，总觉得，与其在别人砌起的墙上添砖加瓦，不如自己挖土奠基另盖新楼。再说一句"大话"，这是中国艺术的一个历史缺陷，我们这一代再不去填补，就愧对后人了。趁现有的锐气和新鲜感，还是下决心去冒这个险。

二、治学：广开思路，旨在建树。在学术上有建树，是学者毕生的追求。科学研究的每一小点突破，都是对有关领域的拓展，都要付出艰巨的劳动。我们后辈学人，也要有这个最高目标，但同时更要有甘于寂寞、艰辛跋涉的毅力。定下选题，只是找到了方位，真正做起来是很艰苦的。搜集资料是第一项量大而细致的工作。没有现成的成果可供借鉴，能零碎地读到一点材料就觉得是一个大发现了。至于图片，一幅今天看来极普通的名画，当时也常常要大海捞针般从诸多外文原版艺术史论著作中寻找。接着，分析资料并从中离析出问题是研究工作的核心，这是一项智慧的劳动，既感性，又更多理性。最后，分析、论证问题并提出自己的见解，则是体现成果的价值之所在，这需要以全部知识积累做基础和以特有的敏感与睿智做先导。裸体艺术研究，如果就画论画，或者完全与普通的绘画样式同样论理，或者只停留在伦理道德层面的争辩，那是难以入其堂奥的。必须广开思路，旁及边缘相关学科，这又是一个重新学习的过程。于是，除艺术史、美学外，我还从人类文化学、两性社会学等广泛汲取营养。应该说，以性意识为主线，从上述各学科的多种角度去探究裸体艺术的产生、发展和社会意义，是我学习的心得和研究、分析后摸索出的思路。这是前人所没有认识到或者是意识到但又故意回避的根本问题。

三、从艺：怀一技以求精，博论道以求通。从事艺术研究，最好能熟悉其中一门。能身怀一技、有创作实践更好。这样观察、分析和论述问题容易得其三昧，准确精到。有了一门的基础，也就容易触类旁通，再宏观、再抽象的玄理，在论述时也能够把握其内在联系，使之豁然通透。我是学画出身，在工作重点转向科研后，依然留出一定比例的创作时间——不是业余消遣，而是事业的一个组成部分。根据需要，有时还画模特儿、背着油画箱外出写生。结合我的研究课题，样式大多作裸体人物。科研、创作相得益彰，而且不时还参加展览。我至今已举办个展六次，2001 年应印度政府邀请，受文化部派遣，还率团参加了第十届印度国际艺术三年展暨国际绘画营活动。出版画集有《陈醉论裸体画裸体及其他》《裸体的艺术与艺术的裸体——关于裸体艺术研究开拓者陈醉》等。我国古代，很多论家也是画家。近代，很多学者也是作家，还兼教授。我想，今后的目标还是应该尽量培养同一领域的通才，这样更有利于适应未来事业的发展。

四、成功：辉煌属于昨天，一切从零开始。历经七年，研究成果《裸体艺术论》终于1987年11月出版。专著问世，立刻引起轰动，国家级报刊、通讯社率先发表权威专家的书评，予以高度肯定与赞扬。如1988年3月31日《中国日报》上前辈学者吴甲丰的《裸体艺术在中国获得了承认》，4月2日，《光明日报》上吴甲丰的《对于人体艺术的思考》，《文艺报》上郎绍君的《开拓领域，填补空白》，4月25日《人民日报》上翟墨的《让人体研究进入艺术殿堂》。新华社自4月4日发出新闻稿后，于5月5日再次发出记者郭玲春的长篇通稿《中国第一部研究人体艺术专著——〈裸体艺术论〉问世后购者踊跃》。此外，4月9日《文汇读书周报》还发表了《文艺界人士谈〈裸体艺术论〉》，其中水天中说："陈著的出版，在中国现代美术史甚至文化史上，都具有特殊意义。它标志着自'五四'以来一直不曾得到社会认可的裸体艺术，终于在今天的中国取得了存在和发展的权利。"而外国学者则更重视专著的社会意义，视之为改革开放在学术领域的象征。5月5日，美术研究所也为此举办了学术研讨会。据不完全统计，国内外六十余家通讯社、报刊、电台、电视台发表评论、专访、消息逾一百二十余篇、条，影响波及海外。那年代还未有"炒作"一说，所有这些都是非常严格、正规的新闻报道和学术讨论。专著头版即累计印刷二十万册，发行海内外，并荣获优秀科研成果奖、全国图书金钥匙奖、1988年全国十本优秀畅销书奖，创出版史上学术专著成为畅销书的奇迹。专著的出版，带动了整个大艺术的创作与研究，在文学和不少姊妹艺术中都开创了与之有关的新视角，甚至还影响到医学、心理学和一些科技项目等更广泛的研究领域。1988年被舆论界誉为"陈醉年"；1999年，有传媒将《裸体艺术论》的出版列为新中国成立五十年来重大文化成就之一。专著1991年在台湾再版，2001年在北京出第三版。此外，还出版了《维纳斯面面观》《人体美》等有关著作十余部。坦率地说，一般都是默默无闻的科研工作者，达到这一步确实不容易，我属幸运。正因为是幸运，所以欣慰之余也很清醒：辉煌属于昨天，一切从零开始。

五、做人：出世不鄙功名，入俗勿忘清高。我出生于旧军人家庭，父亲黄埔出身，但喜爱书画金石。母亲中山大学出身，当教师。家教很严，从小就练帖诵诗，加上耳濡目染，竟立志要当文学艺术家。后来，像我这样的家庭成分，在那极左年头遭遇是可想而知了。大学期间，讨论世界观问题时竟直言："人的一生应该在历史上留下痕迹，不能把名字仅仅留在购粮本里。"招来一场批判，理由是走"白专道路"、有资产阶级成名成家思想。今天真的"成名成家"了，当研究员，带博士生。国家还给了我许多荣誉，如全国政协委员、文化部有突出贡献优秀专家、享受国务院颁发的政府特殊津贴等，在当时是难以设想的。这当然首先要归功于"改革开放"。现在，社会宽松了，生活更丰富了。不过，我依然有自己的处世准则。我曾自撰一联："出世不鄙功名，入俗勿忘清高。"意思是，我们常说要有点出世思想，淡泊功名。但我们不能鄙视功名，毕竟功名还包含着社会责任。我们常说要入乡随俗，要随大流，如"搞活经济"。但君子爱财，取之有道。要记得自己还是读书人，保留那一点点清高——清高也寄寓着自律信条。诚然，追求功名，是凡人之情；淡泊功名，是圣人之德。但圣人也是从凡人修炼出来的。我们都是凡人，但要努力做圣人。中国的知识分子，大多还是凡人。人生在世，苦苦追逐的无非一个实惠、一个虚荣。而中国知识分子往往更看重后者。为了一个学位，他们能面壁三年五载。为了一个职称，几乎耗尽毕生的精力。我们常常开玩笑说："没有'奖金'，给点'诺贝尔'也行。"虽然说有了虚荣就会带来实惠，可惜目前能够兑现的毕竟很少。但是，他们中的绝大部分仍然在奋斗，在追求。因为他们有自己的理想，有钟情的事业，更有奉献的精神！

原载《美术观察》2003 年第 5 期

人生犹如串珠子

　　编辑约我就"人生感悟"这个题目写点文字，我很爽快地领命了。心想自己经历曲折、碰壁良多，选几件事情谈谈体会不难。没想到，动笔时才感到并不容易，因为有不少事情看起来很"感"，但未必属"悟"。真正要谈"感悟"，还真是非得回顾你的整个"人生"不可。

　　我们这一代人，由于处在特定的历史时期，因种种缘故，人生道途大多不平坦。我的家庭成分很不好，在那极左的年头遭遇是可想而知了。今天，能做出一点应做的成绩并得到许多荣誉，在当时是难以设想的。这当然首先要归功于党的改革开放政策。另外，就自身因素追根溯源，我还要感谢我的家庭，尤其是我的父母对我的教育以及潜移默化的影响。

陈醉与母亲、哥哥在广州中华中路
云台里寓所天棚留影　20世纪40年代

　　我父亲是黄埔出身的旧军人，母亲是中山大学出身的旧知识分子。父亲戎马倥偬，但喜爱书画金石，家中亦略有收藏。忙中偷闲，偶尔也会挥毫、操刀以自娱或应酬。母亲在中山大学学过两个专业，先是学中文，外祖父认为不好找工作，后来又读了一个化学专业，但她真正喜欢的还是中文。母亲一直当教师，爱读书吟诗，所以习字帖背诗词成了我幼时的主课。

耳濡目染，我从小就喜爱上了艺术和文学。到中学时代，就明确了以此为奋斗目标——将来要当画家，或者当作家，最好鱼与熊掌兼得。不过，孩提时候的我似乎并未立志当个文学艺术家，而是有更高的"志向"——常口吐狂言："我要当总统。"其实，那时并不谙"总统"为何物，无非常听大人以崇敬心情谈论孙中山而拾人牙慧罢了。另一些牙慧也很有趣。一位名刹的老和尚对我父母说："此子相貌非凡，日后必成大器！"希望收我为徒，上山修炼。当然，让宝贝儿子遁入空门剃度为僧，再大的"器"双亲都不会心动，反倒常常将此事供作笑谈……然而，言者无心听者有意，久而久之，也许这些，就在我幼小心灵中播下了天命与野心的种子。

无疑，"当总统"不过是孩儿乱语。何况，那不是说当就能当的。随着"钟山风雨起苍黄"，连真正的总统都逃离了大陆，孩儿的就更不必说了，反倒还从此背上了一个家庭成分——"官僚"的沉重包袱。母亲带着我们兄妹三人由南京回到了广州。父亲的联系中断了，家道急转直下，最后又不得不回到久别的故乡阳江城。由于父亲的特殊政治背景，母亲不能再当教师了，只能找点力所能及的临时工作干干。值钱的细软都卖光了。我至今还记得经常与之打交道的那个旧货商的模样。生计越来越成问题。20世纪50年代初，普遍都贫困、饥饿。然而对于我们这种从未经受过艰辛的孩子，就更是一种人格的考验。一次不知母亲"发"了什么"财"，居然带回一只叉烧包，这在当时就是一种高级食品了。我立刻把它掰成两半，但中间那块硬硬的叉烧肉是掰不断的。于是我赶紧把有肉的那一半塞进自己的嘴里，妹妹当然就哭闹起来了。母亲过来哄她，说哥哥不公道，不疼妹妹，下次不给我吃，等等。这个故事一方面反映了当时的困苦境况，但更重要的是暴露了我人格的卑劣一面。母亲并没有责骂我，但我一直为自己的自私内疚、自责，有如雨果《悲惨世界》中的冉·阿让抢了通烟囱小孩的钱而负疚终生一样。后来我常与亲友以及自己的孩子讲述这个故事。直至四十年后，一次家族大聚会中我又说起了它。几家老小听后一场哄笑，晚辈们只当一个笑话，而我们这一辈不禁内心一阵酸楚。

话再说回来，母亲带着我们就是在这样的境况下生活，但也正因为如此，她传给了我们最宝贵的财富——除了文化知识之外，那就是一种豁达乐观的精神。母亲对我们的教育，即便生活境况经历了如此大的跌宕，但依旧没有放松。不过，她的管教方式很特别，一般不搞耳提面命，而是在言传身教中给我们以潜移默化的影响。而且，这种影响已经超越了家庭，扩展到我们的同学和朋友中。也许是太"潜"、太"默"了，以至于我今天难以想起当年她是怎样"移"和"化"我们的。在我上中学的年代，我们家里总是聚满同学和亲友的，还有几位特别要好的同学，一段时间曾干脆就住在我家里。这里的凝聚力，就是来自我的母亲。我们在一起学习，母亲也常常与我们在一起聊天，讨论文学、艺术，探讨社会、人生。这无疑对有志上进的中学生开阔知识面是甚有裨益的。我们这群同学绝大部分都考上了大学。母亲出身名门，加上后来父亲的地位，所以在他们那一辈的人中是相当闻名的。但是，在我们这一辈却都不了解。首先是因为我们从外地迁回来，加之当时的政治环境，母亲对家庭的历史更是讳莫如深。同学们只是隐约知道这是一个非同一般但又是成分极可怕的家庭。而他们直接感受到的则是一个非常有学问、有见识且心地善良、胸怀宽广的母亲，这在当时还是一个县城的小地方无疑是很突出的。所以同学们从心底里都把她视为自己的母亲。甚至还有同学后来恋爱、结婚以至生养孩子都得到过我母亲的关心和帮助。而到她的晚年，他们又反过来细心照料她老人家。因为我们兄弟都不在身边，所以他们甚至比亲生儿女还要亲。1998年我应阳江市政府邀请举办"陈醉回乡画展"的时候，不少记者、观众在采访、交谈时免不了都会涉及"成才之路"一类的问题，一位原在北京《大公报》当记者后又调回故乡的同学谈了一段很精辟的话，把源头追溯到了我的母亲："他的母亲是一位极少有、极难得的伟大的母亲！至少有三点是凡人难以做到的。第一，在由极其优裕的环境跌落至极其艰苦的境况，拖着三个儿女生活，但从来不叫苦，而且还非常乐观。常常出现这样的事情：明天就没米下锅了，今天依旧笑口常开，坦然面对一切。第二，学识渊博，随和健谈。因为有两个大学学科的文化，加上生活阅历丰富，所以上至天文、下至地理无所不晓。而且上至七八十岁的老者，下至十七八岁的后生都能谈得来。且日日谈，日日都有新话题。在当时这个小县城有这样一位妈妈真是令人感到神奇。第三，对其子女从来不打不骂。更巧妙的是，在别人夸奖她的儿女时，她总是要有意贬抑几句，但在这贬抑中却又隐藏着深深的褒扬。大概其儿子的成才，都与此有很大的关系。"

　　这个概括与评价是准确而深刻的。而且，从更深的层次与我日后的所谓成才联系起来，也引起了我深深的思索。要说"感悟"的话，这应该算是一次经高人指点的"顿悟"，而且已是几十年后的事。的确，对于我的母亲，他们比我更了解。这话一点也不夸张。这位同学当年就住在我家，成人立业后又重返故乡并当了一方领导，自然能以一种新的眼界和高度去审视一切。而我则不然，对于妈妈，我一直是个孩子，那时还未有能力超越自己以第三者的目光来评价自己的母亲与家庭。未成人时就离开了家，所以至今存留的依旧是那份稚子情怀。那时确实很幼稚，记得一次做作文《我的母亲》，其中有一点我竟写到母亲是"好吃"的。其依据是有一次家里又快断炊了，母亲让我拿一件小玉器到那个旧货商处换点钱。大概拿回来的钱比她预想的要少得多，于是一气之下干脆叫我将钱去买了一包五香花生米回来解馋。显然，这是抗拒贫困与欺凌并化解眼前愁苦的一种特殊的反应，体现了一种乐观大度的品格。无疑，作为孩子的我当时还未有能力去透视此举的本质。母亲看了我的作文，哈哈大笑，还常常作为故事讲给亲友们听。其实，现在细想起来，母亲在我们的成长过程中对我们的关心有时还是很有针对性的，只是当时没能领悟罢了。记得有时参加学校的宣传工作演演戏，会与个别女同学过从较密；或偶有玩得较好的女同学，母亲觉察后，大抵怕出现早恋影响学习，但她并没有正面说，只是有意无意话题较多地转至诸如"作诗只为稻粱谋""书中自有黄金屋"之类的典故上。也讲过从前考学的事。当时考大学也有人作弊，甚至还有个别权贵子弟故意在桌面摆上手枪以示恫吓。但这一套在中大行不通，监考官照缴不误。她还讲过一位同学的故事：留学德国成了化学博士，大概太了解细菌了，平时连钞票都不敢摸，得用镊子去夹。人很迂腐。一次做饭时灶中柴火快灭了，他吩咐太太："供氧！"其实是任何家庭妇女都懂得的用火筒吹一吹的事情，由于他冒出了一句纯科学术语的指令，弄得本来就文化水平不高的太太一时坠入五里雾中。后来还为此将发妻给休了……总之，是时时提醒我要好好读书、慎处感情吧。更有趣的是，我们的课余文学组办了一个刊物，是用蜡版印刷的，写文章时也会学着作家用些笔名，像真的似的。母亲说："坏诡先生多别号。不要用那么多名字，将来竞选总统会分散你的票数。"用这种方式给我的骄傲自满苗头浇冷水。临近毕业，母亲也逐渐会直接与我谈论一些问题了。她常说的话是"放宽心胸""放长眼看"，要我们"远走高飞"，不要恋家。还具体谈到家庭："你们将来都要成家的，我不希望与你们住在一起。老年人与青年人思想、习惯都不一

大学期间的陈醉　1963年于上海

样，会有矛盾的。多回来看看就得了。"其实是"赶"我们到广阔天地去奋斗。

借着1960年高考对成分要求稍稍放宽的难得时机，我幸运地挤进了大学的门缝又到了上海。果真"远走高飞"了。也许环境适宜，幼时播下的天命与野心的种子就萌发了。大学时很用功是不言而喻的。一次领导与我谈心，谈到世界观问题时我竟直言表白："人的一生应该在历史上留下痕迹，不能把名字仅仅留在购粮本里。"不料此言招来一场批判，理由是走"白专道路"，有资产阶级"成名成家"思想。记得我当时曾"收集"过自己的"签名"，其实就是将过去的试卷、课本、练习簿上写的名字剪贴在一起，从小学到大学的都有，很有趣。我曾很得意地在同学面前炫耀，结果招来一番揶揄："你小子的名字又不值钱，贴满一本也没用。"我只好自我解嘲："几十年后就一字千金了。"可这时候这些都成了例证，要深挖"家庭出身"的根源……尽管学习成绩优秀，毕业分配还是到了江西。而且，还未等听明白上班铃是怎么响的，就参加"社教"工作队下乡搞运动了。一年后，就更彻底地被"扫地出门"——从省会下放到井冈山劳动了。从前，最害怕的一件事就是填表，每填到"家庭成分"一栏就会一阵心跳，可偏偏那年代表又特别多。省里几个单位要调我回去、几次恋爱甚至准备结婚，都是因为这一栏而告吹。直到借着恢复研究生招考的东风，1978年，我又幸运考取了中国艺术研究院研究生来到了北京。自那以后，更多的幸运降临到了我的头上：文化部有突出贡献的优秀专家、享受国务院颁发的政府特殊津贴以至全国政协委员……"可惜"的是，今天什么"好听"的都有了，有时还"想"填表，却又没那么多表填了……

在一次研讨会的简报上，竟将"陈醉"误排成"陈百年"，于是我又多了一个长寿的别号。依此"天意"，我的人生道路也不过刚刚走了一半多点。半生跋涉，感慨良多，可惜觉悟甚少。数十载的坎坷与拼搏，铸就了一个扭曲的自我：乐观与压抑、谦和与傲慢，甚至谈笑风生与凶神恶煞在我身上都共处并存。不过我依然有自己的处世准则，我曾自撰一联："出世不

陈醉（中）和他的两位博士生在中国艺术研究院研究生院2015年毕业典礼上。右为吕品田，现已是中国艺术研究院常务副院长兼研究生院院长、博士生导师；左为李燕，本届毕业生

鄙功名，入俗勿忘清高。"以此自警自勉。诚然，我是此群体中之幸运儿——我算得上是人们常说的"成功"了。至少从"填表"上看，既是中国美术家协会会员，也是中国作家协会会员，算是"鱼与熊掌"都吃到了。然而，尽管这一切都来之不易，但它毕竟只能说明昨天，只能提供对过去的回忆。

半个世纪过去了，感慨良多。在人生的征途中，对眼前的困境常常会视为万丈深渊，但当日后回顾时，也许不过一条溪涧小沟。对眼前的得益往往会看成金山一座，但当日后回忆时，也许不过一片过眼烟云。然而，到能悟此道时，大多已劳碌半生，无暇追悔矣！诚然，人生在世，总应有所追求，有所舍予。故偶有记者，尤其是青年学子问及所谓的成功秘诀时，我必如实谈我的体会："在人生的竞技中，最根本的较量就是毅力。"在工作交往中，时有同人客套抬举"先生著作等身"，我也会诚意酬谢："因为本人个子矮。"一笑了之。是啊，人生在世，应该有目的，但更应该重过程。人的一生，犹如在一根丝线上串珠子，做一件事，就是串一颗珠子。所以，它们有闪光的，亦有暗淡的，甚至还有个别裂缺的。我们祈望

有更多的好珠子，但更着重在"串"的本身。只要带着这个祈望一个一个往下串，直至串不动为止，就无愧于自己的一生。人人都祈望串成一根闪闪发光的链条，而正是这无数的祈望才组成了闪闪发光的历史。在我的面前，还有很长的路要走，还有很多珠子要串！

原载《人民政协报》2001 年 7 月 17 日

最是故乡情意浓

很高兴，今天又和大家见面了。我 1960 年毕业于阳江一中，是老校友了。欣逢母校一百零九周年华诞这个光辉的日子，母校的陈恕校长及有关领导、同志们专程到北京来看望我，郑重邀请我回去参加校庆的活动，并给大家做一个讲座《艺术人生——人人都有成才路》，我感到非常荣幸。

更荣幸的是，阳江一中的九十周年、九十五周年、一百周年、一百零五周年我都应邀回去了，当年也是五六位校长及领导亲自光临北京盛情邀请的。而且，在 2016 年还做过一次讲座，师生们都非常热情。此外，还留下了一则美好的笑话：在为母校一百零五周年校庆题诗落款的时候，竟错把"105 周年"写成了"150 周年"。大家非常兴奋，说："好啊！你许愿了，一百五十周年还要回来的！"校友会的几位领导同志把那幅字收藏起来了，说："我们见证了，还留下白纸黑字。到母校一百五十周年的时候，您已经一百多岁了，您也一定要回来啊！"这是上苍给我的暗示和祝福，所以我也很高兴！

今年校庆，还举办了一个艺术展演周的专题活动，活动越来越丰富，说明母校越来越兴旺。我是老校友了，我初中、高中都是在阳江一中读的。母校最早初中部是在考棚，高中部在东门头，再后来

陈醉为母校阳江一中百年华诞题词"百年树人"，右上方"电教楼"也为陈醉题写。图为百年校庆时与同学们的合影　2009 年 11 月

又搬到了牛圩。那个时候那里是郊区，周围没有建筑物，空旷幽静。校园里有高低坡地，种满了台湾相思树，环境优雅舒适。母校九十华诞，校友们要出一个纪念集子，我建议书名就叫《相思树》。后来校友会讨论商议，加了个"世纪"，书名就叫《世纪相思》了。这是一本校友们回忆学校发展过程的书，特别有意义。现在阳江一中更了不起了，搬到了新址。那是一个好地方啊！海边的洼地，面临大海，八方聚水。就像是一个聚宝盆，无尽的财富、无数的精英都汇聚的地方。回顾阳江一中每年都出这么多优秀学生，除了理工科的，文科学生，尤其本届艺术类考生的喜人成绩，都说明我们母校的发展辉煌。

再广而言之，我们阳江就是一方宝地、福地，面海依山，人杰地灵，文化积淀非常厚。我是在阳江城出生的，幼年就离开了阳江，到广州、南京生活了。后来又回来读了中学，中学之后又离开故乡到上海读大学。再后来到北京上研究生并工作至今。当今媒体最流行的"北、上、广"我都生活过。但其中最根本的，是在中学的几年，得益于这一方水土的滋养。今天能做出一点成绩，离不开这片土地，离不开这里的父老乡亲对我的哺育。这里出了关山月这样的岭南画派的代表人物，出了科学家曾庆存院士，还有当今的、历史上的很多杰出人才。这个地方真是一块宝地啊！我曾经写过一首诗："面海依山林木葱，湖上烟雨漠江风。天下美景观不尽，最是故乡情意浓。"后来这首诗被刻石放在鸳鸯湖公园的书法长廊里。我对故乡确实是有一种感情，每次故乡有什么大事，市委、市政府都经常会请我回去。我也很高兴，只要没有太特殊的工作走不开，我都会荣幸出席。

记得我们上学的时候功课是很紧的。阳江一中是市里的重点中学，数理化当然是重中之重。那个年代，高考分成三类。第一类是理工，第二类是医农，第三类才是文史。那时的流行语是"学好数理化，走遍天下都不怕"，所以最了不起的就是考理工了。第二等是考医农，第三等才是文史。很多人因为第一类考不了，第二类也不敢考，不得已才考第三类的。不过我们那一届有几位同学是立志要考文科的。我们并非"不得已"，我们数理化成绩都过得去，有的还很不错，老师也建议我们去报考一、二类。老师敢叫我们去报，说明有一定的把握，因为这是关系到"升学率"的，可见我们成绩都还算可以的。当然，文科的成绩就更优秀了，因为这是兴趣所在。我们这批同学基本上很早就选定自己的志向了，如我就希望将来当画家，甚至也希望能同时当作家，鱼和熊掌都想吃。为什么会有这样的"野心"和志向呢？我想除了我父母的家教以外，很重要的是学校对我们的培养，就是阳江一中这块宝地，这些老师们，这个学校的学习氛围、学习条件对我们的教育和影响，这是非常关键的。那一批老师，最早的有冯明校长、何叶强老师、陈安华老师，都是我们的启蒙老师，而且给我们打下了很好的文化基础。那个时候每科都要学，都要考。我们照样能够进入这样一个考试的行列，最后都能够考好。这是跟阳江一中的教学传统、学习氛围以及学生们的立志精神是分不开的。母校是我们的骄傲，正因为有母校对我们的培养，有阳江这片沃土对我们的哺育，所以才会有一批又一批的优秀学子涌现。听陈校长的介绍，现在阳江一中更厉害了，每年输送给专业院校的学生越来越多了，而且基础越来越好了，这是个很令人振奋的事情。这是一中的骄傲，更是阳江的骄傲！

阳江市本身对艺术对文化也是非常重视的。举个最新的例子，我今年7月份回阳江参加一个活动，我们的常委、宣传部长吴定同志专门找到我，正式向我宣布："市里决定给你建一个陈醉艺术馆。这件事酝酿了很久，因为条件尚未具备，所以一直未进入议事日程。现在中央号召文化大发展，我们有条件了，并且有眉目了。只要资金有着落，我们就可以办这个事了。现在可以正式告诉你了。"她还风趣地说："我当宣传部长，接待外地客人时常常有人问我，关山月是阳江人，怎么他的美术馆在深圳？弄得我无言以对。现在不能再让陈醉艺术馆也跑到别的地方去了。"我非常感动，非常高兴。将来我的艺术作品能有这样的归宿，在自己的故乡生根开花，这是最理想最荣幸的事情啊！这首先是对父老乡亲的一种回报，也是希望通过这个项目，为阳江的文化、阳江的艺术、阳江人奋斗的成就有一个记录，对后世有一个鼓励，有一个带动，这是一件好事。我想这丛花会永久灿烂，对广东，对全国，乃至对世界播撒芬芳，因为阳江是一个文化宝地、旅游胜地、对外交流的福地。

这件好事公布以后，新闻也不断地报道，而且很多地方都很积极响应，献计献策。最早是阳东区。我是在阳江城出生的，幼时就北上了。以前未去过阳东，只知道那是我父亲出生的地方，可以说那是我的故里了。改革开放以后，阳东区的领导对我非常关怀，曾两次邀请我回去看看。今年10月份是第三次了，冯书记、莫常委非常热情地接待我们。在莫常委和邹区长的陪同下做了认真的考察，居然发现这里还有这么好的一个文化遗址——沙冈乡立小学校。这是一个典型的民国时期建筑，造型庄重典雅、纯朴优美。更重要的是，这里与我的家庭还有关系，校史记载了当年建校时我父亲曾为之捐助和我的母亲抗战时曾在此短期任教的历史材料。还有一些老人回忆，现存的校名还是我父亲当年题写的。有实物，有史料，是一个完整的历史文物。区里原本考虑以此建成一个博物馆，请我去看看，能不能干脆就以此为主体建造陈醉艺术馆。

接着海陵区也非常热情，丁书记、洪常务也非常积极地主张在海陵岛建陈醉艺术馆，而我最早也曾倾向于选址海陵，也考察、筛选了一些地方，觉得在红树林很好。一直在思考、磋商，未有结果。最后还是市里做了定论。市领导让我们考察了旧船厂，那里是漠阳江出海口，气势开阔雄伟，还有厂房、船坞旧建筑，很适合艺术馆建筑的设计，我们非常喜欢。市委黎书记、吴常委和市文化局张局长一起会见了我们全家及我们请来的专业建筑设计师，跟我们认真讨论了这个文化大项目。吴常委说："市领导决定这个项目还是由市里办，并且还是建在市区更好。原来因资金问题未落实，所以一直未明确说。现在有着落了，可以跟你正式谈具体实施计划了。我们设想搞一个文化产业园，在那里建一个陈醉艺术馆，建一个关山月纪念馆。因为关山月美术馆已经在深圳了，不可能重复，但必须有一个纪念馆以证实他是阳江人。还要建一个阳江名人馆。此外，还有一些文化产业的设施，把所有的文化资源集中在一起，这样更有利于宣传阳江，带动整个阳江的文化发展和对外交流。如果陈醉艺术馆在外面，影响力度就分散了。市领导非常重视这个项目，要我们尽快落实。"谈到时间地点，她说："地点设在旧船厂那个地方，时间估计两年左右就能完成。听听您的意见？"

有这样好的地点和计划，我只有高兴和感激了！从市委市政府到阳东区委区政府、海陵区委区政府都是那么重视，甚至阳西县有关领导也想让我在那里搞点什么专项内容，我实在太感动了！这首先说明阳江各级领导对文化的重视与热爱，对中央文化大发展的精神理解透彻，对文化传统守护与传承的坚定与执着。其次就是各级政府及父老乡亲对我本人的关怀与厚爱，特别这种久违的乡情令人感动。尤其是阳东，更是浓浓的一种亲情。因为我一直在外地生活，甚至以前从来没到过阳东，但父老乡亲认为

陈醉于母校阳江一中建校一百周年庆典时应邀回校并做讲演，图为讲演结束时学生蜂拥上台请求签名的情景 2009 年

那是我父亲出生的地方，是我的祖籍地、我的故里。他们对我的父辈留有深厚的感情甚至敬意，这是令我难以忘怀的。他们听说要在这里建馆，欣喜之至，纷纷表示举双手赞成，甚至还有人说连脚都举起来，令人感动。

所以我也积极支持在那里建设陈醉故里文化园，尽力为故里做点贡献。

最后还要谈谈母校阳江一中。李明礼校长是 20 世纪 90 年代第一位邀我重返母校的"新"校长，我阔别母校三十余年了。历经多任后，现在的陈恕校长就是"少壮派"了，他已经是第二次来北京看望和邀请我的校长了。母校的"母"字，并非冷冰冰的概念，而是有一层很厚很厚的情感色彩，就是一种亲情。今天陈校长和领导们光临，我非常高兴。故乡文化的建设、艺术发展，大家都付出了很多努力，尤其是阳江一中的美术老师，培养出这么多的新生力量，很不容易。要我谈点希望，那就是将来一中的美术、艺术方面的教师也好，艺术院校学成回到故乡的同学们也好，应该为地方的文化建设做出更多、更具体的努力，应该在我们的专业队伍如美协、书协、音协、舞协等园地多放一点光彩。我现在感觉还不太够，还应该有更大的、更具体的表现。具体到学美术的，应该更重视艺术创作，对这方面要很好地抓一下。能够像以前一样，起码在广东，阳江要不负文化名市的称号。大家再努力一下，把它搞得更扎实，拿出更令人信服的成绩来。这需要大家齐心，要靠师、生、工作人员以及领导共同努力，一定要把我们阳江的文化光辉闪耀出来，这样就不愧作为一个阳江人、一个阳江的艺术工作者、一个阳江的文化人。

谢谢大家，希望我们校庆的时候再见面。《艺术人生》，陈醉与大家同行！

艺术　人生　哲思

观礼随想录

　　接到文化部通知，全国政协委员参加国庆观礼，内心十分激动！这是五十年的大庆，又是跨世纪、跨千年的大庆，深感荣幸。

　　回想起来，以前也参加过观礼活动。三十多年前我曾在江西省工作，1968年国庆节，我曾以报纸记者的身份登上观礼台。观礼的代表们都必须是各界优秀人物，但有趣的是，从保存的照片上看，在这样神圣的日子竟然还有人穿着打补丁的衣服登场。这除了那年代贫穷之外，还有一个重要原因，就是以穷为荣，越穷越"革命"。国庆过后不久，我也随着"知识分子扫地出门"的"革命"风暴下放到边远山区劳动了。

　　彼时的观礼当然与今天不可同日而语。大会做了周密细致的安排。为了配合交通管制，委员们于9月30日下午就集中到了华文饭店。大家见面，喜悦之情溢于言表。不过，很快就被老天爷蒙上一层阴影——下雨了。记得预报是有小雨，现在却越下越大。当晚，相信许多人是揪着心入睡的。次日一早醒来，发现雨停了，大家都松了一口气，开口都是感谢上苍！委员中有不少是老演

1968年10月1日，陈醉在江西省庆祝国庆节大会的观礼台上

35

员，参加过以往的国庆游行。在前往天安门的路上，他们回忆着当年在彩车上摆造型的兴奋与艰辛。汗水把服装都浸湿了，风一吹冷得直打哆嗦……所以有人因为这场雨一夜未睡好呢！

因为交通管制，马路上车辆很少，享受了难得的通畅感，并很快就到达了指定的停车地点——劳动人民文化宫。文化宫，不知来过多少次了，大多是参加一些活动。这座今日的公园，在举办大的涉外文化活动时人们会更重视其原来太庙的皇家身份。至少我来过的最近两次都是如此。一次是去年9月观看歌剧《图兰朵》。去年初政协开会时与张艺谋委员同住一室，他谈到正在排演该歌剧的情况，并主动提出到彩排时请我观看。我受宠若惊，因为从传媒上早就知道那观摩券是个天价！演出时总体效果，尤其以太庙为实景的皇宫气派以及变幻巧妙、层出不穷的中华文化精彩片段使我至今难忘。至于唱些什么当然是一句都不懂了。好在连张导在一次电视采访中都声称不懂歌剧，我等看客就更不必为此脸红了。张艺谋是了不起的，我觉得，就凭让外国行家请去导演洋人洋戏和让世界对中国那么感兴趣这一点，就足以称得上是新时期的民族英雄了。至于我也一样，著名导演请我看本身比看什么更有意义，何况这还是空前绝后的——因为保护古建筑，据说再也不会有这样的演出了。第二件是今年4月，出席了荷兰女王贝娅特丽克丝陛下在太庙举办的招待会。1990年我曾应邀访问过荷兰，对这个国家很有感情。今日女王访华，带来了一个本国大师埃舍尔的画展，也在这里展出。受主办机构的邀请，我曾出席新闻发布会并回答记者有关专业方面的提问，还为电视台做过有关画展的专题节目。女王的招待会是纯礼节性的，大多是政府官员和外交使节，太庙很好地烘托了这种王室气氛。

而今天，为了一个更辉煌的节日，只能把它借作通道漫步而过了。我们是由文化宫后门走出前门再上6号观礼台的。观礼台，这组特殊的建筑，与天安门构成了一个整体。它是中华人民共和国的象征，是全国人民熟悉而又向往的地方。就建筑美学而言，它又是一个优秀的典范。创作它的著名建筑师曾设计过不少高楼大厦，但当人们问到最得意的作品时，回答就是观礼台——它的成功，在于与天安门浑然一体，好像本来就有的一样。的确是这样。美不一定在多，更不一定在豪华，在于合目的。协调、和谐就是一种体现。我曾说过，把东西放在该放的地方就是美，这又是一个例

36

证。观礼台使天安门城楼向两旁延伸了，并且烘托了它的高度，使之既平稳又突出。就是那几根水平线和几个大小方块，赋予了整组建筑鲜明的韵律感，使之显得庄重而优美。我早有登临体味的奢望，今天终于遂愿了。

1999 年 10 月 1 日，中华人民共和国成立五十周年庆祝大会，陈醉在北京天安门广场观礼台上

我们算是入场较早的，台上人还不多。然而，比我们更早的，是广场上负责背景图案的队伍。远远看去，那是一片五颜六色的花的海洋。这是十万青年学生组成的最大方阵啊！趁台上人少，大家赶紧照相。更令人欣喜的是，太阳出来了，真是天公作美。随着开会的临近，观礼台前的喷泉也打开了，透过闪光的水花看广场的花海，别有一番景象。

上午 10 点，庆祝会开始。刚才还是五颜六色的广场，霎时变成了一片红色，灿烂极了。接着，齐刷刷地一会儿变成一片绿色、一片蓝色……真是美不胜收！整个庆祝活动是五十万人的大集会。这个数字，意味着什么？是欧洲一些国家的一个首都，甚至一个国家的人口。也就是说，要把养老院和幼儿园的人都凑上才够这个数。这是全世界最大的集会、最大的阅兵和游行。这种壮观、这种气魄是无与伦比的。此时此地的一举一动都是艺术。单凭这几十万人的训练、组织和集散，就足以写一部管理学专著！

当然，最令人惊叹的无疑是阅兵。一万多官兵、四百多辆战车组成四十二个方阵蜿蜒两公里，外加天上一百三十二架各式飞机，这是何等震撼人心的场面！一个个方队，比刀切的还整齐，几百人走起来就好像是一个人似的。那一排排迈步的腿，简直就是一页页钢板在翻动。一组组战车、一组组飞机，就好像被无形的支架焊接成了一个整体一样，令人难以置信那是由不同驾驶员组成的编队。仪仗队、海军陆战队、坦克、导弹、飞豹⋯⋯目不暇接，更叫不出名字，面对眼前的景象，内心涌起一阵阵热潮，但又难以用语言表达。这时候，身边有人低声喊着："哎呀，那个帅哟!"不由自主地一遍又一遍。

与此相关，特别令我兴奋的还有陕西省的彩车——那上面也有战车的模型，还有中国两千年前的军队方阵的代表——秦兵马俑。就在此前十多天，我参加政协视察团到陕西，就在工厂里见过它们。这些曾为中华人民共和国做过杰出贡献的军工厂，如今要经历比一般国企改革更大的阵痛，但职工们依旧坚守岗位，默默奉献，可敬啊!我们观看了一些武器、装备的生产过程，甚至实地演示录像⋯⋯有关领导或技术人员在介绍情况时，禁不住内心的自豪，往往要加上一句：国庆节检阅的装备，有多少多少是出自我们省的；这是要在天安门上飞过的；这是要在天安门前开过的⋯⋯今天，当它们果真隆隆从地上开过，或从天上呼啸而来的时候，在我内心产生的也完全是一种自豪的共振!我也按捺不住地仿造了一句："哎呀，那个美哟!"

是的，战士队列也好，装备队列也好，这又是一种美，一种整齐划一的美。这是力量，是崇高。它充分体现了国家的意志、民族的精神。它给人民以振奋，给敌人以震慑。是的，我们热爱和平，我们需要加紧现代化建设。但是，如果有人胆敢干涉我们祖国的统一甚至把战争强加给我们，国人也绝对会以更豪迈的气概奋起应战。不错，我们的综合国力远逊于超级大国，我们的科技现代化也还有待追赶。但是，战争的最后胜利还是取决于它的正义性和世界大多数人民的意愿。而今天，有这样的威武之师展现于世，还有什么敌对势力足以使国人畏惧呢?

我们的威武之师，在和平时期也是英雄之师。湖北省的彩车就展现了这样一组军、民的英雄形象。彩车前面的巨大雕塑是以去年那场惊心动魄的抗洪斗争为主题的。很凑巧，也是参加政协视察，去年6月到了湖北。当时正值防洪开始，我们亲身感受了那种临战的气氛。回北京不久，就进入了抗洪高潮。又是我们的子弟兵冲在最前线，用自己血肉之躯，与当地人民一起筑成一道道钢铁堤坝。洪水牵着亿万人的心，大家都努力为抗洪做贡献。记得在文化部主办的那场赈灾义演晚会上，还特意安排了一个政协委员的歌唱节目。当然，委员中有许多本来就是名演员，这是台柱。其次是新、老部长等领导同志，这是壮声势的。至于我辈就纯属充数的了。

尽管如此，大家都非常认真地唱。几分钟的邯郸学步后，下得台来才发现，人家"吹笛"的应付自如，而我们这些"吹竽"的却气喘吁吁。不过，大家都以能为抗洪尽了一份力而感到欣慰。今天，看到这组银光闪烁的勇士与浪涛的造型，恐怕人人都有一段难忘的回忆。去年最响亮的口号就是"抗洪精神"，如今，它已融入历史，融入传统，成为我们英勇无畏、不屈不挠的民族精神的一个组成部分。这样的民族屹立于世界，又有谁敢再斜眼相看呢？

几十辆彩车，是一幅幅壮丽的图画；几十万人的游行，是一段段感人的乐章。几乎幅幅都有回忆，章章都有联想。有人看了居民小区的彩车感到十分亲切。是啊，它真实地反映了当前百姓最迫切的愿望，希望安定，希望安居，希望乐业，体现了更多地以人为本的时代需求。也有人对最后一辆穿越 1999 的彩车留下深刻的印象。它表现了理想，表现了未来，表现了发展创新的时代精神……而到了晚上，那两辆停在主演区的文艺彩车更叫人留恋。大竖琴、大凤凰亮起了晶莹璀璨的灯光，比白天更多了一分华丽和妖娆。它与广场上的人群同歌共舞。最后，当隆隆礼炮声从远处传来，当簇簇焰火照亮夜空的时候，晚会到达了高潮。那此起彼伏、形态万千的金花银花，由小到大，由暗到明，由高到低……真是名副其实的流光溢彩。人们的笑脸，映照着天空的华彩；人们的心花，和着礼花绽放；人们的祝福，伴着歌声回荡……

原载《人民政协报》1999 年 10 月 21 日

文化发展战略研究中心成立了

　　"政协委员一日"，这是一个很有意义的题目，但又是一个既好写而又难写的题目。好写的是，当选政协委员以来，参政议政，尽自己的能力也做了一些应做的事。大到出席每年的两会，写提案，视察；小到联系群众，反映社情民意。只要做成功，都是值得写的有意义的事。难写的是，有的事情很单调、很琐碎，未必能成文章。有的事情又很复杂、很艰巨，远不是一天的情感变化所能包容。而恰恰又是这种复杂、艰巨，使人留下许多深思……但不管怎样，这个题目还是勾起了我很多有关的回忆。

　　记得初当政协委员的时候，街坊邻里、朋友熟人往往会对你另眼相看，认为你能解决许多问题。常有人来请你帮助解决问题，递送材料。只要是合理的，一般我都会答应。但同时我也会诚恳地告知对方：送肯定没问题，但解决就很难说了。尤其是一些久拖不结的问题，肯定难度很大，期望值不要太高。当然，也有解决了的。较具体的，如北京立水桥某小区原来的卫生环境极差，尤其一条臭水沟令人无法忍受，居民多次反映甚至上访都无法解决。后来找到我，向有关方面反映后，得到了当地区政府非

1998 年，陈醉当选全国政协委员，出席九届一次会议

常积极的答复，并且很快就进行了整治，据说现在已经变成了花园环境，居民们十分感谢。还有，比这更具体的日常琐事平时偶尔也会碰到，而且还"亲自"处理过。最有趣的是，一次两口子吵架居然也找上门来要我帮他们评理，这真可谓"老革命碰到新问题"，我只好跟他们说："常言道，清官难断家务事，所以你们最好去找贪官……"一句话，对方破涕为笑，把委屈和误会吐完也就没事了。不过，有很多问题要比这个难多了。

有一年两会，我提交了一个大会发言稿：《讲好汉语、写好中文，纯洁祖国的语言文字》，主要是针对当前传媒中大量夹用外国语言文字问题的。发言受到舆论界较大的关注，很多报纸转载了。中央有关领导和机构也很重视，教育部语用司为此专门召开的有关专家的座谈会，至少我都出席过两次，某省电视台还为此专门请我去做过专题节目。但遗憾的是，情况至今未见明显改善。还有一年，我提交了一个与同事合写的关于重视手工劳动的大会发言稿，舆论界也非常重视，也是许多报刊都转载了。有媒体给当年的提案归纳了几个特点，其中一个是"越界"提提案现象很突出。还作为典型例证特别谈到本人，并进一步解释说别以为我是一个经济学家，真正身份是艺术家……其实，我这个发言的根本主旨，还是通过提倡手工劳动以保护人类口头和非物质遗产，所以事实上并没有越界，更没有如报道中感觉的那种"了不起"。国家对保护人类口头和非物质遗产近年开始重视，此项工作由文化部主管，而具体机构和工作则在我所在的单位中国艺术研究院，所以，这还是本职分内的事。话再说回来，国家很重视，文化部和我院的领导、专家以及广大文化工作者都在努力地做着这些艰苦的工作，但我们国家不论是物质还是非物质遗产的破坏和消失都是很严重的。这些，不但令所有关心文化遗产的人们痛心，更使我等从事文化工作的委员们感到无奈和惭愧。

当然，也有令人欣慰的时刻。如果一定要落实到某"一日"的话，那2006年8月22日对于我来说则是一个很有意义的日子。因为这一天，文化发展战略研究中心的课题开题了——这是一个提案收获成果的标志。话再从头说起，2005年十届三次会议的时候，我提了一个《关于加强国家文化战略研究的提案》，内容是："当代中国文化面临非常多的文化战略问题，但国家文化部下属科研机构多从事传统的、具体的学术研究，缺少宏观的、战略性的研究机构。因为缺少相关研究机构，国家面对重大文化决策无法应对。现在社会科学既缺少宏观国策性研究课题，国家对此投入也非常少，希望财政部、文化部就此进行分析评估，在国家级艺术研究机构里设置相应文化研究中心，服务于国家文化宏观政策。"其实，这也是我前面关心和思考的问题的延伸和深入。维护祖国语言的纯洁、保护民族文化遗产等都是这个大问题的一个组成部分。我还发表过有关论文，如《未来的大师就在我们当中——面临全球化浪潮的中国艺术》，该文还得过中国文联的文艺理论奖……

话再说回来，这个被编为第 2110 号的提案，当时的审查意见是"建议国务院交文化部研究办理"。提案转到文化部，部里很重视，8 月即先打电话，接着又发来正式文件答复我：经部领导研究，决定成立国家文化发展战略研究中心，机构就设在我们中国艺术研究院。我十分高兴，提案这么快就有了具体、明确的答复。2006 年 1 月，院长助理贾磊磊同志找到我，兴奋而又郑重其事地告知，根据我的提案和文化部有关文件精神，我院文化发展战略研究中心正式成立，任命他为主任。并说："您是中心的创始人、精神领袖。今天特意来向您请教，今后如何开展工作……"当然这是客气话、玩笑话，但我确实也感到了莫大的欣慰，因为提案逐渐由虚变实了。尤其自己的构想和建议得到了国家的重视并付诸实践，特为此建立一个新的职能部门，意义是不小的。我们交流了一些想法和意见，尤其侧重探讨了准备做一些大的跨学科的课题，等等。8 月，主任又提前通知我，课题计划筹备完工，准备下旬举办一个隆重的开题会，请我一定出席。正好我下旬的日程是在外地，但我说这么重要的会议，我一定参加。会议前夕，我提前离开了外地的活动飞回北京。2006 年 8 月 22 日，文化发展战略研究中心的课题开题会开幕，出席会议的有课题主要负责人、文化部副部长赵维绥同志，中国艺术研究院院长王文章同志以及国务院、中宣部有关领导和有关科研机构、高等院校的专家学者。与会嘉宾对课题、包括每个子课题都进行了认真的讨论，评估其意义，提出宝贵的意见和建议。我虽然没有参加课题的工作，但心情照样欣喜激动。我向大家介绍了中心的诞生过程，从提案开始，到文化部的决策，到现在部领导亲自来负责具体的课题，等等，都说明国家对这个问题的重视。而事情从无到有，又从去年 8 月批准建中心到今年 8 月开始做课题，都凝聚了所有专家学者的心血。而我自己，也领略到了一种成就感和自豪感——因为我尽了一份政协委员的责任，更因为政协委员的建言献策产生了效果。

这大概是我的提案中能落实的较为重要的一个了，所以这"一日"值得我把它记录下来。然而，大量的"一日"是"默默无闻"的。诚然，提案各种各样，答复也虚实不同。尤其是文化领域、意识形态领域的问题，不是一朝一夕的事，也不是某个局部的事。而从更广阔的领域来说，国家太大了，太穷了，历史积存下来的问题太多了。而且，每前进一步，又会产生新的问题。每年的两会委员们从不同的界别提了成千上万的提案，有部分做到了。但是，大部分还是难以实现，或者至少是现在无法实现。这是事业艰巨之处，也正是委员责任之所在。我们既为解决问题欣喜，也为提出新问题努力，还要对未能解决问题予以理解。

摘自《政协委员一日》

讲好汉语　写好中文

　　"我是一名 CEO 职员，住在 CBD，从事 IC 工作，曾随老总出席过 OPEC 和 APEC 会议。最近通过了 WSK，准备去美国留学。我不想读 MPA，我对 UFO 感兴趣。但这个又可能读不成，因为有关专业与 NMD 很密切，CIA 对它盯得很紧……"

　　上面这段文字，是我应邀在山东省电视台做专题节目时临时编写的。因为我多次在两会上提交有关规范使用中国语言文字的提案，中央有关领导批示开过三次研讨会，我都出席了。我还多次在会上发言、会下讲演呼吁。大概因此缘故，学术界尤其是舆论界比较关注。此中山东省更为重视，竟然策划了一个节目：邀请我和另外一位教授，就传媒中夹用外国语言文字的问题进行对抗辩论。那位教授是赞成的，我是反对的。各自后面还带有一个人数众多的支持方阵，他们由同观点的大学生和电视台的热心观众组成，当中也有代表可以发言。电视观众也热烈参与，他们可以投票支持自己赞成的一

在中国—西班牙论坛中，孟晓驷副部长（右二）、陈醉（右三）与西方代表亲切交谈　巴塞罗那，2004 年

边。场内的辩论异常剧烈，场外的竞争也扣人心弦。我们也能看到屏幕上反映观众投票的两个图标不断上升，不相上下，忽高忽低，跟着兴奋揪心……最终，还是反对夹用的一派占了多数。这个活动非常成功，在观众中留下了深远影响，直至好久以后我出差山东，在一个地级城市里还有观众认出我并向我描述那次辩论在当地的热闹情景。

话再说回来吧，文章开头那段文字，我想看得懂的人不多。夹杂其中的一串串的英文字母，看起来真像外语填充考卷。我想，即便是精通英语的，也很难说保证拿满分。因为你虽然精通英语，但未必能对所有行业的简称、缩略语都了解，就像未必所有的中国知识分子都明白"艺研院"就是中国艺术研究院一样。对于一般老百姓，那就更是一头雾水了。其实，这是一段很简单的文字，把它翻译过来就是："我是一名跨国企业职员，住在商务区，从事形象设计工作，曾随老总出席过石油输出国组织和亚太经济论坛会议。最近通过了全国外语水平考试，准备去美国留学。我不想读公共管理硕士，我对不明飞行物感兴趣。但这个又可能读不成，因为有关专业与导弹防御系统很密切，中央情报局对它盯得很紧……"这么明白的事，非要弄得让人家看不明白。这不过是我从普通报刊中随手拈来的一些英文词组缩写随意编成的，虽然有点极端。不过，当今人们只要打开报纸、杂志和广播电视，这种随便夹用外国语言、文字和故意让人弄不明白的现象已经司空见惯了。

改革开放了，尤其"入世"了，"申奥"成功了，中国人的涉外活动日益增多，许多场合按惯例须直接使用国际通用语言文字。因此，我非常赞同大家认真学好外语。希望我们的官员和有关人员在该说外语的场合能说一口流利的外语，像在去年上海世界经济论坛和莫斯科申奥会场一样。为支持申奥，北京有些出租车公司还组织司机学外语。这是好事，但愿能坚持。希望2008年首都的主要窗口行业从业者真的都能讲一点点外语。

不过，在鼓励大家学好外语的同时，当前更重要的，还应提醒大家讲好汉语，写好中文。所谓好，就是要规范。现在有一种现象很令人担忧，就是在传媒中大量直接夹用外国语言、文字。前面摘录的缩写就是一例，更有甚者，直接夹用外文词句、短语。我们的报刊是给中国人看的，我们的广播电视等大众传媒更是面向普通老百姓的。在行文中大量夹用外文字句，第一是一般读者看不懂，影响宣传效果。第二，也是更重要的，有失国家、民族尊严！我们有自己的文字，为什么要用外国的呢？第三，长此下去，将来在我们的词典里会不会出现外国字母的词？在这个问题上，法国人很讲自尊，甚至有点傲慢。在大众文化领域，他们抵制好莱坞商业片。在大众传媒和日常生活中，他们是不会随意夹用或滥用外文的。甚至有的人分明会英语，他偏跟你说法语。这种态度值得商榷，但精神可以参考。就连外来语最多的日本，近来朝野上下也对这个问题给予高度重视。一些青年人大量夹用英语以示时髦，而将日语原有的词语抛到一边。这已引起了社会学家和语言学家的关注，他们担心长此下去将会威胁日语的地位，甚至导致日语的退化。而由此引起的交流障碍，更引起了日本政府的注意。小泉纯一郎首相就曾在电视谈话中表示，青年一代在语言方面过于崇洋媚外不可取。他说："学习英语对于现代人很重要，但这并不意味着让自己的母语受到侵蚀。我说日语时就不带英文单词，讲英语时就完全忘记日语。说实话，我更喜欢日语，它让我在讲话时更自如，因为讲日语可以表达很多英语无法表达的意思。更重要的是，它是我这辈子学会的第一种语言。"更有社会学家认为，此举还体现了日本民众在语言方面有心理自卑的劣根性……日本人的这些反思，是非常值得我们借鉴的。也许有人会说出一些直接夹用外语的好处，如有利于与世界接轨，有利于学习外语，有利于行文简便，等等。其实不然。外文缩写、词语本身是接轨了，但文章还是中文，没有意义。懂外文的，不在乎你这个词用不用原文；不懂的，无疑增加了一道障碍。说到学习外语，光靠这几个字母或单词是无济于事的，何况更多的人只能把它当作符号来认。至于行文是否简便，还得就具体内容而论。譬如，"加入世贸组织"与"加入WTO"，虽然多写了一个字，但却少读了一个音节。何况我们还有更简便的"入世"一词可用。再说，有的是简便了，但有时会出现歧义，容易造成混乱。还是以WTO为例，除了世贸组织外，它还是华沙条约组织、世界旅游组织、水上交通指挥官和兵器训练官等的缩写，究竟它是指哪一个呢？又譬如，世界经济论坛APEC和石油输出国组织OPEC（音译欧佩克），在形和音上对于一般读者都很容易混淆。幸亏这与百姓的柴米油盐相去甚远，弄不明白也无所谓。但另外一些问题就很有所谓了。一位在上海乘飞机的旅客，因机票上没写中文"浦东机场"，只打上它的英文代码PVG，她想当然地到虹桥机场登机，结果不但耽误了旅程而且还不给退票。无奈将航空公司告上法庭，结果胜诉。理由很简单，旅客看不懂 PVG 是什么。还有更普遍的，像电脑扫描——CT，血液化验单中最主要的常规项目白细胞、血红蛋白、血小板——WBC、HB、PLT 这类任何阶层的人都有可能碰到，而且也希望搞懂意思的医疗用语使用外文，如果不是有意让百姓不懂，至少也是增加了病人"猜谜"的负担。

直接夹用外语现象的产生原因是多方面的。就正面而言，当然首先是大量国外的文化被介绍进来。其次，工具的革命如电脑的普及也提供了客观环境。新的名词术语越来越多，来不及仔细推敲翻译，一些词语直接使用的确相对方便。就负面而论，是否也还有"外国的月亮更圆"的因素呢？记得小时候在广东，打球叫"打波"，出界叫"奥赛"，胶卷叫"菲林"，出租车叫"的士"，提琴叫"凡林"，苦力叫"辜累"……以为这是方言土语，后来学英语，才知道这是道地的洋话。其实，这是殖民年代留下的痕迹。今天，一种精神殖民语言又在悄悄蔓延。还是在南方沿海的一些城市，爸爸叫"爹地"，妈妈叫"妈咪"，警察叫"阿蛇"，有再见、再会都不说，就爱"拜拜"，不管用得恰当不恰当，开口闭口都 OK，更荒唐的是，本来就是群众娱乐活动，没人懂英语，也偏要用那歪歪扭扭的英语喊"预备——ONE，TWO，THREE"……因为他们认为这是在说洋话，洋气、时髦。我们这些喜爱夹用外语外文的作者们，是否也存在同样的想法呢？这里还要郑重提到我们负有规范语言文字榜样责任的传媒，他们有时也有意无意地无视祖国语言的规则。如我们的广播、电视现在加入了受众短信参与的形式，常常听到主持人诸如下面的话："请输入新闻两个字的英文字母 X 和 W""请输入体育两个字的英文字母 T 和 Y……"这明明是汉语，为什么要用英语的发音来读呢？不懂英语的听众怎么办？我们用的是拉丁字母，但有自己的发音，新闻是"西"和"乌"，体育是"特"和"衣"。再者，严格地说这两句话本身就是错的，"新闻"的头一个"英文"字母应是"N"，而"体育"应是"S"。所以不管从中文还是英文说都是一种误导。也许有人会说，这样读习惯了。那恰恰说明你对规范的读法不习惯，甚至是漠视。老百姓，尤其是南方的听众就借助你们来纠正读音、学习拼音；熟练语法、借鉴文风；甚至在你们纯正铿锵的语音和优美生动的文笔中领略一种民族自豪感。如果作为示范榜样和国家形象的传媒都不尊重祖国语言，都不热心普及汉语拼音，甚至都随意夹用外国的语言文字，那我们是以怎样的责任感和职业道德去面对公民的期望和国家的重托呢？

诚然，一个民族的语言、文字不可能一成不变，它是随着时代的发展而变化的。尤其随着对外交往的增多，一些外国词语被使用也是非常自然的。所以，我们从来不反对外来语。譬如，日常生活用语中，"觉悟""刹那"等词是从梵文翻译过来的，"幽默""苦力"等词就是从英文翻译过来的，"场合""关照"等词就是从日文引进的。科技领域就更多了，如"引擎""电气""软件"等。一般来说，外文名词、术语的翻译，是谁先译就用谁的。但由于我国幅员广大、方言复杂，再加上一些历史的原因，可能有些会不太准确。如"香港""夏威夷"等，看来是从粤语翻出翻进的，用广州话读很准，但用普通话读就差一点了。同样道理，从不同的外文翻译也会有偏差。如荷兰画家"凡·高"以及他们的首都之一"海牙"，不知是否从英文的字面上翻过来的，因为听荷兰人的读音，似乎是"万·诃"和"丹哈克"更接近。同样，"佛罗伦萨"也不如原译"翡冷翠"贴近意大利语发音，且失去了原译的中文诗意。当然，这些早已约定俗成，不必计较。此外，有些词语经过时间的淘洗，也会自然地择其善者而留之。如即便按方言翻成"辛累"和按国语翻成"苦力"都很贴切，显然还是后者更为通俗、形象而成为规范。它们大多经过长期使用而为国人所接受并丰富了我们的语言宝库。

需要的时候，我们还特地为它们造字。一些元素、物质的名称的字就是特制的，如铀、氚、溴、硒等。这里还发挥了中国字的长处，一看偏旁就知道它们的物理甚至化学性质。必要的时候，我们还原样使用外国的文字、规则，如阿拉伯数字、罗马数字、汉语拼音拉丁字母以及纪年、度量衡的公制等。中华民族的胸怀是博大的，我们能融会任何对自己有益的异域文化，但必须有个前提，那就是规范。上述的例子，大多是经过有关专家认真推敲研究而翻译、创造出来，并且有的还由国家以法规的方式公布使用。当今，世界变得越来越小了，"全球化""接轨"等理论的提出，对科技、经济是好事，对人文却是坏事。这不啻为强势文化对弱势文化的侵略与吞噬。中国的文字，是世界几大文明古国中唯一从其产生开始延续至今的文字，这不但是中国的而且也是全人类的宝贵遗产，珍爱它是每一个炎黄子孙的责任。越是"全球化"，就越要保持国家和民族的自尊，越要坚强地自立于世界民族之林。鉴此，呼吁国家立法，宣传部门和语言文字机构予以重视并尽快做出规范，以纯洁祖国的语言文字，保护它的健康发展！作为具体建议，希望能从下面几点做起：

一、政府部门率先垂范，不要在国家公文等正式文件的行文中直接夹用外国文字。

二、传播媒介严格规范。除了科研论文、著作等专业性很强的刊物、书籍外，不要在报纸、杂志、广播、电视和一般出版物等大众传播媒介的行文中直接夹用外国语言、文字和词句。需要用的，必须翻译成中文。如果首次使用译名认为有必要说明出处的话，可采用括号、注释等方式间接出现原文。如欧佩克（OPEC，石油输出国组织英文缩写）。一些标识性的名称、栏目标题等需要出现外文的，也应同时出现中外文对照，并以中文为主。

三、今后，外来语越来越多，翻译问题也会更多。鉴此，建议对于一些重要的、牵涉面广的外文名词、术语等，倘发现有翻译不够准确的，最好及时请有关专家推敲修改，并由权威机构公布。2001 年中央有关传媒专门公布"炭疽病"和"炭疽热"的说法是错的，准确的说法应是"炭疽"，这就是一个规范语言文字的极好例证。

四、所有外国驻华机构、公司和使用外文名字的中国公司，注册时须同时有中文译名，出现在传媒中须用中文，公司招牌或广告可任意选择中文或外文。

五、所有在国内销售的产品，其标识、说明一律用中文，如需要可附外文，但不准只用外文。

六、加强宣传力度，号召大家说好普通话。对于广大青少年，还要学好传统文化，学好外语。平时，人人都要讲好汉语，都能写好中文。努力做到在需要的时候又能熟练地使用外语。人人都要为纯洁祖国的语言文字、为促进中外文化交流尽自己的责任。

原载《北京日报》2002 年 3 月 25 日

对话山西

2008年7月，林文漪副主席率团就深化文化体制改革专题视察山西，我有幸为其中一员，又一次踏上了这片文化底蕴深厚的土地。我们先后到了太原、临汾、运城，亲身感受了改革的成果，收获良多。

成果最耀眼的应算戏剧了，《立秋》《一把酸枣》等一批舞台的、影视的作品赢得了广泛的赞誉。山西不是一个富省，但能出如此显著的成绩，其经验将具有普遍的借鉴意义。省、市领导在介绍情况时曾多次提到"公开招聘""竞争上岗"等做法，这些都是很宝贵的。视察活动使我们受到很多启迪，也激发了很多思考。

改革的根本目的是解放生产力。用人制度的改革，无疑是当务之急，这是劳动者的解放。深化改革，是否应该考虑生产力的另一个组成部分即生产工具的改革了。山西是个戏曲大省，品种多样，一些带有原发性的剧种在戏曲发展历史上产生过重要作用。但是，一个不容回避的最根本的问题是，戏曲现在没有观众。尤其是当今"全球化"的逼迫，更加速它式微的进程。也许有人会说，现在社区文化兴旺，群众不都在热唱戏曲吗？不错，但此

陈醉为全国重点文物保护单位山西曲村——天马遗址
牌楼题写匾额"三晋之源"（局部） 2003年

中热闹却掩盖不了一个残酷的现实——这里都是老年人。也就是说，这是一种桑榆文化，一种夕阳事业。青年人对此没兴趣甚至很无知。一则笑话说梅葆玖过海关，同行者想减少等候时间，与年轻女关员介绍："这位是梅兰芳的公子梅葆玖先生……"不料彼小姐斜瞄了他一眼说："别逗了，梅艳芳能生得出他？想快过关就直说，何必……"也许有人会说，现在我们的京剧不是走向世界了吗？还有很多老外在电视上比赛唱戏呢！说到国际交流，那就更不平等了。我们学西洋艺术，是将"生产线"引进——如建声乐系、油画系，西方人并没有同样在自己的国家设京剧系、中国画系。老外"喜欢"京剧，大多是为了学习汉语，甚至是猎奇、好玩，把它当作卡拉OK来唱。此中有文化差异的深层因素，但更直接的还是综合国力的悬殊。社会在发展，一些艺术样式在历史上发过灿烂的光辉，也许时代变迁，它又不适应了。希腊悲剧无疑是人类戏剧的经典，古希腊人对它如醉如痴。今天希腊人以其自豪，所以用博物馆方式保存下来，即花钱养着，需要时就演出。20世纪60年代，我有幸观赏过他们的演出，是普罗米修斯盗火的故事。其中一幕是主人公被缚在石柱上，整场戏就是他一动不动的独白，观众真难看得下去。我们的昆剧也遭遇类似境况，它太雅了，雅得一些观众都要睡着了，所以从前就有所谓昆山腔就是"困山腔"的俏皮话。20世纪中期一出《十五贯》曾给衰微的昆剧打了一针"强心剂"，当时业界兴奋，欢呼一个好剧本挽救了一个剧种。但历史证明那只是一厢情愿。昆剧第一个列入人类口头和非物质遗产名录，这是中华文化的骄傲。但是，就这个剧种本身而言，毕竟是宣告了它的衰亡，在世界文化祠堂里放进了第一个牌位。如果国家富裕，也可以像希腊悲剧一样养着。目前，京剧也面临这样的挑战，全国各地的地方剧种更是面临这样的挑战。没有青年人参与的事业是衰颓的事业，缺乏应有的种群数量的物种是难以繁衍的物种。山西是戏曲大省，想必也早在思考这些问题，相信也能早日见出成果。

第二是关于文物。山西还是文物大省，山西人很自豪地说："五千年文明看山西！"的确，三王故里、唐晋故地，帝王将相出了一群，文化名人更是难以数计。在山西，不小心一脚踢出一块陶片，说不定不是李世民家的瓦当，就是司马光砸的那个缸的碎片。太原的规划很好，既有现代化的享受，又有古文化的滋养。匆匆在沿河公园走了一段，一扫我对它旧日的印象，还禁不住吟出"一水中分并州美，两岸新潮伴古风"的赞叹。然而，可能是文物太多了，就全省范围而言，保护、开发和宣传的力度和效果不平衡，甚至有些地方还很不够。诚然，保护与开发是一对很难处理的矛盾，牵涉的问题很多，但只要领导重视、科学指导，相信会摸索出很好的思路的。下面就一些具体的问题谈谈个人的看法。

一、主导思想。现在到处都在开发旅游，这是好事，但主导思想要搞对。有地方定下的目标是建设"特色文化名城"，但却提出了"文化搭台，旅游唱戏"的口号，窃以为不妥。当然，这是从"文化搭台，经济唱戏"移植过来的。但是，别的地方可以这样提，唯独山西不行！因为山西是一个文化底蕴极其深厚的地方，而别的地方可能是一个文化积淀浅薄的地方。你是"满腹经纶"，而他只是"满腹涤纶"，怎么也跟着喊呢？山西应该理直气壮地、大张旗鼓地提"旅游搭台，文化唱戏"，把中华传统文化这块金招牌刷亮。一般来说，以二百公里为半径的旅游圈最适宜。山西可以画出很多这样的旅游圈，圈、圈连成线，设计得好，游客真的流连忘返呢！

二、主题设计。山西的文化遗产丰富，可以根据情况围绕不同主题进行开发，如帝王文化、将相文化以及各种类型的名人主题。"将相文化"有两处得天独厚的资源，但没有得到重视。一是司马光墓，主人公的故里，墓园很好，不料墓碑竟是那么简陋。其实，这里完全可以办一个"司马光行政研究院"，收集和陈列中国行政史料。二是关帝庙，现存的规模也不错。中国有无数的庙，但属于中华民族的、最深入人心的除孔庙之外，这是官方的、知识分子的，再就是这关帝庙，这是老百姓的，是祈求平安的、祈求发财的，是老百姓自助"心理干预"的最好场所。关公故里的这座庙竟是如此冷落萧条，为什么不学曲阜的孔庙一样把文章做充分，让天下华人都以能来这正宗的关羽"圣诞"地朝圣为满足呢？

三、铸铁造像。山西有一样独特的艺术，就是铸铁造像。从晋祠威猛的武士到黄河巨型的水牛，从庙里的舍利塔到焚香炉，很多都是铁铸的。好像唯山西独有，其他省份罕见。这是一个很好的研究课题和宣传亮点，为什么偏在山西出现此样式？与当年政治、经济、科技、文化有何关系？对当时社会信仰和审美观念的影响是什么？……这些都是很有趣味又有学术含量的题目，肯定会成为山西的品牌。谈到造像，顺便提一下，大槐树

陈醉与太原晋祠的铸铁造像

景区的几组塑像，最好拆除，可以换成一些那个年代的建筑物的局部或相关的大件生活器物之类。当然，条件许可，再请专业的雕塑家重新设计和创作更好。这里是全世界华人都会回来寻根的地方，应该让他们把最美好的祖国印象带回去。

最后，谈谈图书。农民自办书屋很好，要走出一条真正自办的路子。政府可以给点奖励性的扶持，我意主要要靠捐助。现在社会浪费严重，譬如，一方面喊缺电，但有的会议室本来采光、通风都很好，大白天开会非要关窗拉帘再开空调、电灯。救灾捐衣服，一定要买新的——这未必是灾民的要求，此风不可长！应该鼓励捐旧衣服。现在城里的女士们总是一边叫没有衣服换，一边又叫衣服没地方放，穿两次就淘汰了，其实还很新。城里的文化人有的因工作关系每天都收到大量的书刊，但有很多对本人是没有用的，我们可以从中挑出一些适合农村读者阅读的捐赠给他们。一些发达国家都提倡学生课本重复使用，我们更应学习推广。总之，捐赠旧衣服也好，捐赠旧书刊也罢，最根本的目的就是提倡资源的再利用，培养一种绿色环保观念、一种科学发展观念、一种节约精神、一种助人为乐精神。当然，这里还有一个环节，那就是必须有机构承办这件事，否则还只是一个良好愿望而已。

原载《中国政协》2008 年第 8 期

艺术　人生　哲思

——陈醉答《羊城晚报》记者问

一、艺术家谈"艺术"

1. 请用最简练的语言概括：何为艺术？

艺术，穷其极境，乃心灵之自由也！

2. 艺术风格的实质是什么？

风格即人——是艺术家个性、气质的下意识的流露，其底蕴即为整个人格及毕生之修养。

3. 何谓经典？

蕴含了某一特定时期或特定流派、风格、样式最准确、最丰富信息的作品。

4. 您觉得什么是好的艺术品？

思想意蕴深，表现技巧精，体现格调高。

5. 您觉得什么是不好的艺术品？

低俗。

6. 最近看了什么艺术展？最让您印象深刻的艺术展览都有哪些？

最近很少看，且印象不深。印象最深的是

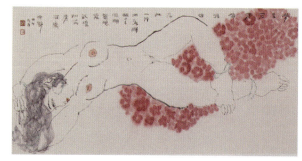

陈醉　闺梦　2014年　68cm×138cm

梦里芬芳情难舍，花红一片映春晖。醒来但愿惊艳处，玫瑰如海漫深闺。

54

陈醉　未逝的颤音　油画　1987年　48cm×88cm

1989年的油画人体艺术大展，观众达二十多万人次，每天冒着深冬凛冽的寒风排队购票的队伍由中国美术馆的前门绕到后门，展览还惹出了一场模特儿的官司，更加深了社会及舆论的关注程度。空前绝后，展览超出了画展本身的意义，为改革开放初期的历史留下了深刻的印记。

7. 就艺术而言，大自然究竟是什么？

没有或者较少被现代文明改造的地球表面及天空景象。

8. 有人说艺术的实质是创新。创新和玩花样的区别在哪里？

艺术的生命在于创新。

创新和玩花样本质是一样的，都是求变。但有程度深浅、分量轻重、大智慧与小聪明之分。重大的创新，可能会使美术史的长河改道，而玩得好的花样，也可以在河水上激起朵朵浪花。

9. 有人说艺术的实质是非艺术……我被弄糊涂了。您呢？

这是现代主义五花八门的理念中的一种。

10. 对传统艺术，您态度如何？

认真学习。

11. 对当代艺术，您有态度吗？

有过尝试，还参加过当代油画展，在中国美术馆展出。

12. 在您的观念里，艺术史究竟是什么？

人类幻想串成的一根闪闪发光的链条。

13. 艺术史是偶然的还是必然的？

偶然与必然的辩证统一。

陈醉　长恨歌　1989 年　90cm×44cm

二、对"偶像"的态度

1. 有偶像吗？是谁？为什么？

没有。

2. 如无，为什么？

可能距离太远，难以聚焦成"像"。如爱因斯坦，小时候手工课成绩很差，一次老师拿着他的作业问大家：还有比这个做得更糟糕的吗？爱因斯坦站起来回答：有。当即从桌子下面又拿出来一个。就是这个"笨"孩子，后来成了世界闻名的科学家。我在青年时代就觉得他非常伟大，但他的相对论即便是科普介绍，我辈也难真正读懂，所以只能剩下"偶"了。不过这个故事不知激活了多少青少年的奋斗意志。

3. 偶像是用来推翻的？推翻过哪些偶像？

偶像是阶梯，是供人"爬"的，只有爬上了偶像的肩膀，自己才能看到更远的地平线。偶像推翻了，自己也坍下来了。

我的偶像还未树起来，所以也谈不上推翻了。

4. 如何处理自我与偶像之间的关系？

如果有，可能也是神交了。

5. 最喜欢哪位艺术家、明星、作家、知识分子、政府官员和网络红人？为什么？

三位总统。一、孙中山，为了国家和民族，他把总统宝座让给了袁世凯。二、南非白人总统德克勒克，积极支持反种族主义运动，最后把总统宝座"让"给了黑人曼德拉。三、法国总统希拉克。虽然事实并非如我表述的这么简单，但这种精神和胸怀是可以光耀汗青的。还有一位是爱因斯坦，以色列要请他去当总统，他婉辞了。

6. 有没有自己崇拜的艺术大师？

"崇拜""偶像"之类的心理多半是在青少年时段产生，成年以后就很难有了。尤其本身也从事专业工作，最多也就是"钦佩"，了不起也就是"敬仰"吧。

7. 您觉得怎么样才能称得上是大师？可不可以通过有效的学习，从而成为大师？

开一派之宗师、有相应的学识素养、在历史上产生巨大而深远的影响者。

任何手艺的掌握都需要通过学习，而所谓成功，除了刻苦学习之外，还需要两个要素：才华和机遇。大师就更不用说了。想花钱上一个什么"大师班"就能成为"大师"，也是一个与小孩子上幼儿园也称"院士"一样幽默。

8. 您认为最好的西方艺术家是哪位？为什么？

《勒兹匹格的维纳斯》的作者，两三万年前就雕刻了这件作品，世界艺术史一开头就得提到它。

9. 您认为最好的中国古代艺术家是哪位？为什么？

苏轼。不会画画，说几句话，就成了文人画的开山鼻祖。

10. 您认为最好的中国当代艺术家是哪位？为什么？

徐悲鸿。学贯中西，尤其吸收了西洋艺术的合理因素丰富了中国画的语言，特别是对中国画人物画的提高和发展做出了杰出的贡献。

三、对自己艺术的思考

1. 能用最精简的语言概括一下自己的艺术吗？

只能说是我的追求。思维：传统精神与现代观念的融会。侧重：学术含金量。效果：深意境，高格调。

2. 艺术上，有做长期、中期、短期规划的习惯吗？都实现了吗？

听起来像买理财产品，没这个习惯，而且也不可能。

陈醉　梦断秦楼　2011 年　68cm×68cm

艺术创作是需要灵感的，如果灵感能按规划产生，那就太好了。

3. 您从事艺术的终极目标是什么？

心灵自由。

4. 您的艺术风格是什么？它是怎么来的？谁总结的？

不能轻言"风格"，这是艺术达到高峰的标志，而且并不是人人都能有"风格"的。能够有点自己的面貌、体现出一点自己的个性就是很大的成绩了。风格、个性是下意识的流露，不可能有意识地制作，如果知道它怎么"来"的，就肯定不是自己的风格了。

列举几位专家对本人的评语：

王镛："陈醉的裸体人物绘画有两个特点。一、书法入画，他是用狂草来画人体。二、自然丰满。他的人体是从写生中得来的，千姿百态，而且好多都

陈醉　冷香　2014 年　138cm×68cm

是在活动当中。陈醉笔墨简洁，又很随意，很有韵味，保持了一个高雅的格调。他创造了一种人体美的独特的样式，裸体艺术创作作为研究的补充和延伸，所以他的作品有人文气息，有学术价值。在当代画家当中独树一帜。"

59

陈醉　心事　2004年　68cm×68cm

薛永年："陈醉每一个裸体都处在一种特殊的感情和情绪的挣扎之中、欲望的煎熬之中，各不相同。虽然是虚拟的，但又很真实，在这一点是一个突破。第二点是画和诗、和书法结合起来，这是一种新的诗书画结合。一些带有古代情调的诗歌，幽怨的、怀远的，和比较赤裸裸、比较具有感官刺激的女裸体放在一起，形成一种奇妙的张力。"

李宝林："画人体，第一要有胆识，第二要有本事，第三要有才气。陈醉这几方面都具备。他在美术界已经有口皆碑，都知道陈醉画人体，研究人体，硕果累累。人体是一个很难画的课题，很多大家，你一看他的人体画，就能知道他的功夫怎么样。陈醉画得简练、优美，结构、节奏都非常好。画的人体的那种韵律感，感觉非常奇妙。而且他把很多小景串连起来，使人体增加了他的妩媚，增加了他的美感。"

吕品田："陈醉老师的创作非常有个性。诗、书、画、文，非常有文人素养地对人体艺术进行把握。不仅通过绘画，他还通过书法，通过他自己创作的诗文，反映了他综合的人文修养。在这个方面，很多画家是不及的。他能够在人体中兴发出很多诗意，他所有的画，寄托在人体形象中都有一种诗的审美的意境。所以这个人体，是理想化了的形象——它是一个审美理想，是他心中形成了的那样一种审美意象。"

王志纯："陈醉先生的人体

陈醉　秀腿堪骄　2014年　68cm×68cm

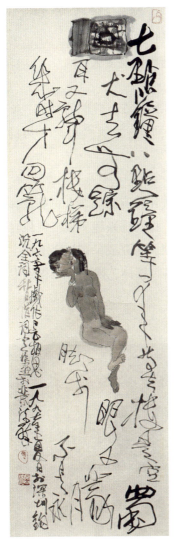

陈醉　空楼待归图
1997 年　134cm×42cm

陈醉　桃花江　2013 年　138cm×68cm

绘画具有非常鲜明的个人风格。这种风格的形成，主要是基于他的油画造型能力，再者有中国书法笔墨的功底，再加上他综合的修养。所以他处理画面、人物造型，包括题款、盖章等整个结构画面的能力，都反映了他有一种很深的驾驭画面、把握特殊题材的那种能力和修养。他的人物有一种平面化的处理，这个既是西方现代的东西，又是中国传统的一个东西。他把两个东西结合得很好，形成一种明确的、鲜明的个人风格。"

5. 您和经典发生过对抗乃至激烈冲突吗？

这是一个伪命题，这种提法多半是自我炒作的广告用语。

6. 您觉得自己的艺术会传世吗？为什么？传世需要什么条件？

没想过，这是后人的事情。

传世首先作品本身在当今属真正优秀，其次得符合后世的社会、文化，甚至经济等环境需求，最后可能还有某种历史的偶然甚至人为的因素。

7. 艺术上，最满意自己什么地方？为什么？

运气好，能够做自己乐意做的事。改革开放让我有勇气、有可能选择"裸体艺术"作为研究课题从事研究工作，这是我最感兴趣又最富挑战性的课题。与此同时，也作为绘画创作的研究对象。研究成果在社会上产生了一定影响，《裸体艺术论》已出版第六个版本，裸体艺术创作也得到专家好评及观众喜爱。

8. 艺术上，最不满意自己的又是什么？为什么？

最不满意自己总是没有最满意的作品。

9. 如何定义艺术上的成功和不成功？在艺术上，自己是个成功者吗？

成功的定义是自己定的，记得我青年时代的理想是既想当画家，又想当作家，鱼与熊掌都想吃。如今，居然都"吃"到了，至少是"名分"上达到了：中国美术家协会会员、中国作家协会会员。"指标"完成了，就应该算是

陈醉《裸体艺术论》的五个版本：（一）上左、上中为1987年中国文联出版公司版的精、平装本；（二）上右为1991年台湾书泉出版社版；（三）下左为2001年文化艺术出版社版；（四）下右为2007年中国文史出版社版；（五）下中为2011年中国青年出版社版

成功者了吧？

10. 关于您本人的艺术评论，您个人认为哪些是最中肯的？请举例。

前面谈风格问题时已列举了几位美术界专家的评论，这里再听听"界外"的声音：一位文学界朋友说，"你的画很有个性。笔下的女性双眼似开亦闭，嘴唇上翘，姿态特异。感觉三个字：美、媚、味。不过歪鼻子斜眼，找老婆我是不会选她们的。"一位收藏界友人也

陈醉（左四）《裸体艺术论》手稿捐赠中国现代文学馆，中国作协副主席、馆长陈建功（左五）等有关领导和专家出席了仪式和座谈会　2006年6月

许说得更直白："你的那些美女很特别，总觉得与别的画家的很不一样。非常性感，但又非常优雅。可惜就太胖了，腿那么粗，有的脸蛋也不够漂亮。"他每次来取画都希望我下次为美女减肥，我也只能说当今营养好，

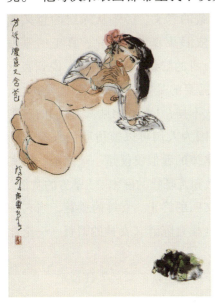

陈醉　芳草浓意又含苞
2010年　60cm×46cm

一时减不下来……他们这些感受都是非常真实而准确的，很形象地反映了我的风格取向，同时也再次提起了美与漂亮的同异这个美学上的老问题。

11. 为了艺术，一年里外出的机会多吗？

比较多，尤其在政协委员任期内，除了专门的艺术活动，有时视察、考察时还会"政、艺兼顾"。如一次在青海视察，我曾挤出时间专门去乐都看原始彩陶，路途很远，只能看半小时就得往回赶，但很满足。没有政协的条件，是万万办不到的。

12. 您最重要的艺术观点都有哪些？您提出过哪些自认为有学术价值

的艺术问题？

一、以性意识为主线研究裸体艺术的产生、发展及社会意义。

二、人体美的产生是人类性选择的直接结果，甚至人类的美感都有性意识的底蕴。

三、人体美的定义：人体美是以美感为存在形态的性感、美感和羞耻感的统一。

四、"人类在

陈醉　细听春声　2013年　68cm×68cm

把握裸露的同时，却更深刻地认识到掩蔽的意义。……从深层的意义考察，人类不同意回到赤身裸体年代，也依旧并非为了风化。真正的原因是，人类需要掩蔽，人类需要不断施展自身的智慧。维护风化，说到底只是人类相约的一种托词，人类真正永远需要的是好奇、是求新、是诱惑、是追求。如果真有那么一天，人们都一丝不挂、'赤诚相见'，人们的感受绝不会是兴奋愉悦而肯定是索然无味。因为人们可以模仿原始人类的外表，但无法回到原始人类的思维。我们拿掉的看似仅仅是一丝掩蔽，但实质上取消了的是人类的创造本能。性刺激和羞耻感的麻木、'卑劣的贪欲'的消亡，绝不是文明的前进，而恰恰是文明的终止。女神的腰蓑，当它一旦挂上去的时候，就再也取不下来了！"（摘自陈醉《女神的腰蓑——论性诱惑与人体美的起源及未来》）

以上这些都是以前没有的观点，至于价值还是留给后人评说吧。

13. 在艺术上，您获得自由了吗？如否，您将如何获得自由？

获得了。

14. 您对自己所从事的艺术的未来，悲观还是乐观？理由？

64

乐观，因为我已"随心所欲"，不过有时还是会"逾矩"。

四、对自己创作、展览的想法

1. 什么状态下最有创作的欲望？

灵感来了。

2. 什么状态下绝不创作？

不想创作的时候。

3. 最艰难的创作状态是什么？

得心不应手。

4. 您的创作时间主要集中在哪些时段？

全天候。

5. 遇到创作瓶颈时，如何解决？

多糟蹋一些画布、宣纸。

6. 您在艺术上的绝活是？

舍得报废。

7. 去年创作的作品数量？迄今最满意的作品是？原因？

称得上"创作"的，几幅吧。

应该说迄今最"得意"的作品是一句题词。一次在某高校做讲座，结束后主人希望题词留念。一位领导恳切相求，说自己原来是搞数学的，且很热爱。现在被提拔到领导岗位，专业搞不了了，留下难解的情结。希望我能为他题幅字，既要有意蕴，还必须有"数学"两个字，一再说难为我了。的确难为我了，搜尽唐诗三百首也不会有这两个字。座中一阵笑声后进入寂静。稍做沉思，我终于写下"天行有数　学业在勤"八个大字。书法作品是不用写标点的，所以有"数学"两个字，而这句话也深富哲理，尤其于教育领域。寂静中爆出一阵掌声。

8. 一年大概举办几场展览？最成功的是哪一场？

参加一些小展览，不足挂齿。"成功"多半是策展者自慰，用"最"更是自吹了。

9. 最向往在哪里举办个人展览？

正规的美术馆、博物馆都好。

10. 成功展览的要素您认为有哪些？您会如何促成？

专业观众动感情，普通观众留印象。促成办法是努力画好每一张画。

五、对人生的感悟

1. 能用最精简的语言概括一下自己的人生吗？

人的一生，犹如在一根丝线上串珠子，做一件事，就是串一颗珠子。所以，它们有闪光的，亦有暗淡的，甚至还有个别裂缺的。我们祈望有更多的好珠子，但更着重在"串"的本身。只要带着这个祈望一个一个往下串，直至串不动为止，就无愧于自己的一生。人人都祈望串成一根闪闪发光的链条，而正是这无数的祈望才组成了闪闪发光的历史。在我的面前，还有很长的路要走，还有很多珠子要串！

2. 有座右铭吗？

曾自撰一联："出世不鄙功名，入俗勿忘清高。"意思是，我们推崇"出世"，看破红尘，与世无争。但不要鄙视功名，因为功名体现了对社会的贡献。我们劝人"入俗"，入乡随俗，随大流，譬如想法子"搞活经济"。但君子爱财取之有道，不要忘记自己还是读书人，留住那最后的一点清高。不少朋友共鸣、喜爱，要我题书用作座右铭，有的悬挂厅堂，有的做成镇尺，还有的画家刻凿于自己美术馆的门柱上。

3. 什么时候发现自己突然需要一则座右铭了？

现在还未发现。

4. 什么时候突然发现自己不再需要座右铭了？

同样尚未发现。

5. 理想跟梦想，最大的区别在哪里？您的理想和梦想是什么？

现在看来，这两个概念没多大区别了。

记得小时候，"理想"很宏伟，大人问我

陈醉　句并书　出世不鄙功名　入俗勿忘清高　木雕　2000 年　41cm×5cm

66

长大了想做什么的时候，总是回答：当总统。那时根本不谙总统为何物，不过拾大人牙慧而已。青年时代，真正树立了理想，就是当画家、当作家。当时还学着作家取个笔名，母亲说，坏诡先生多别号，不要取那么多名字，将来竞选总统会分散你的票数。可惜竞选没赶上。

现在的理想和梦想很实际了：多点安全感。

6. 有信仰吗？或者说，还有信仰吗？

这里的"信仰"如果是指宗教或者类似宗教的意识形态、行为方式，那我没有。如果是指一种理想、信念、追求，如上所述，从小就有。

7. 当艺术家的

陈醉　梅竹清溪　2012 年　138cm×68cm

梅竹清溪终别去，情深犹忆一芳容。长睫难遮秋波涌，浅尝那堪醉唇红。

好处是什么？坏处呢？

好处是可以追求心灵之自由，坏处恰是悖论：永远都达不到自由。

8. 有过自投罗网、向世界屈服的经历吗？

没发现什么罗网。一介书生，自认很渺小，不敢与偌大的"世界"抗衡，所以也不存在什么征服世界或者向世界屈服的经历。

9. 如果在大街上遇到电视台问您幸福吗，您会怎么回答？

不是如果，也不是在大街上，而大多是在很正式的场合接受记者采访，不止一次被问到这个问题。我的回答是肯定的，幸福的标志是，我能愉快地劳动。有人上班的八小时并不愉快，虽然报酬不低，但到下班才愉快。有人八小时以内很愉快，以外同样愉快，尽管报酬不高。我属于后者，因为我每个小时都在做自己喜欢做的事情——艺术研究、艺术创作和必要的社会活动。

六、对自己生活的看法

1. 什么情况下最开心？通常如何表达？

人逢喜事精神爽。笑笑。

2. 什么情况下最不开心？怎么将它打发掉？

碰到麻烦。坦然对待，尽量排解。

在人生的征途中，对眼前的困境常常会视之为万丈深渊，但当日后回顾时，也许不过一条溪涧小沟。对眼前的得益往往会看成金山一座，但当日后回忆时，也许不过一片过眼烟云。然而，到能悟此道时，大多已劳碌半生，无暇追悔矣！

3. 最近有什么开心的事？又有什么穷开心的事？

《裸体艺术论》第六版由人民美术出版社出版，刚刚拿到样书。虽然稿费不多，富不起来，但还是可以穷开心的。

4. 您表示愤怒的方式是什么？

凶神恶煞。

5. 人生需要犒劳自己。对自己最好的奖赏，有过哪些？

犒劳是要以感受来体现的。上大学时年少气盛，喜欢打赌。那时最大的赌注也不过一管油画白颜料，三毛钱。最小的赌注是一碗阳春面，这是当年上海最平民、最实惠的餐食，八分钱。那时作为赢家吃着那碗阳春面的满足感至今还在舌根。如今生活好了，偶尔也会享受一些"犒劳"，而且往往还是很昂贵，但是再也没有当年的感受了。

6. 有口头禅吗？说说该口头禅的生成史。

没有。

7. 您最主要的嗜好是什么？会由此觉得自己是一个玩物丧志的人吗？还是说，自己是个有情趣的深情的人？

没有嗜好，毫无情趣。甚至连交际都很少，很多媒体问我陈老师有微信吗？我只能回答很惭愧，本人才疏学浅，在群众中毫无"威信"。

小时候常与家族的小孩到教堂听洋牧师布道，真正目的是为了能领到几枚外国邮票。所以曾经集过邮，集过钱币。但后来，这些"藏品"都化为乌有了。邮票是"英美帝国主义"的，金圆券上有蒋介石的头像，最早被火化了。继而铜钱铜板也换零食了。后来别出心裁，收集自己的签名，其实就是从前一些作业本、测验卷上写的名字及一些班报、校刊稿件的笔名剪下来贴上，好玩而已。不料大学时搞运动被检举批判，说是成名成家思想严重，"藏品"依然付之一炬。后来就没有任何嗜好了。

8. 喜欢跟什么样的人做朋友？有"一辈子"的朋友吗？

合得来的人。有一辈子的朋友。

9. 讨厌别人什么性格？

话多。

10. 能成为您知己和心腹的，最看重他（她）的是什么？

视我为知己。

11. 能说说艺术圈里您几位有趣朋友的名字吗？他们有趣的地方在哪里？

张贤亮，作家。一次大家聊天开玩笑，他向我"发难"："昨天到同仁医院看眼睛，医生说我瞳孔的晶体老化了，要换。他介绍有国产的、进口的，还说领导干部以及知名人士可以优惠用进口的，建议我选后者。我说两样都看不上。医生很诧异，问我那究竟想要什么样的？我说，要陈醉的那种，看什么人都是没穿衣服的。"他去医院看眼睛是真，但能借此即兴创作这则故事，睿智！可惜英年早逝。

陈铎，央视主持人。一次在外地考察，与他边走边聊，但不时有人打断我们要和他合影。我妒火中烧，决定报复他。正好两位美女把我拉到一旁悄悄问道：那个人很像陈铎，是真的吗？我立刻朝他高声喊道："哎，陈醉，她们说你很像陈铎呢。"两位美女扭头就走。考察团的同人们愣了一下也禁不住一阵大笑。

当然，我与陈铎是好朋友，我的个展开幕式是请他主持的。还有一位朋友陈钢，作曲家，他的《梁祝》套谱出版是我给他

陈醉　多情也有恋旧时　2006 年　78cm×68cm

题写书名的。一次一位朋友要我请几位名人到他公司坐坐，以丰富一下企业文化和创造一点艺术氛围。我说给他组织一个"三陈雅聚"："全中国观众眼中最喜欢的名人陈铎，全世界听众耳中最喜欢的名人陈钢，还有一位是让人心中最容易想入非非的未成名者陈醉。"结果我的朋友非常满意。

12. 如果意外得了一千万元现金合法收入，您会怎么安排这笔横财？

反正都是如果，干脆给我一个亿，我将设立陈醉艺术科研成就奖。

13. 每年有去旅行的计划吗？最希望去哪里？

没那么死板。没去过的地方都希望去。

14. 让您带上一个人去您最希望去的地方，会带上谁？为什么？

文化水平高的美女翻译。语言和文化是两个层面的问题，外国的文盲讲话也绝对流利，但不能当翻译。所以必须文化水平高的，可以较准确、深入地帮助了解造访国的人文景观。此外，公关、交流方便，无聊的旅途可能会有聊，还有秀色可餐。

15. 觉得自己是一个幽默的人吗？

那样就不幽默了。

16. 会不经意讲冷笑话吗？仔细想想，然后讲一个？

我只会很经意地讲老实话。常有人客气抬举我："先生著作等身高。"我只能实话解释："因为本人个子矮。"

七、对可能遇到的艺术圈现象的态度

1. 喜欢哪一类型的艺术社交活动？

学术。

2. 在某个重要的社交场合，因为主办方一时的疏忽将您冷落了，怎么办？会像齐白石一样赧然离去吗？还是高傲地岿然不动？

根据具体情况处理。

3. 您对艺术市场的态度是？

支持。

4. 假如您的一件很珍贵的代表作，有拍卖行打保票说如果拿去拍卖就会创造出个人最高拍卖纪录；但有一家著名的省级美术馆想收藏这件作品……您更愿意托付与谁？

美术馆。

5. 羡慕那些不断刷新拍卖纪录的艺术家吗？

不羡慕。不断刷新，未必正常。

6. 市场一直很喜欢您某类题材的作品，但您又不想老是重复，您会怎么办？

画我想画的。

7. 有些笔会、雅集、社交活动，您觉得档次不够，不想去，会直接跟主办方说吗？

间接说。

8. 您会找什么样的人做经纪人？

有经验的。

9. 有专业评论家直接对您的作品指出不足，并刊发在媒体上，您怎么看、怎么办？

陈醉的部分著作 2011 年

71

谢谢他。

10. 喜欢只会谄媚您的评论家吗？有这样的评论家吗？

尚未遇到。应该没有。

11. 祝贺！您被媒体大肆报道了；不过，是负面的……您打算如何处理？

深思考，冷处理。

12. 艺术前进的途径有很多，您个人最不喜欢哪一种？

艺术真正前进的途径只有一条——刻苦。

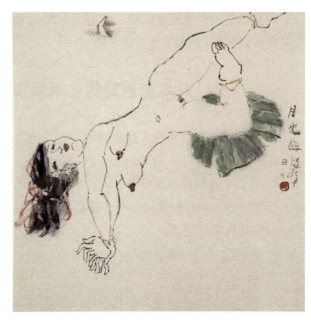

陈醉　月光曲　2014 年　68cm×68cm

八、对学习、阅读的态度

1. 一天的阅读时间能保证吗？

能，但很少。前不久还就此问题接受过《美术观察》记者的专题采访呢。

2. 哪些书会成为您的珍藏？

工具书、专业研究参考书、经典著作。

3. 有写作的爱好吗？

有。

4. 如果自己要写书，准备写哪方面的内容？

散文、随笔、回忆录之类吧。

5. 哪些书籍对您的人生和创作有过重大影响？

重大谈不上，但青少年时代读过的一些书，肯定是有影响的：《唐诗三百首》《红楼梦》《三国演义》《古文评注》《悲惨世界》《白夜》《十日谈》。

6. 您反复阅读的艺术类书籍都有哪些？

一般都是研究课题的参考书了。

7. 您反复阅读的非艺术类书籍都有哪些？

我对宇宙很好奇，所以对天文知识喜欢了解。年轻时读过介绍康德 - 拉普拉斯宇宙生成说的文章，至今还有印象。后来对宇航、宇宙探秘等都很感兴趣。20 世纪 80 年代瑞士人厄里希·丰·丹尼肯的著作《众神之车》推测外星人的存在，虽然不足为信，但这种大胆设想、丰富联想很给人启发。尤其拍成电影《想往未来》后更是直观生动，其中一幅玛雅文化的壁画解释为宇航员在座舱中，甚是形象。我的论文也引用过宇航的材料，如 1972 年美国发射的宇宙探测器先锋十号，上面刻着一对人类裸体男女的形象。内容和图片我都使用了。四十五年过去，他们早已告别太阳系，也许在宇宙深处遇上外星人了……我还很荣幸，受聘担任《中国国家天文》的文化顾问；还很荣幸，曾经参加政协考察团考察过酒泉神舟飞船发射基地。

九、人生哲思

1. "要么庸俗，要么孤独。"您觉得是这样的吗？目前您的状态是庸俗还是孤独？

没有那么孤芳自赏，看来只能属于庸俗一类的了。

2. "一个灰色的回忆，怎能抗衡此刻的生动与自由？"您习惯了珍爱回忆，还是拥抱自由？

拥抱自由。

3. 如果有机会让您重新出发，您希望远方在哪里？

还是我现在的航线。

4. 古人云："画者，文之极也。"可是古人又说：书画乃余事，雕虫小技耳。古人的矛盾会不会也是您的矛盾？

视角不同，文章立意各异，都很深刻，并不矛盾。

5. 莱布尼茨曾感叹道："意识到自己的存在，这是多么令人震惊啊！"这样的体验，您有过吗？

没有。

6. "充满劳绩，然而人，诗意地栖居在大地之上。"说得对吗？

对。

7. 贡布里希说：实际上没有艺术，只有艺术家。高山樵则认为：艺术本体的存在是绝对的，艺术家的存在则是相对的，因此严格来说，只有艺术而没有艺术家。您同意谁？

还是一样，视角不同，立意各异。

8. 一个笼子在寻找一只鸟。世界和时间，是一张网。如何倔强地逃离，从而永葆逍遥？

真正倔强的鸟，不是逃离，而是把握时间，引领世界歌唱。

陈醉　我在春天许个愿　2015 年　138cm×68cm

羊城晚报艺术研究院采访整理

74

画好不容易　有格更困难

——我的中国画创作体会

　　友人们常开玩笑说，陈醉以"贩卖妇女"为业。当然，这是指我的绘画创作，因为我主要是画女性人物，而且大多还是裸体的。这，一开始就谈到题材问题了。选择一个相对稳定的题材，对画家来说是重要的。这样有利于集中精力，以求得特定范围的精粹化。中国画尤其如此。我之所以钟情于裸体人物画创作，是因为我一直在从事裸体艺术研究——这也是构成"贩卖妇女"玩笑的另一个因素——这样，从感性的兴趣到理性的认知，都集中在一个点上了。相辅相成，相得益彰。加上优秀作品看得多，思考得多，实践得多，也有利于境界的提升。我有一方闲章"色目人"，当然不是元朝人的含义，意在"好色"——如马克思所说的培养"形式美的眼睛"。

陈醉　梦入花丛有余香　2016 年　68cm×138cm

也许比选定题材更早的事情，还是绘画方式的摸索，这在开始的时候与师承有密切的关系。我是学西画出身，导师是留苏的，我从他那里学到了对色彩微妙关系的观察与表现、对独特构图的处理方式、对形式感的敏锐把握与构思运用。在我的油画作品中能明显见出师承的轨迹。后来，较多地从事创作实践，尤其是油画、中国画和书法都同时涉猎，加上还有学术研究的根基，创作个性日渐显露。特别是中国画，进入了迥异于油画的另一个创作体系，固有的束缚解除了，所以表现了更多自己的旨趣。但即便如此，在我的作品中也同样流露出学西画"出身"的痕迹。论家给我的中国画创作定位，有人说是"文人画"，有人说是"学院画"。其实两个都对，而且恰恰是这两个看似对立的判断，道出了我的苦心追求与创作特色。如果要我自己定位的话，那就应该是具有文人画精神的学院画。之所以落脚在"学院画"，是因为我是从西洋画严格的写生训练开始的，与真正"文人画"的临摹进入方式及"九方皋相马"的创作观念是背道而驰的，所以也难以摆脱"学院"的烙印。不过，多年实践，也自觉有心得，有收获。其根本就是把握住文人画的精神，运用好学院画的基础。所谓文人画精神，首先是心灵的自由和文化意蕴的体现，然后是制作过程中的主体随意性与材料物质性的统一，样式上的诗书画印的融为一体。这些，与我的个性很吻合，所以我很喜欢，乐于实践且有条件实现。

　　中国传统绘画是书画同源，看重"书写性"，"画"只是名词，"写"才是动词。古人画画不说"画"，而说"写"，"写真""写意""写生"，连后世引进的新样式也译成"速写"而不是"速画"。真正的文人画是由一批不会画画的文人"写"出来的。从前中国人只要读书就会拿毛笔写字，这离画画就不远了。幸亏从小父母要我习字，后来又下苦功练了怀素，现在常应邀书写巨幅狂草。所以，在作画时我侧重用笔、用线——线是中国画的灵魂，线用好了，支柱就起来了，精神就出来了。从某种意义上说，我也是用狂草在"写"人体。笔走龙蛇，恣肆点擦，在淋漓酣畅中捕捉那意趣天成的效果。将草书与女性人体形象融在画面中，再加上特殊的表情、体态的塑造，也许这种对立统一本身就会激起人们某种特有的审美心理，形成一种难以名状的意味。但另一面，正因为如此我又不能完全靠"天成"。在创作过程中，我都非常着意于造型、构图甚至构成，这在文人画中是没有的，这又用上了我的西画基础甚至西方现代艺术的创作观念。不错，古人也有"经营位置""应物象形"之说，有如何留画眼、烟岚、水口等套路，但毕竟是两种不同的语言。我融进去的是另一个体系的基因，所以显得清新、匠意，独特、异趣。画画的人往往都有这种体会，即有时一幅作品打动人的未必是因为它的题材重大或者画幅巨大，而更多的是绘画的本体因素在起作用。如也许恰恰是一个局部的用笔——如油画之笔触、中国画之飞白，一小块色彩的点染——如油画之透明感、中国画之屋漏痕，或者是一个动作、一个小道具的安排使人产生激动甚至震撼！这些，都有可能从经意或不经意中产生。这些，最终都取决于作品的技艺含金量——发现和捕捉造化美点的能力和表达造化美点的技巧，而这些都往往体现为某种创作的难度。最后，还幸亏从小父母要我背诗词，长大后也偶有戏作，今天也派上了大用场。画作的题款，我都是用自己的原创。或整首诗词，或其中的诗句。有时是先有诗后作画，更多的是先作画后配诗。即便是有时应邀题写书法，我也是尽量根据对方的具体情况即兴撰写诗词、题句。此外，在画面上题诗用什么字体、大小如何排放，以及用什么印、钤，什么位置等，都是需要精心琢磨的。只有这样既感性又理性，才有可能给人以匠心独运的感受。

当然，上述只是本人的创作习惯、方式、理想、追求。多好多差，当由观众评说，时间检验。前些时候办个展，专家大腕畅言议论了一番，有鼓励有批评，效果很好，已见诸报刊。

艺术，当然离不开时代功利，"成教化，助人伦"是它的义务。但从本质而言，它又是心灵自由的释放，是品格、灵性的对象化。它需要着意，更需要率意；它需要感觉，更需要感悟；它需要功力，更需要才气；它需要内容的厚实，更需要形式的空灵；它需要法度上有源可寻，更需要过程中的神助妙得。古人"气韵非师""在外物界寻回自我"等论述是精辟的。画"好"不容易，画有"格"就更困难了——那是一种个性、气质的下意识的流露，而它的底蕴则是整个人格和毕生的修养。我要努力攀登这个境界。

原载《中国文化报》2006 年 5 月 16 日

冰肌玉骨更堪怜

中国文人对女性的赞美，常常会用冰、雪、玉、脂、香等词汇，使用的感情往往也是爱、怜、惜等形态。如"玉人""玉体""冰肌玉骨""冰清玉洁""玉貌冰肌""肌肤雪白"等。称道他人之女儿用"玉女""令爱"，白居易《长恨歌》中形容杨贵妃有"温泉水滑洗凝脂"句，俗语中有所谓"怜香惜玉""一白遮三丑"，而《红楼梦》中贾母对黛玉等小姐们的疼爱常常会说"可怜见的"……可见国人在审美过程中对肤色的权重程度。似乎欧洲人没有像我们那么看重皮肤白，也许他们本身就是白种人，司空见惯。相反，他们还有意去日光浴，将皮肤晒"黑"。

我作画的题材大多是裸体女性形象，而健康女性的肌肤的确非常美。尤其是少女白里透红的质感，充满了青春的活力。作画过程中，有时勾好线后，人物形象一出来，在雪白的宣纸上就已经显现了女性肌肤柔润、晶莹的效果，觉得"意"已经"到"了。这时候，往往没有勇气再用墨、用色去"玷污"它。但矛盾的是，我又很喜欢使用色彩。大概是学西画出身留下的癖好，真不死心将创作停留在白描上。

诚然，线是绘画的重要手段，东西方均如此。希腊瓶画留下了古代希腊经典的线描艺术，它果断且富装饰性，很美。他们喜用硬笔，如毛管笔、铅笔、钢笔等。我们

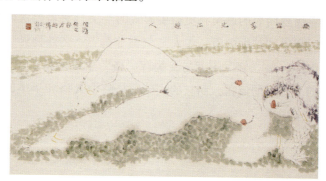

陈醉　无处春光不撩人　2013 年　68cm×138cm

的祖先发明了毛笔，后来又有了墨、宣纸。古代画家很重视线条，唐代人物画是一个高峰，画工分工也具体，负责画线描稿的画工比负责着色的画工酬劳要高，而且不小心色彩覆盖了重要的线条还要扣着色工的工钱。中华文化孕育了传统绘画线条特有的生命力，它是有"气"贯于其中、有"意"蕴于其里的。古人还讲书画同源，看重"书写性"。古人画画称"写"，"写真""写生""写意"。画是名词，写才是动词。画是写出来的，不是画出来的。连舶来品快速记录对象的手法都翻译成"速写"，而不是"速画"。传统讲究笔墨，如果与西画从功能上做个大致的类比，笔是"素描"，墨是"色彩"。

本人作画也侧重用笔、用线——线是中国画的灵魂，线用好了，支柱就起来了，画面的形式感和神韵就出来了。从某种意义上说，我是用狂草在"写"人体，在淋漓酣畅中捕捉那意趣天成的效果。中国画大写意人物很难画，难在一笔下去，"不成功则成仁"，没有修改的余地。悬着肘能画出一条准确的线条就很不容易，能像写书法一样"写"出一组气贯始终、顿挫有致、形态优美的线条就更是困难了。这些线条往往是意蕴深邃，蕴含着内在的生命力，而且还能准确体现人物造型、解剖结构。这种时刻，常常会隐约体悟到古人所说的"意趣天成""如有神助"的感觉。正因为如此，真不忍再去皴擦、上色，唯恐减弱了它的效果，埋没了它的光彩。我希望完整地把这"神来之笔""幸运妙得"的线条造型保存下来。想到这里，觉得古代对着色画工因不恰当地覆盖了线条而被扣工钱有其道理。不过，自己毕竟也是"着色画工"出身，对色彩的情结难以割舍。我们的前人惜墨如金，惜色如金，我们更需苦心经营，用好这仅仅允许的一点点色彩。

创作着色人体过程中，我喜欢在赭石中调入花青的效果曾引起行家的注意和兴趣，有学者在评论中多次谈及。还有同人言，陈醉笔下的美女喜欢戴绿色耳环，说这已成了我的标志、我的特有符号……言之有理，确实从此可以窥见我对色彩处理思考和实践的痕迹。创作不着色人体形象时，能够施展色彩效果的地方就更有限了，仅有头发和头饰可以变化。人物的脸部是最重要的部位，是表情所在，色彩焦点在嘴唇。白居易对他两位家伎的赞美流传有佳句："樱桃樊素口，杨柳小蛮腰。"美人的嘴是小小的，像樱桃一样，红红的。于是耳环我选择了石绿，因为它与嘴唇最近，与嘴唇的对比最强烈。所以，最后嘴唇的朱砂一点，少少的一点红色和绿色一对比，犹如画龙点睛，整个画面的神就提起来了。加上两点乳晕红色的呼应，更富感染力。不着肤色，白色的宣纸首先强化了黑、白、灰的效果。除了红与绿，也要有些变化。所以有时头发会用紫色，而耳环则用金黄色。还有时候，头发干脆用金黄色，耳环则用灰紫色……其奥妙其实也很简单，也就是余补颜色的道理。红、绿是一对余补颜色，紫、黄也是一对余补色，所以它们配在一起很响亮。这是西洋画中常用的余补色效果，传统中国画不注重这个，西洋绘画也是到印象派时代才懂得。有时不妨刻意使用一下，变化一下习惯的趣味。我以前偶尔也这样不上肤色地画过，而近来则相对集中地画了一批，自我欣赏之余，今借此机会就教于同人。

冰肌玉骨更堪怜，不知是否真能有此效果？

写艺术的裸体　竞时代之风流

——陈醉的艺术人生

王红媛（《美术观察》栏目主持人）：陈老师好，大家都知道您是一位非常著名的美术理论家，同时也是一位成就卓著的艺术家。我知道早年您是先学习绘画，后来又在美术理论上取得很大成果，再后来又在艺术创作领域取得显著的成绩。请您简单回顾一下这段曲折而辉煌的历程。

陈醉（中国艺术研究院研究员）：我想首先应是得益于家庭教育。我的父亲是军人，黄埔六期的。他书法写得很好，偶有书画收藏。他很重视孩子的教育，并让我练习书法，这就从小奠定了我的书画基础。我母亲是中山大学读了文科和化学两个专业的毕业生，这在30年代的中国妇女是极为少有的。母亲更喜欢文学，那时我家藏书就有巴尔扎克、大仲马等名著的译本，小时候就听过《三个火枪手》等故事。接受这些熏陶，因此启蒙很早。更深刻的还有母亲教我背诗词，她自己则常常吟诗，尤喜一些边塞诗，如"君问归期未有期"之类。长大后才明白，因为父亲是军人，今天出发明天能不能回家都不知道，借此排遣思念。我背会了很多唐诗宋词，这种"童子功"是日后难以重获的。

幼时"志向"高远，大人问长大了想做什么，答："当总统。"其实那时并不谙总统为何物，只是常听大人以崇敬口吻谈论孙中山而拾其牙慧而已。后来真正的总统都逃离大陆，我这个"志向"当然实现不了了。小时候一老和尚给我算命，说此子相貌非凡，日后定能成大器，并要收为门徒。父母当然不依，并传作笑谈。但言者无心，听者有意，在童年的心田种下了"狂妄"的种子。之后，"钟山风雨起苍黄"，我们家从南京回到了广州，后又回到了故乡阳江。家道一落千丈，尤其背上了一个"官僚"的家庭出身。幸亏读书还行，那是唯一的出路了。阳江一中至今都是省重

陈醉的中学时代，常背着画夹外出写生　1959 年于阳江

点，那里有一批优秀的艺术和文学老师。我活跃在课余的美术组、文学组，还办了油印的刊物。母亲偶尔也会浏览一下，见我取了笔名，说："坏诡先生多别号，不要取那么多名字，将来竞选总统会分散你的票数。"其实就是提醒我不要骄傲自满。这时，我真正定下了志向：要当画家，也要当作家。1960 年毕业，高考时，由于想鱼和熊掌兼得，报考了上海戏剧学院的舞台美术系。在这里要学美术，又能学文学——接触剧本，符合志向。恰逢当年高考放宽了一点点"家庭出身"的"门缝"，我才有幸挤进了梦寐以求的高等学校。这一步也就定下了我终身事业的方向。

上苍继续送我幸运，入学后带我的导师是因中苏关系破裂刚从苏联列宾美术学院提前回国的周本义老师。他功夫非常扎实，手法和面貌都非常新颖。作品色调非常统一，大块面色彩，略带装饰性的造型。他很擅长用各种漂亮的灰色调子，很微妙。作画时直接用群青色起稿，调子的重颜色打底。先薄薄地画最暗的部分，再逐渐丰富画面色彩，厚堆亮部。在造型方面，他经常提醒我们，要重视形式感，注意外轮廓的美。所以画面有相当的主观性，略有构成意味。周老师给学院带来了一股新风。我常去老师家请教，他总是细心指点。看到好处，会来一句"有想法"，这就够我兴奋一段日子。学院为他举办留苏习作展览，那些油画太精彩了。尤其是那些银灰调子的人物甚至人体，色彩太微妙了。暑期我有幸负责管理展厅，借此机会认真观摩临摹了一番，非常得意。老师的言传身教使我终身受益，我不但在绘画创作方面有根本性的进步，而且直到读研究生时毕业论文写的就是形式感。到研究院工作，研究选题就是人体美——裸体艺术，这些跟老师的教诲和熏陶有着直接的关系。

1964 年毕业分配到江西省工作。1965 年就下农村搞"社教"运动。

1966年"文革"就开始了。当过报纸的编辑、记者，兼搞摄影、插图。为美术界做了一件大事——参与筹办和领导"毛主席创建井冈山革命根据地四十周年美术作品展览"（简称"井展"）。这个展览很受重视，从全国各地调艺术家来参加创作和工作。因为当年全国只有

陈醉与大学导师周本义先生久别重逢　2004 年于上海

这一个展览，所以影响很大。展览保护了一批老艺术家，培养了一批青年美术人才，应该载入地方的美术史册。1968 年我被下放到井冈山"接受贫下中农再教育"，户口也得随迁下去。因为业务水平小有影响，很多单位想抽调我，但都因家庭出身被政审卡住。于是，决心最大的江西人民出版社采取"借用"的方式将我先调回来，从事编辑和创作工作。1974 年国家开始重视教育，恢复了江西省文艺学校，我才正式调动回来当教师。历时六年的下放生活终于结束，落在边远山区的户口也回到了省城。

　　1978 年，幸运再次招手——国家恢复研究生招生。这是千载难逢的自己可以掌握自己命运的唯一一次机会，我当即卖掉了家里唯一可以变现的不动产——凭票新买的名牌缝纫机，用作去上海、北京的初试和复试旅费，终于考上了中国艺术研究院，成为王朝闻先生的研究生。这是我命运的第二次重大转折。研究生的三年理论深造，我没有放弃绘画。周日坚持作画，外出写生。毕业后我专注裸体艺术选题研究，七年后的 1987 年 11 月专著《裸体艺术论》出版，产生了巨大的社会影响，国家级有关媒体都予以报道，专家称，专著的出版"在中国现代美术史乃至文化史上都具有特殊意义"。多年后，凤凰卫视称"这是一本改变了整整一代人艺术观念的书"。专著体现了我学术研究领域的阶段性成果，而绘画创作实践探索也开始提到议事日程上来了。

王红媛：陈老师您的油画和水粉等西画作品散见于很多出版物，您的油画创作多吗？在不同时期有什么变化吗？不同时期的油画作品也寄予您对艺术的多方面思考吧？

陈醉：我的油画作品不多，主要是多了就没有地方放了。中国画

陈醉1978年考取中国艺术研究院研究生，师从王朝闻先生攻读美术理论　1978年于北京

我很重视那种空灵的感觉、书写的意味。油画则更重视那种厚重、强烈的感觉。很多人看了我的画作都很惊奇，头一次看到那么漂亮的色彩效果。对色彩敏感，对形式感重视，且运用自如。这都是老师教导的功劳，当然，认真研究过印象派、点彩派也很有帮助。20世纪80年代，我对现代主义的也做过一些尝试，还参加过中国当代油画展，在中国美术馆及日本巡展过。

陈醉　福　油画　1993年　100cm×110cm

王红媛：陈老师您的书法水平非常高，书法作品非常多，能现场演示书写丈二尺幅大型草书作品。喜欢您书法的人很多，我们私下常议论说您其实是个一流的书法家，但是您并没有加入书协。想请您谈谈您的书法艺术风格是怎么练就的。

陈醉：谢谢大家的厚爱。前面说过，我从

陈醉和他的书法李煜词《虞美人》　2008 年

小就练习书法，这个童子功很重要。最初的临摹、实践对我书法水平的提高至关重要。书法能写出个性的确不容易，那既是功夫的积累，也是人格的下意识流露，不可刻意追求。行家认可，观众喜欢，足矣。协会并不重要。我只参加了中国美术家协会、中国作家协会。招牌挂多了，就越发业余了。

王红媛：陈老师，中国画创作您是在 80 年代就开始搞了吧？我印象很深的您有一个中国画组画，表现 80 年代精神，人们开始追求服饰美，把那个时代女性朝气蓬勃的精神面貌传神地表达出来。您选择用中国画创作裸体题材是在《裸体艺术论》出版之后，您的中国画创作有哪些特点呢？您的裸体人物画，常常画年轻的女性，很健康，很活泼，表现了一种率意自由的精神，也反映了一种强烈的生命意识，我的感觉对吗？

陈醉：是的，应是《都市经变图》吧。作品就是表达 80 年代新旧观念碰撞、人们奋发向上的变革时代精神。美女画得很摩登，都是着衣人物。今天我们侧重谈的是裸体人物。裸体艺术研究，对象主要还是西方的。中国

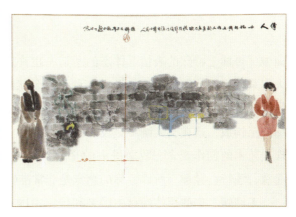

陈醉　都市经变图之一·传人　1993 年　47cm×69cm
女娲抟黄土作人。剧务，力不暇供，乃引绳于泥中，举以为人。

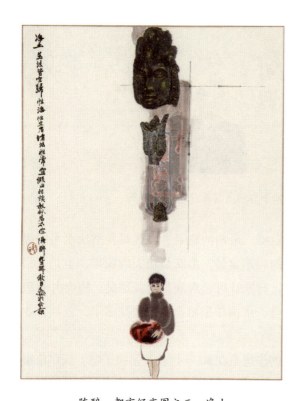

陈醉　都市经变图之三·净土

1993 年　58cm×45cm

万法皆空归性海。性空者，诸法性常空。假
业相续，故似若不空。

画主流没有裸体题材类型。对裸体艺术创作实践，我选择了从中国画切入。中国画由于历史上的空白，所以留给我们探索的空间许多。论家给我定位，有说是"文人画"，有说是"学院画"。其实两个都对，就是具有文人画精神的学院画。所谓文人画精神，首先是心灵的自由和文化意蕴的体现，然后是制作过程中的主体随意性与材料物质性的统一，样式上的诗书画印的融为一体。从某种意义上说，我是用狂草在"写"人体。笔走龙蛇，在淋漓酣畅中捕捉那意趣天成的效果。将草书与女性人体形象融在画面中，再加上特殊的表情、体态的塑造，也许这种对立统一本身就会激起人们某种特有的审美心理，形成一种难以名状的意味。但另一面，正因为如此我又不能完全靠"天成"。在创作过程中，我都非常着意于造型、构图甚至构成，这在文人画中是没有的，这又用上了我的西画基础甚至西方现代艺术的创作观念。我融进去的是另一个体系的基因，所以显得清新、匠意，独特、异趣。所以，你的感觉是非常准确的。

王红媛：您的裸体题材中国画和传统中国文人画的关系是怎样的？文人画重诗书画印俱佳，您的书画不必说，配合这些裸体绘画是否还有一批诗词？

陈醉：我这个是学院画，也可以说是文人画观念主导的学院画。对笔

陈醉　俏公主　2016 年
69.1cm×101.4cm

墨我有很深的认识。书法修养在发挥作用，我的中国画真正融进书法的笔法。用书法的感觉和观念来书写女性人体。懂书法的人说我的画是狂草写出来的。有专家评说：书法和造型本来是非常矛盾的东西，但是我把它融合好了，就能产生一种很强烈的张力感觉。我画的东西不是纯粹从中国画入手的，人物形象是从写生而来，创作里有油画思维。有西洋画的结构、色彩、构图意识。传统的中国画对这些都不太重视的，从临摹入手的中国画家不会像我这样构图。我很重视余补颜色的对比运用，颜色虽少，也可以用得恰到好处。中西绘画两边的精髓我都掌握了，把它用在一个地方，效果就妙不可言了。

感谢父母，幸亏从小要我练书法、背诗词，有了这个底蕴，今天也派上了大用场。画作的题款、书法的题词题诗，我都是自己的创作。或整首诗词，或其中的诗句。当然，这种方式是挺考验人的。

总之，文人画，还有许多学问等待我们去研究。只有这样既感性又理性，才有可能给人以匠心独运的感受。

王红媛：您有没有比较大型的有代表性绘画创作？您的创作里哪一类自己最满意呢？

陈醉：我的代表作：油画《火祭》、中国画《长恨歌》、书法《微雨田桑》。就画幅而论，油画不超过两平方米，中国画不超过六尺，都够不上"大型"。书法有

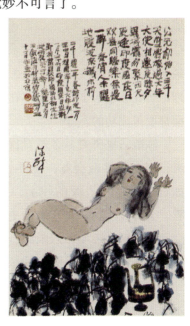

陈醉　天竺客旅图　2001 年
95cm×58cm

陈醉　女娲传之三·作人　1995 年
54cm×43cm

大的，收藏的不算，陈列出来的最大的长度就有八米，够"大型"了吧？就场面而言，十多二十个美女算大吗？《桃花江》二十个美女，还真有观众来电话问作品有多大，我说四尺整张，他很吃惊，他以为很大。这说明画得好。相反，有的作品尺寸很大，但在画册上看却像连环画。在中国，裸体人物画不大好做大型的和"重大"题材的创作，借题发挥，我也就是找到了杨玉环和女娲了，所以只有《长恨歌》和《女娲传》。不过，她们所经历的历史事件也够得上"重大"了吧？

中国画我比较喜欢和擅长的是画面简练的那一类，这类画难度更大，除了具备熟练的技巧、新颖的构思，还需有发现和驾驭偶发因素以创造意境的敏感和匠心。

王红媛：美术研究对艺术创作的最主要帮助有哪些呢？您是怎么平衡理论研究和艺术创作，能够在两个方面都取得成功的？

陈醉：搞研究，必然看得多，思考得多，眼界就会宽，境界就会高。如对欧洲各种流派的作品，我都会看，会对比。除了对它们做史学、社会学的分析，还多一双眼睛，即琢磨他的画法，选择可以吸收的东西。各种艺术理论研究多了，会影响自己艺术方向的选择。也许更宽容，也有可能越来越偏执。这与各人的个性有关，不存在好坏。前者可能更乐意多

陈醉　淑女临琴图　1997 年
86cm×76cm

方尝试，予以否定，产生飞跃。后者可能因找到精神支柱，反倒更执着，可能达到炉火纯青。严格地说，没有文化的艺术家不是一个真正的艺术家。文化不一定是学历，真正的艺术家一定是终生在努力学习的。

研究与创作的平衡，贵在坚持，切忌放弃。也许一段时间一方面很偏重，但另一方面绝不能放弃，一放弃就难以回收了。研究生期间，绝大部分时间是学习、是研究，但我还是坚持星期天画画。正是保留了这一天，十年后"重点转移"时我拿起画笔就可上阵了。现在就更自由了，我的生活是"三三制"，研究、创作、社会活动各花三分之一的时间。我的志向是鱼和熊掌都想吃，我应该说都吃到了。有记者问我"何谓幸福?"我答"愉快地劳动"。人人都要劳动，有人八小时不愉快，到第九小时才愉快，但收入很高；有人八小时愉快，到第九小时也愉快，但收入不高。我选择后者！

原载《美术观察》2018 年第 8 期

知不足　不知足　足

大象无形

　　书斋，俗称书房，是古代知识分子学习、工作的处所。其实就是作坊，干活的地方，只是文人把它雅化了。一般还会取上个名字，这就是所谓斋号了，题上一块匾，更显出文人雅士的风韵。

　　按职业分类，我也算是"文人""士"了，很羡慕古代文人雅士的做派，但可惜自己一直"雅"不起来。"雅"除了具备精神底蕴外，还需要物质的支撑。我们是 20 世纪 60 年代的"士"，那时国人极端贫困，几代人住一间屋子的知识分子有的是。撤掉碗筷在餐桌上写作，卷起铺盖在床上画画，恐怕是很多作家、画家都有过的经历。一般的家庭想自己拥有一间小小的书房，那简直是痴心妄想！真正敢对书斋想入非非的时候，是改革开放的年代。1981 年，我中国艺术研究院研究生毕业后，即迁入当时的院址恭王府内一个八平方米的小平房居住，工作、生活都在里面了。夏天很热，但在当时我已经很满足了。我说："总算有个窝了，尽管是一个'萨拉热窝'。"于是，我把它命名为"萨拉热窝"——虽然没有挂上匾，但这是我第一个"书斋"。后来条件改善，我又搬进一间十二平方米的平房。面积是大了，然而温度却低了——前面一座大楼堵得严

陈醉的书斋"大象无形"　　1988 年于"总统居"

93

严实实，终日不见太阳。冬天冷极了，炉子加满了煤，也只有13℃。但我照样自得其乐，又把它命名为"耶路撒冷"，这是我第二个"书斋"。1986年我再迁新居，住进了一座十六层的塔楼顶层，更是得意。我小时候不懂事，曾扬言长大了要当总统，所以跟来访的记者说："这回可真的当上'总统'了！君不见世界上大饭店的总统套间都在顶层吗？"我给它命名"总统居"。这是我第三个书斋，而且是第一间与卧室分开、仅与客厅共用的工作室。

这时候，也有条件考虑挂一个匾了。诚然，"萨拉热窝""耶路撒冷"也好，"总统居"也罢，不过是一种苦中作乐的调侃，可与同人道之，可在文章见之，但上匾是不合适的。思来想去，我这个"书斋"毕竟是一个无中生有的所在，还是觉得虚一点好，形而上一点更适合于精神的满足。于是，用篆书写了一幅"大象无形"，堂堂正正地挂上去了。后来又搬了两次家，也有了真正名副其实的书斋，但反倒没有再起什么别的名字的雅兴了，一直挂到如今。

原载《画界》2013 年 3 月

知不足　不知足　足

前不久有记者就读书问题采访我，开口就问："你现在还会读书吗？读些什么书……"很惭愧，我还在读，但是也很少了。主要还是出于工作需要才读书，现在我还带着博士生、博士后，还得指导他们研究、写论文，所以，得查阅一些文献，自然也就要读书了。此外，偶尔也会去翻阅一些自己感兴趣的东西。读书是一个永恒的题目，从前也应约谈过，主要是谈"读什么书，怎么读"。时代变了，今天问的是"还读不读书"的问题了，言下之意，现在是"不读书"的时候了。现实很严峻，因为真正去阅读的人的确越来越少了，难怪这个话题引起了社会的重视，要努力建设书香社会。

要谈读书的变化，首先得了解从前，才能认清今天。第一个问题，先谈谈传统读书的方式及意义。我把它归纳为几个特性。一是心性。意思是说，这是一种心性的享受。这种阅读，有别于物质占有。它是一种精神的享受，一种意趣层面的、灵性层面的满足。它是人和物的一种心灵的交流。我们看书主要是看里边的内容，正因为这内容给了我们知识，给了我们启

陈醉在中国美术馆做学术讲座：《画写人生——人人都有成才路》　2016 年

示，所以我们就需要读书，爱读书。由于一些书写得很好，感动了我们，所以又进一步让我们推而广之爱惜这个物质概念的"书"。于是，就有人爱书成癖，惜书如命。这就是对它物质上的一种神化，这种感受是传统的读书方式容易产生的，也是古代文人普遍存在的。所以，就有所谓藏书，并出现了很多藏书家。什么孤本、善本，除了作者著名、内容重要、留存稀少外，还装帧精美、包装高贵，有的书的盒子、箱子本身就是木料珍贵、雕刻精美的工艺品。至此，书成了一件珍贵的收藏品。从而又产生了异化，真正到了这个档次的书，反而又不是可以随便拿来读的了。

于是，就引出了一些很有特色又意蕴颇深的概念。如我们提倡书香社会的"书香"，这里可以理解为书本身的香味，那种植物的物质的香味。也可以理解为为了保存这个书，用香樟木做的书橱、书架本身的香味。工业化以后，出现油墨的大批印刷，油墨也可以说有它特有的香味。如"书卷气"，最早的书是刻、写在竹片上把它串联卷扎起来的。后来书卷气就成了一种饱学儒雅境界的代名词。又如"书剑"，古人认为读书人有两件宝，一是书，一是剑。还有一个词叫"书淫"，乍听不习惯，现代人不使用了。大概是讨厌这个"淫"字，其实，古人较多用其过量之意。如《淮南子·览冥训》中，写女娲"积炉灰以止淫水"，范仲淹《岳阳楼记》中"淫雨霏霏"。书淫是一个褒义词，就是对书很着迷的意思，也是对读书人、有成就的人一种赞赏、褒扬。所有这些都是由这个书引申出来的。所以，书香，实质上就是一种人文氛围、知识浸润、礼乐交融。在这些物质载体及现象的深层，隐藏着的正是书、读书的文化意义，是书所深藏的启迪冥顽、引导文明、净化心灵的底蕴。

其次，从行为方式看，中国人读书是一件很庄重的事情，甚至带有某种仪式化的味道。美国人不同，随便马路边上拿本书就读，可能读完了就扔了，很随便。这也是他们的优点，所以他们知识传递得快、实用性强，知识能够很快转换成效益。还有，他们读书的方式还可以与时尚甚至思潮联系在一起。如前一阵美国就兴起了一个裸体阅读的潮流，美女们三三两两全裸着玉躯在公园的草地上坐着、趴着看书，或者赤裸着上身倚在马路边的电线杆上看书，这大概也是女权主义的一种表达吧。传统读书推崇"一丝不苟"，没想到新派读书竟时髦"一丝不挂"，真是世道不同了。国人当然不可能出现这种"辱没斯文"的举动了。我们古人更加讲究，读书需要有一个书房，也叫书屋、书斋，要给它起个名字，还要挂个匾，很风雅。在里面可以读书、著书、写字、画画，富贵人家还有书童，侍候一旁，研墨理纸。庄重化也带来了对知识的尊重，对读书的尊重，对读书人的尊重。

还有，传统的读书常常与古人交流，其中一个很重要的方式就是批注。我们有天头地脚，借此而出现了眉批、腰批、注脚等，这就是和古人的对话。作者这部分讲得精彩或讹误，我在这儿给你批上一段；这部分欠妥，来龙去脉不清，或者出典生僻，帮你做一些注脚。书的作者是谁、与书中主人公有什么关系？文人墨客们来猜一猜，争一争，甚至旷日持久地打一场笔墨官司。《红楼梦》成为一门学问，这是一个重要的因素。反过来，《红楼梦》也成了读书境界的一个标志，即所谓"闲谈不讲《红楼梦》，纵读诗书也枉然"。还有一种交流就是真正的"对话"——读，这是传统读书的一个非常重要的方式。阅是看，读有个言字旁，他要念出声来。对于诗词，还要吟哦，声情并茂，甚至摇头晃脑，如入其境，如醉如痴。还有朗读，放声疾读，通过这些方式，能够更真切地领悟、体验作者的心路情缘。

二是知性，就是针对实践的，也是解决实际问题的。古人云，"书中自有黄金屋，书中自有颜如玉"就是最实际的收获。科举制度，是通过读书才能拿到功名，才能当官、发财的。仕途经济，这是必经之路。现代求职、升迁也需要有文凭，其背后就是你的知识储备、你胜任工作的基础。读书就是享受前人的成果，前人代替我们做了很多实验，总结了经验。知道螃蟹是好吃的，不需要我们再从头去尝蜘蛛。所以说"读万卷书，行万里路"。徐霞客、哥伦布、马可·波罗已经行了万里路，我们无须，也不可能再去重复跋涉。更具体体现这个伟大的意义的，是诸葛亮的未出茅庐已知三分天下，就是靠他的读书、悟性、天才，所学到的知识都能够用上来了。

记得英国哲人培根说过："读书足以怡情，足以傅彩，足以长才。其怡情也，最见于独处幽居之时；其傅彩也，最见于高谈阔论之中；其长才也，最见于处世料事之际。"回顾过去，我辈对"怡情""长才"都欠缺缘分，对"傅彩"倒是颇有体会。大学刚毕业不久，还残存了一点学生气，"高谈阔论"还是游刃有余的。所恃自己读过几本闲书，有时也会来点雅的恶作剧。如写上"錫茶壶"三个字考人，十个人有九个拿起来就念"锡茶壶"。我一阵大笑之后再哼哈地教训对方："今后仔细点，你们每个字都少看了一横。学问大小就差这一点点，它们的读音应是阳、涂、捆。"众人无不叹服，自己也甚感得意。这些故事虽小，但照样是需要读书来支撑的。

三是理性。要理性对待。现在的人是上班在看电脑，下班在看手机。我们希望尽量把传统读书方式和精神承传发扬下去，但也要冷静看待，完全回到原来那样是不可能的。因为时代前进了，科技发达了，观念改变了，需求不同了。竞争激烈，信息爆炸，诱惑多多，网上搜索已成了常规，传统的做派已成为奢侈。再加上当今自媒体时代，人人都在争夺眼球，真假都难分，就更不用说深入了。我又禁不住要"博彩"了，对一些成语做了"新解"。如现代人"言而无信"，有事拿起手机就说，没有人写信了。这是正面的褒扬，但真正的意义还是更多人不讲信誉了。又如"置若罔闻"，现在网络传闻真假难辨，对一些拿不准的事你完全可以"置若网（罔）闻"。还有常有人问我有没有微信，我总是说，才疏学浅，在群众中毫无"威信"，婉言拒之……但越是这样，我们越要要求自己保持原来那颗心，保留那种追求，有条件的时候，还是要用传统的方式、心态去好好读一下书。这也是从另一个侧面的理性对待。

第二个问题，怎样读书才是"有效的"读书，如何为自己寻找"有营养"的书？古人说，

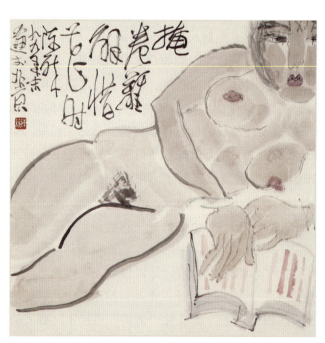

陈醉　掩卷难解惜花时　1999 年　68cm×68cm

98

"开卷有益"，我赞成这个说法。在某种意义上讲，书无所谓好坏。你认真读下去，剔除糟粕，也可能找到你所需要的"营养"。阅读对人一生的道路选择、成长发展非常重要。搞学问的就不用说了，即便是搞实践的也不例外。譬如，能够考上纯美术专业的人基本功都已经很不错了，但将来要有成就，那真正的较量不是技艺，而是文化。基本功再好，素质欠缺，修养不足，他还是一个画匠。文化底蕴深厚，作品境界提高才有可能。

读书毕竟还是一个获取知识的方法，而不同的人、不同的时期使用的方式也不尽相同。我把它分成三种类型：一是钓竿型。钓鱼竿，我想到哪儿钓就到哪儿钓，钓到什么鱼算什么鱼。这是最愉快、最理想的读书状态，不是为了谋生，没有负担，只是为了愉悦。这就是一种心性的自由，虽然未必是"独处幽居之时"，也应该是达到培根说的怡情的境界。这个一般是中学阶段，什么都想读，爱读什么就读什么。看了《西游记》，很羡慕孙悟空的本事，也许你会因幻想的丰富而立志当一个发明家。看了《福尔摩斯侦探案》，也许你会想将来要当侦探，甚至由于感受到了故事中逻辑推理的趣味，后来当上了数学家。很多青少年就这样在有意无意中选择了自己的前程，这就是钓竿型读书的其中一个重要意义。

二是标杆型，树立一个标杆。它包含了两方面的意义，一是与钓竿型的自由自在不同。这"标杆"是会有一定的标准要求的，而且往往不但不考虑娱乐，反倒带有某种强迫性的。这是大学生的读书方式，限制了从前的随心所欲，规范了教学内容。大学会有读书书目，根据专业需要你必须要读这些书。有些作品还是世界名著，但名著未必好读。也许由于时代、民族以至翻译等种种原因，有的名著读起来非常艰涩、乏味。记得我读但丁的《神曲》时怎么也读不下去。同样是契诃夫的作品，我品不出《樱桃园》的滋味，但对《带阁楼的房子》津津乐道，其中与后者是写与风景画家列维坦的交往内容也有关系。标杆的另一个意义，就是书目基本上都是某一个领域里的标杆，读这些书，可以系统地了解有关的基础知识、相关的学说。在读的过程中，可以有意识地树一个标杆作为参照。譬如，艺术起源有多家说法，如宗教说、神话说、游戏说、劳动说等。我们可以以某一说作为一个标杆，再来比较判断其他说法的长短正误。掌握了方法，产生了兴趣，也许就此找到了自己的奋斗标杆。

三是磁棒型。这是一种具有非常明确目的的读书方法，这阶段一般是在研究生时代。与钓竿型的娱乐性、随意性和广泛性不同，这里有的只是艰苦性、针对性和排他性。只限于自己所钻研的专题，也就是像磁棒一样，它吸的只是铁，即便是比铁值钱的金银它也不要。到了这个境界，读书的范围就更窄了，把一个面缩小成了一个点，而且层面要钻得很深。与标杆型的被动性不同，它是非常自觉地主动出击。翻阅大量的资料，遍读诸家之说，搜寻自家之论据，常常是为了查找一两句话而在茫茫书海中捞"针"。正因为它是磁棒，所以才能吸附到这些"针"。这些对于研究者很重要。通过大量的阅读、思考，产生顿悟，写出了有开拓性的论文或专著，这，也许就是你树立的标杆了。科研工作是非常寂寞和艰辛的，研究成果哪怕向前推进一点点，对研究者都将是极大的鼓舞。这种推进的结果，很可能会导致对前人"标杆"的超越和自己"标杆"的形成，这，也就算是务此营生的最大乐趣与造就了。

总之，读书是一个永恒的主题，也是人一辈子的事。有一个比喻很好，知识犹如一个圆，圆内是已知的，圆外是未知的。已知的领域越扩大，未知的领域也就更大了，永无止境。我常给青年朋友题词："知不足，不知足，足。"意思是，要正视自己的不足，然后以不知足的精神去学习，去追求，最后会达到知识以及精神的充足。

第三个问题，是关于建设"书香社会"的意义。我们应该客观地看一些问题，20世纪50年代，我们的教育方针是德、智、体、美全面发展，但不久其中"美"字就没有了，"反右"知识分子被打下去了。"文革"更是摧毁性的。改革开放终于拨乱反正，国人振奋。然而，"全球化"的浪潮，又给人们带来一些新的诱惑。毕竟积重难返，经济上坡，但道德滑坡。在海外，文明古国、礼仪之邦的公民竟然被人视为爱恨交加的一族，爱你的钱，恨你不文明的行为。我们的暴发户在巴黎买钻石，说"给我来半斤"，吓得店小二的舌头半天都缩不回去。富裕起来的中国人扬眉吐气了，但依然受歧视，汗颜啊！这些都是后果、苦果、恶果，是由很复杂的原因造成的。知书识礼，这是传统，不知书可能导致不识礼，这也是常识。无疑，不准读书、不爱读书也是"礼崩乐坏"的一个具体的、重要的因素。

诚然，除了历史的因素外，读书对一部分人来说毕竟也还是一件辛苦的事情。即便是"钓竿型"，首先也需要个人认可这种行为，能够舍弃很多东西，然后经过多少年的努力、多少年的积淀，不是可以通过某种灵光一现就能够达到的。所以说书香社会的培育需要一个漫长的时间，它需要改变人的习惯、爱好甚至生活方式。做学问就更需要耐得住寂寞、经得起艰辛。一个国家没有学术是可悲的，同样也是受人鄙视和受人欺负的。所以，学者应该受到更多的尊重和更大程度的重视。我有一篇文章《热烈与凝重》，其中比较了两种心理，谈到同样是对名人的敬仰和崇拜，如对明星是热烈，对学者则是凝重。然而，两者的经济待遇可就是天壤之别了。但毕竟这是个人的选择，它是一种兴趣、一种追求，无怨无悔。辛苦一生，哪怕有一点点成果，一辈子都会觉得满

钢筋水泥竞高低，车马喧嚣无静时。最美唐人采莲曲，偷闲试作古词诗。

陈醉　采莲曲　2007 年　139cm×68cm
钢筋水泥竞高低，车马喧嚣无静时。最美唐人采莲曲，偷闲试作古词诗。

足，都有成就感。如果把诺贝尔奖金拆开，他们可能大多数都会去争夺"诺贝尔"，而不是"奖金"。他们当然也希望自己富有，但是如果金钱和成就相比，恐怕更多人还是会选择攀爬这个成就的高坡。这就是大多数学者值得尊敬的地方。的确，精神满足也是一种享受，所谓"精神贵族"，大概就是指这个吧。我曾自撰一联："出世不鄙功名，入俗勿忘清高。"意思是，我们常谈要看破红尘，推崇出世思想，但我们不能鄙视功名，因为功名体现了对社会的贡献。我们常谈要入俗，要随大流，为了过好日子也可以千方百计挣钱。但是，君子爱财取之有道，我们不能忘记自己还是读书人，还应该保留那一点点清高。

　　建设书香社会就是建设一个良好的人文环境，培养大家喜欢读书、能够自觉地追求读书的乐趣。建设书香社会就是希望大家通过读书明辨事理，懂得自律。建设书香社会就是启迪大家以做读书人自豪，以有学问骄傲。把整个社会风气往美好的方向导引，振作民族精神，以崭新的姿态自立于世界民族之林。

原载《人民政协报》2015 年 10 月 12 日，本文有删节

《裸体艺术论》第六版面世

拙著《裸体艺术论》第六个版本于 2016 年 12 月由人民美术出版社出版，借此欣喜时刻，我们对该书的写作、出版艰苦历程及当年的社会影响做一个简单的回顾，以再次感谢广大读者，感谢这个伟大的时代。

裸体艺术，对于普通中国百姓来说是相当陌生的。我国古代在主流艺术中是没有这个门类的，更早的文物出土也非常罕见。西洋意义的裸体艺术，20 世纪初才正式传入中国。1949 年中华人民共和国成立后，除了美术院校作为基本功训练允许画人体模特儿以外，裸体的人物形象在创作和展览中是不允许出现的。这在当时是一个绝对的禁区，与黄色、淫秽等同视之。由于有过大学时期西洋绘画学习和创作实践的经历，后来又于研究生时期进行科研的深造，对西洋艺术中有大量裸体作品而中国主流艺术中这种样式完全空白深感困惑，加上对神秘区域的好奇和自己穷根究底的个性，我在中国艺术研究院研究生毕业后就全身心投入这个选题的研究。在当时的社会环境，做这个选题还是很冒险的。

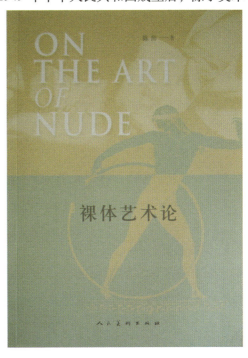

陈醉《裸体艺术论》第六个版本，人民美术出版社 2016 年 12 月出版

陈醉《裸体艺术论》初版，1987年11月由中国文联出版公司出版。书名为刘海粟先生题写。此为平装本

个环节都遇到"禁区"的难题，但每个环节的仁人都能顺应改革开放的时代潮流，想方设法绕过艰难险阻，为书稿的出版尽职尽责。1987年11月，研究成果《裸体艺术论》终于降临人世。

正因为如此，专著的出版引起了社会的轰动。那是真正的轰动，那时尚未有炒作，而当今的炒作也绝不可能达到那个规格。新华社三次发通稿，《人民日报》《光明日报》《中国日报》《文艺报》等国家级传媒及《文艺研究》《美术史论》等最高专业科研刊物率先发表专家书评。

当然，回到"文革"时代为此落难的可能性坚信不复存在了，但写出了书稿却不能出版或者干脆因资料缺乏甚至因能力有限写不出来的可能性是极大的。当时写作确实很艰难，没有现成的著作可参考，还要翻阅其他学科的文献，插图只能从外文原版的史论著作中大海捞针……而出版这本书也同样担当风险，出版社报选题的时候，先后写了一万余字的审稿意见，还故意将书名改为《人体艺术论》，就是为了回避这个"裸"字，审查通过，正式出版时才改回《裸体艺术论》。穷七年之功，终于完成书稿。而编辑、出版以及上级的审处领导等各

陈醉《裸体艺术论》初版精装本

104

学术界予以高度评价，认为见解独到，是填补空白、开拓领域并具有里程碑意义的研究成果，从此，人体研究进入艺术的殿堂，"它的价值不限于人体艺术创作和相应的研究领域"，"在当代美术史乃至文化史

1988年，《裸体艺术论》出版及裸体艺术研究学术研讨会在中国艺术研究院举办，站立发言者为陈醉

上都具有特殊意义"。而外国传媒更注重其社会学意义，认为《裸体艺术论》的出版，是中国改革开放在学术领域的标志。据不完全统计，海内外六十余家传媒发表书评、专访、消息等逾一百二十篇、条。专著仅1988年就累计印刷二十万册，发行国内外，创出版史上学术专著成为畅销书的奇迹。

中国艺术研究院美术研究所举办了《裸体艺术论》出版及裸体艺术研究学术研讨会。陈醉成了舆论的中心，频繁出席有关的学术研讨会，做学术讲演，接受记者采访和签名

1988年，陈醉出席新疆呼图壁县康家石门子原始岩雕刻画专家论证会，并做有关原始生殖崇拜学术讲演

售书等活动。1988年被舆论界誉为"陈醉年"。

专著荣获 1988 年全国图书金钥匙奖、1988 年全国十本优秀畅销书奖、1989 年中国艺术研究院优秀科研成果奖。继《裸体艺术论》后，笔者还出版了《维纳斯面面观》《当代人体艺术》等十来部有关裸体艺术研究的著

陈醉在 1988 年北京国际书展上为《裸体艺术论》签名售书

作。研究成果对美术，对姊妹艺术如文学、舞蹈、表演，以至对教育、医学、心理学等研究领域都产生了一定的影响。改革浪潮把作者推上了潮头，一时成了时代的"弄潮儿"。

陈醉《裸体艺术论》第二个版本，1991 年由台湾书泉出版社出版

1991 年 2 月，台湾书泉出版社出版《裸体艺术论》的第二个版本。

1999 年，《裸体艺术论》的出版被媒体列为建国五十周年重大文化成果之一。

2001 年 6 月，文化艺术出版社出版第三个版本。

2004 年，中华人民共和国成立五十五周年之际，回顾重大文化成果，中央电视台播出长篇专题采访《将艺术进行到底》。采访共三集，每集三十分钟，重温了 20 世纪裸体艺术在中国发展的艰难历程和《裸体艺术论》研

究、写作以及出版的曲折经过。

2006年6月，陈醉《裸体艺术论》手稿捐赠中国现代文学馆，中国作协副主席、馆长陈建功等有关领导和专家出席了捐赠仪式和座谈会。

就在这个捐赠仪式的座谈会上，与会作家张抗抗做了深情的发言。她手捧书本回忆往事："这是我二十年前购买的第一版的《裸体艺术论》，一直珍藏至今。当年我们老三届回城后，脑子是空空的，对知识如饥似渴，遇到了这本观点全新的著作，真是如获至宝！《裸体艺术论》给青年人的创作打开了很多扇门，告诉一直封闭

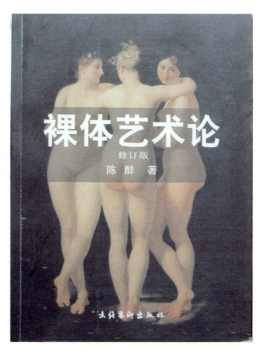

陈醉《裸体艺术论》第三个版本，文化艺术出版社2001年出版

在那种状态下的青年人对生命、情欲和爱的启蒙认识。我当时就是受了它的启迪，汲取了它的营养，1997年创作出了长篇小说《情爱画廊》……"

张抗抗请我签名，我真是受宠若惊，笑着说："你是大明星，只有追星族追着你签名，哪能变成'星追'呢……"说着，还是欣然挥笔题上："二十年后遇知音。"后来，该书及这个故事在中国现代文学馆举办的著名作家的经历、文物展览"此物最堪思"中展出。

笔者除了研究专著侧重基本规律研究，对现状的观察思考也是一个重要的方面。早在2005年，我在接受中新社记者专题采访时指出，"21世纪，中国进入泛裸体时期"。后来经网上传播，受到更多读者的关注。

所谓"泛裸体"，是指"裸体"这种样式或手段被普泛使用，有艺术的也有非艺术的，甚至有的还成为一种时尚，而社会对此也给予普遍的关注与认可。从前人们回避的"人体美"这个概念，由被正视到在日常生活中广泛付诸实践，直至突破临界线而越来越为人们所追逐。"裸体"就是这种潜意识心理的一种反映，也是人类自炫本能在特定环境的一种心理释

陈醉《裸体艺术论》第四个版本，
中国文史出版社 2007 年出版

放。作为传统纯美术领域的裸体艺术已基本上被大众忽略，人们把兴趣更多地投入这可以参与的活动中。

2006 年 7 月，《美术观察》头版观察家栏目"热点述评"组织有关专家开展了一场专题讨论，使裸体艺术研究更具针对性和更有现实意义。

2007 年 2 月，《裸体艺术论》由中国文史出版社出版第四个版本。

《裸体艺术论》被传媒誉为我国文化领域的重大成果之一，有关重要事件、重要节日，如中华人民共和国成立五十周年、五十五周年及改革开放三十年等重要日子，传媒都对专著做回顾报道。

2008 年 12 月，凤凰卫视播出专题采访"改革开放三十年记忆片"《陈醉与"裸"》，回顾改革开放初期的历史以及裸体艺术研究打破"禁区"的艰难历程，评价《裸体艺术论》为"一本几乎是改变了整整一代人艺术观念的书"。

2011 年，《裸体艺术论》第五个版本由中国青年出版社出版。

时代不同了，《裸体艺术论》第五版出版，除了实体书店外，网上购书也很活跃。出版社也举办了签名售书活动。

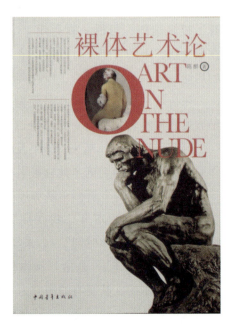

陈醉《裸体艺术论》第五个版本，
中国青年出版社 2011 年出版

《裸体艺术论》第五版签名售书，其中五本珍藏本的扉页不仅有签名，还画有美女。读者是靠幸运才能购得。

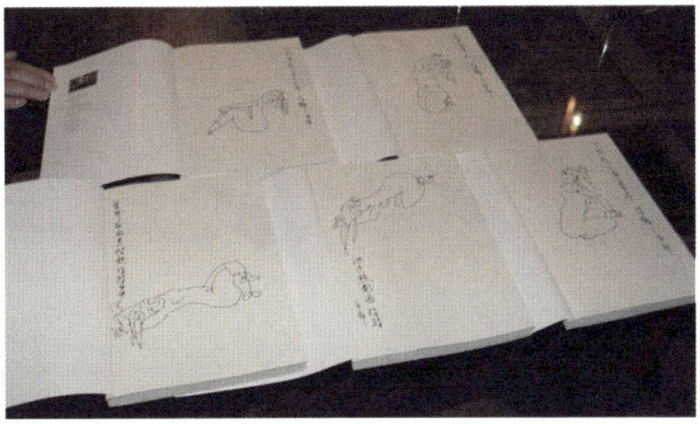

2011 陈醉《裸体艺术论》第五版签名售书，其中五本珍藏本中画的美女

2012 年，人们又从更广的角度关注裸体艺术。11 月，北京电视台《非常记忆》栏目播出有关人体模特儿历史的专题节目《人体模特儿百年》。

“模特儿”这个行业最早出现于古代希腊，是指摆着姿势让画家画的人，有穿衣服的，也有不穿衣服的即裸体的。20 世纪初随着西洋绘画传入，这个概念也带进中国来了。不过，也只是在艺术界有所了解。中华人民共和国成立以后，裸体艺术成了“禁区”，除了美术界从业人员外，一般人对此一无所知甚至不会相信。中国老百姓再次听到这个词，是在改革开放初时装表演引进后，人们听说了那些穿着奇装异服在台上走的俊男靓女叫“模特儿”。后来又在画展上出现了模特儿官司，于是中国百姓又逐渐知道被人画的人也叫模特儿，而且成了一个行业……

我的另一部代表作，是论文集《女神的腰蓑——论性诱惑与人体美的起源及未来》，文化艺术出版社 2011 年 5 月出版。

陈醉《裸体艺术论》第五版 2011 年出版，作者签名售书情景

这部论文集，是《裸体艺术论》及此前出的几本论著在裸体艺术研究领域成果的延展与深入，是它们的姊妹篇。同时，还收入了美术基础理论以及艺术评论的研究论文及文章。第一部分是主体，内中《历史大转折与中国裸体艺术》，梳理和论述了从 20 世纪初到 21 世

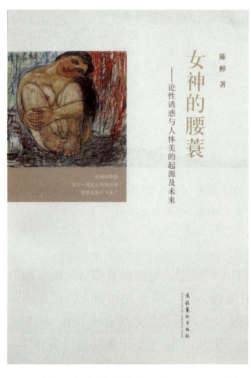

陈醉论文集《女神的腰蓑——论性诱惑
与人体美的起源及未来》，文化艺术出版社
2011年5月出版

纪初这一百年来，由引进至成长阶段的中国裸体艺术发展的历史和有关的重大问题。《性诱惑与人体美的起源及未来》，是关于人体美的最原始的源头的探究，属于前沿的理论探索，获第三届中国文联优秀文艺理论奖。还有观点新锐的如《中国进入泛裸体时期》，提出了这个新概念并对当前现实中有关的现象进行了评析。可以说，从裸体艺术、人体艺术领域以至更大范围的人性文化领域研究所遇到的问题基本上都涉及了。第二部分，是有关美术学基础理论研究的内容。其中《全面把握中西艺术的美学特质》，是纯理论研究论文，把中、西艺术的传统精神做了比较研究，深入精辟，获中国艺术研究院优秀科研成果奖。《未来的大师就在我们当中》则针对当前全球化冲击的现实问题进行论述，切中时弊，获第四届中国文联优秀文艺理论奖。还有一些篇章，结合自己的创作体会、生活感受讨论艺术基本规律或从文化的大范围发表自己的看法。第三部分是以生活中常见的实例如衣饰、选美等活动的评述，做深入浅出的美学讲座。第四部分是带有小结性的文章，是作者对自己的学习经历、学术研究、艺术创作和为人处世的回顾与思考。文章虽然独自成篇，但相互之间都有着紧密的内在联系，也存在相对的历史演进关系，所以在一定程度上收到了专题论著的效果。

人民美术出版社出版《裸体艺术论》第六个版本，大好事，也引出了这段值得回忆的历史。《裸体艺术论》初版是1987年，至今正好是三十周年了。六个版本，意味着该专著的"香火"一直延续不断。因为按出版法每个版本版权出让至少五年，五年以后作者才可以将版权转让给另一个出版社。也就是说，《裸体艺术论》自它诞生伊始，三十年来一直都处于出版的状态之中，一个接一个从未间断过。这对作者自然是莫大的安慰与鼓励，对读者也提供了更广阔的平台。尤其每当重大的历史节点舆论界都会重提专著，一些高校将专著列为教材或参考书等殊荣，更使作者多了几分历史的成就感！

今天是第六个版本出版，相信今后还会有更多的版本出版。今天回顾了当年的社会关注，相信今后还会得到社会的继续关注。"裸体艺术"，它是一个很大很深的题目，与人类一样深奥，与历史一般长远。

中国艺术研究院 学术文库

女神的腰蓑

论性诱惑与人体美的起源及未来

陈醉 著

北京时代华文书局

2015 年 3 月，陈醉论文集《女神的腰蓑——论性诱惑与人体美的起源及未来》第 2 版即中国艺术研究院学术文库版，北京时代华文书局出版

前辈曾筚路蓝缕，后生更当不畏艰辛，继续探索。像裸体艺术本身一样，赤诚坦荡，勇往直前。这是一个人文主义的探求，这是一种裸体精神的追索！

西餐　外语　广东官话

　　过了春节是元宵，国人沉浸在欢乐祥和的气氛中。加之一些新潮青年热衷于引进圣诞节，西餐也成了热门。刀叉挥舞之间偶尔再夹杂两句洋话，实在是不亦乐乎！

　　记得那年出国，担心在"吃"上闹笑话，行前还特意咨询了一下西餐的规矩，除弄懂技术外，尤其注意小节，诸如铭记洋人忌讳喝汤出响声，切莫授人以柄，等等。恰好有幸出席荷兰大使的正式宴请，有机会现场"临摹"，并实地操练了一下桌上"刀叉剑戟"的使用套路，自觉踏实许多。

　　然而，毕竟基本功不扎实，当我踏上异国土地时，除了喝汤没有响声外，有关套路早就忘得一干二净。幸好，不管是正式宴会还是家常便饭，洋人并没有在乎我的操作技术，照样谈笑风生。我松了一口气。久而久之，我连自己的健忘也忘了，反倒腾出心思去挑剔起洋人来。居然发现他们有一个中国人最忌讳的动作——舔手指。当然，我也没有在乎他们的小节。

　　事后，我倒自己寻思起来了。中国素称礼仪之邦，

陈醉在荷兰画家家中做客　1990 年

按理说是不至于在这方面逊色的。当然，在正式的外交仪式中注意礼节是必要的。但是，过分拘泥就大可不必了。而且这种拘泥，或者说拘谨，恰恰反映出一种自信心的不足。其实，不熟悉西餐的规矩并无伤大雅。这有如讲外语，外交场合的专业译员除外，对于一般人，即使讲得不好，对方也会认为：真了不起，还会讲我们的话。国人对洋人也作如是观。至于在特定的场合，不拘小节有时反而产生奇迹。记得一则故事，说当年李鸿章出使东洋时相当威风。天皇宴请，各国使节作陪。席间，李鸿章啃完的鸡骨头往身后就扔，座中面面相觑，交头接耳。片刻之后，有人醒悟过来了——中国的使臣可以如此放肆，我为何不可？于是，宾客们竞相效颦，顿时骨头鱼刺满天飞……不知是李鸿章向来就如此不拘小节，还是他有意在日本摆谱？但有一点是肯定的，那就是当时大清帝国的使臣满怀自信！话再说回来，当今洋人来华，亦未必要先学会拿筷子。更重要的是，他们压根就不在乎可能因此而闹笑话。同样道理，也不在乎别人喝汤响不响，更不在乎别人是否喜欢他舔手指头，这也反映了一种自信。再谈到语言，报载美国外交官被认为是世界上外语最差的外交官，因为他们认为对方都会说英语。道理同出一辙。看来我行前那份担心实属多余。本来嘛，吃法仅仅是个形式，而内容在于食品。如果要对中、西餐做"比较研究"的话，那两者的最明显特点是：中餐是餐具简单食品丰富，而西餐则是餐具丰富食品简单。"内容贫乏"，这本身已是败了一筹，我还何怕之有？

当然，这种心理的演变也是有个历史过程的：鸦片战争后，中国沦为半殖民地半封建国家，洋人作威作福，高人一等；新中国成立后，由于历史原因，物以稀为贵。能够进入中国的洋人均以贵宾相待，显得十分神秘；改革开放后，引进外资，看到洋人腰包鼓鼓的，依旧让人仰视。于是，难免"洋吃"也视之贵人一截。不过，多亏国门打开，国人眼界也打开了；经济搞活，钱包也逐渐鼓了。尤其是中国的公司开到了国外，"洋倒爷"涌入了国内，洋人、洋话和"洋吃"都司空见惯了。国人对洋人在心理上也越来越视之平等了。

更可喜的是，我们广阔的经济发展前景，使人增强了自信。还是以语言为例，敝故乡广东古称"南蛮"，而广东官话长久以来就被视作舞台笑料。有道是"天不怕，地不怕，就怕老广打官话"。岂料时过境迁，广东经济发展了，"南蛮子"抖起来了，粤语歌曲、俚语遍及神州大地，连

113

广东官话居然也成了时髦，电视广告里时有耳闻。更有甚者，一些影星、歌星放着自己一口标准普通话不用，偏偏去学那"天不怕，地不怕"的腔调。这先抛开事情本身不论，推而广之，随着中国经济的腾飞，不久的将来，洋人将以讲汉语为时髦、拿筷子为时髦，以至以过春节、闹元宵为时髦。作为中华民族的一员，我有这种自信！

原载《今晚报》1993 年 2 月 14 日

餐馆文化

前年访问荷兰时，每每车过闹市，总见有一幽暗橱窗中陈放着希腊雕像、陶瓶之类，作品还有《维纳斯》《掷铁饼者》《拉奥孔》等复制品，很是雅致诱人。因车速快，看不清招牌，也不懂该国文字，只能暗自思忖：这一定是个洋古董商店。很想进去观赏一番，但又实在不便打乱东道主已安排好的日程。耿耿于怀之际，终于偷得半日闲暇，便兴致勃勃地径自前往。岂料入得门来，只见一摩登女郎笑脸相迎，熟练地从桌下拉出一把椅子，递过一个本子，再用英语问道："先生，您要点什么？"原来，这是一个希腊餐馆。我想，此刻我的表情一定像橱窗中《拉奥孔》的脸一样，如拉辛所评说的，在痛苦中也没有忘记美！我收起尴尬装出笑脸，胡乱地点了一份便宜的食品，吞进了肚子。

吃了这一堑，也长了一点智。原来，不同民族或国家的餐馆都有各自喜爱的装饰物，如希腊的，摆着雕塑、陶瓶；法国的，天花板上吊满了包装厚实的古酒；尤其有特色的是黑人餐

维也纳的一个"美食城"，右上角挂灯笼处是中国楼，下面还有广告牌　2014年

115

馆，在门口周围的墙上画满了面目狰狞的大头像……这，也是一种文化——餐馆文化。它带有浓厚的民族、民俗特色，在一定程度上体现了一种民族的审美追求。

以此去观中国的餐馆文化，特点亦颇鲜明。在海外的中国餐馆中，几乎无一例外都摆着瓷器的福、禄、寿三星。中华民族经过世世代代的生息繁衍，尤其经历了漫长的封建社会的荣辱沉浮，终于总结出了这人生最重要的福、禄、寿三个字，并将它们人格化，神灵化。后来，通过艺人的创造，又以特定的审美形式流传民间。对于福星和禄星，也许由于个性不鲜明，加之近几十年把福、禄作为封建意识来批判，所以人们印象淡薄。而寿星是批判不得的，再加上那位前额凸出、胡须银白的老人的奇特造型，所以唯独这位寿星深入人心。随着商品经济的繁荣，这三星的形象可能很快又会在民间复出。

不过，话又说回来，"福禄寿"作为海外的餐馆文化虽然有其特色，然而又未免令人遗憾——因为它并未有将中华文化的精粹放入这个国际宣传"橱窗"中。我是因为仰慕希腊文化精粹而误入希腊餐馆，如果洋人也依此推理，将福、禄、寿三个瓷像当作中国的《维纳斯》《掷铁饼者》和《拉奥孔》来膜拜，那就不是洋人的无知而是华人的悲哀了。

诚然，海外的中国餐馆文化的形成是有其特定历史原因的，它是由历史上陆续出洋谋生的华人所造就，而这部分先人大多是在国内难以为生甚至是被卖"猪仔"弄出去的下层劳苦百姓，所以带出去的也只能是一些俚俗文化。"福禄寿"对于这些大部分是在生命线上挣扎的苦工或小商人来说，最根本的目的是祈求神灵保佑而并非审美，其本身倚重的是某种意头，甚至还带有一定的迷信色彩。他们绝大多数人并不知道中国还有敦煌彩塑、龙门石窟以及现在用来做旅游业标志的《马踏飞燕》等，而且即便知道，也不见得乐意将它们供在店中。

当然，要重建海外的中国餐馆文化并非一朝一夕的事情，而建立国内的餐馆文化倒是当务之急。在此改革开放的黄金时代，各种档次的餐馆如雨后春笋。我衷心祝愿包括本人在内的中国人都能大福大禄长寿，然而，在模仿海外成风的当今，千万别再将三位"明星""引进"其中了。可喜的是，它们绝大部分没有这样做，而且许多高档餐馆还做到了装饰布置既

116

有总体上的民族传统特色，又有个别艺术品的高品位。我想，只要全社会都予以重视，今后洋人慕名来品尝正宗中国菜肴时，也必定会得到真正中华文化精粹的审美享受的。

原载《今晚报》1992 年 12 月 14 日

美，在你的身边

美，在你的身边

这也是一门艺术

　　法国雕塑家罗丹说过："美是到处都有的。对于我们的眼睛，不是缺少美，而是缺少发现。"这话有一定的道理。生活中的确处处都离不开美的。衣、食、住、行，可以说几乎每一个角落都有它的足迹。从规模巨大方面举例，譬如城市的市容、建筑的室内外装饰等。现在北京市就非常重视整个首都的规划，大抓环境美。从细小方面看，譬如人们身上穿的衣服，由花布的图案、服装的样式一直到纽扣的形状等，都要围着一个美字打转。可以说，人人都爱美，人人都在创造美——美的环境，美的自身。当然，规划城市、设计服装等这些都是少数艺术家的事情。但是，如果我们把范围缩小，比方说，布置自己的生活环境，设计自己的衣着打扮，随着物质条件的改善和精神文明的提高，恐怕已成了每个人甚至每天都感兴趣的事。就广泛的意义上说，这也是一门艺术，而且，人人都是艺术家。那么，我们就从这门艺术的一些有关问题谈起吧。

　　一般来说，人们对于自己的衣着打扮，比起室内装饰布置来要重视得多。这也是很自然的事，因为它更"切身"，而且"表现"的机会也更多。做一个大胆的假设，突然有一天没有了衣服，那即便是炎热的夏天也是不堪设想的。如果就此而提出一个服装的起源问题，答案会很有趣。也许有人会不假思索地回答：一是因为要御寒，二是因为要遮羞，于是就发明了衣服呗。前者想得是不错的，但后者却不一定对。倘若要打破砂锅问到底：如果说寒冷是大自然固有的现象，那羞耻又是从哪里来的呢？所以，格罗塞指出："遮羞的衣服的起源不能归之于羞耻的感情，而羞耻的感情

121

原始岩画　狩猎的男子　奔跑的姿态，犹如当今的芭蕾舞动作。腰间的飘带飘逸，显然不是为了遮挡，而是为了昭彰

的起源倒可以说是穿衣服的这个习惯的结果……当一个人觉得违反了社会习惯时，总容易发生一种羞耻之感和生理的征象——如脸红、垂眼等。这实在只是人类的合群本能的反映。"也就是说，那个答案只道出了一个结果，而不是原因。有关学者们认为，原始社会的人在腰间等部位围绕、吊挂兽皮、树叶等饰物，其目的是为了在跳舞时引起异性的注意。经过漫长历史时期的社会实践，随着人类社会的发展，形成了习惯，也出现了羞耻感。随着文明的演进，后来那种本能的目的也曲折隐晦地体现于对衣服饰物的美的追求中。

回顾一下衣服、装饰的发展变化，真是层出不穷，无奇不有。一万八千年前山顶洞人就懂得用穿孔兽牙来打扮自己，还懂得在尸体周围撒上赭红色粉末来装饰死者的生活环境。在今天，非洲还有一些原始部落喜欢刺面文身、穿鼻挂环。有位探险家在马可洛部落中见妇女嘴上穿挂着一个叫呸来来的铁环，他问缘由，酋长却十分惊讶地回答："为了美呀！这是女人唯一的装饰。男人有胡子，女人没有。没有呸来来的女人还算什么东西呢？"到了文明发达的近现代，名目就更繁多了。比如在欧洲，18 世纪妇女的大长裙婆娑华贵，显出一种宫廷气派。进入 20 世纪后，花样翻新更快。60 年代迷你裙（也称超短裙）风靡一时，裙子脚线升到了大腿之上，这在从前是不可想象的。在我国，打垮"四人帮"后的短短几年，服装的变化也很大。由清一色的军装、蓝制服，变成各式各样的传统服饰。尤其对外开放后，又引进了各式西服以及喇叭裤、牛仔裤、太空服、猎装等时髦产品，真是琳琅满目、美不胜收。人们在观念上也逐渐有所突破，如果说 1981 年以针织外衣化、以紧身为时兴的话，那 1982 年还略为增加了一点点袒露的特色。应该说，在封建意识根深蒂固的中国，这种设计还是需要一点勇气的。从总体看来，这些都是文明、进步的表现。随着时代的发展，将来还会不断变化。

当然，事情也不是那样简单的。大家都知道，一个时期有一个时期的时尚潮流，一代人有一代人的美。上面说的呸来来无疑已经成了笑话，中国封建时代的缠足、束胸对于现代人也难以理解，而今天我们认为美的，也许若干年后我们的子孙也会感到迷惑。这些是没有多大争议的。比较麻烦的是，就在同一时代对同一问题的观点分歧。比如说，前段时间对喇叭裤就有人爱穿，有人看不惯。也就是说，有人认为它美，有人认为它丑，争论不休，莫衷一是。也许有的好心人会想，如果能定下一个标准，划清楚这样是美的、那样是丑的，只准穿着美的，像剧院、公共汽车里的"一米"高标一样明确，凡不合"高度"的一律取缔该有多好啊！可惜没有这样的聪明人，而且企图这样做的人恰恰是它的反面。如此说来，是否没有办法只好放任自流了呢？不，办法是有的，但并非在外力的强制，而是在每个人自己的内心。说具体点，关键在于每个人自身修养的提高。目前广大群众，尤其是青年们迫切要求了解有关这门艺术的知识，这正是一个极好的社会条件。只要给予适当的引导，大力提倡和普及美育，大家都自觉学习，群众的修养提高了，对待一些社会现象也就容易做出合乎情理的判断。水涨船高，"美"自然会成为主流，"丑"则难以找到立锥之地，整个社会的精神文明建设也将具备更坚实的基础。

皇帝的新衣能穿吗

现在，我们回到具体问题上来吧。衣着打扮、室内布置怎样才更美呢？我想，首先要注意的一点是它的实用性。从美的起源考察，是实用先于美的，后来美才独立开来。作为生活必需品的服装、用具等更是离不开实用。衣服必须冬天能保暖，夏天能散热，还要适宜日常工作和活动。如果衣不蔽体，或者太不适用，再漂亮的样式也是难以推广的。"皇帝的新衣"尽管两个骗子和大臣们说得那么美，但只有那位自以为聪明的国王才会去穿它。迷你裙之所以短命，除却"有伤风化"外，恐怕不实用也是一个因素。穿起来既怕刮风，又不敢做任何下肢运动，这未尝不是一个精神

123

原始部落男子美的追求——脸部彩绘

负担。相反，牛仔裤据说不过是当年开发美国西部时的劳动服，但保留至今并发展成了一种时髦的普及品。我想，穿起来适宜工作和活动是其中一个重要原因。

环境的布置装饰也一样。譬如房间，如果一打开门就是床，而经常活动的起居、会客区域却安排在房间深处，起码是不方便、不舒适的。又拿墙上的色彩来说，医院的白色是为了造成清洁、卫生的环境。卧室使用柔和的蓝绿色调，有助于一种安静气氛的形成。据说国外有人将餐厅饰以红色，能增加食欲；在足球运动员休息室漆上橘黄色，又会刺激他们的斗志。可见，它们的美总是以实用为前提的。但是，另一方面又要注意，实用并不就是美。传说苏格拉底在古希腊的一次竞选美男子的会上说，最美的男子应该是他自己，因为他的眼睛像金鱼的一样凸出，最便于视；他的鼻孔阔大朝天，最便于嗅；他的嘴宽大，最便于饮食和接吻。但他终究未能入选，这件逸事说明了实用毕竟不能等同于美。

随着物质文明的发展，有些方面还常常会忽略它的实用性而强调美的独立性。比方说，现在衣服的耐穿与否已经不是人们主要考虑的条件了，因为花样翻新快，很快就会被淘汰。又比方，夏天穿绒料裙子显然不利降温，冬天着浅色外套必定增加洗涤麻烦，但是为了美，就顾不得温度和劳

妇女更多以文身为美的装饰手段

124

累了。至于那些甘受皮肉之苦去穿耳环、拉双眼皮的举动，则更说明问题。所以，在实用的前提下，人们更关注的是样式、色彩，一言以蔽之，更关注美！这样，了解一点有关美的知识也是十分必要的了。

三分姿色　七分衣裳

俗话说，"三分姿色，七分衣裳"，这句话很说明了衣着打扮这门艺术的重要性，也强调了每个"艺术家"的创作能动性。当然，不管是衣着还是环境，要创作出精美的"艺术品"必须掌握它自身的规律。作为一种审美对象，它们总是离不开一定的形式美法则的，譬如说，形式结构上的多样统一、对称均衡、对比照应；特色的色彩以及色彩之间的协调、对比，等等。对于具体的对象来说，又总是符合它的正常的以至最适宜的状态的，如一定的体积、比例等。

衣服是依附在人的身体上的，这又必然联系到人体美。正常的人体，有它的"内在尺度"和最适宜的状态，如一定的高度、比例，一定的活动姿势等。西方一些国家有定期的选美活动，其中有很多条件，单是外形的尺度，就规定了很具体的标准。我们当然不搞这一套。但是在特殊的场合，比如招收芭蕾舞学员时就得严格地量尺度，必须要下半身比上半身长一定的尺寸才能有报考资格。入学后又按照一定的方法训练。这样做是符合马克思说的人是"按照美的规律来建造"的道理的。服装的美不美，重要一点要看是否能够将自己体形的美显现出来。这就要求各人充分认识自己，根据各自的体形、肤色、个性去选择不同的样式和色调。配置恰当，优点会更突出，不足还会得到弥补。一个性格文静的姑娘穿一件高领中式上衣因样式协调而会显得更典雅端庄；一个皮肤黝黑的青年穿一件浅色的衬衫因色彩对比而会显得更精神焕发。舞台上的芭蕾舞演员脚尖一踮，客观上更加强了人体比例上的优点而给人的印象更深刻。

衣着的美与人体的美是联系在一起的。当然，人们在日常生活中不可能像舞蹈演员那样接受专业训练，但一般的道理是共通的。尺度是先天的，风度是后天的。我们可以有意识地注意自己的形体动作。尤其青少年尚在成长期间，更不容忽视。应加强体育锻炼，并随时纠正在坐、立、行走等日常活动中的不良姿势，从小培养一个良好的习惯。在此基础上，再发挥衣着穿戴一定的辅助作用。比如说妇女穿高跟鞋是有一定的效果的，不但增加了高度，还延长了下半身的长度使之突出上下身的比例关系，同时自然地培养了走路挺胸的习惯。又比如穿紧身衣裳，包括喇叭裤，牛仔裤等在一定程度上也有突出这种比例的作用，并能显露自己的体形。但是必须指出，一定要因人制宜。如果不尊重客观规律，盲目追求时髦，效果有时会适得其反。比如少女烫个"狮子头"往往会显得岁数大。又比如，体形特别矮胖的穿喇叭裤，过分瘦弱的穿紧身针织外衣，恰恰暴露了自己的缺陷，这就不但没有美化自己而是有意跟自己过不去了。

还应该注意的是，形体并非仅仅是一个高度问题，而且还有，甚至更强调的是一个比例问题。是否具有一定的高度固然重要，但是否符合一定的比例更不容忽视。一个未达到一定高度但比例适宜的姑娘，形体未必不美，一个达到了一定高度但比例不适（如上身比下身长）的姑娘体形必定不美。所以，除了考虑样式以外，花纹、色彩以及配搭也是其中的重要因素。高个子宜穿横条纹、矮个子宜穿竖条纹的道理大家都熟知。还有一点可做参考，即皮鞋与裤子的色调最好协调，能够一样更好，否则尽量用相近色度的颜色，或都是深色，或都是浅色，这样，使整个下半身连成一个整体与上半身对比。一般地说，下半身的颜色最好比上半身的深，这样显得稳重，相反就容易产生头重脚轻的感觉。最忌是上身和皮鞋都是深色而裤子是浅色，把人裁成三截，远远就看见一截短腿，人为地将下半身缩短了。对个子不高的人就更不利了。

对于色彩，虽然是萝卜青菜，各有所爱，但还是有一定的标准的，主要的依据也还是自身的条件。色彩的鲜艳或柔和都有各自的美，如滑雪服的闪烁与呢大衣的深沉都有其特定的效果，关键在于因人制宜，搭配得当。一般来说，青年人衣服鲜艳些，对比强烈些是正常的。但过分了又会显得花哨。还有个别人有意追求怪异，虽惹人注目却不见得美。记得20世纪60年代初，南方有的农村在过春节时，少女们都喜欢穿红灯芯绒的上衣、绿灯芯绒的裤子，脚上一双新球鞋，个别人的口中还有两个本来是完好的但却镶上了金壳的牙齿，可谓辉煌灿烂，她们认为美极了。同样是那些农村，到了80年代的少女，衣服色彩对比却和谐多了。这个变化的事实可作借鉴。在当今作兴七彩缤纷的衣服色彩潮流中，我们也不要忘记在色彩学中称"中间分子"的黑与白两个颜色。它们既有自己的个性，又能做到与谁都和睦相处。我们的祖先早已懂得这两个颜色的美。俗话说，"想要俏，一身皂；想要俏，一身孝"。在传统戏里张飞的一身黑与周瑜的一身白都显示了各自的威武或英俊。外国也一样，安娜·卡列尼娜的一身黑色曾在俄国引起了近一个世纪的热潮，而白衣姑娘则更是常常见于各国的艺术作品中。还有，在灰色调的衣服上围一条黑围巾，皮肤白的人会显得更洁净文雅；在重色调的衣服上围一条白色围巾，即便是深色皮肤也会增加几分光彩，这也是绘画上的黑、白、灰三种调子的巧妙运用。此外，在搭配上还可注意，一般来说，下半身尽量挺括，上衣的样式倒可以自由些。但衬衣一定要干净，尤其是冬天，衬衣领子一定要挺而洁，并要避免三四重衣领敞着，"多样"而不统一，显得杂乱邋遢。

再谈谈室内布置。这里首先要解决一个观念问题。比如说有的人目的是为了炫耀家产，所以竭力堆砌，结果难免俗气；有的人旨在雅致清新，虽东西不多，但装点适宜、和谐自然，效果未必寒酸。郑板桥的室联"室雅何须大，花香不在多"，值得我们深思。这里绝非鼓吹东西少、屋子小好。美不在多少大小。欧洲18世纪墙上饰物很多，有一种华贵的美。20世纪变得很少，却又有一种洗练的美。所以，第一在观念，第二在布置。也就是说，如果自身的格调高，再加上懂得美的道理，不论多少大小都能处理得当。

室内布置，主要一个布局问题，一个色彩问题。它们也同样离不开形式美的规律。家具是陈设的重要因素，既要有种类的多样，又要有样式、色彩的统一。比较容易忽略的问题是，它还是在感觉上量度空间的尺度。比如橱子高了，房子就显得矮，桌子宽了，房子就显得窄。所以首先要考虑与建筑的协调。有的人为了摆阔，小小的空间，竟放上大写字桌，有立灯还有大吊灯，等等。阔气倒是不假，可就是堆塞得有点像家具五金店的仓库了。如果能考虑到前面说的实用性，根据实际需要有的精简，有的缩小，与建筑空间协调了也许反倒显得既舒适又美观。另一个比较容易忽略的问题，是家具与其他饰物的统一协调。比如与墙壁、窗帘、床单、桌布等在风格、色调上的和谐，与墙上悬挂物、桌上摆件的照应等。一般来说，浅色、暖色有"露"的效果，深色、冷色有"藏"的效果。我们可以根据具体条件进行设计。前面提到的蓝绿色调只是常用的一种，但还得因地制宜。如果屋子小、光线弱，最好还是用米黄之类浅暖色调更合适，而家具则以深色为宜。此外，墙上挂饰，如画框的大小、多少一定要与地上的家具如桌子、沙发等统一考虑，做到在组合和边缘线上的多样统一、空间和分量上的对称均衡、风格和色彩上的和谐协调。至于家具上面的工艺摆件，还是宁少勿多，有一两样装点即可。还要注意大小、高矮的对比照应。主要能理解其中规律。触类旁通，因地制宜，一定会将自己的环境布置得更美的。

打扮是给别人看

　　考虑到实用性、了解了规律性以后，还有一个不容忽略的就是社会性。人不是孤立的，他是生活在一定的社会形态中，个人的审美观念是受一定的时代、民族、阶级的审美观念所制约的。战国时有所谓"楚王好细腰，宫中多饿死"之说，看唐画中的人物形象是个个体态丰腴。欧洲有露体习惯，而中东一些国家的妇女干脆连脸都用面纱罩起来。从我们日常生活来说，就是要注意时间、地点、场合，要尊重一定的社会习惯。穿着外套游泳和穿着游泳衣上公共汽车，不管前者如何有礼貌，后者体形多么优美，都难免引起旁人对其精神是否正常的猜测。打扮是给别人看的，倘或一个人单独生活在荒岛上，它就成了多余的事。一身时髦的衣着出现在街上，其实就是一个新的审美对象出现在社会，它会引起一定的社会影响，甚至有时还会形成一种风气或一股潮流。所以我们在装饰自己的同时，还要想到周围，应该考虑到有利于社会的高尚、健康风气的形成。我们向来崇尚"美观大方"，这"大方"就包含有尊重社会习惯，新颖而不怪异、变化而不出格的意思。

　　另一方面，对于那些一时看不惯的现象甚至是潮流应该怎么办呢？一是不怕，二是引导。处理得当，不见得都是坏事。在一定意义上说，这股潮流会对固有的审美观念产生冲击作用，但同时也会受到后者顽强的抵制。最后又常常以一定的形式被同化在民族的、统治阶级的审美观念中。还是拿喇叭裤为例，刚刚引进时引起很大非议。跟着，喜爱者陆续增多而抨击者也日渐激烈。最后，它毕竟没有在全体青年中普及，但是，却又以筒裤的折中形式为整个社会所认可。这种折中例子很多，迷你裙在中国行不通，但短裙被接受了。袒胸衣服不敢穿，但目前流行的女式衬衣衣领口比以往的大大开阔了，不过又加上一条领带以做调节。此外，还有的本来就是原始装饰习惯的延长，比如耳环和呸来来在本质上是一样的，只是体积和质量的变化罢了……这些冲击、改造的不断出现，往往会导致美的领域不断扩展。随着物质生活的改善，新的花样将会更多，变化也更频繁。如果我们的工艺美术家们能够走在时代的前头，设计出既有民族特色又体现时代精神的、群众喜用乐见的新产品，如果每个人的审美趣味都比较健康高尚，那么新与旧的矛盾自然容易得到正确解决的。

真善美的统一

在上面的讨论过程中一再提到审美趣味、格调等，可见人的美并不是完全孤立地表现在衣着打扮上的。实质上，它必然是真、善、美的统一体。对于一个为国捐躯的英雄，人们景仰他的时候从不注意他的衣着的。那些极端自私自利之徒，即便衣着华贵也不见得讨人喜爱。人们是常常把外在美和内在美联系在一起来考察一个人的。所以，懂得美的知识是必要的，但更根本的还要从思想意识上、道德情操上、文化知识上加强自己的修养。平常所说的雅与俗的区别，并不单纯是形式美问题，而往往更多的是体现了一种修养的差异。修养会表现在很多生活细节上，言谈、举止、风度均可见出。譬如一位在大庭广众中本来非常惹人注目的美人，但有时会因突然出言不逊，或者闹了一点常识性的笑话而使人看不起。生活中常常有这样的情况，见一些打扮得花枝招展的人往往觉得他们丑，而一些人衣着朴素甚至破旧反倒觉得他们美……对于上述这些问题，我们不妨从修养方面去寻找答案。

此外，美还跟人的健康、清洁等联系在一起的。作为一个特定历史时期的艺术形象，林黛玉的美是无可置疑的。但假使她生活在我们今天，就不容易碰到宝二爷那样钟情的少年了。运动员、舞蹈演员的形体之所以美，首先是以身体健康、发育匀称为前提的。谈到清洁，我们当然并不一概地鄙视"脏"。在劳动场合看见满身油泥的工人，很自然地体现了一种劳动者的顽强、刻苦的品质，这种美是洗刷、打扮以后所没有的。在日常生活中就不同了，有的青年外面衣服笔挺，但偶尔抬头举手却露出了脏得发黑的衬衣领子和袖子，或者若无其事地随地吐痰，会都有损于美。因为篇幅关系，这个问题就不多谈了。上面说，三分姿色、七分衣裳，这句肯定了打扮重要性的俗语是家喻户晓的。如果我们再记住一句话——一个人身上的美，是在全人格、全身心经过长期的陶冶、熔炼以后所放出的光彩——也许，对如何处理外在美与内在美的关系会有一定的启发。

原载《北京艺术》1983 年第 3 期

当随时代竞风流

——20 世纪的服饰演变

美学，如果从哲学的角度去研讨，难免太深奥艰涩了。我国春秋以及古代希腊时期那些哲学家的宏论，直至今日依旧耐人琢磨；近代美学家们的细析，也不是人人都能懂的。不过，如果把美学放在日常生活中去体会，那就相当平易和亲切了。其实，我们人本身既是一个审美主体，也是一个审美对象。所以，人人都在追求美，天天都在创造美。最普遍、最敏感的，莫过于人对自身的审美感受——人体美了。与此密切相关，就是人的服饰美。服饰是依附人体而存在的，且它的美是与人的身体终生与共、相互依存的。随着社会的发展，这种追求的延伸，又出现了时装模特儿、选美活动等，形成了一系列的学问——这学问，可以说就是一门与身共存的美学。

服饰的社会性，还表现在它的潮流总是随着社会的变化而变化。古希腊整幅布披在身上的宽松到 19 世纪的紧身、我国汉代的宽袍大袖到清代的旗袍马蹄袖等漫长的历史流变暂且不说，就以 20 世纪西方而论，几乎是十年一变。

20 世纪初，欧洲服装受 19 世

克里特雕刻《持蛇女神像》，可见出公元前 7 世纪克里特文明时期的女装

131

庞贝遗址壁画　罗马时代就有"比基尼"了

末新艺术风格运动的影响，风格柔和优雅。整个造型优美、纤细，呈漏斗形，而侧面观之则呈现流畅的"三道弯"。长裙拖地，婀娜高贵，这就是所谓的宫廷式交际中的"爱德华造型"。不过，这种靠紧身胸衣和束腰塑造的形象实在不便于日常活动和女性发育了，而且，新的文化潮流的冲击以及生活方式的重大改变等，都逼迫着服装样式的更新。譬如，《天方夜谭》等阿拉伯故事和日本、中国绘画的传入以及俄罗斯芭蕾舞剧成功演出的影响等，都无形地诱导着人们的审美趣味向东方转移。甚至还有设计师直接从日本、中国的传统服饰中获取灵感，设计出了偏直线、较宽松的富于东方情调的样式。昔日的拖地长裙的宫廷风隐退了。随着腰部的放宽，妇女也终于从紧束中解放出来。尤其是第一次世界大战爆发，导致了欧洲的第一次性革命。男人们多忙着上前线，大量的社会工作落到了妇女身上。妇女走出家门，投入了社会，进入了社交。角色的转换，自然使服饰也跟着变化。加之，这时候一股美国时尚新风吹入欧洲。20年代美国服饰刮起了一股"短"风，这也许与节省衣料有关，不但裙子变短、衣袖变短，连头发也变短了。裙脚线离脚踝越来越远而离膝盖越来越近，腰线下降、裙脚线上升的充满青春活力的装束特别受到了青年一代的青睐。与此同时，俄罗斯还推出了一种以实用、简练为宗旨的理念也产生很大影响。于是，注重服饰的机能性，追求舒适、便利，宽腰露踝的样式成了20年代的时尚，体现出一种讲求实际的时代要求。

进入30年代，战后西方经济大萧条。生活贫困，物资匮乏。在原来实用、方便的基础上，又追回了一点昔日的优雅端庄。腰线有所回升，裙脚线也升到了小腿，着眼于胸、腰、臀的变化，在紧身中再度显露了女性的曲线。简单朴素是这一时期的风尚。40年代，欧洲经历又一次世界大战的浩劫，社会陷入更深的灾难。战争的痕迹深深刻入了服饰，竟然出现了军服式样的女装。物资的短缺使服装的机能性更显重要，人们更注意量体裁衣。裙脚线再度上升，达到膝盖稍下，而且长裤也开始流行。第二次性命也带来了服饰的革命，昔日的女儿装，掺进了一股男性化的趣味。战争结束，人们从噩梦中醒来，在重建家园的同时，也迫切希望摆脱战争的阴影。新生活的曙光，更激活了压抑已久的女性爱美情怀。线条硬直、威严勇武的军装消失了。50年代，女性的浪漫与柔情推动着时装潮流，女性的特征如腰身、臀围等得到了着意的强化。由于生产的逐渐恢复，服装的样式、材料的选择和用法等也开始趋向多样，如柔软的面料、多褶的缝制，等等。不过，从总体上说，这时还是属于保守的。新的一代开始接受新的观念，致力于摆脱传统窠臼。

60年代，经济复苏，科技发展，社会观念发生巨大变化，也导致了服饰的革命性的变化。这是一个个性张扬的时代，人们的各种欲望都希期得到满足。尤其是年轻一代，追求自由，反对束缚，甚至提倡性解放。反映在服饰上就有诸如无阶层性服装的出现和各种表达不同个性、标新立异潮流的兴起。最典型的就是T恤衫和牛仔裤的流行。这两种样式都是不分阶层也不分男女的，把服装中固有的性别界限都打破了。T恤衫，也称夏威夷衫，大概出自夏威夷吧，由套头内衣加上领子开点领口演变而来。由于一些电影明星的推波助澜，如马龙·白兰度、索菲亚·罗兰等在角色中穿着，使之风靡一时。甚至，还导致美国内衣学会正式宣布，T恤既可当衬衫穿，也可当外衣穿。牛仔裤，其样式据传来自开发西部时牛仔们的工作服，不论男女老少、贫富贵贱，一时视为时尚。更具突破禁区意义的是迷你裙的面世，裙脚线竟升到了膝上五厘米，十分刺激。"迷你"是英文短小、袖珍一词连音带意之翻译，很是传神。它与牛仔裤一道，使女性下半身的美感与魅力表现臻于极至，的确达到令你迷惑的地步。而这种突破与创新的观念还对后世产生了深远影响。60年代科技发展，尤其美苏军备竞赛也从不同角度影响了服装潮流。最明显的是太空技术的突破给人们带来的震撼。宇航领域的高深与神秘强烈地刺激着人们的好奇心，并使之升华为一种审美的追求。于是，出现了如皮尔·卡丹的"宇宙风格"。那铝箔色面料和几何形造型充满了现代感。而另一面，工业过度发达也引起了人们对环境的忧思，年轻一代把环保意识引进设计，就是一种体现。此外，现代艺术的光怪陆离，也直接影响服饰趣味，许多奇形怪状的设计也给60年代末的潮流增添光彩。

70年代初，中东战争不但影响了世界经济，也使人们再度注意东方。阿拉伯和日本的样式都曾先后登场，人们在原有的喧闹中又追回了一点古典的怀恋。70年代中期，中国风格也一度行时，在宽松舒适中追求着女性的浪漫。社会的富足使人们越来越注重社交礼仪，70年代后期，由宽松转向合身。不过，70年代最具影响力的还是喇叭裤、宽肩上装、尖领衬衫和男女都穿的高跟鞋。此外，拉链、铆钉等金属构件也成了装饰，使服装在时髦中增添了几分帅气。延续至80年代初，又出现了"破烂式"和"乞丐装"。好好的裤子，不是挖个洞就是打个补丁，更常见的就是边脚线上"撕"成丝丝布条。懒散无羁、玩世不恭是社会富足、衣食无忧的一种反映。不过，竞争激烈、勤劳敬业毕竟是时代的主流，更多的人在追求完美、追求自我价值的体现。于是，追求名牌也蔚成风气。80年代末，国际社会产生激烈动荡，东欧剧变、苏联解体、海湾危机等。社会的巨大变革，也直接反映在人们的心态上，多样、无序甚至好奇、极端的审美追求见诸服饰。这时期，迷你裙再度行时，露、透、瘦成了时髦，加上原有的宇宙风格、波普趣味，一时间，浪漫、性感的时尚叫人眼花缭乱。

90年代，经济衰退，能源危机，冲突频繁。而多极世界的形成，也使人们能够更多地想想人类自己以及人类的未来。于是，反映在服饰上，怀旧复古、环境保护成了时代的追求。70年代的趣味再度出现，自然主义成为一种时髦，对生态的关注、对战争年代的反思和对经济复苏的企盼等也纷纷进入了主题。1999年8月，在纪念"二战"五十四周年的日子里，美国国家原子弹博物馆竟然出售以当年扔在长崎和广岛的两个原子弹为原型的耳环纪念品，至于其他各类的设计就更多了。五彩缤纷的服装，包裹着人类的忧思与憧憬，把人们带进了21世纪。

原载《潮流》1990年第3期

愿天下人更美

——选美活动纵横谈

20世纪中期，"铁姑娘"一词是对女青年的最大褒扬。"文革"年代，"红卫兵"服是最时髦的装束。那时候，不可言"美"，因为那是小资产阶级甚至资产阶级的情调和追求。爱俏姑娘最多是在绿色军装或灰色罩衣下露出一点花棉袄的衣角以求得审美与炫耀的满足。改革开放，西风东渐，时装、广告进入中国，随之出现"模特儿"行业，同时也出现选拔美人的活动——这就是新中国选美活动的诞生。当然，最早是以各种"模特儿大赛"的名目出现，因为社会对选美还不能接受。但随着市场经济的发展，很快就习以为常甚至掀起热潮了。各种"小姐"时见报端，甚至"世界小姐"也灿然出镜。这段时间，不少读者、观众以及新闻界的朋友都提出过很多问题，但归纳起来，实质上就是有关人体美的一些最本质的规律性的问题。下面就此再次与大家共同探讨。

一、爱美之心人皆有之
——人体美的主导特性

选美，大家都明白，是评选美人的意思。爱美之心人皆有之，赞美之心人所共之。但是，偏偏这个美又非同一般，不可随意赞之。譬如，人们尽可在背后评头品足，或者尽可随意赞扬对方创造物的美以至对方孩子的美；然而在一般情况下却不能直言对方本人很美，在异性之间尤其不当。又譬如，一个女子，孩提时期别人夸奖她美时，她会乐不可支；懂事以后，别人赞扬她美时就会觉得害羞；而成人之后，如果是出自异性的这类赞扬，则更是只有在特殊场合下才可接受了。文明，把人类的这种天性压抑为一种模棱情感了。其根源，还得追溯到人类的远古时代。

我给人体美下过这样的定义："人体美是以审美形态存在的美感、性感和羞耻感的统一。"这，也就是人体美的最根本的也即主导的特性了。人类对自身审美感的产生，是与人类物质生产和繁衍有密切关联的，其中繁衍过程的性选择对此影响尤为直接。人类经过漫长历史时期的实践，使之对某种合目的的形体、比例、姿态以至表情感到快慰，并以一种直觉观照的方式留存在意识中。如当今选美十分重视的"三围"，也许未必一开始就视之为美，最早不过是出于功利目的——丰满的乳房、宽大的盆骨都是繁衍后代的最佳条件。旧石器时代雕像《维伦堡的维纳斯》的形象和《诗经》中"硕人其颀"的诗句都体现了这种追求。自然，当人类对繁衍有了绝对的把握能力之后，其注意的焦点就不再是生殖而是性了。

随着私有观念的出现，人们的羞耻心理也产生了。文明时代的掩蔽代替了野蛮时代的祖敞，也许恰恰是由于这个遮掩而带来了羞耻心理。至少，当今的祖敞与昔日的遮掩在作用上是异曲同工的。与此同时，诸如"三围"等有关性部位的诱惑力也就越发强烈。从这个意义上说，人体美实质上也是一种性优势的象征。从本能而言，这种优势人人都在悉心追求，人人都在自我炫耀，但文明又紧紧抑制了这种本能的居心。两者相互对立，相互依存，形成了整个社会的心理结构，维持了每个成员的心理平衡。当在不恰当的场合下直言异性的美，或偶尔裸露平时所遮掩的时，则无异于被动表达自己的居心，造成心理失衡，做出羞耻反应。

从更狭义的角度看，私有制的产生使人类性的关系带上了一种占有的成分。当这种行为被文

婆婆门 福建武夷山下梅村 相传是古代婆婆选媳妇的标准，丰乳肥臀，实质也是古代的选美标准

明规范为隐秘的时候，这种情感的表露就被限制在几个人甚至两个人之间了，而这限制的直接结果，就是直至今日，人们在对异性人体做审美观照时，在潜意识中依旧存在着某种占有欲。这，正是其非同一般的道理所在。

二、万紫千红总是春
——人体美的派生特性

在主导特性下面，还派生出一些特性。

第一是时间与形式的统一。与一般审美的侧重纯形式观照不尽相同，这里的对象是活生生的人。所以，时间——年龄成了一个重要的因素。从纵向看，人的一生中青年时期最美；从横向看，老少人等中青年最惹人注目。青春期是生命力最旺盛的时期，也是进入性成熟的时期。这个时期是光彩照人的，这就是常说的"青春美"。实质上就是性感成分把美感强化了。所以，"年轻"和"漂亮"两个词往往是连在一起用的，古人更把"年方二八"称为"妙龄"。

第二是欲念与伦理的统一。对人体美的追求与赞赏的模棱情感，正是这个特性的体现。在以掩蔽为文明的今天，人们的真正欲念实质上还是露体——更大程度的炫耀。这首先要克服自身的羞耻心理。露体是羞耻的，

达·芬奇　蒙娜丽莎　文艺复兴时期的女性是喜欢把眉毛剃掉的

但偏偏要"露、透、瘦"。另外，就表情而论，害羞本来就是欲念与伦理冲突而产生的一种本能反应，但这种反应却有着特别的魅力，其中表现了一种企图隐去什么和躲避什么的冲动，从而唤起了异性的反向呼应，同样是一种欲盖弥彰的效果。

第三是心灵与肉体的统一。除了看服装店橱窗中的那些木制模特儿外，对于活生生的人是绝不可能做纯形式的观照的。事实上，在人们观赏对象的同时就已介入某些精神因素了。首先是文化的介入。不同的民族、地域、体制、时代等都有不同的文化，从而也形成了各自的审美好尚。古代希腊人的健美匀称与中国人的丹凤眼、美人尖的要求是两样的；文艺复兴时代意大利妇女喜欢剃掉眉毛与当今女性特意文眉是背道而驰的；同样是中国古代，也还有"燕瘦环肥"的区别……其次是感情的介入。最通俗的真理，就是"情人眼里出西施"。有了感情，怎么看都是美的。外在美已经降至次要地位。还有所谓"徐娘半老，风韵犹存"的形容，显然是内在美的优势弥补了年龄的劣势。这里的风韵，既有文化的，又有感情的，甚至还有性感的内涵，形成了一种微妙动人的魅力。最后，是道德的介入。有些英雄模范人物，他们看上去并不漂亮，甚至身有残缺，但他们的英雄行为、模范事迹以及透过这些所表现出的高贵品质、坚毅意志等都极富感染力，从而也同样给人以强烈的美感。这里的心灵美已经超越了肉体的残缺。当然，文化的、感情的和道德的介入，并没有明显的界限。实质上，常常是几种因素都有，只不过是其中一种比较突出而已。说一个人的美，往往其气质、风度、修养等都已经涵括进去了。如果仅以"对称均衡"等一般规律去解释，那无异于把美女与十字架等同视之了。

三、颜良文丑

——真善美的统一

作为一个审美的人，他包含着外在美与内在美两方面的内容。所谓外在美，也就是形式美，是指人体各个部分的合目的的组合。它包括容貌和体形两部分。外在美主要是先天的、父母给的；当然也有后天因素，如气候、环境、职业的影响，更明显的还有人为的改变如整容等。所谓内在美，是指人的气质、修养等，包括仪态、风度、谈吐以至行为等。内在美主要是后天的，是通过教育或影响而形成的；当然也有先天因素，如气质等。而通通这些，在一般情况下，都是经过修饰加工或者是"裹"在衣服里的。也就是说，是以服饰统一在一起的。

人的体形，在依赖服装的掩蔽的同时，也仰仗服装的表现。而容貌也需要修饰的衬托。反过来，从服饰的设计、选择、搭配，也可以表现出主体的内在美。从另一个角度看，对有经验的人来说，哪怕是一个陌生人站在自己面前，不必对方开口，从其仪态、举止、眼神即可揣摩出对方的气质、修养。倘若开口，那更是往往一句话就能见出深浅了。常常有人议论，内在美与外在美哪个重要？应该说两个都重要。我们追求的应该是两者的统一，或者从更广泛的意义上说是真、善、美的统一。

有人认为外在美是先天的、无法改变的，而内在美是可以后学的，所以前者更重要。这话固然有理，但未免太片面了。它忽略了一个重要环节，即这个后天培养是长期的、艰巨的，往往得从小时候的家庭教育开始，继而是学校教育及社会的文化氛围以至终生的自我修养。如果一个人只有外在美而缺乏内在美，那就是俗话所说的"绣花枕头"了，或者更谐谑些，有如《三国演义》中两员大将的名字连起来所表达的意思一样——颜良、文丑。可以想象，一个人乍一看相貌堂堂、美饰华服，但细观之却是仪态鄙俗、举止粗野、谈吐猥琐，是很难真正给人以美感的。

当然，我们也同样重视外在美的意义。这除了父母给的以外，后天培养也很重要，如从小注意行走坐立的姿势、坚持体育锻炼等对体形美是很有帮助的。此外，根据需要和可能，辅予形体、艺术的训练，选用合适的美容化妆品甚至做美容手术等手段。

四、谁得金苹果

——最早的选美活动

近两年，选美逐渐时兴了。人们也不再像最初"引进"时那样含蓄地用什么模特儿大赛或什么风采大奖赛之类的名称，有的地方就直截了当地使用某某小姐的桂冠了。更有甚者，由于竞争激烈，还有个别人搞"不正之风"，或者认为评判不公而事后大有微词的。本人就曾有幸多次应邀充任过评委，现场打起分来，还是挺紧张的。

人类最早的选美活动源于何时，未做考证。但至少古希腊神话中就有类似的故事：使神赫耳墨斯奉天帝之命，带着刻有"献给最美的女神"的金苹果下到凡间，请帕里斯王子做"评委"，让他在赫拉、雅典娜和阿弗

鲁本斯　帕里斯的裁判　油画　人类最早的选美活动

洛狄忒（即维纳斯）三位女神中选出一个最美的来。大抵天上也兴"不正之风"，为了争冠军，她们竞相向评委封官许愿。赫拉是天后，说可以给他当官；雅典娜管智慧，可给他聪明；阿弗洛狄忒管婚恋和美人，许将天下最美的女人与帕里斯为妻。还是英雄难过美人关，阿弗洛狄忒最终夺魁，得到了金苹果。

当然，那是神话。不过，据史料记载，那时现实生活中的确也已出现了选美活动。在古代希腊人的心目中，美与健是分不开的，只有发育健全的躯体，才能称得上美。一切敬神的庆祝、重大的典礼几乎都等于是健美比赛。雅典挑选最美的老人在雅典娜庆祝会中执树枝，伊利斯挑选最美的男子向本邦的女神献祭品，甚至奥运会也成了富豪选女婿的好机会。到后来，雅典娜赛会中还干脆加上了选美项目。此外，有人发现，阿卡提亚有些美女比赛会已有九世纪的历史……

中国古代未见有关于选美的记载。不过，宋玉那段论美人的千古佳话至少表露了最早的选美意识："天下之佳人莫若楚国，楚国之丽者莫若臣里，臣里之美者莫若臣东家之子。东家之子，增之一分则太长，减之一分则太短。著粉则太白，施朱则太赤。眉如翠羽，肌如白雪，腰如束素，齿如含贝。嫣然一笑，惑阳城，迷下蔡。"从天下层层筛选，终于选出了东家这位美女。至于我们今天这种意义的选美活动出现，应是20世纪初的事。1933年，美国电影女明星玛丽·皮克福特得了第二届奥斯卡最佳女演

员金像奖后，就有了"电影皇后"的称誉。玛丽当年访问上海，启发了当时还是办报人的陈蝶衣，于是就在《明星日报》上发起了"电影皇后的选举大会"。这是中国历史上第一次大众参与的选美活动，明星公司的胡蝶、联华公司的阮玲玉和天一公司的陈玉梅的票数遥遥领先。最后，胡蝶以21334票夺冠，而阮玲玉只得季军。此后，1934年又举办了十大影星选举，胡蝶当选最美丽的女明星，阮玲玉则为演技最佳的女明星。

选美活动是资本主义高度发展的产物，带有浓厚的商业色彩。经过近百年的实践，已经有了很完整的比赛程序。而且涵盖面越来越广，从某市小姐、某州小姐、某国小姐、某洲小姐一直到世界小姐都各有桂冠。历史上第一位世界小姐诞生在1912年，地点在伦敦。当时比赛内容很特别，选手们不但要身着泳装展示自己的形体，而且还得真的在水中进行游泳竞赛。另外，还需比赛划艇技术。看来当时对体育锻炼是非常重视的，这里明显地保留了古希腊的健与美统一的优良传统。除了体育，其他还有唱歌、跳舞等艺术类项目比赛。当时有二十五位小姐同台竞争，最后角逐的结果是十八岁的爱丽丝德荣登第一个"世界小姐"的宝座。

五、此乃英雄也
——再谈内在美的追求

《世说新语》记载了一段故事，说一次匈奴使节来访，曹操应当接见，曹操个子不高，看来是算不上美男子的，他很有自知之明。为了顾全大局，维护大汉朝的威严，他想出了一条妙计：崔琰做替身，冒充自己坐在案前，曹操则扮作卫士，持刀站在床边，从旁观察来使。书中描写崔琰"眉目疏朗，须长四尺，甚有威重"，自然是够分量的。而曹操用当今的俚语则属"半残废"，靠边站着也挺合适。接见以后，曹操派人去探听对方反应，不料匈奴使者却说："魏王雅望非常，然床头捉刀人，此乃英雄也。"这个故事说明一个人的气质、风度、仪态是多么的重要！自然，曹操的英雄气概并非偶然，这是凝聚着他一生的文功武略、一生的自我修养。

事实上，历史流芳百世的美人也都并非徒有形骸之辈。被誉为"中国四大美人"的西施、王昭君、貂蝉和杨玉环，她们的美名都与她们的事迹联系在一起。对于她们的美，只能用"沉鱼落雁、闭月羞花"来形容，而她们的故事，却是很具体的。四位美人都属出身贫寒，但都不同程度地受过教育。如西施就得到大夫范蠡的精心培养，是一位六艺俱全的女子；王昭君十三四岁就能出口成章，吟诗作赋、琴棋书画无所不能，描龙绣凤，活灵活现；貂蝉在司徒王允的培育下，十六岁已成为一个出色的歌舞伎；而杨玉环在小时候就通晓音律，又擅长舞蹈，颇有艺术才技。应该说明，古代女子能够自我修养的多半是这些内容，这是历史的局限，不能用今天的尺度去苛求。更何况，四位美人都曾参与过历史上重大的政治事件，而且如西施、王昭君等还曾做过伟烈的贡献，这更是一般美人所难以企及的！

再举一个当今的例子——国际影后索菲亚·罗兰，她是奥斯卡金像奖的得主，并且还有专门论述女性美的著作《女人的魅力》传世。然而，索菲亚·罗兰是以其学习勤奋、演技精湛、感情真实和作风严谨而著称全世界的。这位腰缠万贯的影星也是出身寒门，十四岁那年是穿着用窗帘改的衣服参加那不勒斯选美的，竟夺得了"海公主"的桂冠。是不是她天生丽质、白璧无瑕呢？恰恰相反，当她刚刚踏进电影圈初试镜头时，不少摄影师都否定了她。主要是嫌她鼻子太长、嘴唇太黑。有人提出让她去整容，她坚决反对，坚持要保持自己的本来面目，甚至还提出"应该珍爱自己形体上的缺陷"的看法。这种重视个性、重视内在的美的思想是索菲亚·罗兰成功的一个重要因素。她在著作中也明确指出：女性的美，并不仅仅是灿然的微笑、柔和的长发、漂亮的脸蛋、苗条的身段，它不能脱离一个女性的德行、智慧、个性和风度。

六、他山之石

——冷眼静观选美热

要判断一个人美不美，并不困难。而且在特定的时代，总是有一个相对统一的看法的。不过，要说清楚一个人怎么美，就不那么容易了。比方说，当今时兴高高的个子、大大的眼睛，那么收入吉尼斯大全的那位两米多高的美国姑娘如何？金鱼眼够大的了，以此形容女士们行吗？当然，这些都是极端的例子，无非是想说明人体美的相对性。

其实，古人早就明白这个道理，所以每每论及此事，总是顾左右而言他。宋玉所推荐的东家之子"惑阳城，迷下蔡"；汉乐府中的美人罗敷，竟惹得别人见她后都耽误了劳动，以至"来归相怒怨，但坐观罗敷"；中国四大美人导致"沉鱼落雁，闭月羞花"。然而，这些美人究竟是什么样子，谁都没说。洋人也一样，前面提到的维纳斯，她得了金苹果后真的履行诺言，让帕里斯王子抢来了海伦，众长老见到绝色都惊呆了，但海伦究竟是什么样子，依然无可奉告……也许真如老子所说的，"大象无形"，所以也就干脆不说了。

不过，人类是不甘心这样"含糊"下去的。随着社会的发展和生产的需要，人们终于在这些"相对论"中划出了"绝对"，这就是当今形形色色的选美标准，它们从内在美到外在美都做出了具体的规范。也许更重要的是伦理的进展——羞于言美、在异性面前不便直言美或者说对异性的美都在背后议论等习惯被打破了，甚至一反往常，竟然把人置于众目睽睽之下公开打分评比。选美，提供了满足人们炫耀和赞赏美的本能欲求的堂而皇之的机会，给美人以及相关企业带来了巨额的经济和社会效益。

然而，选美毕竟是资本主义高度发展的产物，尤其竞选者大多为女性的性别倾斜明显地体现了男性中心社会的特色。女性的被欣赏与男性的占有欲是互为因果地依存着，并且得到包括女性在内的全社会的认可。这里对女性的尊重实质上是深埋着不尊重的底蕴。正因为如此，历来有人对其持否定态度。尤其女权运动兴起，偶尔还有人付诸行动。1988年6月，美国"加州小姐"总决赛至最后冠亚军角逐时，突然两位选手中的一位——美雪·安德逊从胸部抽出一条丝制横幅："选美活动损害所有女性"。这一爆炸性举动令舆论哗然。又，加拿大巴顿公司去年就已宣布停止"加拿大小姐"选美活动，原因之一也是认为存在性别歧视……当然，与世界的选美大潮相比，这只能算是一个浪花了。

我国经济刚刚起步，作为一种社会需要，选美自然应运而生；作为一种手段，也不啻为他山之石。相信经过实践，会摸索出具有我们自己特色的选美活动经验。对于有志于当美人的少男少女，尽可以加强修养，大胆竞争。最后还想献上一句话：一个人的美，是在全人格、全身心经过长期陶冶、熔炼以后所放出的光彩。记住这个道理，不管是否参与角逐，都应该有更多的自信、更高的目标。

　　愿天下人更美！

原载《今晚报》1993 年 4 月

144

以美育人

　　最近，美育问题又引起了国人的关注，这是一个可喜现象。谈到"美育"，都很自然地想到蔡元培，尤其是想到他的"以美育代宗教"。这是他1917年提出的观点，很有创见，直到今天还给我们以启发。

　　我们的民族，是一个崇尚美的民族。历史灿烂的艺术创造，以及人们对高尚道德情操的追求，都足以说明美育本身。儒家的"礼、乐"二字，是中国封建社会对行为美与艺术美以及两者关系的高度概括，也是美育的最高准则。从严格的意义上说，古代中国没有宗教。出于统治阶级的需要，独尊儒术，视之为教，亦属自然。但苦海众生，毕竟需要一种精神寄托，于是儒、道、释合流，后来又加进了伊斯兰教、基督教等宗教。蔡元培提出以美育代宗教，很有针对性，他试图以一种更富于感情因而也更符合人性的方法陶冶人们的心灵，提高民族的素质。这无疑是科学的、进步的。可惜由于当时战乱频繁等历史原因，灾难深重的中国无暇顾及，不少中国百姓还是在宗教中寻找慰藉。

　　中华人民共和国成立后，对美德的教育是非常重视的，但不足的是，仅仅重视政治思想而忽视了审美的教育。这里还包括广义的人文学科和狭义的文学、艺术的教育与熏陶，对它们的"成教化，助人伦"的潜移默化作用重视不够。记得我们的教育方针，20世纪50年代还提"德、智、体、美全面发展"，但后来就仅剩下"德、智、体"了。

　　蔡元培的以美育代宗教也许一时难以实现，但大力倡导美育的确越来越显出其重要。一些地方领导人由于缺乏审美知识和人文学科修养，而导致城市规划失误或历史文物惨遭破坏屡见不鲜。更堪忧的是，不少大学生中文水平极低，或者连最起码的历史常识都不知道。当我们感叹世风日下甚至痛惜国民素质下降的时候，虽然追寻到了诸多病根，但忽视了美育至少是一个重要的教训。另外，从更深层、更广阔的意义上看，美育的实施，不单纯是学校的事，也不仅仅是加几节艺术课所能完成。它也是一个系统工程，在当前的中国，更有赖于各级领导的文化素质尤其是审美水平的提高。现在提倡科教兴国，于是各级领导中充实了大批高级知识分子，这无疑是一大进步。但仔细推敲又不无偏颇——他们当中绝大部分是理工科出身，从事人文学科的甚少。又如，我国在科学、工程领域都设立了院士，但人文学科却没有。这里依然折射出了对美育的忽视。不错，对于强国富民，科学技术的发达能迅速提高我们民族的冲劲；但是，人文学科的发达，又能增加我们民族的后劲。或者说，科学技术可使国家船坚炮利，而人文学科则能涵养民族底气。对于提高综合国力，两方面都是不可或缺的。在重点发展科学技术之后，也应分点精力来扶持一下人文科学了。

其实，在当今世界，自然与人文，甚至科学与艺术，其关系已经愈来愈密不可分了。很多有识之士已看到了这一点，并且有的还致力于有关的研究与实践，如钱学森、李政道等前辈就做出了表率。而现在，一些高等学校又重倡美育并付诸行动，而且起点很高决心很大，这无疑是一个令人振奋的好消息。只要全社会都予以重视，还民族尚美之本来面目，相信不久的将来，中国必将以更新的姿态屹立于世界。

原载《文汇报》2001 年 3 月 27 日

感受世界杯

很想学会向上爬，在仕途上爬出点名堂，没想到到头来还是只会爬树。少时顽皮，喜欢爬树。可能是我祖先所属的那个部落由猿到人进化得比较慢，留下了较多攀缘基因的缘故。直至青年时代已经工作了，见到大树有时手脚还会发痒，越高大的越想爬。这大概就是一种原始本能的欲望，可惜在大城市里无法满足。"文革"时下放到井冈山，一次与外来的记者一道去井冈山主峰采访，那里原始荒野，满目葱茏。见到古树一棵比一棵高大，兴奋极了。不顾长途跋涉的疲劳，竟然就近就爬上了一棵高大的老松树，压抑了很久的原始欲望总算得到一次释放。同行记者惊愕之余，用相机为我记下了这个历史时刻。

陈醉爬上了一棵大松树的顶上，后为井冈山主峰

1970 年于井冈山主峰

攀缘可以，可能因为上肢发达。可惜下肢不行，拖了后腿。中学时代百米跑曾创 16 秒 2 的高分——分秒的分。面对同窗的揶揄，还振振有词："跑那么快干吗？世界纪录年年刷新，理论上总有一天会跑到 0

秒，那时该怎么办？"嘴硬归嘴硬，毕竟课外活动总是被排挤在外。至于玩球，更是没我的份。而足球，就完全是个门外汉了。所以，我一直是一个十足的球盲，连看都看不懂。

不过，尽管道行如此幼稚，但我对足球还是很关心的。当然，我真正欣赏足球已经是很迟的事了，而且还是从文艺作品开始。最让我难忘的，是电影《胜利大逃亡》。那里会集了一代球星，浓缩了他们最精彩的技艺。贝利那一脚倒勾射门至今历历在目，使我真正感受到了足球作为艺术的存在。然而，更让我感动的还是影片的深刻思想。这个反法西斯的严肃主题是通过扣人心弦的足球赛完成的。正是因为足球巨大的民族凝聚力，才使这正义战胜邪恶的独特途径具备了依据。

1998 年世界杯，我们有了自己的转播。那时我正出差在外，偷空才能看一场半场。且为了"扫盲"，时时还要"不耻上问"，请教行家，诸如何谓越位等。然而，毕竟自己国家没有参赛，隔岸观火地看看热闹而已。这次世界杯就不一样了，中国也榜上有名了，它将带来全球华人的关切。回想起来，对体育最切身的体会莫过于去年了。足球打入世界杯，举国欢腾，也带来了国人今日以主人翁态度的关注。去年更激动人心的，还有萨马兰奇在莫斯科不紧不慢地读出"北京"两个字时，几乎所有在电视机前的中国人都从椅子上弹起来的情景，那种短暂静寂之后突然爆发的场面，真比火山喷发还要壮观！这就是体育，这就是竞技，而在其背后，则是我们的祖国，我们的民族，她站起来了，她日渐强大了！

回顾人类发展的历史，由猿变成了人，由攀缘、爬行变成了直立，这是一个非常漫长而艰苦的过程。劳动创造了人自身，正是有了这个关键性的环节，才会有后世作为人的伟大。人类在自己的社会生活和生产劳动中，在与大自然的搏斗、人与人之间的搏斗中，认知了人自身，并且，对人自身产生了美感。当然，在当时，我们的祖先并没有这样的意识。把这定义为美，是人类进入文明之后的一种升华。随着社会的发展，人类对自身的美、动作的美开始了有意识的追求，并且形成了相对独立的审美对象。

劳动造就了人类聪明的大脑，很多体育项目都是原始人类劳动过程中某些动作的情绪沉淀。社会大舞台培育了灵巧的双手，使它的技能得到了充分的展现。我们的单杠双杠，不就是攀缘的记忆吗？我们的标枪、掷铁饼，不就是狩猎的回想吗？随着社会的发展，人类又给自己提出更难的题目，就是对下肢也就是腿部、足部能力的挖掘——最终还是对大脑的开发。于是，中国古代就有蹴鞠、踢毽子、杂技的足顶坛，欧洲的足球、芭蕾舞、今天的水上芭蕾等体育运动、艺术表演也出现了。此中足球就是这最惨烈因此也是最刺激的项目。这项体育运动具有如此巨大的魅力，是人类对自身特定部位发展成果的骄傲。而其底蕴，则是人类潜意识里对由爬行到直立行走的艰辛发展进程的一种追忆，是对那段历史情绪的再现和炫耀。

古代希腊人发明了奥运会，这是对人类文明的巨大贡献。以此为纽带，人们以更大的热情去追求美，以更深的诚意去维护和平。记得古希腊奥运会的宗旨是和平，而当时优胜者的奖品不过是一顶桂冠——树枝编的圈圈。近世在欧洲又出现了足球的世界杯，足球运动的初始也只是一种竞技的娱乐。可惜，如今时代变了，事情也复杂了。本来是快乐的联欢会，却弄得如临大敌，军警出动。本来是为了健康，但总有人借此损害健康，或肉体的，或精神的。兴奋剂屡禁不止，贿赂腐蚀了奥委会委员。而足球，不但打出了流氓，喊出了京骂，还吹出了黑哨，钻出了赌徒……世间的丑恶，也竟然在这竞技场上竞技。这不是足球的过失，而是人类的悲哀，不知何日才能还绿茵场上一方净土？

当然，那只是极少数。毕竟足球本身是健康的、强壮的、富于魅力的。世界上数以亿计的球迷、观众的翘首企盼世界杯，这股精神洪流迸发出来的更多是热情，是志气，而运动场上那种勇敢拼搏的毅力，那种团结协作的精神必将荡涤每一位观者的心灵！我想，球盲将和球迷一样，都会全身心地去纵情世界杯，感受世界杯！

原载《人民政协报》2002 年 6 月 1 日

美在运动

——写在奥运会倒计时一周年

人类在漫长历史时期的社会生活和生产劳动中，尤其在与大自然及人的艰辛搏击中认识了自己，并发现了人类自身的美。在石器时代后期的岩洞中，留有许多先民的壁画杰作，著名的有如南非布须曼人的《大羚羊和猎人》。画面中描绘着正在追赶羚羊的猎人，他赤身裸体，但头戴面具，背负箭囊，胯饰腰蓑，两手拉弓射箭。特别是奔跑时的大步前跨，双腿前后劈开已成一字形，有如当今的芭蕾舞动作，加上那腰蓑也迎风飘成了一字形，更增加了这运动的速度感，真是美极了——美在人体，美在运动！

当然，那年代先民未必懂得那就叫美，但那样的动作、那样的姿态最有利于扑杀野兽以及攻击敌人是肯定的。他们也许出于激动，出于赞赏；也许为了记录其要领，示范于后生；为了奉献于神灵，利用于巫术……他们把这些描画下来了，刻塑下来了。于是，给我们留下了这些珍贵的艺术——原始艺术。

一万年过去，人类不再仰仗这种方式去满足温饱了，不再使用这种方式去争强斗胜了。但是，一些特有的情致在人类意识长河中沉积下来了——人们仍旧怀恋那艰辛竞争后的满足、那惨烈格斗后的亢奋，并且，这一切都已经在人类的心灵中酿造成了一种审美的情愫。于是，人们相约把这种曾经是你死我活的争斗格杀的形式保存了下来，以供把玩观赏，以在模拟的过程中重温那人类童年时代的愉悦，以在参与的过程中获取胜利与成功的心理代偿——这就是体育。还有的演化成了舞蹈。所以，在那里面有赛跑，有标枪，还有角力。随着社会的发展，除了竞技类的项目外，还加进了表演的项目。所以，在那里面有跳水，有艺术体操，还有水上芭蕾……体育也好，舞蹈也好，它都倚赖人的肢体去完成；它都需要通过运

150

希腊雕刻　运动员

动的过程去完成。于是，人们逐渐认识到了自身躯体的美。这是人类生存欲望的表征，同时也是人类生殖欲望的表征。而尤其在运动的时候，它把人自身体态的合目的的构成展现得淋漓尽致，它把人类的智慧与能量发挥到了顶点，更关键的是，它永远都是在挑战人类极限的过程中完成人的本质力量的对象化——这就是运动的魅力，这就是运动的美！

　　进入文明社会后，人类最早、最直接地把握和运用运动的美的是古代希腊人。在他们的心目中，美与健是分不开的，甚至还将"健全的精神寓于健康的身体"奉为至理名言。当时的雅典执政官伯里克利就说过："我们是爱美的人。"他们鄙视一切有碍运动的观念，神和人都喜欢健美的人体。古代希腊祭神仪式与市民世俗娱乐活动是紧密结合在一起的，每逢节日庆典，一连几天地举行竞技、舞蹈比赛，人们在狂欢中度过。在这陶醉的时刻，美与健统一在一起了，力的竞技与美的角逐交融在一起了。雅典挑选最美的老人在雅典娜庆祝会中执树枝，伊利斯挑选最美的男子向本邦的女神献祭品，甚至奥运会也成了富豪选女婿的好机会。后来雅典娜赛会中，干脆加上了选美项目。有人还发现，阿卡提亚有些美女比赛会已有九个世纪的历史了。这些美人，都是从运动中诞生的。他们不但有漂亮的脸蛋，同时还有健美的躯体。人们都崇尚健美，并为此而骄傲，塞诺封说过："斯巴达人是所有希腊人中最健全的，他们中间有希腊最美的男子、最美的女人。"苏格拉底称赞哲学家卡尔米特美，说："所有的人望着他就像望神像一般。"而克雷封则说得更明确："他的脸真好看……可是他要愿意脱下衣服来的话，他的相貌就相形见绌了，因为他整个的身体才美呢。"正因为如此，古代希腊造就了一个时代的健美完人，仿佛向上帝宣示下次再做人时应当怎么做似的。而且，催生了一个时代的艺术辉煌，那些在运动过程中被凝固下来的美的瞬间——雕刻、绘画至今还是难以企及的典范。

而这个孕育美的体育运动，照样也成了全人类的精神遗产。奥林匹克运动会所包含的实际内容，已远非"运动会"这个概念所能包容。实质上，古代奥运会已经成为一个蕴含深广的文化现象，成为希腊民族凝聚的轴心和整个希腊民族精神的象征。每两届奥运会之间的四年称作一个"奥林匹德"，它被古人用作纪年的一个计算单位；公元前776年历史上举行奥运会的年份，被后人用作希腊纪年的开始。当代奥运会重新点燃古代奥运会的圣火，通过五环旗的飘动，和平、友谊在全世界传播，人的完美继续在运动中追求。而2008年北京奥运会的举办，随着"绿色奥运""人文奥运"的倡导，人类这同一个世界、同一个梦想将一定会更加美好。

原载《文明》2008年第2期

在那遥远的地方

在那遥远的地方

踏上青海的土地，我立刻就想起了王洛宾的《在那遥远的地方》。的确，青海太遥远了！它的遥远，并不仅仅是一个距离的地理概念，更重要的是一种心理感应——它太原始、太偏僻因而也太神秘、太美丽了！

最早认识青海当然是在学生时代的地理课：黄河和长江都发源于青海省。那时对澜沧江提及不多。最早向往青海就是听了上述的那首情歌，还有花儿以及一曲小提琴《花儿与少年》。正是伴随着这些委婉悠扬的乐曲，青海的名声扬遍天下，而且，不知牵动多少少男少女的遐思。最早凝视青海是在从事研究工作之后。大通孙家寨出土的舞蹈纹盆和乐都柳湾出土的裸体人像壶等考古发现，在中国原始艺术历史上写下了华丽的篇章。而最近注意青海则是缘于传媒频频传出的诸如长江涨水、黄河断流等消息以及可可西里猎杀藏羚羊残忍的枪声……青海的美，被蒙上了阴影。中国在关注青海，因为母亲河哭泣；世界在关注青海，因为地球村的气候亮起了黄灯……今年5月，全国政协组织生态环境保护和建设视察团赴青海，作为其中一员，我终于有幸亲临这个心仪已久的遥远的地方。

飞行一段时间后，从窗口望下去是一片灰黄色。色彩告诉我，已进入大西北了。一会儿沟沟壑壑，那是黄土高原；一会儿，整个视野是一片波涛起伏，犹如无边的大海一直延伸到天际，那是大沙漠。在那些波谷底下，偶尔有一个绿色的小点或一条细细长长的绿色线条，那大概就是有人居住的地方。然而，那些点、线，比起茫茫无边的沙海，实在太渺小、太纤弱了。真难想象，那些在点、线中生活的人，究竟是怎样走出这无垠的沙海与外面世界交流的。大自然真伟大，它制造了广袤浩瀚的气魄，同时也制造了罕有人烟的恐怖。然而，人类更伟大。他们先喊出"征服自然"的豪言壮语，后来又改为"与自然和谐、对话"的温馨友善。而且，不管

155

是气魄还是恐怖，人类都能开怀包容，都把它们尊奉为美。或者，用黑格尔的话说：崇高……还未来得及发更多的感慨，飞机就进入西宁上空了。越过一道道峡谷，飞机降落在崇山峻岭中一块有如用利剑削去了山尖的长形台地上，这就是西宁机场。车队沿着山川逶迤进城，川中淙淙的流水、两岸嫩绿的胡杨和简朴干净的民房令人顿时心旷神怡，给人留下了良好的第一印象。同样让人留下印象的是这条玉带般的嫩绿是那样的顽固，它死死缠着水边的平地，竟然不肯往山坡上爬半步。所以，透过那疏朗的枝叶看到峡谷两旁的山梁，依旧是飞机上所见的那一片灰黄色。不同的是由俯瞰变成了仰视，遥望变成了近观，有时还呈现出一幅幅巉岩裸露的局部画面。这就是青海高原。什么叫高寒，什么叫缺水，这也许是形象的第一课。

视察团下榻在胜利宾馆，这里是省委招待所，园林式，环境很好。当地领导对我们也关怀备至。当天下午，全团检查身体，因为我们将活动在海拔三千多米上下的高原。当然，日程安排得也很紧凑。次日，上午听完省领导的情况介绍后，就开始下到有关州、县去了。有时半天、整天地在路上颠簸，很累，但收获也很大。第一站是到海北州西海镇。这个地方，真可谓"不说不知道，一说吓一跳"！这是 20 世纪六七十年代中国最神秘的地方——原子弹研制基地。当年，这里对外戒备森严的程度是可想而知的。即便是在内部，也是"六亲不认"的。一对夫妻都要出差，但都不说去哪里，结果在大漠的基地意外会面。然而，这还是幸福的故事。而更普遍的并非笑话的笑话是，难得有一个女性出现，将会牵引上千万双切割不断的目光。这些中华民族的优秀儿女，从科学家到服务员，从将军到士兵，都无一例外地在这里献完青春献终身，献完终身献子孙……这类生动的故事常见于写"两弹一星"的报道或影视作品中。我很爱看这些文章和作品，记得有个《中国神火》，最近又一个《横空出世》，都很感人。如今，我居然踏进了这个当年的禁地。就在这里 1964 年试爆成功了第一颗原子弹，1967 年，又试爆成功了第一颗氢弹，为中国人大大地争了一口气！随着时代的变化，这些历史的神秘逐渐解密了。新疆的马兰早就见报了。这个基地前不久也移交给了青海省，最近海北州首府也迁到这里了。而且，也以"原子城"的名称对外开放参观。然而，尽管如此，今天我身居其中，内心感觉依旧是那样神秘，又是那样神圣。

这里还保留着当年的生活区，其中还有几座专家楼、将军楼。在这些如今看来普通得不能再普通的楼群中，曾经住过多少中国的科技精英！他们中许多人默默无闻地奉献了一生——不，默默无闻可以形容踏踏实实工作但不一定有突出贡献的人，而他们，准确地说是默默不能闻。他们做出了震惊世界的贡献，但他们当时是不允许出名的。仅凭这一点，就够我辈崇敬了！离生活区一段较远的路就是试验基地，行内人称靶场。在这里立了一座纪念碑，张爱萍将军题写了"中国第一个核武器研制基地"的碑名。高高的石碑直指蓝天，使我联想到中华民族挺直了的腰杆。在这不远处，就是试爆地点，在一块较为开阔的平地上，竖着一个几米高的铁架子。架子顶端支着一个金属圆球，在阳光照射下闪着耀眼的银光，这就是当年原子弹的模型。陪同讲解的同志介绍，真正试爆位置要矮得多，这是为了防止游人损坏而故意加高了的。就在圆球的不远处，有一座巨大的梯形碉堡般的建筑物，那就是观察室，它是钢筋混凝土整体浇成，墙的钢板水泥有一米多厚。正面墙上有一些内宽外窄的小洞眼，可以望见外面的原子弹，当时有关的观测仪器就是架在这里。专家介绍说，这叫爆轰试验，也称冷爆试验，有了这里的成功，才能有罗布泊的震惊世界的那声巨响。如今，这个大"碉堡"已用作展览室，里面一个个小房间陈列着昔日的一些照片，内容有领导人对"两弹"的关怀，有创业时期的艰苦生活，还有爆炸成功时的狂欢……虽然很简陋，但照样感人，特别是我们从那个年月过来的这一代人，感触尤深。告别的时候，我再次久久地凝望着那个小小的圆球，幻想着它爆炸时刹那间的轰鸣，谛听着莽莽荒原、巍巍群山的历史回声……

历史常常是那么凑巧，这里还飘荡着另一段优美的回声——此地正是"在那遥远的地方"之所在。当年王洛

陈醉在青海考察原子弹爆轰试验场　2000 年 1 月 14 日

宾就是在这个地方获取灵感，写下了这首流芳后世的杰作。据说当年那位牧羊姑娘，直至前不久才辞世。这一带的地名叫金银滩，历史上也许是一块水草丰沃的地方，不像如今这般荒凉。这里海拔三千一百米，脚下是冻土，头顶是一般城市中难见的蓝天白云。环视四周，一片开阔的荒原，找不到一棵树。地上长着稀薄短小的牧草，给灰黑的土地掺进了一点点土绿色，不仔细分辨，很难发现那沙土缝中仅一寸左右高的细丝就是草。远处起伏的山岳，依样是光秃秃的灰色。这里昼夜温差很大，早晚凉爽，但午间觉得太阳很近。刚刚是初夏，阳光就是那样的猛烈，似乎随手就能"抽"出一缕紫外线。当地的牧民，脸上都有一抹紫铜般的光彩。这里的妇女，都喜欢穿戴大红大绿的衣裳和头巾，在旷野沉着的土灰色衬托下，显得凝重而又灵秀。荒凉也是一种美，犹如前面谈到沙漠一样的道理。在荒凉中透出灵秀，使这种美感蕴含了更多的生机。我极力体味这高原的魅力，追寻王洛宾当年的思绪。远远望见一顶深褐色的牦牛毡帐篷，附近有羊群，有猎犬，还有一位牧羊姑娘。我多么想走过去，也让那位姑娘用那细细的皮鞭轻轻地打我几下，说不定也能打出一点灵感，画出一幅流芳后世的佳作。可惜太远了，车队要出发了，只能把此愿望留在心中……

不过，这也没有白费。因为我突然悟到"在那遥远的地方"，这是一个多么富有悬念的境界啊！这里是荒凉原野，但又是金滩银滩；这里保持了雪域高原的最原始的沉寂，但又曾经历过核试基地的最现代化的科学喧哗；这里虽树木不生寸草难长，但却哺育过拥有最高智慧的一类人群；这里曾爆发过震慑敌人的恐怖巨响，又诞生过抚慰人心的爱的弦歌……多么尖锐的对比，多么巧妙的组合，究竟谁能抗拒此中的诱惑呢？作为旅游资源的开发，恐怕这是再好不过的广告语了！

说到探寻的诱惑，对于我个人来说还有重要的一项是彩陶。这次来青海其中还有一个凤愿，就是要看看大通孙家寨的舞蹈纹盆和乐都柳湾的裸体人像壶以及它们的出土地。好容易挤出了半天的时间安排"单独行动"，在省政协、省文化厅的关怀下，终于偿了这个心愿。半天要走几个地方，参观时间只能以分计算，多谢领导照顾，一路绿灯。在考古研究所，我们被请进了库房——对于学人来说，这无疑是最高享受了。虽然我要看的文物已上调中国历史博物馆，只能见到复制品，但使我意外惊喜的，是见到了与孙家寨舞蹈纹盆同类的最新考古成果——在同德县出土的两件精品。

一个也是舞蹈人物图案，但不是五个人一组，而是十一或十二人一组，且穿着短裙。人物的比例线条乃至短裙都非常美。另一个是双人抬物图案，人物造型准确，用笔简练，十分精到。这批作品的共

陈醉考察青海柳湾彩陶博物馆　2000 年

同特点是动作性强，既写实又富于装饰感，生动优美。一直陪同我们的汤所长十分自豪地介绍了他们的这批镇馆之宝，我也得到了最大的近观与把玩的满足。第二站是省博物馆，这是当年马步方的公馆，颇含青海多民族特色。可惜这里的时间配额只有三十分钟，我不但不能细看建筑，就连陈列内容也只能顾其要点了。接待我们的祝馆长非常精练地为我们做了重要部分的介绍，然后又陪同我们去柳湾。西宁至柳湾七十公里，到达时已是中午了。留出回程时间，同样只能参观三十分钟。彩陶中心王主任如数家珍地介绍了他们的成果，带领我们参观了彩陶出土时的复原状貌。见到满架陶罐，犹如观赏一次四千年前先民的"全省美展"，真令人欣喜不已！这样的学术考察速度在我是少有。不过，时间虽短，效率却极高，收获也甚丰。我终于来到了这个重要的彩陶诞生地，亲身感受这一方水土之地灵人杰，放任自己的遐思，去再现几千年前我们祖先创造中华文明的情景……

随着社会的发展，我们能更理性地去审视历史，展望未来。今天提到中华文明，我觉得首先应该想到青海。青海是三江的源头。有了水，才会有人类文明，有人类的文明史。从这个意义上说，青海也是三江文明的发祥地。我认为，对于青海仅仅从地理学江河之源头的描述还不足以表达其内涵。我们应该站在更高的视点，从人文的角度去认识才更具时代意义——这里是"三江文明"之源头，从今以后，我们要多谈"三江文明"，直至犹如一听"两河文明"就会想到底格里斯河和幼发拉底河一样，一听

159

"三江文明"人们就会想到孕育中华文明的黄河、长江和澜沧江!

　　不过，令人担忧的是，这个文明的源头目前受到了日益严重的挑战。为了考察黄河源区，我们曾两次从不同的方位进入龙羊峡水库。两顾龙羊，既给我们留下美好印象，也留下沉重忧思。具有讽刺意味的是，一顾龙羊，就遇到一次"风险"。在共和县铁盖乡，车队沿着水库边的山塬顶上走，天气晴朗，见到峭壁下面碧绿的水，真可爱。可车子一停，突如其来的一阵狂风刮过，沙子打在脸上火辣辣的发疼，眼睛也无法睁开。刚下去的几位赶紧缩回车厢，把门死死关上。这真是一个下马威，大自然向生态环境视察团做了一次既"触及皮肉"也"触及灵魂"的"汇报"。作为北京居民，今年已领教了八场沙尘暴的威风，但比起这些有如鸟铳射出的"沙弹"来，实属小巫见大巫了。等了好一阵，风力才逐渐减弱。我们走近悬崖边往下看，离水面竟有好几十米，据说水位从未上过设计高度。相反的是，在水边已堆上了好几个金黄色的沙丘，而且体积见长……远处望去，水库收成了一个小口，河水就是从那里流下去，这就是黄河。沙侵日剧，再不治理，这盆清水，不知还能保持多久?

　　二顾龙羊，是专门去考察水库和电站网。一路上，崇山峻岭。车队在山间绕行，峰回路转，忽然望见远处一汪碧绿的清水"悬"在高山上，下面就是万丈深渊。这真正领略到了"高峡出平湖"的奇观。因为是远眺，在周围万壑峥嵘之中，这平湖竟是那样娇小，犹如嶙峋巨石中嵌着一小片

陈醉在青海考察，沙丘已经堆到了黄河源头龙羊峡水库　2000 年

晶莹的翡翠，可爱极了。这就是龙羊峡水库。黄河源区的涓涓细流汇集到了龙羊峡，峡谷的口子竟像瓶颈一样将河水锁住。聪明的水利人就在这瓶颈部位筑了一道坝，于是由此至上游一百多公里的库区就像一盆水一样

被高高地举到了半空中。这道坝，就是昨天从上游相反方向见到的那个小口。河水顺从地穿过坝底完成推动涡轮的任务之后，再进入那条像石槽般狭长的龙羊峡，然后向东奔腾而去，一直至黄海。在远处看这水坝，不过是一个窄窄的峭壁，走到它顶上，却是一堵一百七十八米高的巨大半圆形钢筋水泥墙，而上下游水面相差达一百一十米。这又使我不禁惊叹造化的神工、人类的智慧！

惊叹之余，人们还悟到一个新问题，即"跳到黄河洗不清"这句话是个"冤假错案"，或者，至少有一半是冤枉的。因为黄河的主要水源都来自青海，而在青海境内黄河水是清的。变成"黄"河，那是进入黄土高原之后的事。这个对大自然的误会可算澄清了，但人为的失误并未能让人安心。就是在这次进入龙羊峡的过程中，当车队逶迤前进，库区豁然开朗地出现在我们面前，大家还未来得及激动的时候，眼前却升起一股城市工业区中常见的黑烟，在这高原难得的碧水蓝天间显得特别刺眼。走近才知道，这是一个金属硅冶炼厂。高大的厂房，就建在水边上，烟囱拔地而起，袅袅黑烟腾空而上。大家都感到无比的惊讶，居然能在这样近乎神圣的地方建起工厂来！也许当初投资者的确为振兴青海经济出了一分力，也许当初建厂时有一万条理由非与这池碧水毗邻而置不可，但如今看来，无论如何都是一个失误！从轻处说，就开发旅游业角度看至少是煞风景的；从重处说，就生态环境的角度而言，说它"污染母亲河，殃及北中国"也不算危言耸听。许多委员提出要就此写提案。我想，正在带领全省人民积极投身西部开发的青海领导一定会比我们更关切因而也必将会更妥善处理这个问题的。当然，委员们也没有仅仅停留在议论上。视察团当即在水库参加义务植树活动，大家还为保护母亲河工程尽绵薄之力——自愿捐款总计一万元，这也算对这个文明的发祥地表达一分敬意吧！

在青海还有更大的一池碧水，那就是青海湖。湖中有个观鸟的鸟岛。从西宁到鸟岛，汽车走了五个多小时。一路上，没有龙羊峡的崇山峻岭，而多是草原、荒滩，偶尔还见到大片大片开垦的耕地，但并没见到庄稼。地上还是那种难以辨认的稀疏短小的牧草，然而牛羊群倒不少。尤其好看的是牦牛，这种生活在海拔三千多米以上的牲畜，体形大，毛长长的、黑黑的，很雄壮。它的造型很有雕塑感，在高原粗犷的线条和沉稳的色调衬托下显得特别纯朴厚重。可惜不能停车近观，所以遗憾连一张照片都没有留下来。

汽车有很长一段是沿着湖边走，远远望见一片烟波浩渺，大概因为是咸水，所以绿中偏蓝。水光粼粼，山色空蒙，好像到了真正的大海边，十分怡人。在这高原荒漠上出现这么一个海，真令人难以想象！大自然在造山运动时没有忘记给人间留下一点水，上苍考虑真周到！正是有了这一方琼浆，干烈的西天才得以调理、滋润。如果说龙羊峡水库是人工镶嵌的一小片翡翠的话，那这里就是一大块天然绿宝石了。它不但美，而且神奇。汽车终于到达鸟岛——由于水位下降，岛早已变成半岛了。用铁栅栏隔出一条长长的走廊，一直伸到海滩处，在那里就可见到大群海鸟，主要是棕头鸥、雁等。有些候鸟，还翻越喜马拉雅山到印度洋过冬，也有从更北的地方来这里过冬的天鹅。因为这湖边有一溪淡水，所以群鸟集中于这一带而成景观。基本数字四万至五万只，最多时达十二万只。以前曾从报刊上获知，观鸟也是一门专业，诸如看你是否能发现新的鸟类，等等。我辈缺少科学功夫，只有从艺人的想入非非。看着那些在乐园中悠闲嬉戏的水鸟，心中就响起了《天鹅湖》的旋律。甚至幻想着会不会碰到老柴笔下的某一位，即便不是公主，哪怕是心地不纯的黑天鹅，陪着散散步也无妨……当然，其他人聪明得多，他们抛上一块面包让鸟群空中扑食，享受其中乐趣。

快乐至极，也难免思悲。如今整个青海湖及周围的湿地已被划为国家级自然保护区，这当然是好事，亡羊补牢，犹未为晚。这里海拔三千二百米，高寒少雨，湖水比二十年前已退下十多米，且现在还在逐年下降。据专家介绍，原因是多方面的，自然的如地球变热，人为的如超载过牧、盲目开垦，等等。不过专家也预言，当蒸发到一定程度达到某种平衡，湖面将会趋于稳定，不至于完全干涸。这使我想起了艾丁湖。1988 年我去新疆，有幸搭乘一个国外农业考察团的越野车到了人迹稀罕的艾丁湖。那里低于海平面一百五十五米，是中国最低的地方。说是湖，其实早已没水了。我们站在当年的湖底，是一片盐碱沙土，只是地上稀稀拉拉的几株芦苇，表示了底下还有一点点湿气。大自然的报复，就是这样的具体、残酷！不过，当时我还未有这份忧思，一心只想下次要到中国最高的地方走走。今天遂愿了，来到了中国海拔最高的大湖泊。但兴奋之余，又添了几分杞人的伤感——虽说达到某种平衡后会趋稳定，但恰好最近又从传媒中得知艾丁湖水一直是时有时无，此可作旁证，而五千四百多平方公里的青海湖将来如果"稳定"成北京的昆明湖甚至北海，那鸟类还有什么乐园呢？人类还有多少生存余地呢？感慨之余，于归途颠簸中颠出了感怀四句：

> 碧玉一方嵌高原，琼浆露滴润西天。
> 水边鸥鹭啼鸣处，难得人间有乐园。

其实，感叹人间少乐园又何止因水边鸥鹭呢？随着商业"开发"的广告声，西部的一切可以换钱的东西都几乎成了唐僧肉，尤其是一些具有"特殊功能"的珍稀品种更是面临灭顶之灾。藏羚羊惨遭偷猎的行为先不说，即便是合法的，如牦牛、羊绒、虫草、红花、雪莲，等等等等，难道就经得起"产量"数倍以至数十倍增长的"开发"吗？这类动植物，一般都在海拔三千五百米左右的雪域上繁衍生长，其生存能力脆弱，生长周期缓慢，一旦种群数量太低，生态环境破坏，很可能就永远消失了。青海湖中的裸鲤，当地称湟鱼，一年才长一两。也就是说一条一斤重的鱼就有十年的鱼龄。或者说，餐桌上任何一条都够资格当神话故事里的鱼精！以往当地的藏民视之为神不吃它，所以资源"丰富"。如今吃的人多了。鱼越捞越少，政府不得不下令休渔。特别是一些高原野生动植物，人工繁殖问题并未解决，这种"高产"无异于种族灭绝式的掠夺。即便不是生长在那么高海拔的如甘草、发菜等，它们本身是一种优秀的固沙植物，大量的采挖，无疑是人为地加速了沙漠化的进程。塔拉滩日益扩大的沙漠已经吞

陈醉在青海考察，茫茫沙海　2000 年

163

噬公路，而且那里因被沙埋而致使公路改道已经不是第一次了——人类是那样的聪明，而有时又是那样的愚笨。为了一语谐音的口头"发财"，竟要吃光无辜的发菜；为了一己小利，竟不顾天下大众受灾难；为了眼前舒适，竟不顾子孙后代遭殃。人们越来越觉悟到，将来毁灭人类的，很可能是人类自己，终于，在全球郑重地提出了生态环境这个大问题！

我想，开发，其前提应该是保护。所以，中央采取了退耕还林的措施，青海也提出退牧还草的建议。只有能够保护和改善生态环境的开发，才算是真正意义的开发，才能称得上是可持续的发展。随着大自然的频频报复，人们越来越领悟到其中真谛。可喜的是，青海人民已经付诸行动了。湟源县有个古今闻名的日月山，据说唐代这里是中原与吐蕃的分界线。当年文成公主浩浩荡荡的队伍走到这里，就要与随来送行的官员、亲友挥泪告别了。在这个山口上竖了一座碑，建了两座亭。往前望去，就是文成公主进藏的遥远征途了。这里可能是我们这次登临的最高峰了，爬上那座亭子的小坡都要喘气，可想当年文成公主一行之艰辛。而同样不畏艰辛者，还有当今日月山下的农民。就在那里，有一个小高岭村，他们1958年就开始植树至今。一行行胡杨树，为山坡披上了层层绿色，这是几天来在青海难得见到的景观。那里现在绿化面积已达39.6%，他们还计划五年之后达到50%，记得我在文章开头还描述过，青海的杨树死死地缠着水边的平地，不肯往山坡上爬半步。在这里，居然爬上了山顶！看来，还是事在人为。比这更感人的，还有共和县沙珠玉村的治沙业绩。沙珠玉村位于塔拉滩，那里如今已成沙漠，并且仍以每年一千两百公顷的速度扩展，倘不治理，二十年后将全部沙漠化，并且直逼龙羊峡、黄河。沙珠玉，不知

陈醉在青海考察，顽强的生命力——沙海中的植物银柠条　2000 年

哪位先贤为之取了一个如此富贵而优雅的名字，如果沙子真能成珠玉就好了。这些"珠玉"作为一种景观倒是可爱。波浪起伏，拍照绝对好看，滑沙绝对痛快。可如今我身临其境，更多的是恐怖。因为这些"珠玉"发起威来，生命的绿洲顷刻之间就会变成死亡之海！我真怀疑，下次再来，这个村子是否还存在？沙珠玉人民就在这样恶劣的环境中苦苦地争斗，在沙丘中一丛一丛地种下了耐旱的灌木，如沙棘、银柠条等。尤其银柠条，那一根根弧形向上的线条，是那样顽强、那般齐心，又是那样纯朴、那般无私，它们在干旱得几乎点得着火的沙滩中扎根生活，傲然挺立，节节向上，直指蓝天。那是一幅多么富于感染力的画面，它的存在就是一首生命的赞歌！在它们身上，我感受到了治沙人的品格，也看到了大西北绿色的明天。

要告别青海了，我还有很多地方想看，还有很多感受要记。然而，归根到底，我最难忘怀的，还是青海的美！临走前夕，青海省政协以及我们下榻的胜利宾馆都要我留下一点"墨宝"，于是，我提笔写下了自己的一点心得：

三江文明此发祥，乐都问古有华章。
在那遥远的地方，相伴花儿四海扬。

连同在鸟岛作的那首青海湖感怀，也一并录下，权当一个纪念。诗中"在那遥远的地方"一句，既是指那首歌，也是指青海省。其实，这些优美动人的歌曲早就使青海名扬天下了，这里再次借它们的美名，愿更多的人能同我一样，向往青海，热爱青海，并有缘再次聚会在那遥远的地方。

原载《美术观察》2000 年第 10 期

最是中华扬眉处　神舟一箭啸长天

中华人民共和国六十岁生日，有多少故事想叙述，有多少感想要抒发啊！不过，最令我震撼，最令我难忘的还是"神舟"。

其实，我平时就爱看航宇节目。就是新闻中几秒钟的镜头，都会令我兴奋不已。所以，阿波罗11号登月，和平号对接，宇航员太空行走，甚至挑战者号爆炸等我都深印脑海。1996年赴香港，我还特意去太空馆观赏宇航员在太空修复哈勃望远镜的纪录电影。那巨大的穹隆形全景银幕所展现的神秘无边的宇宙，那振聋发聩的助推器发动的声响，尤其那宇航员太空飘浮行走的举动，真是惊心动魄，确是一种美的享受！这里不但是高科技，而且还是一种超艺术。

艺术与科学，是极处同归的。就像宇和宙，追到极处就用光年计算了——竟然用时间去量度空间。科学愈近真理之源，它的存在形态往往也愈显现美感。在这里，科学与艺术相通了。甚至，我常常觉得那些物理学公式也非常美。譬如，牛顿的万有引力定律，就是那几个字母的一乘一除，竟将整个宇宙都摆平了。还有什么艺术比这"更艺术"呢？再说火箭，那数以吨计的庞然大物，量词竟是"枚"，称"一枚火箭"，与收藏家称呼指间把玩的古币和邮票一样小巧、精美，艺术啊！从动态看，就更壮观了。那么长的火箭，点火时竟然不会歪；那么大的飞船，遨游太空时竟能循规蹈矩。它们冲刺长空的直线和运行轨道的弧线所构成的画面，有什么笔墨能够重复呢？即便是不幸的事故，如挑战者号的七位先驱在几秒钟内魂归离恨天，此等惨烈崇高，历史上又有什么悲剧能与之媲美呢？一切的一切，都是那么的不可思议，充满了神秘，蕴含着幻想，而这也正是艺术存在的意义。正是因为要营造一个未有的现实，正是要在这种不可思议中获得自由，人类才找到了艺术。这不正是艺术与科学之极处吗？这又使我想到了敦煌壁画中的飞天，那不就是在太空中飘浮的宇航员吗？中国人一千年前就在这个幻想中获得了自由，而我们今天，又在宇航员的太空行走中享受到了古人幻想的自由。也许，这些就是我爱看宇航节目的真正所在吧！

多年来对宇航心仪景仰的同时，也不无隐憾：那都是外国人的事，离我们太远了。什么时候才能有我们自己的节目呢？神舟系列的发射，举国振奋，天下聚焦，我们终于有了中国的当代"飞天"。"神五""神六"的成功，标志着中国的航天事业已经步入世界先进行列。尤其"神七"宇航员的太空行走，这一走，中国"走"入了第三个航天大国。中华民族，扬眉吐气啊！对于百姓而言，"航天"也离自己越来越近了。宇航员和科学家们成了亿万人崇拜的英雄、探秘的对象；宇航故事争相传颂；太空蔬果令国人眼界大开。而我这个宇航迷在审美满足的同时，也幻想着有一天能和他们来一次"零距离"。

上苍不负我的虔诚，这一天终于来了。就在"神七"成功发射一个月后，2008年10月，全国政协考察团在张梅颖副主席率领下来到了酒泉卫星发射中心——他们习惯称基地。当委员十多年了，视察、考察参加过很多次，但这次与以往的都不同，心情格外激动。原因之一，是"神七"刚刚"满月"，全中国都还沉浸在这个热潮中，全世界也仍在密切关注，传媒中频频出现有关的人物、事物、故事以及国内外的评点。原因之二，我们这次去酒泉基地，得使用军用机场，所以得乘空军的专机前往。委员们除了几位航天系统的专家外，都未到过甚至不敢想象能去这样神秘的地方，也大部分没有乘坐过专机。10月21日在西郊机场起飞，飞机上有桌子，甚至还可以开小型会议，以前只是在采访国家领导人的电视镜头上见过。我们都觉得很新鲜，很兴奋。当

酒泉发射中心发射塔和远处的垂直测试厂房　2008年

167

陈醉在酒泉发射指挥中心，桌面圆点是发射按钮
2008 年

然，更兴奋的还在后头了。

10 月 26 日下午，考察团从嘉峪关出发，驱车约三小时，行程二百六十公里，人迹越来越稀少了。远处望去，是广袤无垠的原野。忽然，在黄昏的薄雾中，在天边的地平线上，隐约出现了一个小点，孤零零的。随着汽车的前进，它由小变大，逐渐清晰，原来是一座高大的建筑物，漆着蓝色和白色。我们到达基地了。司令员崔吉俊、政委刘克仁等同志热情迎接——他们最近都是频频出镜的明星，所以大家一眼就认出来了。晚宴时我有幸被安排在主桌，首先与他们"零距离"了。次日一早即开始了紧张的考察活动，参观了指挥中心、垂直测试厂房和发射塔。虽然已经没有了一个月前的紧张与忙碌，也没有了当时战前熬人的悬念，但眼前一切，对于我依旧是热血沸腾的！昨天远远见到的那座高大的建筑物，原来就是垂直测试厂房。近看就更大了，约有二十层楼高，里面是密密麻麻的钢架，火箭在这里测试好后就直接从轨道垂直拉到前面的发射塔。发射塔也是同样高大的钢架建筑物，两者在旷野中显得特别巍峨、壮丽。指挥中心又是另一番景象，墙上巨大的显示屏，桌上一排排的小显示屏，整齐、肃穆。我们下榻就在问天阁，宇航员们住过的房间门上还留有他们的签名。总书记接见即将出征宇航员的大厅、举行出征仪式的问天阁大门门口，等等，都让我们流连忘返……

我贪婪地观看每一个场景，揣摩每一件器物，甚至设身处地地体味一些岗位所应有的心理承受能力。其实，一些场景在电视上已见过多次，但仍然按捺不住内心的激动。这里远处有祁连山，近处是黑河水，河山壮美，但是，毕竟离现代文明的享受太远了。然而，多少科技人员、部队官兵在这大漠中默默奉献青春，在这长天中激情描绘理想。甚至，还有不少人长眠在这里的烈士陵园中。昨天晚宴上为了活跃气氛，领导特意安排当时发布口令的零号指挥员、基地副参谋长郭保新同志负责司仪："5—4—3—2—1—点火"，然后大家干杯，很是高兴。然而，当我站在真正指挥中心这个位置时，感觉就不是那么轻松了。这几个再普通不过的字，不知基地的官兵协调、演练了多少遍。而在这后面，又不知全中国有多少人为此付出了智慧和汗水。所以，当口令第一个字发出的时候，全中国甚至全世界不知有多少人在凝神屏息，静候佳音。而此时那准备揿动点火按钮的指头，也必定是如负千钧，这里寄托着我们国家、我们民族的历史期望啊……

惜别的时候，基地领导请我题书留念。我早就为他们的事迹和精神所感染，挥笔就写了如下的诗句：

航天人赞

祁连白雪铺作纸，黑水流长拌墨研。

大漠抒怀意未尽，长锋一箭画蓝天。

点　　火

万籁无声屏息听，千钧重负聚指尖。

雷霆一声震寰宇，神箭昂首逼苍天。

也许，这两句更能表达亿万炎黄子孙的心声：最是中华扬眉处，神舟一箭啸长天！

原载《人民政协报》2009 年 10 月 1 日

169

八仙过海颂中华

人类发明了快餐，有些人就懒得做饭了；当今普及了照相机，画画的人有的就不写生、不画速写了。其实，快餐再好，它代替不了自己下厨，虽然劳累，但也有享受。也许将来还会发明一颗药丸就能够供应一天营养的"丸餐"，恐怕人类还是难以割舍对食品色、香、味的品尝以及咀嚼本身的快感。画画也一样，照相可以用来搜集素材，辅助创作，而且很快捷，但同样代替不了写生和速写。因为后者是经过了人的手、脑协作的再创造，其本身又锻炼了人的手和脑，培养了人的构思和构图能力。而且，一幅成功的写生或速写，其艺术价值同样也是难以估量的。照相术发明之时，曾经有人担心绘画会被照相术取代。但一百多年过去，事实证明没有发生。人类会赞赏自己能把对象画得很像，但不会赞赏照相机把对象照得很像；人类不会赞赏照相机把对象照得很像，但人类会赞赏自己能发明照

陈醉　串串珠玑撒海滩——晨雾中的山东蓬莱长山岛
2006 年

相机。从本质的意义上说，人类是从自身本质力量对象化的过程中享受到快感——这就是美。所以，我不止一次地在文章里、发言中呼吁重视写生和速写。

写生和速写，在传统西洋画里很重要，离开了它创作寸步难行。传统中国画也一样，只是方式不尽相同，它更注重感受与记忆，更注重意象的加工与提炼。古人说，搜尽奇峰打草稿，其精神也是一致的。当今，作画的方法多种多样，风格也各有不同，写生和速写的手法与样式也是各有所长的。不过有一点是要强调的，即画什么地方，最好还是要将那个地方的特色表现出来。前两年我曾带研修班去太行山写生，有个别学员完全撇开眼前的景象，按照自己的主观想法画，这就不合理了。诚然，写生时对对象可以做适当的处理，甚至可以变形，但这种处理一般都是有利于更好地表现对象特征或更理想地再现对象的某种强化手法。如果写生的作品离对象相去甚远，甚至完全主观臆造，那千里迢迢跑到这里来就毫无意义了。

还有必要提到，一些原本很好的主张，有时强调得过头了，也会走入误区。譬如说，在中国画中，近年来我们较多强调传统，强调笔墨，这本来是好事。应该说有的人是做到了，蛮传统的，也相当有笔墨，但是给人的感觉很陈旧。还有个别人想法偏了，为了速成"风格"，用笔用墨越来越符号化。结果是画什么地方都是一个样，长白山和五指山没有区别，而且作品重复、雷同。油画也有类似现象，有人过分强调主观表现，远离对象。有个别作品"个性"是强烈了，但看起来总难免引起"皇帝的新衣"的联想。诚然，当今已经进入多元化的时代，用什么样的手法都无可厚非。不过我想，如果不是那类在观念上就有意摆脱对象形象的创作，在情感上对对象给予多一点关注没有坏处，在方法上多亲临其境多作写生多画速写更有好处。因为对象，毕竟会给人带来亲切或新奇的感受；因为艺术，挖掘美、表现美毕竟是最重要的使命；因为观众，感受美、欣赏美毕竟是最大的愿望。更因为，我们祖国河山还有那么多美的地方有待我们去歌颂！

正好，《画界》开展了一个"美哉中华"的活动，全国政协张思卿副主席还专门为此题了词。活动将分期分批组织画家深入生活，写生创作。画家的风格样式各有不同，但主旨一定要是表现当地的风土人情、风貌特色，展现中华美景。我们第一站选在山东蓬莱，这的确是个美丽的地方，山美水美，还有美丽的神话传说。"蓬莱仙境""八仙过海，各显神通"等都是众所周知的故事。这里面临渤海、黄海，我们乘着接待单位专门为我们写生准备的船只驶出，在早晨蒙蒙薄雾中，的确有如入仙境之感。远处的长山岛，犹如一扇大门，迎着朝阳徐徐展开。渔船、渔村的特殊景象，对于内陆大城市来的客人都是新鲜的。蓬莱不但临海，还有山。这里最高的艾山林木葱郁，还是国家级自然保护区。山坳村寨，石砌的农家小院错落有致，园中硕果垂枝。胶东的苹果是有名的，正值收获季节，公路边上堆满了待运的苹果，甚是喜人。这些景象，充满诱惑，激发灵感，处处都能入画，处处都能吟诗。笔会的时候，我就为当地即兴题写了一首：

> 头枕艾山东望海，长岛如门迎日开。
> 更有果香村寨绕，难怪神仙聚蓬莱。

我们这次一共来了正好也是八位同人，当然不敢以神仙自诩，但是，我们八"先"过海——八个人先探探路——倡导一种主张，实践一种想法，这倒是应当的。如果大家都认可这是一条好的途径，今后有更多的艺术家来实践，真正做到"八仙过海，各显神通"，歌颂我们的祖国，抒写我们的家园，人们必将会得到更多的艺术感受——"美哉中华"。

原载《人民政协报》2006年11月9日

172

七仙岭上留风采

　　"美哉中华"写生活动第二站是海南。北京的初冬，已是寒风凛冽，树木凋零，偶尔还要来一阵沙尘遮天闭日。可到了海口，依然夏日炎炎，百花斗艳，碧海蓝天。不论是自然环境还是人文环境，海南都是中国最具异乡情调的地方之一。

　　首先，这是一个海岛，离开了大陆，心理感受不一样，语言、风俗不一样。当地人很自然地以海为界，海岛和大陆是最通俗的分野。从闽南、台湾岛沿着海岸线到广东潮汕最后到海南岛，都是一个方言语系，他们习惯在动词前再叠用一个"有"字，如"我有给过你电话"等。古时候，这里是蛮荒之地、边鄙之地，是罪人贬谪流放的地方，苏东坡就是这样来到这个"天涯海角"的。中华人民共和国成立以后，广东人对于去海南还是视为畏途。那时交通不便，出差海南只能靠乘船渡海，常常因台风阻滞不能按计划返回而陷入"弹尽粮绝"的窘境。20世纪有过三次移民举动，第一次，是50年代为了打破帝国主义的封锁，国家决定在海南种植橡胶，于是有了橡胶农场，移民主要是被印度尼西亚排华而回国的华侨和部分从广东动员去的城镇居民。第二次，就是60年代的知识青年上山下乡，当时海南属广东，所以主要是广东的知青。第三次，就是80年代的移民潮了。改革开放，海南建省，建特区，曾经轰动一时的全国各地多少万大军下海南的浪潮，想很多人至今还记忆犹新……

　　如今的海南，可是今非昔比了！昔日称海南为宝岛，那只不过是一个疆土概念，甚至是一个政治概念，处于贫困的中国人，一般人是不会真正喜欢这个更加贫困的蛮荒之地、边鄙之地的。而今天，正是它的"蛮荒""边鄙"，恰恰凸显了它的时代价值——它保存了较为完好的自然生态和人文环境，在当今全球性的"现代文明"破坏的狂潮中，还有这么一块净

陈醉　槟榔树下待宾郎
2006 年

土，实在太珍贵了。这种物质的和非物质的遗产，将是全人类的宝贵财富——人们真正从心底里把它视为宝岛了。我们是来采风的，既要感受宝岛秀丽的自然风光，也要考察那最原始、淳朴的民俗民风，我们选择了宝亭的黎族村寨。

从海口来到宝亭，再到一个叫七仙岭的山下，已经深入到五指山了。可以说，这里是一个既原始又现代的地方。说它原始，是因为这里是原始热带雨林的自然保护区，又是黎族居住区。说它现代，是因为这里开发了一个温泉度假村，依自然环境设计建设，破坏不算大，幽深雅致，我们就住在这里。南国风光，对我来说很熟悉，很亲切，因为青年时代曾在广东生活过。在这样的气候环境中植物的生命力极其旺盛，"在地上插根木棍，就能长出锄头来"——当然，这是我开玩笑说的。但下面这句未必全是大话：只有你想不到的状貌，没有长不出的植物。在这样的环境画树木花卉，可以放开想象，怎么夸张都不至过分。记得前两年考察西双版纳热带雨林时，见一种叫海芋的大叶，据说最大的可以遮盖一辆吉普车。这里的波罗蜜已经结果了，一簇一簇挂在树干上、树枝上，形象怪异，长法也怪异，内地来的朋友觉得很新奇。我告诉他们还有更怪异的现象，波罗蜜还很有"钻劲"，院子里的树根会伸进屋里，有时床底下会钻出一枝来，而且照样结果……

我们到了一个黎族村寨，是一个被废弃的小村寨。村民大多搬到外面政府为他们建造的新村去了，这里只剩下两三户人家，大概房子较新较好，还未完全迁走。另外，还有的屋子被用来养猪。这里的确很原始，很贫穷。那些旧房子，实际上是一些茅寮，矮矮薄薄的土墙上架几根竹竿，上面盖上茅草就是了，在风雨剥蚀下已经破烂难支。屋内也是极其简陋，就是床和灶。因为四季如夏，人们不需要也没有什么"行头"，也没有什么陈设。作为当代的生活条件，这里当然很落后了，但画画的确是个好地方。而作为人类历史的一种记忆，则应当算是文物了。但可惜，这些茅寮无人居住，经不起几场热带雨"淋"，用不了多久即荡然无存。

黎族兄弟应该是这个海岛的主要原住民之一，但1949年前这些少数民族很受歧视，甚至视为野人，有时在书写时还故意给"黎"字加一个犬爪的偏旁。今天当然是天翻地覆了，不有意询问，你根本分不出谁是黎族的。偶见两个小青年，估计是什么专业户，他们穿着牛仔装，哼着流行歌曲，正在仓库里搬东西。一位还拿着手机，大概在与女朋友"打情骂俏"。这里的青壮年大都外出打工了，只留下老小和少量妇女。当地有关部门为了更好配合我们活动，还特地从县城里请来一些旅游专业的职高生、商店服务员为我们当模特儿。她们有的发型时尚、衣着摩登，个别的还是露脐装、低腰裤。不论男女，他们至少在形式上已经与"城里人"没太大差别了。他们已经基本上不着民族服装了，我们只好又特地为此租了些黎族服装。当她们穿着黎族服装在寨子里自由走动的时候，顿时使这个准"废墟"出现了盎然生机。一边写生一边聊天，话题很自然会扯到一般人都好奇的少数民族婚恋主题。姑娘们告诉我，他们黎族求婚时是小伙子给女方家里送槟榔，从前家里有多少亩槟榔即可见出多大家业，同意就留下，看不上便退还。现在还延续这一习俗，但只剩下一个象征意义了。我从此获得灵感，创作了《槟榔树下待宾郎》。

在我们的住地，就能望见不远处峰顶上矗立着的七块大石头，的确像七位仙人屹立群山之中，这就是"七仙岭"名字之来由。也真是事有凑巧，上个月我们在蓬莱，那里是八仙过海的地方。今天又来到七仙岭，怎么少了一仙？这又勾起了我的"考证癖"。研究"成果"，少了的那位应该是李白。李白世称"诗仙"，"仙"可定性了。其诗《秋夕书怀》中有"始探蓬壶事，旋觉天地轻"句；《梦游天姥吟留别》中有"海客谈瀛洲，烟涛微茫信难求"句，可见其对蓬瀛熟悉，他是离开了大队去当自由撰稿人了。而余下的七位也未能"将革命进行到底"，飘到海南见风光秀丽，

175

远胜于仙界，就赖下不走了，可见神仙也是有缺点的。感慨之余，赋诗
一首：

八仙过海别蓬莱，各显神通展雄才。
诗仙一人成李白，梦游天姥不回来。
余者南飘落琼岛，惊美凡尘胜瑶台。
从此安家未离去，七仙岭上留风采。

原载《人民政协报》2007 年 1 月 18 日

荷兰漫记

1990 年 10 月，根据两国政府有关文化协定，作为学者交流访问我到了荷兰王国。荷兰是一个小国，面积四万一千平方公里，比浙江省小一些，比台湾省大一些。人口一千四百万，比北京市多一点。1990 年正值我国人口普查，年净增数是一千六百万。也就是说，中国人一年就生下一个荷兰还多。不过就人口密度而论，荷兰居世界之冠，而中国次于日本居第三。

一、杞人忧水

荷兰国家虽小，但很有特色。荷兰在正式场合使用的国名为尼德兰王国，尼德兰为低洼地之意，古代还包括比利时等国家的一部分。荷兰全国三分之一的国土是在海平面以下，所以荷兰人有海水下的居民之称。1953 年南部海堤决口，致使一千八百人丧生，于是政府下决心造了现在的海堤。这部分国土是靠一座座人工海堤围起来把水排干而"造"出来的，荷兰没有石头，连卵石都要从德国进口，可见工程之艰巨，所以，海堤是尼德兰人民的智慧与汗水的结晶，就如中国的长城和都江堰，是他们的骄傲。巨大的展览馆陈列着排水工程复杂的模型，科技含量极高，是世界最先进行列的水利设施。改造大自然的成就的确惊人。不过，有时大自然发起威来还是很麻烦的。1995 年初，莱茵河和穆兹河遭遇"世纪大水"，政府宣布河堤不保，东部低洼地近十万人撤离家园作有组织大逃亡。更为可怕者，当今地球温室效应越来越严重，如果海平面一高，首先淹的就是这块"尼德兰"，到时不知再筑什么堤？虽然我身在"杞国"，亦不时担忧这些虽不在火热却在水深中的阶级兄弟。

童话世界——陈醉在阿姆斯特丹　1990 年

首都也很有特色。阿姆斯特丹就是建立在这片排干了水的低洼地上的"海底城市"。"丹"就是堤坝之意，同理，还有鹿特丹等。全城一百多条运河交错其间，有一千二百零三座桥梁。可以说，所有建筑都坐落在木桩上。城市给我的第一印象，是"童话世界"。这里没有现代城市常有的高楼大厦、"石屎森林"，而最大的建筑物是皇宫和大教堂，其余全是三四层的小楼房，比较完好地保存了历史原有的风貌。运河两岸的那些小楼房，几乎就是"泡"在水中，而且色彩斑斓，艳丽夺目。特别是那水中的倒影，随风摇曳，婀娜多姿，我的童话世界联想就是从这里引发的。后来去过一些城市，如乌特乌瑞克、哈勒姆等，发现都是这个特色。阿市人口百余万，是文化和经济中心。路上行人不多，商业区较为热闹。首都特色远不止这些人文景观。更有趣的是，阿市自 1806 年定都后，一直徒有虚名，唯一象征是那座皇宫以及国王在节日大典时过来露露面。而中央政府、各国使馆以及闻名的国际法庭等都设在海牙。海牙按荷兰语的发音应

陈醉在荷兰汕丹姆　1990 年

178

是丹哈克，不知前辈怎么译成了海牙，倒也是蛮美的名字。不过这里的环境更美，没有工业污染，树林多，人口不过七十万，多是富人居住区。中国大使王庆余先生在官邸设宴招待我们，有幸领略了一下这里的森林别墅的情调。据说阿市是一个选错了的首都，又不能违反宪法另立新都，只能以一国两都的方式求得平衡。

与低洼地有关，荷兰还有两样特色的东西，即风

陈醉在荷兰与"贫下中农"共穿木鞋　1990 年

车和木鞋。据说它们最早是法国布列塔尼人发明的，没想到后来却成了荷兰的象征。荷兰风力资源充足，所以风车沿用至今。风车的直译应为风磨，主要用来磨面粉、矿石等。现在很多地方还保留着，但主要的功能还是文物景观了。阿市附近的汕丹姆是个海滨游览胜地，有很多漂亮的小别墅和私人小游艇。就在这里的田野上有意集中了一个风车群专供游人观赏。人们可以进到风车的"肚子"里参观风磨，里面有上下两层，很大。没想到，风车的力气竟有那么厉害，将那么笨重的传动装置拉得隆隆作响，而且整个风车都在晃动。虽然这种风车的使用功能已淘汰，但一种发电用的小风车在海边都常见。一根杆子竖着，上面的叶片在转，那又是一种现代的风光了。

在汕丹姆还有一个木鞋作坊，也是供游人参观和购买的。那里面挂满了各种各样的木鞋，大到门口做广告的四五十厘米长的，小到十几厘米的都有，任人挑选。而且，这里已是自动化生产了。游客可以定做，比好尺寸后眼看着电刨吱吱刨削，立等可取。荷兰地属低洼，湿润多水，木鞋能防潮，且经久不腐，所以十分实用。并且，还形成了一种风俗。青年人订婚时必须由男子亲自为未婚妻制作一双木鞋做礼品，以表诚意。姑娘可以从木鞋合脚与否及精美程度来"考验"对方。所以，从前的荷兰人从小学做木鞋自然成了"必修课"。当然，现在的情侣就"偷工减料"了，在外面买他一双意思意思，便可"得鱼忘筌"了。木鞋的实用意义还未完全消退，一次在汉格罗的郊区还见一农民穿着，很有趣，我们还因此而顺便去参观了他的家。尽管荷兰的城乡差别不大，但种田人与城里人的生活条件和方式还是相差很多的。

二、布鲁塞尔第一市民

在荷兰，主要是考察艺术与文化。小国有小国的方便，加上高速公路的发达，以首都为中心，哪怕到最边远的城市有两个半钟头也就解决了。甚至到邻国比利时、卢森堡也是当天可以往返的简单事情。借此方便，我跑了十五个城市，还有比利时的两个城市，参观了三十多个博物馆、三所美术学院和一些名胜古迹。曾与荷兰国立美术学院院长及教授代表举行过座谈会，与凡·高博物馆馆长会见交谈，还先后出席过门基金会举办的有荷兰文化部和我国使馆有关官员、美术院校领导及有关画家、华人、华侨代表参加的招待会及宴会。此外还有一些非官方的安排，节目比较丰富。荷兰与中国文化背景不同，除了重要的活动外，他们一般不安排客人的日程节目，让你自由活动。即使是外国议员来访也一样。而我们被管惯了，事事都要听领导安排，所以开头很不习惯，也不知道，老去问陪同，问安排。有趣的是正相反，他们交流来华访问的两位教授觉得我们天天安排满满的，且每走一步都有人陪同，很不习惯。他们每次提出要自由活动甚至还想自己骑自行车游览北京。这当然不会被允许，所以他们也很不理解。可见热情接待的概念在不同国度的解释有相当部分是错位的。

话再说回来。荷兰没有国家艺术研究院，国立美术学院是他们的文化部授命在业务上接待我们的对口单位，所以显得比较隆重。院长斯诃弗尔先生详细介绍了学院的情况。午宴以后，又去参观各个工作室。他们的建制、学制与我们的不大一样，那是真正的"铁打的营盘流水的兵"。这不但指学生，而且也包括教授。教授都是聘请国内著名的画家，但一律只聘五年。院长说得很生动："到了五年，再有本事也不留，痛哭流涕赖着不走也不行。"这里的学生，不但有本国的，也有外国的。他们都属研究生性质，基本功课程已没有。学生一人一个画室，大概在搞毕业创作。就总体而言，都是现代的。一位英国留学生在两块大三合板上分别平涂上蓝色和白色，就是他的创作了。从理论上说，这属极少主义作品。不过我想，花那么多钱到外国留学不学点人家的"极多主义"是否有点不合算？另外，这样的导师是否也太省力了。也有的观念上抽象，形象上具象，如一位加拿大留学生像做舞台设计模型一样做了一台有如森林布景般的创作，一位荷兰学生画室里挂满了各式各样的飞机照片，画布上也画变形了的飞机……文化差异，加之我们蜻蜓点水，自然一时不易沟通。我很想了解一下他们传统意义的造型能力和写实功夫等，但终因无此作业而不能如愿。现代艺术，20世纪80年代中期在中国已经热闹过一阵了。记得在改革开放以前，偶有外国人来参观中国的美术展览，他们常常会道出自己的感受——作品千篇一律，好像全展厅是一个人的作品。西方现代艺术的进入，的确为打破这种局面，为艺术家个性的展现做出了贡献。记得在80年代初，我也曾不遗余力地为此而呐喊过。今天亲临现代艺术的故乡，看了这么多博物馆、画廊和学院，赞叹之余，又难免产生当年西人在中国的感受——就总体而言，亦有千篇一律之感。是啊，艺术能沟通人的心灵。然而，要真正入其堂奥，悟其三昧，还是非常艰难的。

陈醉访问荷兰，与美术学院院长（左二）亲切交谈 1990年

我一直觉得，艺术，需要灵气，也需要功夫，二者不可缺一。灵气要靠功夫体现，功夫要靠灵气导引，两者契合，方能成器。仅有功夫，难免泥古匠气；而光有"灵气"，又难免力不从心了。甚者，盗名欺世、"皇帝新衣"。可喜的是，一阵热潮之后，国人已经能够冷静地面对舶来品和国粹，而且能够从更高的境界、更新的角度寻求自己新的起点。这，也应算是一种碰撞后的收获吧！

在荷兰的周边，历史上德国曾以音乐称雄于世，法国以文学光耀天下，所以荷兰很重视自己美术上的成就，因为尼德兰绘画是载入世界古代艺术史册的。载入史册的画家最了不起的有伦勃朗和凡·高两位。再扩大一些，则有凡·代克、哈尔斯、弗尔美尔以及现代冷抽象派画方块块的蒙德里安。国家博物馆相当于我们的故宫博物院，故宫博物院收藏全是传统的绘画、文物，其中还有中国的佛像等，但这里的镇馆之宝就是伦勃朗的那幅一面墙壁那么大的《夜巡》。几乎世界各地来的游客都要去这里瞻仰一下这件杰作。当然还有伦勃朗旧居也是一个参观和研究这位巨匠的去处。那昏暗的室内环境，那粗笨的家具陈设使人自然地想象得出当时他作画的情景，以及为什么会出现他在大片黑暗中突出局部亮点的特有的处理手法。看他的原作，那种色彩堆砌的厚重感就更富于感染力了！正是由于他的成就，使世界各地造假不断。一则笑话是：伦勃朗一生画了六百幅油画，其中有三千幅在美国。

不过，就画价而论，比伦勃朗更火爆的是凡·高。他的《鸢尾花》和《加歇医生的肖像》拍出了天文数字，后者竟达八千多万美元，所以凡·高当然成了荷兰的又一个国宝。就在国家博物馆附近，专门建造了一座非常现代化的凡·高博物馆。据馆长德·凡·利文先生介绍，那里收藏凡·高的作品有二百零五幅，但一般只展出一百零四幅。此外，还有一些有关文物。这是荷兰人的骄傲，所以这个馆比国家博物馆更"牛气"。比方说，国家馆可用通用票，而这里不能用；国家馆可以照相但不能用闪光灯，而这里照相机压根就不准带进馆内。世界各地的游客络绎不绝，不知这座建筑为荷兰日进多少斗金？荷兰语凡·高的读音应是万诃更准确，看来是先辈将荷文字母当英文的拼读所导致的错误。凡·高出生在荷兰，但他短短的一生艺术实践主要是在法国。我们在荷兰时，正值纪念凡·高逝世一百周年，隆重的活动虽已搞过了，但余韵未消，所以能有幸看到许多珍品。看到这一幅幅色彩强烈、笔触狂放的原作，更真切地感受到作者那火焰般的激情。除了画作外，格外受感染的还有凡·高的手记。在馆内专门有一层是陈列画家手记、书信等文字材料的。在那里摆放着一页页信纸，是写给他弟弟提奥的。虽然我读不懂荷兰文，但写得那么认真，那么工整，使我见到了这位狂人内心世界的另一个侧面。尤其信中常常像插图一般画着一幅幅他的创作构思、构图，更使我从此见出他的每一幅创作都是极费心思、反复琢磨而成的。与此同时，也可体会出作者的孤独心境，大概能让他尽意宣泄感情的，除了画布就是他唯一的亲人提奥了。

在荷兰的众多博物馆中，还有一个科瑞尔勒·缪勒博物馆给我留下深刻印象。该馆远离城市，在奥特罗的得·豪赫·菲丽沃国家森林公园中。这是一座非常现代化的建筑，而且展品丰富，在周围的树林中还陈列了许多雕塑，非常有特色。据说是一对德国夫妇创建的。真是酒香不怕巷子深，照样游人不绝。

在荷期间，还去了一趟比利时。开车送我们去的是几位华人、华侨。华侨懂汉语，方便多了。荷、比、卢三国是不用签证的，边境也无须检查。汽车开过去，不说也不知道是过了界。他们说，唯一的区别是进入比国路段时有路灯，因为他们的核电用不完。行车三个钟头就去比国的安特卫普了。这里的风貌

陈醉在比利时大教堂前　1990 年

与荷兰的童话世界完全两样。这是一座古都，建筑古朴，但也显得陈旧。不过那座直插云端的哥特式大教堂倒是真正震撼人心，这在荷兰未见。我们先后参观了大教堂、鲁本斯旧居和皇家美术馆。这位巨匠当年就在这里创造了一代辉煌。有别于伦勃朗、凡·高半生或一生穷愁潦倒，鲁本斯是一个富豪画家、官宦画家。他曾多次出任驻外大使。在英国，有官员见他作画，说："大使这么忙业余时间还作画？"他回答说："不，我的事业是绘画，只是业余时间当大使。"他的作品大幅，人物肥硕，动作性强。与尼德兰的小巧精致相比，鲁本斯创造了佛兰德斯的宏伟壮大，创造了17世纪的"红、光、亮"。但与此同时，也给后人制造了不少麻烦——由于他的大作坊式的规模生产，弄得后来人们很难弄清楚哪些是他画的，哪些是他的助手画的。

离开安特卫普就驱车前往布鲁塞尔。布市完全是个大都市的样子，繁华热闹。有幸的是，在美术馆正遇上一个难得的展览，直译是"人类冒险五十万年"。这大概是一个人类学的展览，陈列的大多是几十万年前的古人类尸骨化石，但其中有一小部分原始雕刻。最令人兴奋的是见到了那尊法国出土的《罗塞尔的维纳斯》。讲课、写论文、编书不知多少次用到它，今天终于有幸一睹风采。我在这块大约五十厘米高的石雕面前伫立良久，真是不可思议，两三万年前的先民究竟是用什么东西将它凿出来的？从美术馆出来已经很晚了，还特意绕道去拜访一下玛纳格·庇斯，直译就是尿尿小孩。传说是由于他的一泡尿将敌人点燃的炸药包导火线尿湿了而拯救了这个城市，所以有"布鲁塞尔第一市民"之桂冠。这个正在尿尿的裸体小男孩的雕像成了布市的标志和一个国际交往的纽带，几乎所有来访的外国政要都要赠送他一套衣服作为一个象征性的礼节，所以，据说他的衣服已经堆满好几个仓库了……比利时一天，尽兴而归。但一路奔波，且天雨不停，的确也很疲惫。同行中有一位老先生大概有尿频症，每到一地必先寻厕所，我们戏称他为"布鲁塞尔第二市民"，一路说笑，也减轻一点旅途的困顿。

三、但愿人长久

由于长期闭关锁国，当然也由于缺乏经济实力，所以中国人在国外常被误认为是日本人。记得在巴黎转机，法国空姐竟同我们很有礼貌地来了一句"沙尤那拉"，也许这种时候激发你的民族自尊心比任何正面说教都有效，略为一怔，我也很有礼貌地回答："谢谢！不过应该这样说：再——见！"对方也会意地笑了。在荷兰，偶尔还会有人问："你是从印度尼西亚来吗？"印度尼西亚以前是荷兰殖民地，所以不少印度尼西亚人在这里定居。我只好回答："啊，印度尼西亚有许多华人，不过我来自北京。"最令人啼笑皆非的是一次在餐厅用早餐，一位黑人知道我们来自中国后便有意坐过来与我们攀谈，他告诉我们他是一位厨师，从南部非洲某国来欧洲休假。他说中国很神秘，打算明年休假时再去中国旅游，问我们中国冷不冷，等等。凭这口气，想他一定是一位大饭店的名厨。不料一问，不过是一个公司的炊事员，这对我们这些"专家学者"无疑是当头一棒！我只好卖点关子了，告诉他中国很大，很难说冷与不冷。譬如说北方白雪皑皑的时候，南方还烈日当头呢！没想到他竟然说："那多好呀，你们可以冬天到南方去，夏天到北方去了。""那当然了，我们每年都是这样休假的！"这个"牛皮"是被逼吹出来的，一个非洲的大师傅可以全世界去休假，一位中国的大学者当然应该更洒脱了……

改革开放，大不一样了。中国的国际地位不断提高，中国人的自信心也不断增强。人们可以以一种平等的感觉、平常的心态去与外国人交流了。在赴荷以前，荷兰驻华大使馆杨若兰先生曾专门在官邸宴请我们。大使是个中国通，当我跟他谈到他们的前辈——既是外交家、又是汉学家的高罗佩的时候，他更是兴奋，还特意将我们请进他的书房，饶有兴致地谈高氏的《狄公案》及其他著作，还从书架中找出一些原版书给我们看，这真是一次相当轻松愉快的外交活动。

到荷兰后，这类活动也不少。上次访问过中国的美术学院教授凡·德·海登先生也特意邀请我们到他家做客。我们在北京见过面，也算"老"朋友了。有如他当年想更真切地了解中国人的生活一样，我提出要他一如往常，让我体验一下荷兰人的生活，他也答应了。他家住在丹博茨市，离阿市有一个钟头的路，有课才到学院去。我乘火车前往，他和太太在车站接。小车又开了一段路才到家。这是一个很旧的宅院，穿过了曲里拐弯的甬道才到他的住处。住处很小，但颇有趣味。小客厅的落地玻璃窗能见到荒芜的花园。卧室在阁楼上，要爬一个狭窄的楼梯。寒暄几句后，女主人打开早已摆放在桌上的一小盒蛋糕，切开招待客人。海登先生还给我看他在苏州等地拍的照片册。喝完咖啡后，陪我去参观他的画室，是在一些似是空置房子的阁楼上，面积还算可以。然后，又出去参观一座古老的大教堂。转一圈回来，该是吃饭时间了。午餐的菜肴是，一个小碟子，上面放射形地摆放着四五串用比牙签略长一些的小竹签穿着的食品，那是两颗指头大的墨鱼片或生鱼片和两颗橄榄。此外就是牛油、奶酪之类，还有一个小簸箕放着几个圆形的小面包。这就是他们的午餐。虽然我以往也接受过一些外国人的邀请，知道即便是正式宴会也是很简单的，与中餐不可同日而语。我早就对西餐下过断语：餐具复杂，食品简单。但是依旧万万没有想到荷兰人竟是简单到如此地步！然而，就是这几根"牙签"和一小块奶酪，居然将尼德兰人养育得一个个牛高马大，真是不可思议！

荷兰朋友是坦率、热情的，在接触过程中我们常有融洽而有趣的交流。在此过程中，还使我再次体会到，艺术是没有国界的。一次，一位摄影家陪我们去奥特罗参观女王故宫和科瑞尔勒·缪勒博物馆，她叫玛赫涛尔特，是一位非常漂亮、摩登而又热情开朗的女士。她亲自驾车，因为路途较远，偶尔会打开录音机听听音乐。进入奥特罗那片原始森林时，我顿觉退回去了一个世纪，美极了！这时喇叭里正响着流行摇滚刺耳的节奏，我情不自禁地啪的一声将它关掉了，说："这个不对，应该是施特劳斯的……"并随口哼起了"春天来到了……"的旋律。她非常欣喜而惊奇，问："你也喜欢音乐？""有时候听听。"她又问："中国也有交响乐吗？"这是一句随意的问话，并无其他意思。但我听起来并不那么乐意！我说："当然啦，而且非常不错。"于是，我随口又给她哼起《梁祝》来。她听后非常激动，说太美了，问我这是什么曲子。我告诉她，这叫《梁山伯与祝英台》，原来是一个民间传说的故事，有点像莎士比亚的《罗密欧与朱丽叶》。这一讲她就明白了。她说一定要想法找来听听。不久目的地到了，大家就忙着参观了。后来，在告别宴会上我们又见面了。她又问起我那首曲子，并要我写下标题。于是，我连曲名、作者都一一给她写下了。她很高兴，又说一定要想法找到。我们已是"老"朋友了，说话很随便。话题大都是赞美她的国家和热情友好的人民。她忽然问我："你愿意留在这里吗？"这纯粹是一句打趣的话，目的想证明我是否真正喜欢这里。我也跟着打趣："你愿意为我担保吗？""当然。""哈哈哈……"周围的朋友们一齐笑起来了。接着她又说："如果我想居留中国，你能为我担保吗？""当然。"又是一阵"哈哈哈……"

还有，记得在我们到达的欢迎仪式上互赠礼物时，我要将一幅中国画《长恨歌》和研究专著《裸体艺术论》赠送给荷兰国立美术学院，并向人们介绍了有关唐明皇和杨贵妃的故事。后来，在一次招待会上美术学院院长斯诃弗尔先生紧紧地握住我的手说："皇后的故事，很美！"他又提起这件事，"感谢你赠送给学院的珍贵礼物，我们非常喜欢你的画作！"皇后的故事即指杨贵妃的故事，可见他们听完一遍还是有点印象。

荷兰刚刚搞完隆重的凡·高逝世一百周年纪念活动，大概与此有关，回到中国后又逢荷兰大使馆在北京民族文化宫举办凡·高艺术复制品展览。在开幕酒会上又与大使杨若兰先生见面了。他知道我已访荷归来，很高兴，聊了一下观感。不一会儿，他的秘书就陪着一位荷兰驻华记者来采访我。谈完访荷感受后，话题转到凡·高："凡·高是你们的骄傲，也是我们的骄傲。他是最早关注东方艺术的大家，与此密切相关，他的独特风格震撼了后人。他的伟大表现在多方面，其中重要一点就是沟通了东西方的精神，把你们和我们联结在一起了。"

在荷期间，我还接触过一些华人、华侨。思乡恋国之情怀流露得最深沉的莫过于一些老华侨了。我深深地体会到，最好的爱国主义教育方式，就是出国。一些新、老移民，或者准移民，也许曾受过委屈，但比起种族歧视，比起弃国离乡的孤独，那就算不了什么了。他们也许生活富足，但那种失落感也是难以排解的。他们比我们更真切地感受到祖国这两个字的意义。我接触了不少华人，他们大都不会说汉语，不会认汉字，然而意外的是，却很有兴趣地练中国书法。我问他们，你们不认得字，怎么练呢？他们说，就把它当图案来对着描呗。精神非常感人！所以，每接触一批人，都少不了要我留下"墨宝"。我曾应邀特意在一位医生陈崇元先生家住了一天，亲身体验一下异国居民的生活。他家住房宽绰，陈设讲究。太太祖籍广东番禺，还能讲一点点汉语。陈先生生在印度尼西亚，只会讲荷兰语和英语，但还知道孔子、老子，而李白、杜甫就不知道了。陈医生自己以及子女都先后回中国来学习过中医、针灸等，对故国很有感情。晚上，他拿出一个大册页要我给他题字。感慨之余，我信手就写下了苏轼的《水调歌头·中秋》，几乎写满了整整一册。他高兴极了，居然将册页摊开，铺放在地毯上，顿时一条长卷出现了。他跪在地上顺着这长卷来回欣赏，还要我给他解释。我也同样兴奋地跪在地上跟着他来回移动，尽量详细而形象地给他讲解。最后一句是点睛的。"但愿人长久，千里共婵娟"，我说，"就像你们在荷兰，我在中国，虽然远隔万里，但愿我们都健康长寿，每当中秋佳节时，大家都对着这皎洁的明月相互祝福。"他听后沉吟良久，一字一顿地说："太美了！太美了！但愿人长久……"

做客华人家结束了，访问荷兰王国最终也结束了。是啊，一天半天的体验，无疑是短暂的；一月两月的考察，自然还是短暂的。然而，事业是永恒的，两国人民的友谊也是永恒的。在我告别这段多彩的日子的时候，再次由衷祝福——但愿人长久！

原载《文化月刊》1991 年第 1 期

敢吃榴梿会再来

——新加坡印象

1999 年 12 月 15 日，航班从北京出发，在厦门稍做停留，办理出境手续，晚上八点多到达新加坡。一下飞机，出港大厅里新加坡朋友们举着的"热烈欢迎中国美术评论家代表团"的横幅特别耀眼，他们是新加坡美术总会等有关机构的十余位艺术家。新加坡创新集团董事长、艺术家林祥雄先生和美术总会会长何和应先生分别为中、新艺术家做了介绍，朋友见面，热烈而亲切。十二月的北京已是寒风呼啸，层林尽染，而这里温暖如夏，万木葱茏。主人的热情伴着 30℃ 的高温把我们迎进了这个美丽的岛国。

跑遍全国买牙刷

我们代表团一行十余人，是应新加坡国家艺术理事会邀请访问该国的。据东道国及我们国内的有关传媒报道，这是至今以来规模最大、规格最高的美术代表团。访问安排在新加坡艺术节期间，使我们与狮城的朋友们交流的同时，又多了一个向新国艺术界学习和领略当地风土人情的好机会。汽车往市区行进，虽然在晚上看不清沿途景物的真面目，但灯火掩映之间，反倒感受了夜晚狮城的韵味。一直到下榻饭店，兴致依然。不料安顿妥帖后，发现了一个问题，这里没有配备牙刷、牙膏、拖鞋等常用卫生用品。

这些年，中国经济发展，生活水平不断提高，尤其对外交往增多，星级饭店不断涌现。一些原来比较简朴经济的招待所，出于盈利的目的也竞相改装，提高规格，攀比豪华。于是，所有的宾馆、饭店都一应俱全地配

189

陈醉在新加坡做学术讲演 1999 年

备了基本卫生用品，十分"阔气"。这样，客观地把并未进入富裕时代的中国人惯坏了。无疑，大家都理所当然地认为新加坡也是一应俱全的，结果出了"问题"。其实，这种由经济发达国家舶来的消费方式，因认识到环境污染的严重后果而有的发达国家都已废弃了。记得十年前出访欧洲一些国家时就是不供应的，我想新加坡也是一样。这个"问题"倒促使我们去思考真正的问题：中国不能走西方先污染后治理的老路，中国应捡回勤俭节约的优良传统——不再是因为贫困，而是为了子孙后代！

话再说回来。夜尚未深，大家精神也较兴奋，于是决定在附近走走，漫步一下不夜城，顺便寻找一下也许还能买到牙刷。我们沿着饭店的街区走了一段路，一些大的马路还很热闹，夜生活丰富，餐饮店灯火辉煌，但百货店早就关门了。大家想，今晚看来是要过一个不刷牙的夜晚了。当我们沮丧地回到饭店时，没想到负责陪同我们的陈维鸣先生和夫人也等在门口了。他听说我们没带牙具后也很着急，想尽办法解决。大约开车跑遍全城才买到，并赶紧给我们送来。看着他俩那汗流浃背的样子，再想到艺术家们接送我们，为我们搬行李、张罗住宿等辛劳，真使大家感动。狮城的美丽和主人的热情，一开始就给我们留下深刻的印象。

做客刘抗先生家

这次访新，主要是做学术交流。除了安排两场学术讲演外，还有参观访问美术院校、文化艺术机构及著名艺术家等，以增进两国同行间的互相了解。

要了解新加坡美术，自然首先要了解其特定的环境。新加坡是个多民

190

族和睦共处的国家，是一个国际交通要冲、东西方文化的交汇点，这种独特的因素决定了它的艺术的包容性和多样性。不过，从历史上看，由于华人居多，由于近现代新加坡人主要是从欧洲学习，所以反映在艺术领域的一些现象似乎也与中国有很多共同之处。譬如，主要是中国传统艺术与欧美西方艺术的发展与交融。回顾新加坡的艺术发展历史，星岛人都不无骄傲地提到他们的前辈艺术大师刘抗先生。其实，在刘抗先生的作品中就体现了这种传统渊源和相互交融的特性。

应该说，刘抗不仅仅是新加坡美术界的祖师，而且也是中国现当代美术的前辈艺术家。在20世纪初的中国早期油画传播中就有刘抗的功绩。访新期间，我们有幸与这位年过九旬的老人多次见面——我们两次讲演会他都出席，并主持其中一次。自始至终刘老伉俪坚持到底，精神饱满，令人敬服。另外，几次重要的招待会他都出席。尤其荣幸的是，还邀请我们到他府上做客，解读他的大批原作，使我们更真切地认识了刘抗及其艺术。在刘公馆客厅的墙上，都挂满了他的画作，在墙根上还堆靠着一大批。先生一幅一幅地介绍，不时还拿来画册做补充。刘抗的作品总体属表现风格，富有强烈的激情和主体意识，不着眼于物象的自然形态，而注重于自我感受的表达。先生青年时代在欧洲学习时的一批写生，学得很到家。有了这个功底，才能有其成熟期风格的形成。最具代表性的当然是他50年代在巴厘岛上的那批写生作品了，并就此而诞生了影响后世的南洋先驱画派。在这些作品中，渗透着高更、凡·高的趣味，更蕴含着中华民族传统绘画的风骨。正如画家自己所说："我法律上是新加坡公民，但血缘上是堂堂正正的中华民族一分子。中华民族有好几千年的悠久历史，文化根基深厚，艺术上表现独树一帜，又拥有宽邈的土地、壮丽的河山，故此我在画面上就要显示出雄浑的气派、深邃的内涵及高雅的韵味。进一步说，如书画同源，艺术家一向把笔法与线条的运用，当作画艺的生命。我虽然研究的是油画，并未忘记这关键的一招。"（见《刘抗八十七岁》）在他的作品里，有遒劲的线条，有后印象派的色彩，更重要的，是有浓郁的南洋风韵。这，不正是中、西与本土精神在艺术境界融会的最直观、最生动的体现吗？如果要概括新加坡艺术的特色，我想"多元共存"应该是明显可见的。

多元共存　各得其乐

多元共存，还表现在许多方面。首先是教学。新加坡有两家美术学院，其性质完全两样，但各传其道，各得其所。南洋艺术学院的教学内容与方法是传统式的。何家良院长等领导人陪同我们参观并进行了座谈、交流。同样，拉萨尔美术学院的院长菲尔德先生也对该院做了详细介绍并陪同我们参观，后者则完全是现代意识甚至是前卫意识的教学。两间学校对比非常鲜明，但都源源不断地为国家培养艺术人才。这次访新，正值艺术节举办之际，我们有幸观赏了大型的美术展览。在新加坡美术馆和拉萨尔美术学院的展厅中陈列着的件件佳作，都很引人注目。在这里，有大量的现代艺术作品，也有传统的中国艺术和传统的西洋艺术作品。我们还应邀出席过一个新加坡总统为其基金会接受赠画的展览剪彩仪式，那里展出的作品又多是传统的。美术机构我们参观过两个。其一是新加坡美术总会，这是具体接待我们的单位。几位经常陪我们的艺术家都已经很熟了，何和应会长从头至尾的关心更是令人难忘。那天在美总与会员们的聚会，亲切、愉快，至今我们见面时还常谈到。美总的几个画家的画室以及那个经常安排模特儿写生的公共画室我们印象很深。其二是参观了古楼画苑。在这里集中了更多的画家，一人一间大画室，条件不错。我们依次去了一遍，做些简短的交流，可惜因时间关系只能走马观花了。这里的艺术家们，照样也是有偏重传统的，有偏重前卫的。其三，就是参观了一些画廊。"蜻蜓点水"之后，对新加坡的美术、以刘抗为代表的前辈艺术家以及活跃在当今艺坛上的新一代的艺术家等有了初步的了

陈醉向新加坡美协赠送画册　1999 年

解，也学习到了不少东西。如果要说一个总的印象，那就是前面说的：多元共存。还要加一句：各得其乐。

多元共存很好理解，这是国际上的大趋势，即便是我们国内也基本上达到了这个境界。但是新加坡不同，如前所述，它有其地理、历史、民族等独特因素，所以这种"共存"显得更客观更实际因而也更具自然性。加上其本身的社会环境，并没有要求某种主流意识，没有给艺术过重的社会负担，更是充分发挥其审美功能甚至自娱功能，以满足不同阶层的需要。所以，多之中各"元"，都能各得其乐，而且，最后都融入商品轨道，达到民众共乐。

当然，各得其乐是作为一个历史阶段而言的，也许一个时期以后就会产生变化。就这次展览中，也可以看出一点迹象。比如一些装置类、波普类作品布满整个场面甚至充盈整个空间，十分张扬。而一些传统的作品，如油画、彩墨等因其幅画小就显得微小局促了。这里虽然有布置方式的偶然因素，但根本原因是时代好尚变了。传统艺术越来越衰微了，艺术追求与西方时兴更接近了。当然，前卫艺术更能表现自我，但蹩脚的表现是否也还有"更容易"的因素？此外，就传统绘画而言，西洋画要比中国画强些。就西洋画而言，风景写生比人物强些。这些，也都是整个世界潮流的反映。

其实，艺术的较量并非较量艺术，归根结底还是一种综合国力的较量。西方发达的经济和先进的科技给世界带来一个一体化的前景，与此同时也带来了西方文化的模式。反过来说，一些发展中国家和民族在对西方经济和科技景仰的同时也产生了对西方文化模式的追慕，而相反对本土文化尤其是优秀传统知之甚浅，甚至还产生了自卑。这种情况，在我们国家的一部分人尤其是青年人中曾经有过。文化，尤其是艺术，是不可能"一体化"的。如果有，在当前的情况下也必然是西方化。因为他们财大气粗，自然要当"中心"。果真"化"了的话，那你跟在人家后面"化"出来的艺术也是没有地位的。再者，果真"化"了的话，世界的艺术是何等的单调！中国的艺术家，一直在致力于振兴自己的艺术。当然，还更有待于国家的强大。而新加坡本来就经济发达，我想，新加坡的艺术家必将会以更高的起点创出更具特色的新加坡艺术来的。

可爱的花园　难忘的友谊

　　新加坡是个花园之国，这已是举世闻名的了。这次亲历其境，体会尤深。一个城市国家竟然划出那么大片大片的绿化地，实在了不起！即便走在闹市区，也常常视野舒适，心旷神怡。至于像飞禽公园、圣陶沙等游览地就更不用说了。这些都有赖于重视规划和精于管理。这里管理之严也是举世闻名的，谁都知道新加坡的高额罚款。违章的美国游客照样挨鞭笞，连美国总统说情也不顶用，足见其法纪之严明。这些尤其值得我们学习。

　　这个花园之国有许多景物都给我留下美好的记忆。我去过牛车水、"小印度"和马来村，三个地方三种人文环境，特色是那么的强烈。说实话，我这个出生于广东的中国人一到新加坡感觉好像是回到了家乡，而只有到了"小印度"和马来村才算真正感觉到了异国他乡。至于景物，我最感兴趣的是旅人蕉。上苍真有意思，好好的一棵树，为什么偏偏要将它"压"扁？树，一般都应该是呈半球形向四周扩散的，不知植物学上如何解释这种适者生存的过程。但不管怎样，它的这种反常正是它的特色所在，我就把它记住了。另一样使我难忘的，是在海底世界单个小展池中见到的龙鱼。靠近观赏，它与中国人想象出来的龙太相像了！我顿时浮想联翩，甚至怀疑中华民族的祖先是否早就发现了这种鱼并将其奉为图腾。待将来有机会我一定做一番考证，说不定会创出一个石破天惊的新学说呢！

　　当然，更令我难忘的还是狮城的朋友们。访新期间，东道主新加坡艺术理事会主席刘太格、执行理事长朱添寿先生等都盛情宴请和接待我们。我们参观过新加坡报业集团和新加坡美术馆，并且就是借宝地分别举办了两场公开学术讲演。在美术馆的那一场，馆长郭建超先生出席了会议并做了热情的讲话，我还向该馆赠送了著作。还应特别提到的是艺术家、新加坡创新集团董事长林祥雄先生，我们也曾应邀到过他办公楼和公馆做客。林先生艺业有成，事业发达，并致力于中、新文化交流，甚得同人称赞并结下深厚友谊。全靠他历时一年多的策划操劳和大力资助，才最终玉成这次富有意义的文化交流活动。此外，美术总会的何和应会长、陈维鸣先生和太太、梁镇慷先生、林秀鸾女士、许锡勇先生和吕萍女士等以及一时想不起名字的女士和先生们，他们的热情接待和亲切交谈，至今还感动着每一位代表团成员。

时间过得真快，转眼间一年过去了。记得就在告别新加坡的前一天，代表团自由活动，林秀鸾女士开着她的奔驰车足足陪同我们游览了一整天，直至深夜十一点多，还在逛马来村夜市。这几天

陈醉向新加坡国家图书馆赠送著作　1999年

正值马来新年，整个街区都成了市场，灯火通明、熙熙攘攘。林女士请我们品尝榴梿，这种号称果王的东南亚特有的水果，其貌不扬，因为有股怪味，且非常浓郁，据说还被禁止上飞机。我这是第一次品尝，外形、内部结构以及味道都近似广东的木菠萝，可能就是同科"堂兄弟"。味道的确有点异样，难怪许多人不敢吃。但我吃了，且感觉正常。林女士说："这里有一句俗话，说敢吃榴梿的人就还会再来新加坡，你们肯定还要来的。"榴梿、留连，留连忘返，不知是否就是这个意思？但不管怎样，我，一定还要来的！

1999年12月写于北京，2000年发表于新加坡

浪漫欧罗巴

欧罗巴，这块神奇的土地，它富庶、多彩、浪漫，很早很早以前就吸引着我。年轻时读希腊神话，就记住了这位美丽的姑娘——腓尼基王阿革诺耳的女儿欧罗巴。一天晚上，她做了一个梦，梦见被一个陌生的妇人抱走。翌日，带着神秘的心事照样与姊妹们在海边玩耍。与此同时，天神宙斯中了爱神阿佛洛狄忒（即后来的维纳斯）的金箭，欲火中烧。于是，让自己变成一头美丽的牡牛，诱使正在嬉戏的欧罗巴骑到他的背上，然后游过大海，把她劫掠到一个遥远而陌生的地方，使她被迫委身做了他的情人。当她对自己的失身痛悔欲绝的时候，阿佛洛狄忒出现，并跟她说："不必抗争了，梦是我托的，你命定要做宙斯的人间妻子的。你的名字是不朽的，因为从此以后，收容你的这块大陆将被称为欧罗巴。"欧洲大陆名字诞生之日，就充满了浪漫——一种野性的浪漫。

欧罗巴被劫到的那个地方叫克里特，在希腊，未有列入这次欧罗巴之行的日程。但是，我们到了号称浪漫之都的巴黎。巴黎圣母院是必去之地，这座 12 世纪始建、历经百年陆续建成的大教堂，是最著名的中世纪哥特式建筑，以其规模、年代和在考古、建筑上的价值而著称于世。黑格尔曾论述过哥特式教堂给人的感受：方柱变得细瘦苗条，高到一眼不能看遍，眼睛就势必向上转动，左右巡视，一直等到看到两股拱相交形成微微倾斜的拱顶，才安息下来，就像心灵在虔诚的修持中起先动荡不宁，然后超脱有限世界的纷繁扰攘，把自己提升到神那里，才得到安息。说得好啊！我觉得，特别是在那高深昏暗的穹窿下，一线五颜六色的彩光泛出，那种神秘感、神圣感，对于中世纪的善男信女来说，不知有多少人的灵魂在此得以提升。走进许多教堂，这种感受每每油然而生，于是，我画出了《圣光》。

话题再回到巴黎圣母院。从外观看，虽然塔尖始终未建，但整个造型还是非常高贵庄重，特别后面的飞扶垛显得甚为雄健优美。然而，此刻我无心去考究古建的营

陈醉　早安，爱斯梅拉尔达　2009 年　69cm×119cm

雨果的一部《巴黎圣母院》，赋予了这座中世纪最著名的哥特式教堂更多的浪漫色彩

造，而更多的是对与它有关的故事想入非非。真正使巴黎圣母院富于浪漫色彩并美名远播的，还是雨果以它为背景的浪漫主义小说《巴黎圣母院》以及 20 世纪依此小说拍成的同名电影。这其实也是一个野性浪漫的故事，观赏过这部作品的人，恐怕对其中的浪漫情调尤其是电影中那位丑怪的敲钟人卡西莫多和美丽的吉卜赛女郎爱斯梅拉尔达都会难以忘怀。所以，在我画这座教堂的时候，也忘却了中世纪的威严与肃穆，忽略了哥特风格的厚重与巍峨，我把画面尽量处理得轻松些、飘逸些。晨曦中薄薄的教堂剪影，似乎还萦回着钟楼的余音，树枝在微风中曼舞，犹如伴随着吉卜赛女郎的歌声。小鸟不时送去问候：《早安，爱斯梅拉尔达!》

　　除了宗教建筑外，宫殿也是巴黎的重要名胜，此中以卢浮宫为最。在这里见到了那位害苦了欧罗巴的《米罗的维纳斯》和令后世不厌其烦地"猜谜"的《蒙娜丽莎》。卢浮宫的确收藏了不少世界级的珍品，真是一个取之不尽的艺术宝藏。笔者已是"二进宫"了，因为研究课题需要，这次集中精力钉在希腊雕刻馆和叙利馆，尤其是后者，补拍了大量的图片，正好为即将出版的专著提供佐证。就个人而言，这是本次欧洲考察的重大收获。而另一方面，还多了一些题外的思考。譬如遗憾，卢浮宫也藏了不少"行画"，有的作品的确不能代表同时代的高水平。譬如隐痛，此中珍品有不少是抢来的，从拿破仑到八国联军，都是掠夺。这使被掠国观众不免有

陈醉　巴黎蓬皮杜艺术中心　2009 年　87cm×69cm

点不平，而希腊政府至今还在做着索还的努力。譬如欣慰，卢浮宫地宫的设计是公认的成功之作，作者是著名的美籍华人建筑师贝聿铭。作为中国人多少会感到一点欣慰与自豪。地面入口的玻璃金字塔已成了卢浮宫新的标志，构思竟是那般大胆，在古典宫殿的大院中突然冒出一个现代的玻璃罩，这大概也是契合了法兰西浪漫的灵感吧？君不见，埃菲尔铁塔不也是从古典的巴黎城冒出来吗？最另类的莫过于蓬皮杜艺术中心了，那简直就是一座化工厂，管道纵横，钢架交错，在古典建筑林立的巴黎安插了这座"化工厂"，真叫人匪夷所思。我画了《巴黎蓬皮杜艺术中心》来诉说我的印象。

　　法国总统在任期都要来一个"形象工程"，这是蓬皮杜总统的杰作。密特朗总统是一位才子、哲人，还有专著面世，他的杰作是四方拱门。一座大楼建成一个巨大的四方框子，也够另类的了，说是象征向四面开放。还好，它是建在现代化高楼林立的拉德芳斯地区，还算协调。然而，真正传统的协调感觉，传统的法兰西浪漫情调，更多的还是在巴黎蒙马特高地。《名人的足迹》画的就是这个地方。那里的街景娴静优雅，石板小径依山上下，庭院小楼高低错落。尤其是那布满爬山虎的墙壁更显出岁月的沧桑、格调的深沉，浓荫缠绕的小窗，犹如扇扇秋波，传递着脉脉深情。

这里历史上文人荟萃，尤其是 19 世纪末 20 世纪初，印象派以及后来诸流派兴盛，很多艺术家都曾活跃在这块地方。一些墙壁上还钉着某某人某某年月在此住过的铜牌子，这里留下了多少名人的足迹、雅士的风流啊！从当年印象派画家们的作品中常见的蒙马特高地上的那个"大排档"市场依然存在，我们还特意前往参观。画家们支着画架，挂上几幅作品，既出售也当场为顾客写生肖像。可惜，当今在那里"练摊"的画家水平实在不敢恭维，大多是行货。更低劣者，把李四画成了王二麻子，但顾客还是乐呵呵地掏钱。时代不同了，蒙马特的辉煌历史已经翻过去了，这也许是这次巴黎之行留下的最大失落感吧！

同样在欧罗巴，比起法国人的浪漫，德国人多了几分严谨。德国传统建筑中有一种样式给我留下至深的印象，那就是大片白色粉墙上，粗糙的黑色木头梁架，效果特别显眼。那大黑大白的色彩对比，尤其那线条粗细、横竖、斜直所产生的节奏感，太美了！再加上窗户或盆花等的灰色调，那就黑、白、灰都有了，这简直就是一幅中国的水墨画啊！德国人与中国人在审美趣味上有很多共同之处，如喜欢黑白，喜欢线条等。丢勒的线条、门采尔的素描都是中国画人有深切共鸣的把握对象的方式和技巧训练的典范。当然，这种色彩对比、空间分割所体现的意境，也正是现代艺术概念中构成手法所追求的视觉效果。那个以"画格子"出名的荷兰画家蒙德里安，不知是否也是受了德国建筑的启发？不管怎样，对美的追求，不分国度，不分民族，不分流派，最终总是相通的。日耳曼人竟然在建筑中创造了这个意境，我难以忘怀，于是，提炼出了我的《德意志的黑白灰》。德国人也有

蒙马特——逝去的辉煌　陈醉于巴黎　2009 年

自己的浪漫，我的另一幅德国风景《秋临海德堡》中的海德堡，就曾经是19世纪初德国浪漫主义运动第二阶段的诗人们聚集的地方，所以称海德堡浪漫派。当然，今天的海德堡主要以大学城著称了。海德堡大学创建于14世纪，是德国最古老的大学。该校地质古生物研究所藏有一块距今四十万年的古人类颌骨化石，公认为欧洲直立人之一例，定名为海德堡人，可见海德堡的重要。市内名胜古迹主要有老布吕克桥和山顶上的海德堡城堡。《秋临海德堡》画的就是这个大学城秋天的景象，上面是古堡，虽然只留下残垣断壁，但在夕照中依然显得挺拔、顽强。下面古木葱茏，屋舍高低参差，隐约其间。我们流连驻足，确感心旷神怡。

欧洲小国荷兰，则是一种童话的浪漫。荷兰正名为尼德兰王国，尼德兰为低洼地之意。荷兰全国三分之一的国土是在海平面以下，所以有海水下的居民之称。部分国土是靠人工海堤围起来把水排干而"造"出来的，所以，海堤是尼德兰人民的智慧与汗水的结晶，是他们的骄傲。首都阿姆斯特丹可以说是"海底都城"，而且几乎所有的建筑都是建在木桩上的。全城一百多条运河交错其间，有一千二百零三座桥梁。城市给我的第一印象，是"童话世界"。这里最大的建筑物是皇宫和大教堂，其余全是三四层的小楼房，比较完好地保存了历史原有的风貌。运河两岸的那些小楼房，几乎就是"泡"在水中，而且色彩斑斓，艳丽夺目。特别是那水中的倒影，随风摇曳，婀娜多姿，这就是我的《阿姆斯特丹印象》。同样是泡在水中、建筑在木桩上的城市还有意大利的威尼斯，不同的是它还在海平面以上，直接泡在海水中而无须海堤保护。不过，当今地球温室效应越来越严重，如果海平面一高，首先淹的就是这些地方。在意大利除了"水深"还有"火热"。公元79年维苏威火山爆发，把两座古城庞贝和库克兰尼姆湮没在灰烬中，16世纪发现，18世纪才挖掘出来。一座城市，瞬息间灰飞烟灭。一些母与子的"雕塑"，是从刹那间火山灰把人包裹后形成的"范"翻制出来的，惨烈啊！不过，撇开灾难，从另一个角度看，大自然把一个历史的截面凝固下来留给了后人，在那里可以完整地看到纯粹罗马时代的社会生活。于是，19世纪引起了学术界的广泛兴趣和研究热潮。意大利人的浪漫早已闻名于世，不必本人多费笔墨了。就连现任总理贝卢斯科尼都绯闻迭出，还大言不惭，而子民们依旧宽容这位花花首相。换个角度关注一下灾难，也许更有意义。虽然我身在"杞国"，亦不时担忧这

些生活在资本主义
水深火热中的阶级
兄弟。我画下了
《难忘水城》《情系
威尼斯》和《悲怆
庞贝城》，以保留
这份情意，寄托这
份忧思！

陈醉　难忘水城　2009 年　70cm×95cm

最后，还有必
要做个总结。从北
京到达巴黎机场，
大家的行李也都陆
续从传送带上取下
来了，唯独不见我的。负责托运的同志指着一个挂有我们考察团标签但一直未有人认领的拉杆箱问是不是我的，我一口咬定不是。他们很纳闷，明明是他们亲手办的，怎么会不是？团友们都为之着急。行李都下完了，最后发现，那个箱子就是我的——行程伊始，就出现了弱智！我们有一个民间活动，称"弱智委"，每年都要"述职"，汇报一年来的弱智成果，今年可望得奖了。好事成双、有始有终，深感庆幸的是为什么总是落到我的头上？从巴黎回到北京，又发现箱子的锁没有了。打开箱子，照相机已不翼而飞。早有耳闻，巴黎的"机场老鼠"是世界著名的，没想到自己还如此大意，将相机托运，再次表现了对弱智的执着。中国人奔小康了，据说有大款在巴黎买钻石，开口就说："给我来半斤！"吓得店小二们舌头都缩不回去。我虽然不是大款，但赞助一个相机也不至于捶胸顿足，可惜的是我那批珍贵的照片，尤其是卢浮宫拍的资料没有了。痛定思痛，立即给"弱智委"手机发去一个文件通报此事，最后结论是："据有关专家评估，此事件政治损失不大，经济损失一般，文化损失惨重。希各部门认真学习、引以为戒，防止弱智形象工程的重复建设。"这，也算是这次欧罗巴之行的一段个人浪漫故事吧！

原载《人民政协报》2010 年 9 月 6 日

我，仍在寻找

我，仍在寻找

——漫话艺术与人生

　　应该说，早在幼年父母命我习字帖、背诗词之时，艺术即已介入我的人生了。不过，真正将艺术与人生紧紧关联，乃是 20 世纪 60 年代初上大学以后的事了。然而即便早已将艺术视为谋生的手段，但艺术之于人生者何？除却一些概念性的标准答案外，心中依然一片混沌。那时，少年不识愁滋味，在强劲的功名欲驱遣下，只晓得画、画、画……在那时，这无疑是一条"自我奋斗"的"于连道路"了！但毕竟可以自诩走出了一条"自己的路"。回顾当年的画作，备感亲切！如 1963 年画的《太湖落日》《红帆》勾起了我们旧日悠悠江南忆！就艺术而言，色彩强烈，构图夸张。

不少同人鼓励：《太湖落日》中那厚厚堆出的倒影与故意保留的群青轮廓线是那样的"刺眼"；《红帆》中那帆船与屋舍的比例是那样的"荒诞"……即便是今日，其观念与手法也是超前的。当时自己亦以在此见到了"自己"而沾沾自喜！这，算是在一片混

陈醉　太湖落日　水粉　1963 年　25cm×28cm

205

沌中初见端倪，但那时尚未有"自我"这一说。

不久"文革"开始。在一片大批封、资、修浪潮中，有善意者警告："大搞印象派"，"一股抑郁情调"。60年代人们对印象派并不了然，前一句实质上与"大搞西方现代派"同等释意，有明显的政治贬义。后一句则不言而喻了。当时不以为然，尤于后者，色彩如此强烈，何来抑郁？嗣后，时间距离拉长了，方才感到此言"歪打正着"，句句在理！诚然，当初自己从艺术特色之角度于作品中见出个性，确也是一种领悟。然而，毕竟流于浅表，未有"外行"旁观所见之深沉！看来，他更直觉地道出了我当年作画时并未意识到的意识，即那种超前的追求与滞后的回忆。

也许，另外两件作品之制作过程更耐人寻味。随着"文革"的深入，知识分子被"扫地出门"，我也被下放到偏远的山区劳动。无聊之余，常到石多木怪的深沟绝壁中挖掘竹根木节雕琢刻凿，借以消遣。《人生》《贞》和《爱》就是1969年到1970年间所作。《人生》为一段完整的竹根，深埋土内，由于周围石块的挤压，在生长过程中被"铸"成了如今这般屈曲形状。制作时，有意在下部凿开一个缺口，左边挖出一道深沟，以使造型富于变化。《贞》为竹根一节之横断面，也有意凿开半边隔膜，意外引出了一番联想，干脆再在上头嵌上一铜制圆孔。《爱》原来也是一截深埋土中之竹根，因石块之挤压，早已裂成两半，并长成扁平，裂处疤痕痂结光滑。这真有古人鸳鸯双对之意境，如"鸳鸯剑"之类。添上一条银链子，更点出两者之相连及其民俗之意味。这类雕刻，因材施艺，极富自然天趣而又意蕴深邃，故常以取之造化、得之心源而后快！不过，当地乡邻却不以为然。他们将《人生》视为筷子筒，略有知书识字者亦不过视之为笔筒。记得还有人见《爱》而惑之，问何以置笋干于书案？更有自恃亲热者，拿过《贞》来做烟灰缸……凡此种种，我无不以笑相待，因此等诠释亦不失为一种幽默之别解也。当然，毕竟更多人视为艺术珍品，至于画界同人，则更是爱不释手了。这类"筷子筒""笋干"与"烟灰缸"作品伴随着本人历经沧桑，十年之后来到了北京。在潜心研读人类历史之余，得以"顿悟"，于是正式分别题标以《人生》《贞》和《爱》，还特意将甲骨文之"贞"字刻于前者之上。后来，西方现代艺术逐渐介绍进来，仔细琢磨，在观念上确有一些不谋而合之处，联系起"大搞印象派"，岂非又"超前"了？

似乎更具体的，还是那滞后的回忆。曾记幼时，每每大人问及长大了干什么，动辄回答当总统！其实那时并不谙总统为何物，无非拾人牙慧而已。父亲是黄埔出身的军人，母亲是中山大学出身的知识分子，也许常以崇敬之情及孙中山而令我留下印象。然而，更深刻的印象恐怕还在另一桩事上：一老和尚与我相面后说："此子相貌非凡，日后必成大器。"并扬言要收我为徒。让宝贝儿子遁入空门剃度为僧，无疑绝非父母之愿，此事于无

陈醉　人生　竹雕　1970 年

形中植入了幼小心田。日后之"留痕迹"实属其萌发之果。岂料早有天翻地覆之变，非但"总统"当不成，反倒背上了一个"黑五类"出身。从此，事业与生活均命定须走一条坎坷道途。但勃勃野心并未泯灭，反而在厄运中燃起烈焰，将苦斗熔成了乐趣！这种艰辛矛盾之心绪，此等茹苦忍毅之人生，不自觉地流于笔端，使之显露了"一般压抑的情调"，不是甚为顺理成章的事吗？更为有趣者，制作这批雕刻作品之时，正值恋爱由高潮而离散之际，此刻之"慧眼"看中那竹节与"笋干"并非偶然。尽管当初并未将它们与感情纠葛联系在一起，但可以想象，它们那富于顽强生命力之质地与造型，与我当时怀恋既往、搏击未来之心态是契合的。而当初埋藏于更潜层之动机，却待十年之后透过原始母性崇拜内容之契机而顿悟，也许正为十年前之真正欲求做了一个点睛的注脚！从这个角度去理解艺术与人生，也许比我当初仅从艺术风格上见到"自己"而深了一个层次。

70 年代末，环境逐渐宽松了。一个偶然的机会，我画起了以南国风情为题材的中国画。那是一位故友要移居海外，请我作画留念，于是就此开启了一个新的领域。《雨》《故园明月》等均作于彼时。其实，我已背井离

乡二十载，不知怎的，提起笔来竟得此宁馨儿。一个少女，一棵椰子树或一片芭蕉叶，既写实亦非写实，觉察出了一丝自己的程式，颇为得意。自此，一发不可收拾，一幅接一幅，并名之为"乡思系列"。日后思之，亦不足为怪。一个人离开故土时间长了，对原本熟视无睹甚至并非喜好之事物会反而渐渐转而爱之，此于心理学中称为"放逐心理"。显然，故乡的一段日子于我人生道途中留下之印记太深了，我离之愈远，其愈加顽强地要显露，恰巧触到了一个友人要出国——将要离得更远——之同构契机，终于将其激发出来了。椰子树、芭蕉叶幼时的确司空见惯，也许更能说明这种放逐心理的还是粤曲，此原本非我所好也，可当今偶于收音机闻之片段，竟是那般优美，那般动听！毕竟我未从业音乐，且电台亦难得播送粤曲，故此种心理满足并未滋生成癖。然而，绘画则非同一般了，那是我的需要，我的追求。终于，那椰子树、芭蕉叶乃至那南国一草一木都渐渐演变成了我自己的语言。长期压抑后之松弛，借此恋乡情愫而缓缓舒出了一口气……

毕竟，人生更多的并非松弛，而往往为其反面。20世纪80年代，为中国知识分子内心躁动最为剧烈的岁月。新旧观念碰撞交融，幻想、现实离合纠缠。很难说谁个不是满怀期待，很难说谁个没有一腔苦恼！也许正因为如此而激发了我旺盛的创作欲，于是，先后画出了《火山湖》《空间，我们的》《熔》《热的流》《火祭》《追思》《二泉》和《长恨歌》等作品。此中有我的经历与回忆，亦有我的期待与苦恼！手法上，与昔日的传统写实不同，出现了抽象的、表现的或超现实的因素，而且还使用了裸体的人物形象。就此看来，如今真是在"大搞西方现代派"和表现"一股抑郁的情调了"。《空间，我们的》最早为有真实地点的写实之作，但总觉得未能充分表达胸中之臆气而数易其稿，最后决定从构思上根本改变，并以简约之构成方式一气呵成。倘若说《空间，我们的》是在做"减法"的话，那《熔》就是在做"加法"了。该作初次完成时，也是一幅写实风景画。端详之余，总嫌"象"属完整而"意"犹未足，于是顺着"意"将厚厚的色块往上压，日复一日，一层又一层而终得此结果。此乃1982年之事，同年还有第一幅裸体人物创作《火山湖》问世。在《火山湖》中，月夜，蛮荒的海滩，少女与磐石几乎融为一体。后来的《火祭》，更是一片原始。峭壁上的原始图形文字，原始的火种，原始的男人，然而他又紧紧地箍着一个现代的少女……在裸体作品中，《长恨歌》算是一个历史题材的主题性绘画创作了，画中表现贵妃沐浴之情节。人物几经推敲，形象之塑造，借助于当年到敦煌之体察与心得。然而观念是今天的，手法是现代的。不同书体之"万岁"字样层层叠

陈醉　追思　油画　1986 年　80cm×90cm

印并几乎布满画幅，大片淋漓泼墨上厚厚堆出鲜艳的红色……我想表现的是铁与血之搏斗、是权力与美之冲突。历史赋予杨玉环的责任太重了，血淋淋的拼杀与赤裸裸的爱欲纠缠在一起。然而，历史之长河又何尝因个人悲剧而改道，人生之道途又岂能以节节情缘而终了呢？也许唯其如此，而越发显出美之价值，越发显出爱之永恒！从原始蛮荒至文明今日，不知多少人以终其毕生之劳顿在重复这一苦恼与祈求……

倘若不厌其烦，再往深处，似乎还有更近底蕴的道理可探。《火祭》画一现代少女与蛮荒年代的男子结合；《追思》主要由日月宇宙构成；而《二泉》则特写了一个少女的头像。作品虽有写实形象，但从观念上是属抽象的。这些并不重要，重要者，一个重复之形象——手。

三幅作品都画了许多手。如果说，画《火祭》时借助了模特儿、照片并且受制于那个拥抱动作自然得画四只手的话，那《追思》并非如此了。其实最初画了左下角的一只手，而且是模模糊糊的。后来越画越清晰，而且画着画着，把邻近的线条也逐渐往手的形象靠拢，于是，加上交错的轮廓共画了五只手。这也许可以用形式的自律性来解释。不过，有趣的是，在以往的文章中已谈到过此事，至少画手应该有所收敛。今天，为再写文

陈醉　二泉　中国画　1989 年
90cm×32cm

章而翻阅画作时，竟发现作于1989 年的《二泉》居然画了七只手，而且画的时候全然忘却以前写过文章这回事！真没有想到，手的形象在我的意识中居然如此之顽固！记得上次就提到读弗洛伊德对茨威格的小说《一个女人一生中的二十四小时》的分析时所受到的启发，看来，我还得旧话重提，再从精神分析学的角度去寻求解答。很难说，那一只只集合重叠甚至是反复再现的手的描绘是一种偶然。这里自己是否也如小说中的主人公一样，在众多的朦胧幻觉中，一下子就被一双手迷住了呢？手，似乎无须其他的代替物，在《火祭》中，很快地引起了我的兴趣并做出了选择；在《追思》中又顽强地迫使我充分地予以表现；几年后画《二泉》时，竟成功地抑制了我的记忆而再度逼迫我反复再现！这种潜意识的驱遣完全是不知不觉的，也许，三次创作中那试图渲染的宗教气氛，那溢于言表的情欲抗争——不，应该说是那郁积心田的种种苦恼，都无非是更原始的欲求的一种替代。

以上算是我从艺多年的一点感悟。艺术之于人生，的确万缕千丝、言难达意。还是黑格尔说

210

得好："艺术对于人的目的在于让他在外物界寻回自我。"自觉的，但更多是不自觉的；显形的，但更多是隐形的。我的"自我"何在？我，仍在寻找……

原载《艺术世界》1992 年第 1 期

剪不断　理还乱

——漫话艺术与女性

公元 1 世纪，古罗马学者普理琉斯的著作《自然史》中，记载着一则有意思的故事：科林斯的陶器匠布塔得斯有一个女儿，她爱上了一位青年，朝思暮想。后来，这位青年要远行，于是，她在灯下把他的形象画了出来，以便留为纪念。她父亲又把这个画像移到一个陶瓶坯上，烧成了陶器。据说，这就是画艺的开始。自然，我们没有必要去推敲这则传说的可靠性，作为一个古老而优美的故事，更耐人寻味的还是它本身告诉人们的道理：艺术与女性有着不解之缘！至少，在这个故事中我们可以看到：艺术由女性创造，艺术在爱中诞生。

在我们民族的生活中，类似的例子也不少见。阿哥阿妹唱完情歌难舍难分，姑娘塞给小伙子一个绣花的荷包。姑娘想念心上的情郎时，剪一对鸳鸯贴在窗上……尽管不像那位科林斯少女一样是直接描摹情人形象，但道理还是一样的——这绣花荷包、这花窗剪纸，都是伴随着爱的心音从女性的手中诞生。

不过，如果凭此而断言只有女性才能创造艺术，那么未免太片面了。大约与《自然史》记载的时间相差不远，我们中国也有一则类似的故事。战国时候的齐国，有一位优秀的画家名叫敬君，他奉命为齐王的"九重台"作画，画了很长时间，不能回家。敬君非常想念自己的妻子，于是画了一幅她的肖像，经常面对着，以慰藉自己……与那位陶器匠的女儿一样，这位男子汉也画出了自己心爱的人的形象。两个故事表明：艺术出于同一个源头，艺术由女性"开始"，虽然历史上的画家大多是男子汉。

让我们把视野放宽，把人与自然融为一个整体。在大自然的信息中，艺术与女性是很相近的，在精神上是一种"异质同构"。艺术与女性一样，留给人间的是一种温馨、娴雅的追求。即使在日常生活中，每当我们谈到不同的艺术门类时，自然地就会用"姐妹"来比喻——艺术，在人们的心理定式中早已被视为女性了。记得我在一篇文章中谈到裸体艺术中的男性与女性时还说过：男性是刚强，女性是优美；男性是理智，女性

陈醉　女颂之三·母亲　2005 年　68cm×68cm

是感情；男性是哲学，女性是诗……而艺术，从本质上说，正好也是柔媚的、优美的、感情的和诗的！人们喜欢艺术，犹如在追求那女性的温馨与娴雅——再火爆的艺术，输入心灵的都将是一片绿色的信息。

　　诚然，与那位被认为是开创者的陶器匠的女儿不一样，许多女性也许自身没有创造艺术的天赋与能力。更由于社会的缘由，即便是具有天赋与能力的女性也难以获得有如敬君一样的许多男性的成功。然而，我们依旧不能不看到女性与艺术的难解缘分——她们是创造者，只不过是间接地创造而已！当婴儿呱呱坠地之时起，他们首先得到的就是女性的哺乳、亲吻与爱抚，这是一种深沉博大的爱——母爱！自然，也还有父爱，但那是后来的事，而且，两者是不同的。母爱爱一群，父爱爱一人。也就是说，母亲是无私地爱，她爱每一个孩子，而父亲则是"有私"地爱他的某一个孩子——他要选择自己的继承人。也许，父爱培植的是英雄，而母爱养育的是艺术家。人类降临尘世时，那洁净的心田首先得到的便是女性的爱的滋润，这正是艺术孕育的一个最原本的基因。也正因为如此，艺术也总是那么深沉博大，滋养润泽，在人生的苦斗中，人们往往可以从它那里寻求慰藉、快乐与陶醉！

213

间接的创造，还体现在女性常常能启迪人们的艺术性灵。不少人日后选择艺术生涯，往往是由于儿时母亲讲的一则故事，或姐姐唱的一首歌。这里并不在乎故事或歌曲的具体内容，而是母亲、姐姐本身的作为女性的体贴与柔情，而那反反复复、絮絮叨叨的故事，那经年累月、久唱不厌的歌谣，也许不过是一片轻轻的翎羽，拨通了孩童冥顽混沌中的一点灵犀！

话再说回来，陶器匠的女儿也好，大画家敬君也罢，他们能够画出自己的心上人，都是出于另一种爱，一种更狭隘的爱——男女之间的情爱。这种爱比那种普泛的女性的爱对于艺术来说关系要直接得多、具体得多。如果认识到文明史中大多数艺术家都是男性这个前提的话，那女性对于艺术创造的意义自然就更显得突出了。如果认识到灵感是艺术作品诞生的关键的话，那么女性的美以及由此而激起的对女性的爱对灵感产生的意义就更不容忽视了。歌德说："我的任何一部微不足道的作品都只能在绝对的孤独中才能写出来，"正是那些他爱慕但又未能遂愿的女性使年轻的歌德变成了诗人，是她们成就歌德的创造！歌德、普希金、罗丹、毕加索等一代大师都有他们丰富而动人的罗曼故事，并且伴随这些故事，一件又一件的绝世佳作留存人间。

普理琉斯把画艺的"开始"认可为女性，也许那则故事真有其深藏的寓意。人类最恒久的追求莫过于爱了，而女性对爱尤为敏感；艺术灵感最本源的激发莫过于美了，而女性最易于激发人们的美感。无怪乎文学也好艺术也罢，那么多爱的主题那么多美的女性！另一方面，还不能不看到，成功的女性艺术家尽管不如男性数量多，然而历史上毕竟也出了不少女艺术家。她们既有艺术创造的天赋与才能，也获得了超凡出众的成就。如果再把20世纪中叶女性主义艺术运动算进去，那女性的主体意识就更不容忽视了！不管从主体还是从客体的角度去观察，艺术确实应该"开始"于女性。女性钟情艺术，艺术偏爱女性；女性孕育艺术，艺术完善女性；女性触发了艺术灵感，而艺术之创造更肯定了女性的价值；女性激起了艺术波澜，而波澜的回荡又带来了女性的艺术享受。的确，难解难分，又难以深究！也许，还是不深究更好，朦胧点、诗意点倒更容易切近其中真谛。不妨借用唐代李后主的名句：剪不断，理还乱！

原载《百科知识》1992 年第 3 期

极处同归

——漫话艺术与科学

　　艺术与科学，这既是一个新课题，其实也是一个老课题。我想，不少人都接触过，甚至还做过认真的思考。记得有人问过我对两者关系的看法，我的回答是：极处同归。我平时有一个爱好，就是观看有关航宇的节目。电视新闻里有时就是那几秒钟的镜头，都会令我十分兴奋。所以，阿波罗 11 号登月，和平号对接，宇航员太空行走，甚至挑战者号爆炸等我都深印脑海。去年赴香港，我还专门安排了一个太空馆节目，就为了观赏宇航员在太空修复哈勃望远镜的纪录电影。那巨大的穹隆形全景银幕所展现的神秘无边的宇宙，那振聋发聩的助推器发动的声响，尤其那宇航员太空飘浮行走的举动，真是惊心动魄，真是一种美的享受！我觉得，这里不但是高科技，而且还是一种超艺术。

　　人类初始，艺术与科学是密不可分的。广义地说，当先民敲打出第一块石器工具的时候，就既是一个科学的发明，也是一次艺术的创造了。阿尔塔米拉岩洞的作画者，也许就是狩猎新工具的优秀发明家。进入文明以后就更明显了。许多艺术家本身就是科学家、工程师。古希腊的菲底亚斯，我国汉代的张衡，唐代的阎立本，意大利文艺复兴时期的达·芬奇和米开朗琪罗等都是典型的例子。历史上艺术与科学的结合，主要表现在实用上。大抵有两种类型，第一如建筑、工业品设计等。在这里，首先考虑的是功能，其次才是艺术。艺术处于一种从属地位。另一种类型，是后世戏剧舞台美术、影视美术和装饰美术等。当今的舞台是离不开现代科技手段的。至于美国的商业大片，与其说是艺术表现，毋宁说是科技展示。在这里，科技处于一种从属地位。无论是哪一种类型，它们的结合都并非着眼于艺术本体。是近代科技的发展，使艺术与科学彻底分离而越来越走向

"纯艺术"。

现代科技的出现，反过来又促成了艺术与科学在一个新的层面上的结合。人类终于有能力、有余暇去摆脱实用的思维而对这种结合做纯美的观照。在现代艺术里，科技可以成为艺术本身。西方20世纪中期兴起的动感雕塑之类的作品就是典型的例子。它们动用了多种现代科技材料和手段——不锈钢、玻璃纤维、电动马达、振荡器、高频闪光灯、回馈感应器、电脑等整合而成的。这些材料、手段本身就是艺术语言的一个组成部分。除此之外，还有一种显现方式甚至是更普通的一种方式，那就是并非是为了制作艺术而是本来就是科技产品自身，即在科技产品或手段中见到艺术的美。诚然，这种观照的实现，是以人类长时期的审美实践的心理积淀为基础的。其实，科学与艺术是极处同归的。就像宇和宙，追到极处就用光年计算了——竟然用时间去量度空间。科学愈近真理之源，它的存在形态往往也愈显现美感。在这里，科学与艺术相通了。古希腊的毕达哥拉斯学派是以数学的原理去研究音乐的，符合某种比例的音响就是美的，这有其合理内核。我们不妨再加以引申：一首听起来优美的乐曲的总谱，其音符排列的视觉效果也是优美的。尽管科学探求的目的不是为了美，但审美的追求有时可以在优秀的科技成果中获得满足。也许正是这种道理，使我们在无线电印刷线路板中有如看到了城市规划设计图，在土星卫星的照片中看到了一幅幅色彩强烈的油画，在显微镜下的舌面看到了一片大森林——只要挂起来，它们就是一幅幅现代派作品了。反过来，我们又可从盘古开天的神话中见到康德、拉普拉斯的宇宙生成说，从永乐宫壁画人物衣纹的疏密有致的线条中见到了大气环流图，在凡·高的一些风景画中见到了宇宙星宿的位置……

极处同归，更主要还是体现于一种心灵的感悟。中学时代，我不是物理课的好学生。但有趣的是，在我后来从事艺术时却常常会回忆起物理。甚至，我常常觉得那些物理学公式非常美。譬如，电压与电流强度、电阻的关系；功率与速度、拉力的关系，居然一条三个字母的数学算式就解决了。更有甚者，牛顿的万有引力定律，就是那几个字母的一乘一除，竟将整个宇宙都摆平了。还有什么艺术比这"更艺术"呢？再就可视形象而论，那么长的一枚火箭，点火时竟然不会歪；那么大的一艘飞船，遨游太空时竟能循规蹈矩，它们那冲刺长空的直线和绕地运行的弧线有什么笔墨能够重复呢？这一切，都是那么的不可思议，充满了神秘，蕴含着幻想。而这也正是艺术存在的意义。正是因为要营造一个未有的现实，正是要在这种不可思议中获得自由，人类才找到了艺术。这不正是艺术与科学之极

敦煌壁画 飞天

处吗？这又使我想到了敦煌壁画中的飞天，那不就是在太空中飘浮的宇航员吗？中国人一千年前就在这个幻想中获得了自由，而我们今天，又在宇航员这个不可思议的太空行走中享受到了古人幻想的自由。也许，这也是我喜爱观看宇航节目的真正所在吧！

原载《中国文化报》1997 年 8 月 30 日

原则性与包容性统一　人性化与本体化共存

——新中国艺术理论发展历程

新中国艺术理论的发展过程大致可分三个阶段：一、1949 年至 1966 年，以毛泽东《在延安文艺座谈会上的讲话》为指导，参照苏俄文艺理论来从事研究与实践。二、1966 年至 1978 年，"文革"时期的极左理论的绝对统治。三、1978 年至今，在中国特色社会主义理论指导下，摸索、构建自己的艺术理论体系。从更宏观的分野而言，还可分为 1978 年改革开放前和后两大阶段。此前，中国社会是在与外界完全隔绝的封闭状态下缓慢向前，只有自身的纵向比较，甚至还有一段时间的妄自尊大。此后，是开放的、跨越式的前进，把自己放在世界的坐标上，既做纵向的也做横向的比较，继而以科学发展观理性地把握自己的前进方向。经历过这两个阶段的中国人，对此中的发展和进步想来都会是刻骨铭心的。如果要用一句话来概括当前的特点，那就是：原则性与包容性统一，人性化与本体化共存。

一、深度、广度的发展与更大视野的介入

中华人民共和国成立后，以王朝闻为代表的老一辈理论家为新中国的艺术理论的奠基和发展立下了不朽的功勋，并培育了一批又一批的后继者。王朝闻先生 1953 年出版的一本《新艺术创作论》，指导和影响了几代人。不过，由于时代的局限，那时艺术研究的总体力量很薄弱，理论队伍很小，著作、论文也很少。改革开放后就不一样了，专业队伍有很大的扩展，而且分工明确。从事历史研究、基础理论研究和当代评论等都有相对的侧重。研究的问题也越来越具体、深入，而且理性地回归到了艺术本体的研讨、审美层次的探究，成果也大幅度增加。现在的著作、论文用汗牛

充栋来形容已经显得不足了。还是以王朝闻先生为例，除了他本人的多部头著作《王朝闻集》外，作为重点项目或国家课题而由他带领专家们攻关的成果，代表性的就有如史著《中国美术史》、论著《美学概论》和个

2001 年，国家重点科研项目成果《八大山人全集》出版，新书推介会上，主编王朝闻先生（右四）、副主编之一陈醉（右一）等出席

案研究《八大山人全集》等。与此同时，在当代评论领域还出现了前所未有的繁荣局面，改革开放后培养出来的一代新人作为主要角色支撑起了中国的艺术论坛，以崭新的观念和从多种方位指点江山、激扬文字。继而，一个"策划"的行当也逐渐走上前台。如今，在一些展览中，"策划"往往成了艺术的主导，通过画家们特定的创作体现他们的理念。而且，不但是美术，现在文化领域——出版、戏剧、影视、文化活动哪个门类缺得了"策划"呢？理论，以其更大的视野介入社会生活中。

二、外来观念的汲纳与传统精神的弘扬

改革开放打开了中国封闭已久的大门，西方学术界、艺术界一些前沿性、边缘性的新学科不断被介绍进来，现代主义、后现代主义的创作方式也很快在中国实践，国人的观念产生了根本的变化。首先是打破了原先极左思想的禁锢，理论探寻的角度与方法得以开阔和丰富。这是第一个飞跃。大量汲纳外来观念，研究领域大大拓展。经过一段时间的实践，我们能够知己知彼，自如选择了。在"全球化"浪潮的冲击下，一个几乎是历史上每当中外文化碰撞时都会思考的老问题——民族特色问题又凸显出来了。具体例子如中国传统画论很丰富，而且已经有了一套非常成熟的评价体系，我们应该重新审视当前完全照搬西方的艺术学研究方法；应该重新

反思中国画的素描教学方法；中国画传统笔墨探究热的兴起等。还有类似更多的问题等待我们去解答，尽管答案不尽相同或解决的途径并不一样，但弘扬民族精神、突出民族特色应该是一个共识。这不是简单的传统精神的回归，而是一个螺旋形的上升，是第二个飞跃。我们有了世界全方位的参照，国人不会再像从前那样仰视外来的新鲜，同时还会站在世界的多角度回顾自己的传统，我们必将以更科学的态度去加强对艺术本体的研究。

三、主流意识的强化与消费文化的补充

主流意识，是指体现我们国家意识形态的理论，也体现我们的文艺方针和文艺工作者的社会责任，我们国家向来是把它放在第一位并严格把握的。改革开放后，随着市场经济的出现，一种现象也应运而生——文化的俗化和俗文化的行时——可以借用西方后现代的"消费文化"概念来形容。如果做一种夸张的解释，消，就是消遣、消解；费，就是破费、浪费。日常生活中的"消费"与传统的"购买"概念的差异，就是过量地用钱，为了某种身心的满足而情愿地破费，乐意地浪费。文化也一样，意在消遣、享受，所以消解了主题，消解了经典，消解了精英，过量的铺张与奢侈。无所不在的互联网制造了信息爆炸的时代；电视节目和时尚报刊等大众传媒营造了人欲横流的环境；人们在符号和影像的虚幻现实中陶醉。电视上在宝贵的时段一些老大不小的艺人装疯卖傻搞笑，层出不穷的大赛、海选，化腐朽为"神奇"的"包装"使庸才一夜成"天才"，大批假造的名家书画招摇过市，报刊出版物等大比率的文字错漏和出版垃圾的大量生产，甚至传统中最精英的领地——学术界论文、专著抄袭、造假也屡见不鲜……这些，都引来了极大的非议。不过，事物总是有两面的。就像消费本身也拉动经济增长一样，从另一个角度看，消费文化也有其积极意义。如：打破艺术与生活的界限，把艺术从象牙塔里拉下来，把日常活动拔高到艺术理想来享受，毕竟带来了文化的普及，引领了生活审美化的追求，并且伴随着电子传媒的发展还速成了一个庞大的设计行业、创意产业以及广告人、媒体人队伍等。

这就是我们的现状，也常常是我们争议的焦点。作为一种潮流，它是与经济、政治和国内国际大的社会环境密不可分的。尤其在此转型时刻，

大潮之中，泥沙俱下，不足为怪。重要的是大发展、大繁荣，在主流意识强化的同时，消费文化也做了补充。既有原则性又有包容性，而且也体现了人性化的时代特征。作为理论工作者，相信都会欢呼"大潮"的到来，正视"泥沙"的存在，因为我们的责任就是沙里淘金，当你对一些全新的问题做出准确的判断和合理的预见时，也许理论创新就在其中了。

原载《美术观察》2009 年第 4 期

美术批评：树立三个意识

美术批评，这是一个既老又新的大论题，与此有关的具体题目也曾讨论过多次，但还是有必要从概念谈起。美术批评，是美术学的一个组成部分。美术学，在教育领域现在的新含义是包括理论和实践的全部科目。而传统的含义，"学"就是学问，就是关于美术的学问，是科学研究，不包括创作等实践内容，所以称美术史论，甚至干脆统称美术史。美术史从专业方向上，又可分为美术史和美术理论，而理论再往下还可以细分为基础理论和批评。前者侧重艺术原理、规律的研究，后者侧重对现实具体、突出问题的褒扬鞭挞以及画家、作品的评价与欣赏。改革开放后，又出现了一个"策展人"的行业，策划、批评、会展一条龙。甚至批评家就是某种观念的倡导者，画家的创作成为诠释他的理念的手段。在本行业内，从业者各有侧重，或美术史，或美术理论，或美术批评，或策展，有成就者称谓均可为家，然各"家"的内容是不完全一样的。由于中华人民共和国成立后，"批评"一词多针对坏事，把本来属中性的概念带上了贬义，于是就更多使用"评论"一词。由于评论与社会关系较密切、较多人知道，而且很多美术史家、理论家也常常介入当代评论、展览策划，所以人们常常会把史、论工作者都笼统称作评论家。不准确，但也无大碍，重要的是各"家"要认真把自己的专业学问做好。

广义地说，人人都自觉或不自觉地受某种理论的支配。理论是对实践的总结，反过来又指导实践，以至影响整个国家、民族的审美取向与时代潮流。批评则更为具体，多是对画家、作品的评价品藻，所以与画家、商家、受众多有交流。一段时间以来，批评界多遭诟病，值得反思。此中有大环境的因素，有从业者水平的因素，还有从业者的道德操行因素，这些都需要解决。但更根本的问题，还是要构建我们自己的价值体系。不能说我们没有自己的价值体系，我们历来有自己的审美追求，有中华民族共同的崇尚与好恶。只不过中华人民共和国成立以来，由于"左"的路线干扰走了一些弯路。就艺术创作而言，一些价值标准不尽合理。譬如荷载太

2017 年 6 月 20 日，陈醉在中国艺术研究院美术研究所"王朝闻学术讲坛"做《百年风雨读人体》的学术讲演

多的意识形态内容，违背艺术的自身规律，口号与实践名实不符等等。现在时代发展了，观念变化了，艺术多元了，国际交流也频繁了，尤其是全球化的浪潮冲击，西方强势文化所蕴含的价值观念也迅速侵蚀我们的意识，所以此事成了当务之急。构建我们自己的价值体系至少要考虑如下的内容：一要体现我们的民族精神；二要体现我们的文化传统；三要体现我们的民族审美理想；四要体现艺术自身的发展规律；五要体现时代性和包容性。另外，还应认识到，这是一个总体的追求和规范，它需要千千万万人去实践，需要长时间的验证、发展和完善，逐步积淀于国人的意识中，形成一种本能的判断，以它为理想，以它为自豪。有了自己的理想，就有了批评的准绳、批评的高度。

第二个问题就是要提高自己的专业水平。从事批评工作和从事基础理论研究、历史研究工作道理都是一样的，那就是一要有建树，二要能服人，三是最好让人愉快地接受。尤其是批评，让人听后能解惑、"顿悟"或回味长久、明确方向就更理想了。我把有关理论研究领域的要点归纳了一下，名为"树立三个意识"，以此来要求我的博士生，在此也节录要点，奉献给批评工作者参考。

一是"前沿意识"，这主要体现在选题上。前沿不等于前卫，有些很保守的问题和方法它同样具有前沿性。前沿也未必都是最新的，有的很古老的问题也同样具有前沿性。所以，前沿性至少包含了如下几个因素：当

前遇到的新课题；当前急需解决的课题；许多人在努力但仍未见成效的课题；历史上一直未着手解决或未能解决的老问题；当然，还有自己发现而别人还未发现或尚未引起注意的问题等。有了前沿意识，就为选题的前瞻性、新锐性、原创性和创新性等提供了前提，而创新则是当今社会最需要的时代精神。对美术批评也一样，它照样决定作者的批评角度和切入点，进而影响到文章的前瞻性和新锐性。

二是"问题意识"。尤其是攻读理论方向的研究生，一定要学会善于在大量的资料中离析出"问题"来，然后紧紧围绕这些问题提出你的观点、做出你的分析、得出你的结论。或者说得通俗一点，即应该提炼得出问题——这些问题让你产生了极大的探求欲，或者说极大的兴趣，非把它弄个水落石出不可——这时候，可以说你已经成功了一半。因为一方面它给你提供了一股无限的原动力，它会驱动你一直钻研到底，不达目的，绝不收兵。另外一方面，只要你能产生这样的探求欲，同行和读者肯定也会给出同样的期待值。今日思考的"小问题"，将来也许会酝酿成"大问题"。只要你能把这些"问题"剖析清楚，言之成理、持之有据，作为个人的成果无论是成功还是失败，对于这个研究领域都将是一份贡献——成功是标杆，失败是警示牌，而你的建树也许就在其中了。一些论文写作最常见的毛病是选题太大，没有"问题"，或者"问题"不明确。什么都想说，但什么都说不清楚，而且都是别人早就说过了的，没有自己的体会和观点。写论文不是搞"圈地运动"，地皮圈得越多越好。写论文是"找钻石"，他需要找到的只是那么一点点大的东西，但是它是坚硬的、沉甸甸的、闪闪发光的，这就是"问题"。贪大贪多并不说明学问多，而恰恰暴露了作者缺乏理论高度和学术敏感性的症结。美术批评就更需要"问题意识"了，画家希望你找出问题，说出道理，指明方向。社会也期待你通过对某个普遍关注的问题的解剖或个案评说而使之有所前进。

三是"作文意识"。"作文"本来是一个中学生用的概念，但从实际情况看，当今的个别作者也未尝不应该以此要求自己。具体地说，是行文的生动性。初学作文都懂得，要"准确、鲜明、生动"，但做起来并不容易。当然，"作文"的方法多种多样，即便是论文也还有相对的差异，有的必须非常严谨，有的也可以相对活泼一些。但是一些不良文风倒是要尽量避免的。"作文"也照样要从大处着眼、小处着手。小到每一个词语、概念的推敲。想必大家都有这种体会：空洞无物的华丽辞藻堆砌未必讨人喜欢，生搬硬套外来概念也容易误事。尤其错译、滥用就更令人生厌了，它们生僻拗口、词不达意、不知所云。这多半是未入堂奥者在故意卖弄，甚至是外行以此来吓唬"外行"。这些文辞的原译者，必定是外文未学好，或是中文基础差，但更有可能是中文、外文都只是半桶水。这种态度实为学界所不齿。"作文"准确是根本，这是科学性的体现，也是科研论文最起码的要求。鲜明体现了能力，而生动是锦上添花。也许自然科学的论文只要把新的发现、新的成果说明白、论证无误就行了，但人文科学的论文还是应该要求多一点可读性。因为你首先是"人文"，而且还是"艺术"，所以一定要过好"作文"关。再者，你要传播你的主张，你要批评别人，甚至还要建树你的学说，首先得让人家愿意读你的文章。文章，浅入浅出者庸，浅入深出者无，深入深出者难，深入浅出者更难。行文的生动性不是简单的写作问题，其本质上还是一个研究方法的科学性、把握问题的准确性、剖析问题的深刻性和积累知识的广博性的问题，这就是所谓的底蕴。在这个基础上，再加上作者的天赋灵性、文字功夫和灵感的捕捉与巧妙的发挥。说到底，还是作者的整个人格、素质与修养。

第三个问题，还是有必要强调一下，批评毕竟是批评，有肯定，也有否定。而更多的情况，还是需要批评去披露瑕疵、指出不足。说大一点，还有可能牵涉到针砭时弊、揭露黑暗。赞歌易唱，得罪人的话就不好说了。这就要求批评家不但要有水平，还需要有胆量。此外，市场经济环境，商业炒作盛行，商家、买家以及社会都越来越倚重批评家了，所以，还要求批评家有良好的道德操守和起码的艺术良知。而这些，也是所有从业者安身立命的根本。

原载《人民日报》2010 年 8 月 1 日

坚守我们的艺术良心

——陈醉谈当代影视美术

《美术观察》：陈先生，您好。我们这次的选题是有关影视与舞台美术领域的，相较于纯美术，影视美术在美术圈里不是一个大众的话题，但是它毕竟是美术的一种延伸形式，并在影视艺术中发挥着重要作用。您在大学期间所学的就是舞台美术专业，可以说是对这一领域具有较深的了解的美术理论家，所以特别想请您给我们谈一谈。

陈醉（以下简称陈）：其实，我也早已是外行了。很惭愧，不知多少年没进过剧院、电影院，电视剧也很少看。不过，你们这个选题是很好的。戏剧、影视是和美术分不开的，是大美术的一个重要组成部分。如果从培养美术创作人才的角度说，戏剧学院、电影学院等院校更是功不可没。由于戏剧、电影尤其是电视的普及，它们又是和人民大众分不开的一个重要的生活内容。所以很值得大家议论议论。

《美术观察》：能先介绍一下舞台美术的特点是什么吗？

陈：以往我们习惯地将美术分为纯美术和实用美术。前者就是以直接体现作者思想的作品，也就是通常的如绘画、雕塑等。后者是指在特定的主题和需要的前提下进行二度创作的作品。如戏剧、影视美术，必须依据剧本创作，而且要整个作品上演才算完成。又如工艺美术，也即现在所称的设计，必须根据产品要求设计，有的如服装等还得穿在人身上才算完成。

就传统的意义来讲，真正好的舞台美术设计是看不见的。这是当年的目标，没有痕迹，非常好地融入艺术整体，这是好的设计。如果处处给人感觉到你的设计，那这个设计就是失败的。因此，西洋话剧、歌剧对舞台美术的要求是很高的。一个成功的设计，会使观众得到很好的艺术享受，能够与角色一起陶醉在那剧本的规定情景中。从绘画水平看，以前的舞台演出、电影拍摄，布景主要都靠画，需要画得很像，所以要求有很强的绘画基本功。另外，舞台上有的建筑局部，还要搭建立体的，加上绘画，就像真的一样。人在上面可以跳舞、击剑甚至打架。又要设计得很轻巧，方便拆卸，巡回到下一个地方还能很快安装。这是它的另一个很大的特点。当然，现在条件好了，舞台装置现代化了，拍电影很多都用实景了，甚至到国外去拍片。另一方面，戏剧是综合艺术，文学、表演、导演合作，自己系统如灯光、服装、道具协调，都是重要的工作内容。尤其设计跟导演合作密切，互相启发。电影美术设计还要与导演一起做分镜头剧本。所以还要注意，不能太强调个性，个性只能体现在创作风格中。要树立一种合作的精神，维护一种团队精神。面面都得考虑到，怎么把它做好，就得看艺术家的修养了。

《**美术观察**》：学校方面会有意识地对学生进行这方面的培养吗？

陈：当然。最根本的，是设计思想、创作境界的培养。但舞台美术毕竟还是美术，最重要的途径还是绘画，是艺术技巧的训练。这是培养视觉审美能力的关键，也是完美创造和体现设计理念的前提。构思、构图等过程，与纯美术没有两样。其次是文学基础。戏剧学院还有戏剧史课、文学课以及其他的艺术欣赏讲座，使学生懂得了许多世界名著。这就使学生具有更多的把握剧本的能力。这是开阔视野、发挥想象条件。还应提到，时代在前进，现在技术发展了，高科技出现了，舞台特技、电影特技更丰富了我们的表现手段。有了较高的绘画水平，又懂得新的技术，就能创造更理想的规定情景，提高艺术境界。这些，我们都得去学、去做。

《**美术观察**》：戏剧表演对舞台美术的要求一般是以写实为主吗？

陈：传统意义的西洋戏剧是的。戏剧本身包括好几个体系。当年苏联的斯坦尼斯拉夫斯基体系，建立"第四堵墙"的，把观众"关"在房间里看人活动。体验派，表演很写实，要求舞台背景也非常写实。西洋的歌剧、芭蕾舞剧虽然形体语言不如话剧写实，但布景依然非常写实，对绘画水平的要求很高。梅兰芳的京剧到国外演出，给西方舞台带来新的语汇。中国京剧的动作是虚拟的，摇船用桨来虚拟；挥动马鞭就是骑马，千军万马就出来了；跳上桌子就是上山。幕间换景，工作人员穿着便服就可以上台搬桌子。外国人很惊奇，中国人可以这样处理。据说是受到中国戏曲的启发，德国的布莱希特有意识地打破戏剧历来追求的真实感。角色穿日常的衣服，两旁加合唱队，换场时不闭幕，道具搬来搬去，布景拉上拉下，故意让观众看见。这就是他提出的"陌

陈醉　余晖　油画　1993 年　70cm×120cm

生化效果"，目的就是破坏观众进入戏剧规定情境的情绪，让观众感觉很清醒：我们是在看戏。19 世纪末 20 世纪初，现代艺术的出现，使各种流派异彩纷呈。

《美术观察》：纯美术与舞台美术、影视美术之间有什么样的区别？

陈：一个是个体的，一个是群体的，需要与别人一起完成。纯美术与舞台美术的教育主要是分工的不同、侧重有别，但艺术规律是一样的。还是得从基础学起，教会你怎么创作，最终提高你的审美水平和表现技巧。今天的舞台美术设计也许不一定要画以前那样写实的布景，甚至是搞象征的、抽象的，但要求的设计理念、创作境界一样是高的。

培养纯美术和实用美术人才，我国的院校分工较明确，如美术学院、戏剧学院、设计学院等。西方较笼统，可能都在一起，侧重基础训练。厚基础、宽口径，基础好什么都能干。我的老师是在苏联列宾美术学院留学的，他们要学习六年，前四年和油画系、雕塑系、版画系等的课程是一样的，都是基础训练，画模特儿。后两年分专业，第六年实习，整个学习体系，很扎实。他当年的模特儿写生的精妙，尤其是一些作品的银灰色调子，至今印象深刻。我今天的造型、色彩底子，都是老师打下的。戏剧学院是培养舞台美术家的主要地方。但艺术总是殊途同归的，不少学纯美术的，也成为很好的舞台美术家。同样，像戏剧学院、工艺美术学院等，也出了不少创作纯艺术的艺术家。尤其是现代艺术领域，还出了一些在国内外都很有影响的大家呢。

《美术观察》：虽然影视美术和舞台美术有很多相似之处，但它们还是

有一些区别。

陈：是的，有很大的区别。传统的舞台是镜框式的，一个方向观赏。虽然后来发展出了转台、升降台，甚至小剧场四周可以观赏，但毕竟跟影视不一样。话剧在舞台上两个多钟头的戏，演员一点都不能做假的，很见功夫。影视作品很多可以用实景，需要不断地变角度，比如远景、特写等等，而且制作时间长、地点多。影视是分镜头拍摄，后期剪接出来的，所以很多话剧演员觉得不过瘾，希望有机会能在舞台上一展身手。两种设计都得适应各自的特点。

《美术观察》：在一个作品中，影视美术、舞台美术主要是根据导演的要求来进行设计的吗？

陈：首先是根据剧本的要求，然后是设计出方案来，再与导演交流。戏剧是综合性艺术，导演主宰。尤其是电影，在某种意义上说则是导演的艺术。导演的水平、能力决定着整个作品能做到什么水平。此外，不同的导演对同一个剧本的阐释会不一样，因此也产生不同的效果、风格。比如焦菊隐导演的《茶馆》已是经典，新一代排的《茶馆》又有新的特色。《奥赛罗》也有很多个版本，《天鹅湖》瑞典、英国、俄罗斯、意大利等版本都不一样。

《美术观察》：中国现在形成了自己的电影产业，像美国电影做各种各样、一系列的道具，就像产品一样，比如面具。

陈：中国现在正在逐步改革。舞台设计专业化，形成专门的工厂。还有高科技的制作，都是需要很专业的技术人员。尤其是电影，通过电脑制作，有的场景变得很简单。巨大的群众场面，人全是复制出来的，省了许多群众演员。《泰坦尼克号》如果没有高科技，是出不来那样的效果的。当然，还是得强调一下，从事舞台美术的艺术家是很辛苦的，比搞雕塑要辛苦得多。

《美术观察》：是不折不扣的体力活，而且在剧组里的地位也不是很高。

陈：从事舞台设计、电影美术的人们很辛苦。通过那么辛苦的劳动创造出的艺术品，供广大观众欣赏，应该向他们表示敬意。幕后的人员又不能出名，钱也不多，一定要呼吁提高他们的待遇。

《美术观察》：就像您刚才提到的许多值得肯定的东西。20 世纪 50 年代那一批从国外留学归来的美术人才，包括您老师，他们做得特别好，对中国的舞台美术、电影美术做出了重要贡献。然而当下的一些影视作品，往往出现各种低俗、庸俗的现象，当然不能归因于舞台美术，但和舞台美术有一定的关系，会影响到艺术作品的风格和品位。接下来，想请您以一位美术理论家的眼光来看，为什么会造成这种现象？其中欠缺的是什么呢？

陈：从整体的状况看，舞台美术对作品的影响是不大的。这是一门综合性艺术，主要是以演员表演体现出来的，导演也要通过演员才能把他的思想阐述出来。话剧是从西方引进的一门很综合的艺术，需要各个部分互相配合。在一些经典的戏剧作品里，我们明显体会出各个部分都有一个崇高的追求，这就是艺术。千锤百炼，精益求精。所以，其实创作者和欣赏者从过程到结果都是享受。当年看过的电影《带阁楼的房子》《白夜》等，至今还余韵绕梁。而现在俗文化行时，很多作品都是娱乐、搞笑、庸俗。很多人缺乏严肃的艺术创作的精神，甚至明确地说我们就是为了赚钱，不是搞艺术。

《美术观察》：可以说这是我们这个时代的普遍特点。

陈：是的。我谈的多是负面，但我们还是希望逐步地正面的影响多一些，感觉是个艺术品，不是一种很低俗的精神消费。花那么多的钱，占那么多的屏幕时间，占那么多的电影院线的时间，真是罪过。当然，还是有很多人是把自己的事业作为真正的艺术品来做。因此，我觉得应该发扬一种精神，就是艺术精神。对艺术要有崇高感、神圣感。呼吁大家拿出一种艺术良心来对待自己的事业，对待自己的人生，同时也是对待观众，对待历史。努力做出艺术品来，能做多少做多少。只要有信念、有追求、有行动，就会有成果。这跟绘画一样，你可以画行画，可以不断复制自己的作品，甚至可以胡吹恶炒搞活经济，但作为一个艺术家，还是得考虑你有多少东西可以留下来，人们将来是否愿意看。作为艺术家扪心自问，还是非常有必要的。

《美术观察》：您的视野比较宽阔，刚才您提出的这些问题，如果仅仅局限在专业领域内，往往是意识不到的。那么，从我们的文化建设和中国戏剧、影视艺术未来的发展来看，您认为这个行业最应该坚持和树立的宝贵品质是什么？

陈：如果用一句话来说，我还是只能用"艺术良心"这个词。左右人的意志的因素太多、力量太大了。我曾创作一联："出世不鄙功名，入俗勿忘清高。"用以自勉。以前是在国内做政治的奴仆，在国外做经济的奴仆。现在为了一己私利，都可变为奴仆了。然而，即便是在极左年代，图解政治，也有图解得很好的。即便是为了卖钱，也有分寸把握得很好的。那就看艺术家的修养、水平了。所以，第一是艺术良心。你是凭着良心，真情实意地在做艺术，义无反顾地想做真正的艺术家还是别的？第二要有技能，现在有很多画家的技艺已经很差了。我多次在全国展览的一些座谈会上讲，从世界范围来讲，现在写实能力最好的是中国，次之是俄罗斯，还有人能把人画成人。在欧洲已经变得很离谱了。我在蒙马特看到一个画家，把顾客画得很不像，蛮好看的一个女孩画得很难看。都是"走江湖"，在法国街头画画的中国画家比他们强多了。但就国内而言，总体也在滑坡了。现在像靳尚谊《毛主席在十二月会议上》、董希文《开国大典》和刘大为《晚风》那样功力的作品是难以见到了。再有像潘鹤的《艰苦岁月》、石鲁的《转战陕北》构思巧妙的作品也不多了。第三点，还需要修养——思想深度、文化底蕴、生活体验和艺术境界。不管什么时代，都应该有能够表达这个时代精神的优秀作品。如果是真正的一个艺术家，就应该有这样的要求，就应该学好这种技能，就应该攀登这种境界。很可惜，一些以前能创作历史画的画家，现在都在画些小品了。

《美术观察》：具备这种能力的人现在很少了。

陈：所以说美术学院油画系出来的不一定能把人物画画好，人物画得好的人不一定能把历史画画得很好，能画历史画的人不一定能把重大题材画画得很好。有这样能力的艺术家，何必去为了那几个钱而放弃呢，太可惜了。要培养一个这样的艺术家是很难的。什么原因呢，画家的能力差了，没有这种激情了。没有这种深入得下去的能力，更没有这种理解力和修养。当然，也缺乏当年的条件了。

《美术观察》：您说得很对。更要紧的是历史知识、文化修养的欠缺。

陈：我经常跟学生讲，现在从某种意义来讲，技巧已经不是最重要的了。因为纯艺术专业毕业的学生，基本功已经很不错了。进入研究生、博士生阶段很多人都不愿意学习了。技术已经达到了一定的水准，将来你们竞争的是文化、境界、对问题的敏锐观察、对题材的分析和体验能力。这

里不妨重复一下我以前的一段话:

　　艺术事业有成,需要天赋,也需要机遇,但更需要勤奋,更需要执着。在这个躁动的年代,更需要扎扎实实,一步一个脚印。要努力提炼生活感受,表现真情实感。最后还有一点应该充满信心的是:在姹紫嫣红的当今世界,不可能期望所有人对自己的作品喜欢。但是,只要我们尽心尽力完美地表达了生活给自己的那份激动,自然会有一部分人为我们的作品所激动。如果我们能经常地、持续地带给人们激动,那很可能就会给历史留下激动。而当历史回过头来寻索大师的时候,也许大师就在我们当中。

原载《美术观察》2012 年第 2 期

画派怎能打造

——陈醉访谈

《中国美术》：您觉得画派能否打造？

陈醉（以下简称陈）：画派是历史上自然形成的，与时代、地域、民族、文化发展等都有关系，最根本的是艺术规律本身。画派是必然中的偶然，符合艺术规律，到时候就出现了。人为"打造"、揠苗助长是出不来的。画派不可能先"成立"了，再去"打造"。开一个新闻发布会，喊一个打造某某画派的口号，就出现一个画派，这是违背艺术规律的。

《中国美术》：最近几年有没有打造成功的画派？

陈：既然认为不能"打造"，当然就没有，有也是伪的。画派准确的意义是艺术史上的艺术流派。历史上有很多画派，是在一定的历史环境中，一个群体对某种理想的追求，经过一段时间的实践，形成了某种相对趋近的群体精神与艺术样式，而且产生一定的社会影响，再经过历史的检验和后人的认证，才能成为真正意义的艺术流派。所以画派多半是后人或者后来史家认定的，甚至是追认的。艺术家们创作的时候根本就不会去想这件事，甚至有的人都过世了，也不知道自己死后竟会被后世的史家划到了什么什么派了。

《中国美术》：但现在为什么这么多人乐于做打造画派这件事呢？这似乎是我们这个时代的特殊现象。

陈：现在很多人急功近利，想要造声势，占地盘，就通过打造画派来标榜自己或地方的影响。就画家个体而言，急于求成，想很快地从众多艺术作品或艺术家群里冒出来，形成一种个人面貌，也提出了要画出什么什么风格。真正的风格是艺术家个性的自然流露，它是下意识的，是艺术家经过长时间实践不知不觉地显现在自己的画面上的。而且在某种意义上

陈醉　丝线缠人　2016 年　97cm×68cm

说，是具有强烈个性甚至是具有某种特殊气质的艺术家才有的结果。这是艺术家的精神、气质在画面上的显现，有很多天赋的成分。如倪云林、凡·高等。风格不是人人都能有的，也不是用功就能有的，更不是随便想要有就能有的。所以，风格并不是先想要画一个什么风格，我再去画。如果能先想得出来的"风格"的话，那那个风格肯定不是你自己的，而是别人早已存在的了。同理，流派亦如是。

《中国美术》：您认为怎样说比较合适？

陈：不能说打造画派，应该说扶持当地文化艺术的发展。如果一定要用打造这个词，可以说打造创作群体、打造创作队伍、打造艺术活动平台等等。政府可以扶持当地的美术创作事业，至于将来会不会成为画派，那就要看历史的条件和他们实践的结果了。这跟建个大楼不同，盖楼你投资进去肯定能盖起来。但是打造画派，这是属于精神领域的事，不是想打造就能成的。

《中国美术》：地方为发展当地文化事业对打造画派推波助澜，对整体美术事业发展会有影响吗？

陈：这得从两方面来看。首先是好的，因为地方领导重视总比不重视好。重视就有资金支持，事情就好办了。不好的方面是，这大多是一种"政绩工程"的手段。而从学术角度看，还会有负面的影响。这种提法显得很幼稚，显得我们学问不严谨。所以我们有责任说真话。起码媒体不要跟着乱叫，如果所有媒体，从事这方面工作的人都能有这个认识，不跟着乱叫就好了许多。

作为专业工作者和媒体，我们还有责任告诉地方官员和公众这个道理，即"打造"出画派是政绩，没出画派，能培养出一个有成就的艺术家也是政绩。能打造一个好环境，繁荣地方文艺也是政绩。只要给予扶持，艺术能繁荣，出好作品，出人才是关键，而不是在乎出不出什么画派。

《中国美术》：如前一段时间召开打造画派研讨会，召开本身就是赞成的态度，来的人又都是著名理论家，参加这样打造画派的会本身是否也会起到推波助澜的作用？

陈：当然是的。由于工作忙和自己动作慢、效率低，我极少敢答应人家写评论、写序等请求，但座谈会、采访等就不便都拒绝了。《美术观察》前些年曾举办过一个讨论"打造画派"问题的专题座谈会，我也参加了。我明确地提出，不要用"打造画派"这类的提法。后来还开过多次有关"打造某某画派"的地方性的研讨会。鉴于上述的原因，我一般都是有保留地鼓励他们。首先鼓励他们的积极性，也鼓励地方政府能够扶持艺术，这是一件好事。但对"打造画派"的说法肯定是反对的，明确告诉他们画派"打造"不了。如果是比较熟识的我就直陈批评意见，是否有"政绩工程"之嫌？真正从事艺术、从事研究的人员不应该推波助澜。不过正如你说的，无论如何，你出席会议在客观上是对打造画派起了推动作用，所以我们需要媒体做出客观的报道。遗憾的是，有时有的座谈会、媒体采访等等，我只是稍微提一点希望、不足，有人就受不了。负责任的，是通过编辑出面来找我，这几句话能否删掉。不负责任的，早就自行处理了。所以这个波怎么推、澜怎么助，在这"媒体时代"你们是举足轻重的。

《中国美术》：现在我们走到哪都会撞见新某某画派，您从理论家高度，呼吁一下，打造画派看能通过几个方面控制。

陈：呼吁是可以的，控制就很难做到了。最根本的因素是眼前利益的驱动，都希望走一条捷径成名出彩。现在是市场经济，炒作是符合其游戏规则的。至于用什么手段，那就是人家自己的事了，不择手段也是一种手段。画家自己想炒作自己，几个人凑在一起，弄个展览，就说什么什么画派了。地方官员也需要炒作当地文化艺术品牌，希望通过"打造"画派来树立地方形象。现在通常所称的一些所谓画派，实际上只是用某一种画法，或者集中画了某一种题材，画了一批作品，而且这种方法历史上就有的。仅仅这样是不能称为画派的。譬如黄胄画毛驴画出名，但他并没有因此而说要做个"毛驴画派"。当今社会，有的画得很差的人，但炒作得好，画价炒得很高。但这也不是人人都能做得到的，需要资本，需要机遇。画得太差，除非有很大的资本来炒作，把狗能说成猫，但有这种机会的人不会很多。我们只能希望他们正确对待和使用这种手段。艺术家还是要靠自己的实力，没这个实力，什么画派都是出不来的。也许炒两下子会有个把老板看看。但真正有志艺术事业者，希望不要走这样的路。起码严肃的从艺者一看就很鄙视这种做法。也许有的画家画得还可以，这样一搞反而将自己的格调降低了。炒作得再好，人家还是从骨子里瞧不起你。这里还有一个更重要、更关键的因素，就是艺术家的良知。艺术家还要有良知，不要放弃自己的艺术追求，不要忘记自己的社会责任。看来，我们只能不断发发议论，你们不断宣传宣传，起码能逐渐让公众了解，让官员懂得，听得多了，他们就不会再迷信这个"打造"了。

原载《中国美术》2012 年第 1 期

大潮起落　汹涌澎湃

——亲历学界改革开放三十年

生活中有许多事情是很有趣的，有些现在看来是不可能的事，但它的的确确存在过。譬如20世纪60年代，有人居然一口气吃了十八个馒头外加半铅桶稀饭——虽然南方的馒头是一两一个，但对当今"减肥"时代的人们来说无疑是一个恐怖的数字。那年代，饥饿啊！中国的学术界，也同样经受过这种饥饿。尤其到了70年代，就连"革命现实主义与革命浪漫主义相结合"这个单一的创作方法，也都变成了一个干瘪的口号。"现实主义"原本不过是创作方法"写实主义"的另一种译法，加上"革命"两个字，就贴上了标签。艺术，只能图解政治。当然，"革命浪漫主义"也是有的，那就是自己饿着肚子，还要念念不忘"全世界还有三分之二的阶级兄弟生活在资本主义社会的水深火热中，等待我们去拯救"！

一、形式的解放

新中国的知识分子真正感受到浪漫，应该说是改革开放后，也就是20世纪80年代初。那是中国文化人最激越、最有抱负、最充满幻想的年代，那是一个大潮起落、汹涌澎湃的年代。我有幸经历了这个年代，甚至有时居然还被大浪推到潮头去弄潮。在学术界，因为太单一了，中国人憋得太久了，所以对任何异样的理论与实践都很好奇、都觉得新鲜、都跃跃欲试。中国的知识分子在以吃十八个馒头外加半铅桶稀饭的劲头在狼吞虎咽异域的"新"东西。新字之所以加引号，是因为有的东西并不新了，只是我们刚刚看到甚至刚刚听说。就世界范围而论，19世纪末20世纪初也是一个需要和产生"异端怪物"的年代。西方学术界、艺术界空前活跃，一

237

些前沿性、边缘性的新学科不断涌现，如人类学、社会学、文化学、符号学、阐释学等，对艺术的研究与创作都产生了巨大的影响。摩尔根、格罗塞等对古代社会的研究，再现了人类早期的生活。特别一些心理学科，如弗洛伊德、荣格、弗洛姆等人的学说，直指人类心理深层，给人们展现了一个前所未见的世界。于是，艺术创作的领域又扩充了；对一些艺术现象的解释又增加了新的途径。在创作实践方面，诸流派出现，艺术由传统走进现代，一派繁荣喧闹景象。新的学说也陆续被介绍进来，其中如弗洛伊德的精神分析学等，在20世纪初就曾引起学界的重视。20年代，鲁迅曾翻译过《苦闷的象征》，郭沫若曾发表过用精神分析学研究《西厢记》的文章，王统照还发表过《美与两性》等论文。30年代，朱光潜出版了《变态心理学》，直接介绍弗氏理论……这些，在当时都曾产生过影响，但对80年代中国美术产生的影响应该是更广泛、更深入。当时在艺术界最早凸显、最先突破的至少有如下几个问题。

第一个问题是形式。"形式"在当时是一个准禁区，因为一谈形式，就很可能被扣上形式主义的帽子。那年代的创作，只能是主题性绘画。对内容与形式的解释，几乎简单到内容就是国家政策、中心运动；形式就是想一个好情节、组织一个好场景。当时对印象派都是要批判的，甚至还将它与马赫主义挂上钩——因为马赫主义认为客观事物是"感觉的复合"，而印象派正好也是讲色彩的感觉的复合的。荒唐啊，这就是有些现在看来是不可能的事，但它的的确确存在过。长期以来对形式与内容的解释太扭曲、太实用主义了，不打破这个桎梏，艺术就根本无法真正出新，于是就爆发了一场关于形式问题的讨论。笔者也加入了这场讨论，当时正值研究生毕业，论文选题就是《论形式感》。《美术》杂志的编辑凭他们的学术敏感，几乎是守在宿舍里盯着我连夜节录出一万五千字，以"外形式初探"为题发表于《美术》1982年第1期。后来《论形式感》也收入《硕士学位论文集》，1985年出版了。继而，《从形式角度看六届全国美展，兼谈中国美术向何处去之我见》（载《美术史论》1985年第3期）、《形式的解放》（载《画家》1986年第1期，1987年收入论文集《油画艺术的春天》）等论文陆续发表，紧紧抓住"形式"不放，颇有影响。专业圈内尤为关注。十多年后，中华人民共和国成立五十周年，其中《从形式角度看六届全国美展，兼谈中国美术向何处去之我见》还收入1999年出版的

《百年中国美术经典文库》。

二、《裸体艺术论》被推上了潮头

第二个问题是裸体艺术。中华人民共和国成立后，除了美术院校作为基本功训练允许画人体模特儿外，创作和展览是不能出现的。这在当时是一个绝对的禁区，与黄色、淫秽等同视之。也许出于有过西洋绘画学习和创作实践的经历，后来又进行科研的深造，对西洋艺术中存在大量裸体作品而中国主流艺术中这种样式完全空白的现象深感困惑，加上对未知领域的好奇和穷根究底的个性，1981年研究生毕业后本人就全身心投入这个选题的研究。穷七年之功，写出了研究成果《裸体艺术论》，并于1987年出版。客观地说，当时做这个选题还是很冒险的。因为写出了书稿却不能出版或者干脆因资料缺乏甚至因能力有限写不出来的可能性是极大的。很多师友好心劝我先搞个平稳的选题在研究院立足后再去冒险，但我觉得到那时这股锐气就没有了，再三考虑还是下决心做。所以同人们开玩笑说，陈醉抱着个裸体（选题）不舍得放。当时写作确实很艰难，没有现成的著作可参考，还要翻阅其他学科的文献，插图只能从外文原版的史论著作中大海捞针。甚至连稿纸都很缺乏，一些部分不得不两面都使用。那时是真正着迷了，有一年春节，太太把冰箱塞满就带着孩子回广州了。一天忽闻窗外爆竹声大作，惊询电梯司机出了什么事，对方更惊奇地回答："今天是大年三十呀！"正因为学问做得不易，所以每写出一张稿纸都非常珍惜，甚至达到神经质的地步。就怕丢失，出差时留在家里不放心，带在路上更危险。书稿交出版社后，正好新闻报道某省亚麻厂失火，不久又报道某印刷厂失火，烧掉了作者多年心血写成的书稿……自此以后就寝食不安，整天都提心吊胆地过日子。直至样书出来才松了一口气，当时下意识地将新书捏在手上，为自己的新生儿激动，但心底里更响亮的声音却是：我再也不怕印刷厂失火了！

而出版这本书也同样担当风险，出版社报选题的时候，先后写了一万余字的审稿意见，还故意将书名改为《人体艺术论》，就是为了回避这个"裸"字，审查通过，正式出版时才改回《裸体艺术论》。当时的社会环境是，老百姓对裸体艺术几乎是一无所知的。即便是西方国家几乎是家喻户

239

晓的世界艺术史上的杰作，如《维纳斯》《大卫》等，也只有专业工作者才能从专业的书籍中看得到。改革开放初期，开始松动了。一份专业的美术刊物发表了安格尔的《泉》，结果招来了不少读者的批评。一个印刷厂承印一本有裸体名画插图的专业书，还专门组织了优秀党员师傅小组并用帆布围起一台印刷机来完成这个"特殊任务"。报刊上也开始了有关裸体艺术的讨论，但基本上还是停留在是否黄色、有无不良影响等层面，未能深入艺术本体。一个最典型的例子是，西南某城市新建了一座桥，两边桥头设计了带有象征意义的《春》《夏》《秋》《冬》四座裸体女性雕塑。这本来是一个很美的构思，不料引来了剧烈的批评，其中最有趣的一条意见是：弄个裸体女人在桥头，司机不就把车开到河里去了吗？不得已，最后还是让她们"穿"上了衣服——其实很简单，在裸体原稿上略加衣纹罢了……而老百姓最早知道"模特儿"这个词也是从改革开放后引进时装模特儿开始的，他们也并不知道"祖宗"是绘画模特儿，更没听说过还有裸体的……正是因为当时特殊的历史背景，《裸体艺术论》的出版引起了社会的轰动。仅1988年，专著就印刷了二十万册，创出版史上学术专著成为畅销书的奇迹。1988年3月26日《文艺报》头版发表的一则关于专著出版、面市的报道称，"最近，在城市文化人居住、工作、往来较为集中的地区，书店和书摊的书架摆上了一本装帧精美的畅销书《裸体艺术论》……售书人说，这本有着二百三十五幅插图的学术论著，尽管定价八元，购书人掏钱大多'十分痛快'"！那时还属低薪制，大学毕业生的工资才五十多元，八块钱一本的书在当时当然算昂贵的了，相当于月工资的近六分之一。但贵也要买，这生动反映出当时人们对新知识的渴求，尤其反映出对这个禁锢领域的强烈好奇。在专著现书售罄而加印又未赶上的断档时刻，小书摊上涨至三十元一册，而样书则用塑料薄膜包着，翻阅一次要收五毛钱的折损费。一些书店的橱窗上，张贴着从《裸体艺术论》中摘录的段落，一方面为专著做广告，而更重要的目的是为一些试探着出版的有裸体绘画作品的画册销售充当"护身符"。一些专业的书店，购买《裸体艺术论》还得凭工作证，只能卖给专业工作者。为此还使我"得罪"了许多朋友，中央美术学院不少教授事后见面都少不了要"骂"上几句："阁下不送我书就算了，我自己掏钱买你的书还得看我的工作证，哈哈哈……"的确，人们在以吃十八个馒头外加半铅桶稀饭的劲头在狼吞虎咽新的知识，而由于专著的选题特殊，又使读者面突破了专业阶层而大大地扩展了，于是就自然地引来了社会的轰动，1988 年被舆论界誉为"陈醉年"。继而，专著获全国图书金钥匙奖、1988 年十本优秀畅销书奖和优秀科研成果奖等三项大奖。1999 年专著被媒体列为建国五十周年重大文化成果之一。

《裸体艺术论》至今已出第四个版本，手稿为中国现代文学馆收藏。改革浪潮把我推上了潮头，算是当了一回"弄潮儿"了。继《裸体艺术论》后，还出版了《维纳斯面面观》《当代人体艺术》和《艺术，写在人体上的百年》等十来部论著，都是研究裸体艺术的。从舆论的反馈得知，研究成果对美术和对姊妹艺术如文学、舞蹈、表演以至对教育、医学、心理学等研究领域都产生一定的影响，而外国传媒则将专著的出版视为中国改革开放在学术领域的标志。二十年后，一则生动的故事做了例证的补充：2006 年 6 月 14 日，专著手稿捐赠中国现代文学馆的仪式上，作家张抗抗手捧该书深情地回忆起往事："这是我二十年前购买的第一版的《裸体艺术论》，一直珍藏至今。当年我们老三届回城后，脑子是空空的，对知识如饥似渴，遇到了这本观点全新的著作，真是如获至宝！《裸体艺术论》给青年人的创作打开了很多扇门，告诉一直封闭在那种状态下的青年人对生命、情欲和爱的启蒙认识。我当时就是受了它的启迪、汲取了它的营养，1997 年创作出了《情爱画廊》……"而且，每到历史的关键时刻，人们都会想起《裸体艺术论》。中央电视台 2004 年 9 月、《中国青年报》2008 年 5 月、凤凰电视台 2008 年 12 月等分别以纪念中华人民共和国成立五十五周年和改革开放三十周年专题播出、刊发关于专著写作、出版回顾的长篇采访，其中凤凰电视台称："这是一部几乎是改变了整整一代人艺术观念的书。"

三、现代艺术的创作实践

第三个问题是现代艺术。当时我教绘画课，兼做一点史论讲座，给学生讲西方艺术诸流派时全靠"现买现卖"鲁迅的《西方现代艺术史潮论》。该书采取直译方式，非常生涩拗口，但毕竟还是为我提供了教材。专业人士只能从一些只供内部参考的书刊中获得一点消息，而老百姓对国外的情况就更是一无所知了。如前所述，他们知道，印象派是受批判的，而西方现代派，则是那资本主义社会腐朽没落的产物，比印象派还要反动。然而，那年代谁也没有见过，他们心中的现代艺术，就是报上常听说的用作反面典型的"猩猩画画""驴尾巴画画"等。改革开放，开始引进一些西方国家和艺术家的展览了。记得一次波士顿博物馆来华，因为是初次展出现代艺术，观众的期待值极高。不料因个别作品审查未通过，致使展览开幕推迟了两个小时。最后还是通过了，这更加重了观众的好奇，一进去就要寻找这幅作品，看看是怎样一个洪水猛兽。结果是一幅白布上画了几条蓝道道，没有画框，远看就像挂着一条大浴巾。但是，学者、艺术家，尤其是青年都在以吃十八个馒头外加半铅桶稀饭的狂热去了解、去研究、去模仿、去尝试现代艺术，于是，就出现了1985年的现代艺术热，也就是后来所称的"85思潮"。笔者也以极大的热情在"吃"这"馒头稀饭"，当年也是现代艺术的鼓吹者和实践者，发表过诸如《就中国现代艺术展答友人书》等一些文章，在《人民日报》出席过专家专题研讨会——那个年代研讨会是很少的。而且，创作的劲头远大于研究，创作了油画《空间，我们的》（1982年作）、《熔》（1982年作）、《追思》（1986年作）、《火祭》（1986年作）和中国画《长恨歌》（1989年作）等一系列作品，都是现代观念的产物。1985年，参与筹备并出席了黄山油画艺术研讨会，现代主义作品《空间，我们的》还参加了黄山油画艺术研讨会的组成部分中国"当代油画展"，1986年在中国美术馆和1987年在日本先后展出，在日展览画册的序言中，日本艺评家还提到了这幅作品。还有一个展览"油画人体艺术大展"也是影响深远并且具有轰动效应的，笔者以《世界裸体艺术发展史》图、文展板参展。当年《文学报》记者评述："陈醉无疑是这次大展的中心人物，而其《裸体艺术论》又似

陈醉　空间，我们的　油画　1982年　53cm×86cm

乎成了大展的理论纲领。"然而，更令人振奋的是，观众竟也兴趣盎然地阅读我的那个大展板，他们只能随着人流慢慢蠕动，既拥挤又井然有序，这种万众自觉、认真地在学习美术史的景象，前所未有，十分感人！

四、人性的再认识

第四个问题是人性。"人性论""超阶级的人性""人道主义"等从前一直是批判的靶子。"性"，当年也是一个绝对禁区，改革开放之前是绝对不允许越雷池一步的。青年男女的正常恋爱，都常常被扣上"小资产阶级情调"的帽子，文艺作品是不可能有任何性的表现的。过分的"干净"，使国人对国际潮流一无所知。开放之初，一个电影代表团到西方考察，对方问及中国有成人电影吗？他们回答说有啊，说我们的儿童片占百分之多少多少，其余都是成人的……弄得对方一头雾水。改革开放，这个问题松动了，学术界开展了有关人性的讨论，究竟有没有共同的人性、如何看待人道主义等争论激烈。人们超越"以阶级斗争为纲"的思维定式在呼唤人情、人性。与此同时，还延伸到关于"人"与"性"的探究，开启了有关人的重新发现的新课题。文艺作品相关的表现出现了，相关学科的研究也应运而生。在文学界、电影界可能对此更关注。文学只限于文字描写，可能走得快一些。电影是可视形象，自然要谨慎得多，记得镜头的尝试和文章的讨论似乎都是从接吻的表现开始的。美术界在主流创作中未见性描绘出现，个别民间展览有些接近的表现，但更主要还是居于政治因素，很快被取缔了。还是科研占了鳌头，因为《裸体艺术论》是以性意识为主线去追寻裸体艺术的产生与发展轨迹，而且给人体美定义为"性感、美感和羞耻感的统一"等，这些观点和思路都是前所未见而且是冒天下之大不韪的，所以也被认为是突破禁区最早进入性艺术研究的一个典型。甚至有学者视之为"性文化的仲裁者"，认为专著的选题触动了中国文化中最敏感、最神秘而又牵动全身的一根神经，认为专著将人类生存的欲望、生殖的欲望、性爱的需要、审美的需要汇聚为一股光束，投射到裸体艺术的领域，使中国文化的这个"百慕大魔鬼三角区"，变得清晰可辨起来……

从1978年以十一届三中全会为标志开始，至1989年，是改革开放初期，是"冲击期"。准确地说，就是改革开放期。因为"改革开放"已定为基本国策，今后都是改革开放的，所以"改革开放"应该是专指这个特定的历史时期。这期间在学术领域，我印象中这四个问题最重要而且影响最深刻、最广泛，加上亲身参与，体会真切。这四个问题非常关键，艺术发展甚至社会发展的最根本问题基本上都涉及了。以"形式""现代艺术"两个问题为标志，解放了人的思维与观念，使艺术开始步入多样化。以"裸体艺术""人性"两个问题为标志，解放了人的心灵与肉体——人们重新认识和把握人自身，开始逐步由必然趋向自由。诚然，改革开放所涉及的问题远不止这四个，只是各人的经历不同，感受也不一样。但有一点是共同的，那就是很多事情都是从无到有，甚至是禁区突破，所以不少新事物的出现都是具有爆炸性的。新的理想、新的举动像大潮冲击着旧日的堤岸，荡涤着人们的心灵。

五、历史车轮不可逆转

当然，毕竟是大潮，有时会难以控制，可能会冲击一些不该冲击的地带。毕竟是十几亿人的国家，面对崭新的前景，面对完全生疏的现实，面对历史前进的滚滚洪流有时也需要判断、需要思考、需要验证，所以在实践的过程中有时来个"软着陆"，甚至来个"硬着陆""急刹车"都是正常的事。然而，这些毕竟都已奔流入海不复回。"改革开放"以其划时代的丰功伟绩载入史册，"改革开放"的历史车轮不可逆转。

从1990年至2001年是"调整期"。1989年，改革开放的步伐骤然放慢，有人认为可能要回到改革开放前的年代了。与笔者有关至少有两则小故事记录了这个转折的历史时刻。第一则是有关笔者主编的《世界人体艺术鉴赏大辞典》的故事。该书是出版社借着1988年《裸体艺术论》的热潮约我牵头编写的，书稿完成了，书名《世界裸体艺术鉴赏大辞典》也请刘海粟先生题写了，不料遇到1989年形势变化耽搁下来了。后来出版社为了出书，也把"裸体"改成了"人体"，回避"裸"字。可惜正式出版时并没有将"人体"改回"裸体"。出版社的领导事后还很得意地讲述他们给刘海粟的手迹做"手术"的故事：他们把题签中的"大"字复制出来，去掉一横，就成"人"字了。再用它置换出"裸"字，于是，便成了《世界人体艺术鉴赏大辞典》，依旧是刘海粟的题字，天衣无缝，真是煞费苦心。此外，该书还印了两个出版时间，扉页上是 1991 年，而版权页上是 1990 年 5 月，明显地记录了这段等待的时间。另一则故事，就是 1991 年 4 月 22 日前后，香港《明报》《新晚报》《天天日报》等一些媒体都发表了一篇《"裸体大师"陈醉称，他在"扫黄"中未受牵连》的报道，这里也明显地折射出了当时的政治气候的变化。这些都是很有趣的历史印记。不过，局势很快就明朗了——邓小平南方谈话再次坚定了改革开放的信念，总结经验，调整政策，步伐更加稳健了。科教兴国，发展经济。学术界也在调整心态、认真清理、回顾总结、稳步前进。本人也在回顾、在思考，写出了《全面把握中西艺术的美学特质》（载《美术史论》1992 年第 4 期）、《十年回眸——论裸体、裸体艺术及艺术中的裸体》（载《文艺研究》1998 年第 1 期）等论文。正因为有了十年前对西方艺术的研究与实践，才有今天的中西比较研究。正因为十年前开始了裸体艺术研究，艺术中以至社会上才有了裸体内容，才有可以"回眸"评点的业绩。而《全面把握中西艺术的美学特质》1997 年还获了优秀科研成果奖。

2002 年，开始了"发展期"。从理论上说，除了如战争等特殊历史时期，国家都是在发展的。这里的"发展"，还应该具有特殊的意义，那就是国家明确提出了科学发展观。改革开放后的经济发展，使中国人在解决温饱奔向小康的同时，有能力考虑如何规避西方大工业发展过程的负面后果，进入可持续发展的轨道，有能力进入国际大家庭共同治理"地球村"。无疑，科学发展既包含自然科学也包含人文科学。今天的学术界，思考的问题应该更深、更广、更新。这段时间，本人发表了《女神的腰襗——论性诱惑与人体美的起源及未来》（收入《重建美术学——中国艺术研究院美术研究所二零零二年度论文精粹》，2002 年出版，获第三届中国文联优秀文艺评论［理论］奖）、《未来的大师就在我们当中——面临全球化浪潮的中国美术》（载《美术观察》2003 年第 10 期，获第四届中国文联优秀文艺评论［理论］奖）、《中国进入泛裸体时期》（载《美术观察》2006 年第 7 期）、《历史转折与中国裸体艺术》（收入论文集《民族美术传统的当下意义》，2007 年）、《热烈与凝重——从著作出版想到研究生培养问题》（载《美术观察》2007 年第 10 期）等主要论文，力图对一些带根本性的命题有更深的挖掘和对当下的热点有更敏锐和更全面的审察与思考。

三十年过去了，今天，不可能再有人一口气吃十八个馒头外加半铅桶稀饭了。同样，今天，也很难再有当年的轰动了。因为，当年封闭的时间太久了，很多领域都留下了空白，也许很小的事，其效果都可能是由 0 进到 1，填补空白、振奋人心。而如今，该做的、能做的事情基本上都做了或者正在做。也许很大的事，但其功绩可能不过是由 91 进到 92，不会引起人们的惊奇。今天，也很难再有当年的冲动了。因为，想出去的都出去了，需进来的都进来了；想看的都看了，能做的都做了。我们有了世界全方位的参照。我们不会再像三十年前那样仰视外来的新鲜，我们也会站在世界的多角度回顾自己的传统。改革开放至今，几经激荡、几经反复，终于大潮过后归平静。平静，就是冷静，就是理性，就是自信，就是韬晦。学术界三十年来取得了辉煌的成就，而与此同时又发现了更多的问题等待我们去解答。但是我认为，成就千千万，最辉煌的一条还是，三十年后的今天，我们光明正大地提倡"人性化""以人为本"和"人文关怀"等等，一句话，我们更关注人的尊严与价值、更关注人自身！

是啊，有些现在看来是不可能的事，但它的的确确存在过。有些现在看来是不可能的事，而它将来很可能会发生——时代，永远在前进！

原载《美术观察》2008 年第 2 期，本文有删节

百年风雨读人体

非同一般的人体美

改革开放，"模特儿"行业出现，也促成了"选美"活动的诞生。最早是以各种"模特儿大赛"的名目举办，因为当时社会对"选美"这种"资本主义腐朽没落"的活动还不能接受。但随着市场经济的发展，很快就习以为常了，甚至继而掀起了热潮。各种"小姐"时见报端，甚至国产的"世界小姐"也灿然出镜，青年男女对此趋之若鹜。

由"裸体"谈到"模特儿"，再谈到"选美"，因为它们是同一条根苗开出的花，这根就是人体美。爱美之心，人皆有之。赞美之心，人所共之。但是，偏偏这个美又非同一般，不可随意赞之。譬如，人们尽可在背后评头品足，或者尽可随意赞扬对方的衣饰美、孩子美，但在20世纪六七十年代，一般情况下异性之间却不能直言对方美。又譬如，一个女子，孩提时期被夸奖美时，会乐不可支。懂事以后，受赞扬时就会害羞。而成人之后，如果是出自异性的这类赞扬，则只有在特殊场合下才可接受了。文明，把人类的这种天性压抑为一种模棱情感了。这种美，就是人体美。我给它下的定义是："人体美是以审美形态存在的美感、性感和羞耻感的统一。"也就是说，它还包含性感和羞耻感的因素。改革开放，终于回归了人类爱美的本性。女士们敢化妆、打扮了，跟着，流行起美容、美体，更时髦者，还甘受皮肉之苦去整容。再然后，竟然在电视上都出现了隆胸的广告。一度视为不健康的"性感"这一赞美词也悄悄回来了。

先谈性感。人类对自身审美感的产生，是与人类物质生产和种的繁衍有密切关联的，其中繁衍过程的性选择影响尤为直接。人类经过漫长历史时期的实践，使之对某种合目的的形体、比例、姿态以至表情感到快慰，并以一种直觉观照的方式留存在意识中。如当今选美设定的"三围"，也许未必一开始就视之为美，最早不过是出于功利目的——丰满的乳房、宽

249

大的盆骨都是繁衍后代的最佳条件。当人类对种的繁衍有了绝对的把握能力之后，其注意的焦点就不再是生殖而是性了。再谈羞耻感。文明时代，裸露是会产生羞耻感的，所以要将身体掩蔽。有趣的是，羞耻感产生的直接导因恰恰是掩蔽。格罗塞曾有过论述："遮羞的衣服的起源不能归之于羞耻的感情，而羞耻感情的起源，倒可以说是穿衣服的这个习惯的结果。……当一个人觉得违反了社会习惯时，总容易发生一种羞耻之感和生理的征象——如红脸、垂眼等。这实在只是人类的合群本能的反应。"又说："在低级文化间，偶然的掩蔽性器官固然可以有性刺激，但等到掩蔽的习惯成为普通的经常的行为时，就会失去其原来的意义；……结果成为我们现在的性刺激的就不是习惯的掩蔽，而是偶然的无掩蔽。文明的发展，至今已完全改变了这种性刺激的社会感情。"

事实证明，除了性器官以外，一些习惯掩蔽的部位偶然的无掩蔽也照样会引起性的刺激与羞耻感。而这些习惯的掩蔽，往往都是与人体美的追求有着密切关系的。非洲的一些原始部落妇女习惯以铁圈挂在脖子上装饰自己，当考古学家试图请他们拿下来看看的时候，她们表现出了犹如要求她们当众脱下内衣的那种羞耻感觉。中国自南唐至晚清，有过很长时期的妇女缠足习惯。妇女的小脚是不能随意裸露的，这一特殊的掩蔽再加上由此而产生的畸形，竟使小脚也成了引起性刺激以及审美的一个重要部位——"三寸金莲"成了对妇女小脚甚至整体美的最高赞颂。女性对此也是孜孜以求。古时候在山西省曾有过一个有趣的节日——妇女们穿着漂亮的绣鞋，坐在闹市路旁展览她们的小脚，让人尤其是男人们尽情观赏。那年代，不但是小脚本身，就是脚上穿的一只小鞋也能引起风流男人的无限遐想——竟然可以用绣鞋做载酒的道具行酒令，咏诗词。古代文人骚客、纨绔子弟在风月场中以绣花小鞋玩出的花样、做出的文章无奇不有，确令今人难以理解。人体美扭曲到这种地步，实属天下罕见。此外，大概也是由于鞋袜长期掩蔽的缘故，欧洲从前也有女性足部尤其是脚后跟会引起性刺激的说法，只是没有如中国古代那样神秘与怪僻。至于足尖舞——芭蕾的起源是否会与历史上之民族恋足情结有某种关系，则还有待考证。

就历史发展的宏观角度考察，随着私有观念的出现，人们的羞耻心理产生了。文明时代的掩蔽代替了野蛮时代的袒敞，当今的袒敞与昔日的遮掩是异曲同工的。与此同时，诸如"三围"等有关性部位的诱惑力也就越发强烈。从这个意义上说，人体美实质上也是一种性优势的象征。从本能而言，这种优势人人都在悉心追求，人人都在自我炫耀，但文明又紧紧抑制了这种本能的居心。两者相互对立，相互依存，形成了整个社会的心理结构，维持了每个成员的心理平衡。当在不恰当的场合下直言异性的美，或偶尔裸露平时的遮掩时，则无异于被动表达自己的居心，造成心理失衡，做出羞耻反应。从更狭义的角度看，私有制的产生使人类性的关系带上了一种占有的成分。当这种行为被文明规范为隐秘的时候，这种情感的表露就被限制在几个人甚至两个人之间了，而限制的直接结果，就是直至今日，人们在对异性人体做审美观照时，在潜意识中依旧存在着某种占有欲。这，正是其非同一般的道理所在。

最早的模特儿——芙丽涅

最早出现模特儿，从史料看应该是在古代希腊。众所周知，古希腊留下了大量的雕刻和绘画人物作品。雕刻多是云石或青铜，而绘画是画在陶瓶上的装饰，所以有幸被保存下来。这些艺术形象，多半是希腊神话中的神，也有地上生活中的人，尤其是竞赛夺魁的运动员，还有就是英雄。希腊传说中的英雄有其特定含义，那就是天上的神与地上的人结合而生的后代。这些形象有着衣的，也有相当一部分是裸体的。人物的塑造非常准确，马克思把它们誉为后世难以企及的典范。

古希腊艺术之所以有这么高的成就，有其特定的客观条件。譬如，温和的地中海气候，人们着衣单薄随便；经常航海，频繁争战，培养了人们的顽强意志和尚武精神，尤其是斯巴达的优生和军训的习俗；广泛开展的宗教活动和体育运动，特别是青年人裸体竞技的风气以及奴隶主民主政治的相对自由的社会环境等等——这些都为古希腊人认识自身、再现自身提供了理想的前提。而战士、运动员尤其是裸体的运动员，本身就是极优秀的模特儿。艺术家在这种环境和观念中长期感受、揣摩、体验、描摹，制作出好作品是很自然的事。

环境条件适宜，真正的模特儿也就在这个时代诞生了。据有关文献的零星记述可知，在公元前4世纪就出现了一位著名的模特儿芙丽涅。她是当时雅典最美的女人，历史上流传着很多关于她的趣闻逸话，最著名的莫过于这个法庭上发生的故事了：传说在一般的情况下，这位美人是绝不裸着身子在公共浴场的，她只在祭祀海神的节日里，借洗礼仪式之名，裸体从海水中跳将出来，面对着圣境的人们。但是，她却因此以渎神罪受到了法庭的传讯。富有戏剧性的是，在审判时，辩护师希佩里德斯让被告在众目睽睽之下揭开衣服裸露躯体，并对着在场的五百零一位市民陪审团成员

252

说：难道能让这样美的乳房消失吗？最后，法庭终于宣判被告无罪。19世纪法国画家热罗姆还以此为题材画了一幅油画《法庭上的芙丽涅》。

画面上，芙丽涅处于中心突出位置，以臂遮脸表现了刚被掀开衣裳的一刹那。芙丽涅的通体红色在辩护师蓝色的烘托下显得格外鲜艳，后景和中间的幽暗部分的处理把女主角突现出来了。她显得异常洁白、妩媚、完美无瑕。她的动势是典型的希腊式，微微扭动的身子，使曲线的韵律更加丰富。由于当众裸露，她这下意识的遮掩动作使感情得到了升华。芙丽涅的表情楚楚可怜，且有几分羞涩，显得格外娇媚动人。

普拉克西特列斯　尼多斯的阿佛洛狄忒　古希腊雕刻

253

站在一旁的辩护师的姿势和表情异常严肃、坚定，美的高尚和不可亵渎的意志均在他的姿势、表情中得到体现。众法官的怜悯、领悟或者贪婪、呆滞的目光，以及坚定的举止或失措的表情，充分显示了在美面前的人生诸相以及人性的复杂与矛盾。与此同时，也体现了希腊时期所崇尚的"美"的主题——美的纯洁、美的神圣以至美的不可战胜的力量。

从有关传说材料看，芙丽涅应是实有其人。这则逸事在当今看来虽说有点过分，但也不至于无中生有，至少是在整个古代希腊时期都被人们当作真实的故事来传诵。作为模特儿，芙丽涅在艺术史上最大的贡献应该是与普拉克西特列斯配合而创作了著名的雕像《尼多斯的阿佛洛狄忒》。阿佛洛狄忒是希腊神话中爱与美的女神，也就是后来为人们所熟悉的罗马神话中的维纳斯。普拉克西特列斯是公元前4世纪希腊最著名的雕刻大师，芙丽涅是他的情人。这位大师以"优美的样式"著称，而这件作品是他的一件杰出的代表作，也是古代最脍炙人口而且摹品最多的雕像。为了把阿佛洛狄忒塑造得更理想，他让芙丽涅来做模特儿。据普林尼的记载，大师同时制作了两尊女神雕像，一尊是着衣的，一尊是裸体的。结果是，科斯人接受了高贵而稳重的着衣像，而拒绝了这尊裸体像。以全裸的形象表现女神，这是前所未有的，普拉克西特列斯是希腊雕刻史上的第一人。显然，这种表现形式尚未能够符合当时一般对待神的保守思想的要求，所以得不到人们的赞许。不过，公元前4世纪的希腊社会已经开始变化，新的审美需求已经出现突破，创作两尊雕像以及它们后来的遭遇与归宿就是这种变化的反映。裸体阿佛洛狄忒雕像遭到了科斯岛人的抵制，但是却得到了尼多斯岛人的欢迎。人们把它迎回来并供奉在岛上森林中的一座特地为它建造的小庙里。没想到，由于这尊裸体的阿佛洛狄忒的雕像，尼多斯岛一举成名，前来参观者络绎不绝，致使此后数百年间此地成了一个有名的聚会场所。与此同时，《尼多斯的阿佛洛狄忒》也在古代世界中被誉为最美的雕像，几乎整个希腊世界的人都来观赏它。名声之大，以致岛上其他优秀的雕像都为人所忘却了。在其后的帝政时代，尼多斯人因赞赏这件作品，还把它铸在该岛使用的钱币上……裸体女神像终于被认可了，希腊人出现了一个新的审美准则，并一直流传至后世。而芙丽涅的形象以及故事，也随着这些不朽的艺术创作流芳千古。顺便提一下，也有传说讲，因为她经常充当裸体模特儿，被视为"有伤风化"遭法庭传讯而发生上述

"法庭上的芙丽涅"的故事，内容大同小异，主题却是完全一样的。

上述故事都很生动，而且说明了一些很重要的问题。一方面，就是即使在具有裸体竞技之风和崇尚裸体艺术的古希腊，在现实伦理中，尤其在与"神"发生关系的时候，裸体艺术也会遇上一些抵触，也会出现波折。而另一方面，似乎可以透过这两则故事看出某种哲理——美是不可战胜的！可惜，对于这位美人我们如今已经不可能重睹芳容了，不过，从《尼多斯的阿佛洛狄忒》雕像中，还是不难见其当年风韵。她体格匀称，曲线优美，有娇美结实的乳房和丰满适宜的臀部。据说，人们当时喜欢女人的眼睛里"闪烁着迷人的水汪汪的光泽"，这位美人大概也应该是这样的。她一定明显地体现出一种时代精神，才能成为古希腊人憧憬的美人，尤其是雅典市民梦寐以求的美人。

不管怎样，芙丽涅的确是流传下来的历史上最早的模特儿的名字，而且她所从业的方式，是为艺术家创作某一件作品而摆出特定姿势，所以是非常适合后世关于模特儿的最基本规范的。

原载《人民政协报》2005 年 3 月 13 日

《汤加丽人体艺术写真》序

　　摄影发展到现在，已经非常先进了。智能化的设备，真的越来越把人培养成"傻瓜"了。不过，摄影作为一门艺术，设备硬件再好也只是提供一个方便地完成创作的前提，要拍出一件好作品，关键还在于人本身这个"软件"。而作为人物尤其是人体摄影，这个软件就更复杂了。它包含了摄影师的艺术和技术水平，还包含了模特儿的形体条件、素质修养和表演技巧以及双方合作的和谐默契程度等等。作为自己的写真集，对模特儿的要求就更高了。

　　模特儿这个词，近十几年频繁地出现在媒体上，大家都已经很熟悉，但了解也许并不全面。它是从英文音译过来的，原意为模型、原型、典型、样板等。最早使用在绘画和雕塑上，即摆个样子让艺术家或学生对着画的人。后来商业发达，聪明的服装商人让人穿着商品招徕顾客，这些人也称模特儿。跟着，其他商人也效仿此法，以人做广告推销商品。于是，除了绘画（包括雕塑以及后来的摄影）模特儿外，又有了时装模特儿、广告模特儿等等。当代中国人熟悉模特儿一词，大多是改革开放后从引进的时装模特儿表演、模特儿大赛和选美等来的，而对最原本意义的绘画模特儿并不甚了了。上述的绘画模特儿，是指狭义的，他们还有职业非职业、着衣或裸体之分。而就广义言之，任何被画的人——也许是高官显贵，或是付钱画肖像的主顾，但当你在被画的时候，均可称模特儿。本书主人公汤加丽就是一例。她是一位专业舞蹈演员，并非以模特儿为业，只是要拍自己的写真集，那在拍摄的时候，自然就是模特儿了。

　　还有必要谈谈"写真"。这是传统中国画学的一个名词，意即肖像画。后来传到日本，演变成指摄影。原意也没错，都是把真实形象模写下来。大概当今有人爱追时髦，喜用洋词，又把它从东洋"引进"回来了。而且还隐约感觉到一种尚未俗成的约定，即凡用"写真"的，往往都与"人体"有关。如报刊上曾就个别女青年到影楼拍"人体写真"问题开展过讨论；曾披露过国外某华人明星的"人体写真"集出版情况等等。当然，如何称谓是次要的，重要的是这里透露出一个信息，即中国人的观念又变了。20世纪初，在十里洋场上海我们的前辈引进人体模特儿写生教学初始，高价雇用绘画人体模特儿都没人肯当。摄影就更难了，虽然当时也出现过人体摄影，但那实属凤毛麟角。直至20世纪末，在大量翻拍国外人体照片后，我们的摄影作品才出现自己的人体模特儿。而今不同了，为了留驻青春倩影，自己到照相馆去要求拍裸体照片。这首先要克服自身的羞耻心理，其次还要冲破固有的世俗观念。再说此举不但没有模特儿报酬，反倒还要付钱给影楼。这个反差实在是不小！当然，我们无意鼓励这种活动，但也不必为此担心。何况，这种观念的变化，毕竟最终还是从一定程度折射出我们的社会进步、环境宽松、生活富裕、人民自信。至于演员拍人体写真或出版影集，在国外的确并不鲜见。而在国内，我想汤加丽算是先尝螃蟹的人了吧。当人体模特儿，一般人都难以接受。好在毕竟认识自己的人不多，也能应付得过去。青年人到影楼照个人体写真，那只是自己留作纪念。而演员就不一样了，他们是公众人物，知名度越高，评头品足的人就越多。无疑，汤加丽要拿出更多的勇气。不过，这显然已经不是问题了。需要讨论的倒是她已经奉献给读者的这批作品。

我想，首先要谈的就是模特儿——也就是本书的主人公。由于专业需要，我画过不少模特儿，深知其对创作之重要。很有幸，汤加丽也为我当过人体模特儿，实在太优秀了。她天生丽质，比例、线条、肤色都很美。更重要的，还是她本身就是专业舞蹈演员，从小就在科班接受严格的专业训练。有了这个先天和后天的条件，再加上聪慧好学，能够很快领会画家意图，所以一招一式、一动一静都做得很到位。尤其放开让她自由表演的时候，更是给人无限灵感。可以说，她动作的每一个瞬间，都是一幅非常优美的画面。正是因为有了这个前提，于是奠定了本集有别于其他类似影集的最明显的长处，就是人物造型很有特色。这里说的造型，并非指要摆出具体的舞蹈动作，而是指因为模特儿受过专业的形体训练，所以她摆出来的每一个姿态、做出来的每一个动作都很舒适、流畅，而且很自然地体现出一种经过提炼的理想的美。虽然照片记录下来的只是一个静止的瞬

257

间，但非常富于弹性和延展性，静中寓动、动中有静，给人无限遐想。如果再专业一点分析，可以说，她身上的每一处凸起、每一条沟坎都是一种甚富表现力的语言，在生动地刻画出自身的形体结构的同时，还含蓄地传递出一种内在的精神意蕴。就我画她的体会，往往一根脊椎、一对肩胛骨、一个盆骨以至一节足趾的线条、块面的扭曲承转，都会产生相当动人的韵律。这些，对于学习绘画、对于理解人体解剖结构以及运用它来塑造形象、表达情感等都是很有裨益的。就这个意义而言，本书具有相当的专业性又是它的一个特色。

毫无疑问，像汤加丽这样的专业表演技巧，一般模特儿是无法做到的。但从另一个方面说，光有一个好模特儿而没有一个好摄影师以及良好的合作氛围，也是很难拍出好作品的。虽然模特儿是一位舞蹈演员，但摄影师并没有把着眼点放在舞蹈动作本身，而是尽量选择那些既有别于一般模特儿常摆的又能适当发挥对象形体功夫的刹那，这正是创作者的匠心所在。从总体上说，动作、画面都追求简洁洗练，环境力避杂芜蛇足。画面光色处理也很好，柔光铺出了表情的静穆和调子的温馨，侧光刻画了人物的立体感，都恰到好处。整个创作，给人以匠心独运、格调高雅的印象。这也是本影集的第三个特色。

诚然，完成一次艺术创作是很不容易的事，而在已经有了大量人体摄影作品出现的今天，要拍出有别于他人且突出自己的创造的理想作品，那就更是困难了。不过我相信，有这么好的社会环境，有孜孜不倦的摄影家，再加上素质优秀的模特儿，将来一定会出现新的突破的。

选自《汤加丽人体艺术写真》，

人民美术出版社 2002 年 9 月出版

意态由来画不成

　　绘画是一个很小的行当，尤其画模特儿更是一个很狭小的专业活动，但是历史上却常常或直接或间接地与一些大事件联系起来，甚至与宫廷扯上干系，毛延寿的故事就是一例。晋葛洪《西京杂记》载："元帝后宫既多，不得常见，乃使画工图形，案图召幸之。诸宫人皆赂画工，多者十万，小者亦不减五万，独王嫱不肯，遂不得见。匈奴入朝，求美人为阏氏，上案图以昭君行。及去，召见，貌为后宫第一。善应对，举止娴雅，帝悔之。而名籍已定，帝重信于外国，故不复更人。乃穷案其事，画工皆弃市。籍其家，资皆巨万。画工有杜陵毛延寿，为人形，丑好老少必得其真。安陵陈敞，新丰刘白、龚宽，并工为牛马飞鸟众势，人形好丑不逮延寿。……同日弃市，京师画工于是差希。"后人以此作了很多文章，演绎出很多故事。宋代王安石有诗《明妃曲》云："明妃初出汉宫时，泪湿春风鬓角垂。低徊顾影无颜色，尚得君王不自持。归来却怪丹青手，入眼平生几曾有？意态由来画不成，当时枉杀毛延寿……"

　　正史提到王嫱的故事，最早应该是《后汉书·南匈奴传》，但并未记录毛延寿等画工之事。《西京杂记》毕竟是杂记，晋代思想活跃，各种离奇古怪、仙道鬼神的故事也很多。记述西汉之事，真假难辨，所以后人对毛延寿索贿丧命一说多有存疑，我们也不妨作为故事听之。但不管怎样，这位毛延寿大师可是名垂青史了。透过这个故事我们可以还原出很多历史场景。首先，汉代的绘画已经很发达，分工已经很细。就专业而言，人物、牛马、飞鸟。就群体而言，上面提到的毛延寿、陈敞、刘白等应为京师大腕了。显然，毛延寿是当时公认最好的人物画画家。正因为如此，他才有资格成为宫廷画师。虽然称谓还是画工，但能够进出后宫而且直接与嫔妃见面、写真，地位是非同一般的了。在清代，《红楼梦》中写元妃省

仇英《汉宫春晓图》（局部）明代　中国画　图中所绘应为毛延寿为王昭君写真的情景。这可能是我国留存下来唯一的最早表现模特儿写生的名家作品

亲时，自己的父亲都不得见面，只能在帐外答话。郎世宁能获准为慈禧太后画像，也说明这位洋大腕受青睐的程度。

话再说回来。王安石以极大的同情在《明妃曲》中描述了王昭君的凄凄切切和汉元帝的懊恼悔恨，并因此也留下了千古名句："意态由来画不成，当时枉杀毛延寿。"诗中显然有为毛延寿鸣不平和反诘汉元帝之意：人的意趣和神态本来就画不出来的，驾幸嫔妃这样的好事，"官僚主义"到"海选"画像来定人，这就未免太荒唐了。到头来出了差错反倒迁怒于一介画工，甚至还要了他的性命，太冤了。王安石在这里没有肯定或者否定毛延寿做了手脚，而是委婉地表示了皇上器量太小了，甚至太没文化、太不懂艺术规律了。值得注意的是，在这里道出了对有关绘画创作理论的一个见解——意态由来画不成。不过仔细思考，意态由来"画不成"还是"画得成"，并不是那么绝对的。诚然，就这个事件的本身，王安石的话是对的。全凭一幅画像去看人，纵使"神笔"也不过是一个瞬间的静态凝固，不可能有动态的、全景的、全面的效果。至于遇上末流画工甚至是有意丑化以讹诈钱财的缺德之徒，那就更是差之毫厘失之千里了。但就艺术实践的角度观之，此话又未免失之偏颇。至少，在王昭君出现以前的那些皇上驾幸的妃子的意态肯定是"画成"了的，否则皇上不会选上她们。只是见了王昭君后意外发现美貌，给她打了一个最高分而已。这也不过是一个"印象分"，说不定还有"失去了的东西更觉可贵"的心理因素。另外，从更深层的意义言之，这句话实质上就是否定了绘画尤其是肖像画的功能和意义。事实上优秀的肖像画都应该是形神兼备的，这"意态"就是"神"的重要组成部分。古今中外很多人物画所描绘的对象的意态都是"画成"了的。敦煌彩塑中不少菩萨的意态刻画得楚楚动人，《蒙娜丽莎》的意态显然也是"画成"了的，就是这个微笑，不知引发了历史上多少人的遐想。当然，作为感情交往，还是亲力亲为更可靠。因为它需要有语言、动作等交流。更何况欣赏"意态"本身就是很主观、很个性化的活动，各有所好、众口难调，非亲自观察体味不可。俗话说，情人眼里出西施。有了感情，怎么样都是美的了。这里的"意态"已经超越"人形好丑"了。

历史上议论、演绎王嫱的故事不少。上述王安石《明妃曲》的后一半："一去心知更不归，可怜着尽汉宫衣。寄声欲问塞南事，只有年年鸿雁飞。家人万里传消息，好在毡城莫相忆。君不见咫尺长门闭阿娇，人生失意无南北。"古人大多塑造为一个受害者的形象。中华人民共和国时期诞生了曹禺的《王昭君》，王嫱已然是一位自觉为民族团结做贡献的先进女性了。当然，毕竟是一两千年前的故事，后人再创造的自然都是各自所需要的"王昭君"了。

原载《人民政协报》2014 年 4 月 28 日

历史故事未必都浪漫

公元前 4 世纪的希腊，有个画家叫阿贝勒士，技艺高超、享誉四方并深受亚历山大大帝的赏识与器重。一次，大帝命他为自己的宠姬康贝士贝绘制裸体肖像。画家欣然领命，但当他面对眼前这位王妃的玉貌冰肌时，竟然坠入了深深的爱河，想入非非而无法自持。亚历山大是历史上有名的具有雄才大略的统帅，公元前 336 年在他仅二十岁时就已当上马其顿的皇帝，不仅占领了希腊各邦，而且远征波斯、埃及直至印度，十三年间转战欧、非、亚三洲，三十三岁时因疟疾死于巴比伦。他的霸业虽属壮志未酬，但却把希腊文化带到了东方，也把东方文化带到了希腊，在文化史上立下了赫赫功业。埃及的亚历山大港就是以他的名字命名的。话再说回来，这位威震一时的大帝的确具有统帅风度，不但在军事上运筹帷幄，在生活上也不失宽宏大量。当他觉察阿贝勒士的心绪之后，就干脆将爱妃让给了这位自己所敬重的画界朋友。这是一则浪漫的故事，流为千古美谈。19 世纪法国古典主义大师大卫就曾以此为题材画过一幅油画《描绘美丽康贝士贝的阿贝勒士》。

不过话得说回来，这位画家真够大胆的，俗话说，朋友妻不可欺，何况这位朋友还是皇帝，真是"色胆包天"！没想到这位皇帝也够大方的，看出了朋友的心思，既然两人一见钟情，就成全你们吧。一句话，就把爱妃送给他了，真不失君主风度！不过，有关"裸体"的故事，未必都是如此浪漫，有时弄不好还会带来血光之灾。下述就是一例，而且是见于正史的。

希罗多德在《历史》第一卷记载，公元前 7 世纪小亚细亚吕底亚有个国王叫康道尔，他妻子漂亮异常，屡以此骄傲示人。一次，为了证实她是世界上最美的女子，康道尔让他所宠幸的警卫基格斯去偷看王后的裸体。

基格斯起初竭力推诿，说这是荒唐的事情，是违背父祖贤明教诲的越轨行为。他这样说，当然是惧怕招来杀身之祸。但是国王却真心表示确非有意试探他的忠诚，并告之具体行动计划。基格斯只好从命了。到了晚上，基格斯

大卫　描绘美丽康贝士贝的阿贝勒士　油画

遵照国王的指点躲在寝室门背后静静地观赏一切。但没想到王后还是发现了。她深以为耻，当时强压住恼怒，不露声色。待到次日一早，立即召见基格斯。她告诉他说，既然国王做出了这样的事，让他看到了不应该看的，眼下只有两条路可走：一是把国王杀掉作为惩罚，事后继承王位和她结婚；二是赐他一死。最后，基格斯选择了第一条路，成了吕底亚的国王。

再讲一段中国的，也是正史记载的故事，也是一段血腥的史实。

《汉书》卷五十三"广川惠王刘越"一节叙述：刘越的孙子刘去继位广川惠王，立昭信为后，幸姬陶望卿为脩靡夫人，主缯帛；崔脩成为明贞夫人，主永巷。但这位王后容不得人，且生性狠毒，在刘去登基前就为与他另一姬妾王昭平争宠而诬陷对方并与刘去一起将她残杀。这还不算，后来一次昭信生病，梦到了昭平，她做贼心虚，认为这是死者故意托梦来报复她，于是又将她的尸体挖出焚烧。昭信既封王后，但疑心不减，又设计除掉惠王的宠姬陶望卿。她不断向刘去进谗，说望卿对她很无礼，衣服经常穿得比她还漂亮，还善于笼络讨好属下宫人。但刘去不以为然，说你光是数落她这些鸡毛蒜皮的事，并不至于影响我对她的爱啊。除非你抓到她有淫乱出轨的把柄，那我就不客气了。后来昭信终于想到了理由，向惠王进谗："前画工画望卿舍，望卿袒裼傅粉其旁。"意思是前不久发现画工在陶望卿屋里为她画像，她涂脂抹粉，但赤裸着身子让他画裸体像呢。还进

263

一步揭发：陶望卿平时还很喜欢出入南户，在那里窥视郎吏，这里面很可能有奸情。刘去终于动心了，让她多加留意，并且真的越来越不爱望卿了。一次，惠王与王后饮酒，众姬妾陪伴伺候。刘去专门为望卿作词并歌唱道："背尊章，嫖以忽，谋屈奇，起自绝。行周流，自生患。谅非望，今谁怨！"唱完后让美人们歌唱相和。刘去说，这里面指的是谁，想她自己会心中有数。昭信知道刘去这次是真的发怒了，立即趁机火上浇油，再次指诬她与郎吏有奸情的事。于是刘去、昭信和姬妾们一起来到陶望卿的屋里，剥光她的衣服殴打她，还命姬妾们拿烧红的铁棍烧灼她。陶望卿逃跑，被逼投井身亡。王后还不善罢甘休，把她捞出来，用削尖的木桩插入她的阴部，并割掉她的鼻子、嘴唇和舌头。她对惠王说，以前杀了王昭平，死者还托梦来恐吓她。这回她要把陶望卿搞得稀巴烂，免得她也装神弄鬼吓唬人。于是和刘去一起将其肢解，放在一口大锅中，拌上桃灰毒药一起烹煮，直至深夜才煮到糜烂。

三则故事中有浪漫的，也有血腥的。但刨开覆盖在上面的政治的、伦理的厚土，我们可以看到埋藏在最深处的人性的底蕴，就是人们对人体美的本能追求与自炫心理。亚历山大和康达尔作为万人之上的君主，陶望卿贵为王妃，他们平日的威风显赫、得宠骄矜还不够，还要把自己所占有的美丽炫耀于他人。然而，他们没想到自己"慷慨"的结果不可预料，大帝不过是送走了一位爱妃，小国王却是送掉了自己的性命，而那位王妃，更是悲惨得死无完尸。历史上宫廷内部生活骄奢淫逸不足为奇，"去数置酒，令倡俳裸戏坐中以为乐，置酒请诸父姊妹饮，令仰视画；又海阳女弟为人妻，而使与幸臣奸。"刘去侄子海阳继位后也不逊色，"坐画屋为男女裸交接……"而历史上宫廷内部的倾轧杀戮更是司空见惯，像刘去夫妇手段残忍也是令人发指的。最后刘去遭弹劾，罪状其中就有："去悖虐，听后昭信谗言，燔烧烹煮，生割剥人，拒师之谏，杀其父子。凡杀无辜十六人，至一家母子三人，逆节绝理。"刘去被贬谪外地，自杀身亡，昭信也被处死。

原载《人民政协报》2014 年 6 月 16 日

十年回眸

——论裸体、裸体艺术及艺术中的裸体

裸体艺术这个专题，20 世纪 80 年代末谈得够充分的了，又出著作，又发文章，还搞展览，热潮席卷全国，影响波及世界。美术领域的问题基本都涉及了。作为一个学术界重视并引起社会广泛关注的专题，从拙著《裸体艺术论》出版的 1987 年算起，已足足经历十年了。这十年中，有"热"有"冷"，但总体还是在前进，在发展，有突破。如今是应该回顾、总结一下的时候了。

一、1989 年后的新特色

应该肯定，1988 年的高潮，使裸体艺术的研究与创作从理论到实践都开创了一个新的局面，上升到了一个新的层次。具体这里不赘述，着重讨论 1989 年以后。1989 年后"冷"了几年，1993 年开始回升。原因很简单，除了它本身属人类永恒的主题外，就是环境宽松、经济繁荣。所以，在某种意义上说它的确是社会环境的寒暑表。

不过，尽管是同一个主题，但不同的时期又有不同的特色。与 1988 年相比，至少有两个不同。一是出版物中大量是摄影人体画册。1988 年大多是绘画、雕塑人体画册，人体摄影只是试探性地出了一些，而且作品几乎全都是从外国画册中翻拍的。记得我当年曾在一篇文章中对这种现象戏称为"以洋人的玉躯做盾牌匍匐前进，试图杀出一条血路，挤出一块地盘……"1993 年不同了，或者说恰恰相反，除了少量绘画、雕塑作品画册外，绝大部分是人体摄影。并且，与以往清一色的洋人不同，还出现了纯"国产"化——中国摄影师拍中国模特儿——的集子。至于美术作品画册，

265

书摊上几乎无人问津。

第二个特点是，有关裸体艺术的讨论更加广泛，其结果就是带来了社会临界线的新突破。这个广泛有两方面，一是谈的主体，二是谈的对象。1988年，这些活动大多局限在学术界，尤其是艺术界，而且不少是从事有关方面研究与创作的专家。1993年不同了，市场经济的起动，带出了报刊界的一派特殊景象，当年我曾把它归结为两句话："炒名人，名人吵。"1993年兴起了"炒作"。再者，名人吵吵嚷嚷发议论甚至吵架，很有新闻效应。如果再谈论一些敏感的并与自己有关的话题，就更不待言了。于是，就出现了"明星谈裸"之类的"独家新闻"。无疑，这比纯粹的专家讨论更使之走向大众化。广泛的第二个方面就是对象，1988年的讨论基本上局限在美术作品。虽然在电影界也曾相应地出现过一些对影片中诸如接吻、裸体等敏感问题的探讨文章，但毕竟未成气候，因为电影作品本身还未出现真正意义上的裸体镜头。1993年不同了，扩展到了影视等整个艺术领域。这时候要谈，就得完整地讨论一个系统的问题，即裸体、裸体艺术及艺术中的裸体了。裸体，是指一种状态，裸体艺术，是指一种样式，而艺术中的裸体，则指一种手法。

二、西方人的裸体

英国有一位艺术史家，把脱光了衣服的人与艺术中没有穿衣服的人物形象分开来看，认为后者是灌注了某种精神意蕴的。他侧重研究希腊雕刻，并以之为例证。这个观点无疑是正确的。不过，从纵向而言，越过了传统艺术，谈现代艺术的时候；从横向而言，离开了造型艺术而谈艺术的时候；或者，离开了艺术而谈美学、谈文化的时候，有时就显得不够用了。因为，他们的存在形态毕竟是一个脱光了衣服的人，毕竟要涉及伦理、道德等更大范围的社会学问题。其实，即使在古典希腊时代，也出过模特儿芙丽涅以及雕塑《尼多斯的阿佛洛狄忒》的风波。而即使在当今发达的西方国家，也还有人不接受没有穿衣服的艺术形象。1993年，美国有一个名为"阻止裸体及堕落"的组织提出要为所有的裸体艺术雕像穿上衣服。该组织的负责人说，"你可以说那些裸体塑像是艺术品，但它们实在是色情的东西"，认为要扭转美国堕落风气可以先从博物馆下手，这位负责人还表示，要将这个运动扩展到电影领域。可见，裸体艺术比一般艺术有更复杂的因素。

1987 年，我给人体美下过定义："人体美是以美感为存在形态的性感、美感和羞耻感的统一。"以往许多人在讨论这个问题时，出于种种原因只是强调甚至仅仅承认其中的美感，而不正视甚至有意回避其他因素。还有人仅仅拿对称均衡等形式美的规律去解释人体美，这显然是把欣赏人体与欣赏几何图案的感受等同起来了。不用说，观众自己就能做出否定的判断。所以，绕开完整的定义去讨论人体美，许多问题就会难以自圆其说。

欣赏人体美是人类共同的。不过，由于不同民族的不同文化背景和不同的伦理观念，或者同一民族的不同体制、时代，而产生了不同的可容度，或者说定下了不同的临界线。总体上说，西方比东方的可容度要大得多。对于特定的场合或特定的需要而裸体，西方人容易待之以宽容。西方人裸体，大致有如下几种情况。

其一，是对一种自然、自由境界与心态的追求。自从 20 世纪 80 年代世界上第一个大型裸泳海滨浴场在澳大利亚正式开放以来，欧、美许多国家也相继出现了许多裸泳或半裸泳的浴场。每年夏季，开放式裸泳场吸引了大量游客，他们有的还设立"自然主义"活动中心。此项活动的兴盛以法、英两国为最。虽然法国在法律上裸泳尚未合法，但卡普达格早以"裸泳之都"闻名遐迩。法国旅游机构还专门出版刊物，介绍该国四十三个最著名的裸浴场。在英国，全国的各个海滨浴场几乎都设有裸泳活动区，而且还同自然主义者协会配合免费提供有关资料。更有影响者，英国还有一个国际自然主义协会，会员凭证可出入于与它有联系的任何一个国家的裸泳场。该协会还出版了一本名为《自由太阳欧洲》的刊物，内中介绍了世界各国九百个最著名的裸泳场。"自然主义"是这些活动的理论支柱，他们追求的是回归自然、返璞归真的情趣。与此同时，也是对过度的工业文明的反叛，带有某种积极意义。再者，他们的活动局限于特定的浴场范围，也容易为社会所容许。

其二，是对某种观念、理想的追求。其实，裸泳本身也是对某种观念的追求，而下面要谈的例子其宗旨也是自然主义，只是其场合非同一般，于是难免陷于偏激从而使之更具目的性。1992 年 9 月 29 日，美国柏克莱加州大学学生安德鲁·马丁尼兹在校园广场发起裸裎运动，有二十四名学生响应，其中有八名女性。他们一丝不挂，勾肩搭背排成一列，希望能达到"裸体合法化"的最终目的。这位十九岁的五官端正、身材健美、谈话稳健、很有礼貌的马丁尼兹，平时在校园外、在马路上、在餐馆里都是裸体的。美国法律尚未有明确的条文禁止裸体，所以也未予起诉，但在公共场合亦未见有人围观。只是在校园内校长做出了相应的限制。几乎所有的新闻媒体都对他做了报道，他曾对采访的记者说："我对自己的生活方式相当满意，对我来说，隐藏性器并不是一件合理的事。我不想依照一般社会规范过生活。"他说："人不应该为自己的身体感到羞耻，在欧洲文化尚未入侵以前，人本来是不穿衣服的。假使我们不能依照主流的价值标准度日，就被视为不入流、离经叛道等，我不同意这个观点，我只想选择另一种生活方式罢了。"下一段话更有针对性："往往所谓的正常，与权力有关。在这个社会中，假使你不穿昂贵的衣服，不戴名牌首饰，不学习适当的话语，你不会被中上层人士接受。但有些人不愿意选择这种方式，我就是其中之一。"

比这更具典型性的是女权运动中的事例。美国纽约州塞内卡福尔斯村是闻名的女权运动诞生地，自从美国第一次女权运动会议在此召开以来，每年都在该村开一次会。1989年7月的例会期间，一个名为"光上身平等权利联盟"的二十多名妇女在大街上脱去了上衣，要求妇女同男人一样，有权在公众场合这样做。她们还要求废除实施了五十多年之久的不允许妇女在公共场合光上身的法律，说这是性别歧视，违反了她们的公民权。与此性质相同，加拿大一名叫格温的小姐1991年在一小镇旅游时因酷热难耐而脱光了上身在街上行走，结果导致秩序混乱、交通堵塞，最后被法院以"不符合当地风俗习惯和有伤风化"为由罚款七十五加元。六年后的1997年，这位小姐竟要翻案，聘请的辩护律师称法律并没有禁裸上身的条文，且男人为什么可以而女人要被禁呢？他们还要反诉安大略省法院有"性别歧视"嫌疑，格温小姐更扬言要在这个全国最大的省份发起一场声势浩大的"解放妇女上半身"的运动。

其三，作为一种手段，以制造某种效应。如意大利激进党就曾以裸体记者招待会的形式造成轰动效应。1995年11月21日下午，在罗马弗拉伊诺剧场里举行了一个史无前例的记者招待会：七个男人和一个女人，赤身裸体地登上舞台。其中两个年老者席地而坐，另一些人手拉手面向观众。

他们都是"改革派"的国会议员，主持人是该派领袖、激进党书记帕内拉。招待会的主题是宣传他们为举行全国公民投票而征集签名的活动，并抗议新闻媒体对此报道甚少，批评斯卡尔法罗总统对此不加干预。

当然，用得更多的还是在商业方面。如澳大利亚墨尔本一家名为煤气灯的音乐商店，于1989年推出了裸体取唱片服务，每年举行一次，以此广告效应，招徕不少顾客。届时，该店的一男二女服务员和一个伴奏的钢琴师都赤身裸体地为顾客服务。顾客只要裸体走进商店就能得到诸如一张激光唱片之类的纪念品，有一次这种顾客竟达五十人之多。

上述三点，只取西方人对裸体状态的处之坦然以及社会对其相对宽大的可容度之内涵，至于事情本身的前因后果、过程意义等因与本专题关系不大就不做详细叙述和评价了。侧重讨论的是另一领域即艺术中的裸体。

三、西方人体艺术的四关

为了艺术事业的需要而裸体，在西方是常事。如为美术的教学、创作充当裸体模特儿，这是最传统的一项事业，这里就不必赘述了。需要补充的一点是，进入现代艺术以后，增加了许多新的花样。如有艺术家自己赤身裸体地表演完成的作品，有模特儿全身沾满颜料在画布上自由翻滚而制作的作品，还有一种是在模特儿皮肤上画出各种形象的作品。1994年在伦敦，一位女模特儿被画家在她的裸体上画上白色的衬衣、蓝色的背心和黑色的裤子后在大街上走，居然没有人发现这位姑娘是裸体的。这与传统的模特儿摆着姿势而画家对着摹画又大大不同了。

大大不同的还有表演艺术，如电影电视甚至舞台演出个别情节也使用了裸体。美国电影明星史泰龙在拍《专家》一片时，有一组与女主角莎朗·斯通共浴的镜头，导演本打算用替身，但史泰龙反对这样做。他说："不行！你在开玩笑吗？我一辈子都在等这样的机会。我一直在健身，那是为了在这个镜头中使我的身体看起来相当棒。"

除此之外，就是在一些时装表演中，也常会用一些半裸或者局部裸露的模特儿。如1990年巴黎时装博览会上，就有袒露胸脯或穿着几乎透明上衣的时装模特儿表演。有关事例，不一一列举了。除了从业人员的坦然之外，社会的可容度也大。当然，这并不等于没有争议，没有矛盾。社会的最终认可，也是经历了一个又一个的适应过程的。

西方人体艺术历史上，大致经过了四道关口，即美术、摄影、电影和舞台演出。第一道关是美术，从广义上说，早在希腊古典时期就已经过去了。因为从那个时候开始，人们就已经认可了裸体艺术，并以此作为西方艺术传统的一个优秀组成部分。但就狭义而言，真正过关还是在18世纪洛可可艺术之后。因为在这以前，在艺术中的裸体形象所表现的大多是"神"而不是人。希腊时代题材是希腊神话，刻画的是神，是英雄——此"英雄"有其特定含义，即神与人生的后代。当然，也有少量的人，其中有优胜的运动员，也是供在神殿里娱神的。文艺复兴以后，除了希腊神话，又加进了基督教中的神话，还是以神为主体。直至洛可可艺术，画面上才涌现大量世俗人物。

第二道关是摄影。法国人达盖尔发明摄影术正式公布是1849年，但实际上早在1837年就已试验成功，而且在1845年就不顾刚刚诞生的技术上的困难与麻烦，迫不及待地用来拍摄裸体模特儿了。而那时的照片，实际上还存在于一块镀银的铜版上。摄影技术提供了一个比绘画更真实的形象，所以诞生伊始，也走了一段与绘画同样的路。一般说来，19世纪的裸体照片还不得不用诸如希腊、基督教神话或西亚国家宫中侍女等题材和异国情调的背景做掩护，以设置时空的距离。直接呈现裸体是不允许的，何况当时找模特儿也并不容易。即便是妓女，拍摄时也往往还戴着面罩或采取背着脸的姿势。

作为一项技术，它很快被画家利用。据传从安格尔、德拉克洛瓦到德加，许多画家都曾公开或暗地里用它们来创作。与此同时，社会上也以此作为色情物品，好事者往往将其珍藏秘集或私下交换。直至19世纪末发明的铅版印刷术的进一步改进以及旧的习俗逐渐废除，社会观念越来越开放，它们才迅速地涌现出来。到20世纪初，它们广泛被用作画家创作，还有更多的作品本身就制作成色情照片，甚至形成了一个时期的色情文化。这些主要以明信片形式流传的作品那时年产量竟达两亿张。当时巴黎艺术家聚集的蒙帕纳斯区的一位名叫姬姬的模特儿，她的一幅由当时具有代表性的美术明信片摄影家曼德尔所拍的人体照片印制的明信片，据说当时就卖了五十万份。这是一幅具有划时代意义的杰作，它标志着20世纪20年代新的裸体艺术形象的诞生：女人体不再是作为构思素材，作为比例、对称等形式美的载体或者作为某种学科的隐喻、象征而存在于画面，女人体就是自然本身，是有生命有情感的存在，是以女人的肉体本身而受到人们的赞赏。裸体摄影一关过了。

以第一次世界大战为界限，此前的裸体照片甚至是色情照片都比较严肃、古板。而战后，一下子都放松了。20世纪20年代，由于时代的前进，观念的转变，甚至由于战争把男人都送上战场而不得不把女人也抛向了社会，固有的肉体至精神的束缚都松开了。模特儿不再难找了；女人们也开始意识到自身美的存在并懂得如何追求悠闲与享受了。随着社会感官刺激的胃口越来越大，再写实的绘画与再逼真的照片也难以令人满足。于是，这个任务就逐渐让位给电影去完成了。官能美所引起的魅惑与不安，转移到大众文化形象中就由诸如葛丽泰·嘉宝这类20世纪电影中的"妖妇"角色去继承了。

第三道关就是电影。与照片一样，电影发明伊始，就有人用来拍色情片，只是一直在私下流行或者在特定的电影院放映罢了。这里要谈另一个例子，就是20世纪50年代末裸体片的一次公开露面。1959年，被后人称为"裸体影片之王"的美国电影导演鲁斯·麦耶尔的"革命性"作品《猥亵的蒂斯先生》问世。这是美国第一部在银幕展露裸体的影片，虽然第一次公映就由于警方的干预而受挫，但毕竟以此开了先河。后来一发不可收拾，拍了一连串的裸体片。鲁斯·麦耶尔的影片情节被收入《难以置信的新奇电影表演》集锦中，并进入美国国家电影院举行回顾展，这使他成为当代唯一获得这双重荣耀的电影制作者。裸体电影被社会承认，第三关过了。自然，这也包括后世诞生的电视。

第四道关就是舞台表演如舞蹈、戏剧等表演艺术中的裸体。舞蹈中的裸体尝试，至少在邓肯年代就开始了。后来戏剧舞台上也相继出现。大约在20世纪70年代，这类以真人相见裸体情节也被社会认可了。第四道关也过了。80年代，纽约百老汇有一出影响很大的歌舞剧《哦，加尔各答》，剧中就有男女主角完全裸体表演的情节，一段时间里天天演出，久演不衰。当然，过了关，并不等于就没有异议。就是在美国，有的州依然禁止裸体情节的表演。即使不禁止，也有观众表示反对。1991年在纽约莎士比亚戏剧节上，就有一次这类演出。在中央公园露天剧场里，巴西一家民间歌舞团正用葡萄牙语演出莎翁名剧《仲夏夜之梦》。舞台上突然涌出一群裸体或半裸体的仙女，于是引起全场哗然。有的观众鼓掌叫好，有的观众拂袖而去……为了避免这类尴尬，有的国家还想出了对应的办法。如1994年一个英国剧团在新加坡演出，为了尊重不同观众的意见，剧场艺术指导想出了一个采用预警讯号的办法来解决。当舞台上将出现裸体角色时，红灯闪亮，不愿看的观众即可闭上眼睛。当裸体表演情节结束，又有柔和的铃声提示闭眼的观众继续观看，这真不失为一创举。

戏剧电影又是一个领域，本文只取其中艺术中的裸体内容。其实，这里的裸体与美术领域中的现代艺术的一些行为艺术的裸体展示又合流了。"裸体"这种状态，在艺术中突破了一层又一层的临界线，进展至今应该算是到了顶了。至少目前，还未出现明显的新趋向。

四、我国古代的丰富成果

由于长期的封建礼教的统治，在我国正统的艺术中是没有裸体作品的。生活中妇女的胳膊都不能展露，甚至连笑都不能露齿，袒露躯体自然是伤风败俗的事情了。但是，如果就此而断言古人无视人体美或没有裸体艺术，那又未免太简单化了。其实，我们的祖先在这方面也有丰富的创造，历年来的实物出土足以佐证。

1990年，在内蒙古东部兴隆洼村一处距今八千年的新石器时代遗址中，发现了一件石雕女性人体造像。作品是用阴文刻在一块高十厘米的椭圆形花岗岩石柱上，头、眼都很大，头上刻着发纹。肩部略平于头顶，双臂抱拢在圆实凸鼓的胸腹上，双腿箕踞前伸。据悉，这是中国迄今发现时代最早的一尊女神阴刻浮雕石像，堪称中国古代的"维纳斯"。据1994年的传媒报道，进入20世纪80年代以来，在河北北部、内蒙古东南部的新石器早期文化遗址，都先后发现了裸体孕妇石雕，也被专家誉为我国迄今发现最完整、最典型的史前"维纳斯"。河北省滦平县后台子遗址出土六种女性石雕，最大的高三十四厘米，双足相连。最小的高六厘米，有盘腿而坐或举手者。这些雕像造型古朴，孕妇特征鲜明，以蹲踞临产为其基本特色。该遗址属赵宝沟文化类型，距今约七千年。内蒙古林西县出土的白音长汗女神像，更为古老。作品高35.5厘米，是用黑灰色硬质基岩雕成的圆锥形像。粗犷拙稚，孕妇特征隐约可辨，属家族保护神。供奉白音长汗女神的遗址，属距今约八千年的兴隆洼文化类型，很可能是我国最古老的女神庙。此外，敖汉旗兴隆洼人像石刻、赤峰西水泉红山文化小型陶塑孕妇像、辽西红山文化大型泥塑女神像等等，其年代均在距今八千年至五千年之间，尽管多已残缺，但仍有一定的学术价值。还有，1983年在辽宁喀左县东山嘴红山文化牛河梁遗址中首次发掘出的距今约五千年的泥质红陶孕妇裸像即红山文化《女神像》，1987年在新疆呼图壁县康家石门子发现公元前1000年前期的《康家石门子原始岩雕刻画》等，以前已做过详细介绍。

进入文明以后的作品，也有不少发现。1993年在陕西阳陵陵园从葬坑发现大量裸体陶塑，高达六十二厘米。这被誉为继兵马俑后又一重大发现。1942年在四川彭山县寨子山崖墓壁上发现的《石雕双人像》即《石接吻像》，是一件东汉时代的红砂石的高浮雕作品，高四十九厘米，画面刻有男女二人拥抱接吻情节，故也称石接吻像。作品表现了当时贵族燕居生活的景象。这已是一件大家熟悉的文物了，类似出土不属少数。1987年在山东莒县龙王庙乡一座汉墓中又发掘出一件男女接吻图。画面高三十七厘米，宽三十二厘米，刻有年轻的一男二女，人物有衣帻钗饰。一男一女在帐前拥抱亲吻，另一女子侍立一旁，可能是妾或丫鬟。这种三人共存的接吻图尚属首次发现。此外，四川新都县还出土有直接表现男女交媾的画像砖，女仰卧于下，男伏于上，人物全裸。1977年，在甘肃酒泉丁家闸5号墓中发现十六国时期的壁画，图中有一裸体女子做扫地状，体态丰腴，动作自然。笔者曾对其做过介绍，认为这是在出土的世俗绘画作品中最具写实趣味的裸体女性形象。1990年，宁夏贺兰山又发现大批岩画，时间由春秋至元，其中还有人物交媾场面。除此之外，敦煌、克孜尔等洞窟中有关的艺术杰作早已为人所熟悉，就不多说了。

上述的作品大多是被埋藏在地下由后人挖掘出来的，它们被珍视为文物，有的还奉为国宝。它们可以公开发表，并引以为骄傲。此外，在另一个"地下"也"埋"有一个同样丰富的艺术宝藏，它们的创作源头在本质上是与前者一样的，甚至本身就是同类作品，只是由于文明的进展而不宜公之于众，甚至被禁毁，这就是一些直接表现男女性行为的作品。这类作品——准确地说包括上述文物作品——的产生初始，大多是出于生殖崇拜或性崇拜的主旨，人们对它们并不避讳。它们一般具有宗教、巫术等意义，而且还兼有教科书的作用。随着伦理的进展，逐渐被视为有伤风化。但其作品及其功能却并未因此而完全消失，反倒被后人冠之以"秘戏图""春宫画"之雅称，其余韵一直流传至今。这些作品外国也有，印度的《卡玛经》就是典型。西亚的一些细密画作品中也不少。在欧洲，希腊瓶画、罗马壁画中都十分丰富。即使是现代艺术中，也并不罕见。如毕加索晚期的一些素描，就是地地道道的春宫图。1968 年在瑞典举办的国际春画展中，他的作品是与中国的春宫图、日本浮世绘的春画及其他国家的色情作品挂在一起的。

历史上这类作品绵延不断，它们不能登正统绘画的大雅之堂，却能登至高无上的天子之堂——皇宫。它们大多在皇室和公卿贵族中流传，也有不少流入民间。就绘画作品而言，它们最初多是作为一些书籍如医书等的插图而存在，后来更多与文学作品配合，如淫秽、色情小说插图，艳词的书画相配等，再则就是独幅画创作了。宋画院中有《春宫秘戏图》，因之后人又称春宫图、春宫画或干脆称春画。在一些古籍中仍能找到有关的描述。如唐韩偓《迷楼记》中就对隋炀帝的皇宫做了具体描写：

> 帝令画工绘仕女会合之图数十幅，悬于阁中。……帝以屏内迷楼，而御女其间，纤毫皆入于鉴中，帝大喜曰：绘画得其象耳，此得人之真容也，胜绘画万倍矣。[①]

汉张衡的《同声歌》则比较明确地写出了古代春宫图的教科书功能，看来春宫图当时并未被视为色情、淫秽作品，上述出土的汉代石刻、画像砖等一类作品很普遍也是一个佐证。诗歌是以新娘的口吻写成：

---

① 明陶宗仪《说郛》三十二卷。

邂逅承际会，得充君后房。情好新交接，恐栗若探汤。不才
勉自竭，贱妾职所当。绸缪主中馈，奉礼助蒸尝。思为莞蒻席，
在下蔽匡床。愿为罗衾帱，在上卫风霜。洒扫清枕席，鞮芬以狄
香。重户结金扃，高下华灯光。衣解金粉御，列图陈枕张。素女
为我师，仪态盈万方。众夫所希见，天老教轩皇。乐莫斯夜乐，
没齿焉可忘。①

至清代，这类作品遍及日用工艺品，有的用以辟邪，如瓷器、烟壶、
小花鞋、小荷包等。《红楼梦》的大观园中曾因流入此类产品，还搞过一
次"扫黄"，想读者都有印象，这里就不引述了。

春宫图的作者，大多是一些无名画家或工匠。但话又说回来，在汉代
画家本身就是工匠，而且对此又并不忌讳，连名人张衡都写出那么优美的
诗篇，名画家参与创作是不奇怪的。即便到后来画家与工匠逐渐分离，且
社会对这类作品也有所限制，但出于经济利益的驱动，一些名家公开或匿
名参与创作都是顺理成章的事。再加上后人假托名人画作，就使之更真假
难分了。从古代一些书籍文字中，至少得知唐周昉、元赵子昂等一些大家
都曾染指这类创作。如明画家、收藏家张丑曾藏有一幅周昉的《春宵秘戏
图》，并做了如下的记述：

乃周昉景元所画，鸥波亭主所藏。或云天后，或云太真妃，
疑不能明也。传闻昉画画妇女多为丰肌秀骨，不作纤纤娉婷之
形。今图中所貌，目波澄鲜，眉妩连卷，朱唇皓齿，修耳悬鼻，
辅靥颐颔，位置均适，且肌理腻洁，筑脂刻玉，阴沟渥丹，火齐
欲吐，抑何态秾意远也。②

鸥波亭主即赵孟𫖯（子昂），他也是这方面的大家。淫秽小说《肉蒲
团》中就写到，未央生为了"淘养"对男女之事反应冷淡的玉香，想出

① 《古诗源》。
② 转引自荷兰高罗佩著《中国古代房内考》，第 262 页，李零、郭晓惠等译，上
海人民出版社 1990 年 11 月版。

办法：

明日就书画铺子中，买一幅绝巧的春宫册子，是学士赵子昂的手笔，共有三十六幅，取唐诗上三十六宫都是春的意思……①

人们随口就能数出"学士赵子昂的手笔"，并在书肆、古董店随手就可购得，可见赵早已家喻户晓了。

春宫画在唐即与一些医书插图分离，相对独立出来，虽仍有教科书作用，但更多用于娱乐了。到了明，可算是春宫图发展的高峰，产生了大型的春宫画，造就了两位大师——唐寅和仇英。他们两位还有作品留传后世。此外，高峰的另一个标志，就是套色印刷术的发达，使之制作了不少珍品，影响国内外，并为后世提供了范本。

五、我国临界线的变迁

对于裸体，我们民族历来是讳莫如深的，更不用说去付诸行动了。不过，亦略有例外。也许唐代较之后世宽松些，从唐代妇女服饰可做推测。据早期史料记载，直至宋初，在公共场合还有裸体妇女相扑表演。"这类相

中国古代春宫画　明代

① 转引自荷兰高罗佩著《中国古代房内考》，第400页，李零、郭晓惠等译，上海人民出版社1990年11月版。

扑是嘉祐年间京城宣德门附近举行的节日庆典的一部分，各类杂技演员都在那里献技。皇帝和他的后宫嫔妃经常参加节日庆典，观看这些裸体女人，并以银子和绸缎奖赏获胜者。"① 直至礼教已深入人心之明代，还有一则异乎寻常的故事：

> 洪武中，驸马都尉欧阳某，偶挟四妓饮酒。事发，官逮妓急。妓分必死，欲毁其貌以觊万一之免。一老胥闻之，往谓之曰："若予我千金，吾能免尔死矣！"妓立予五百金，胥曰："上位圣神，岂不知若辈平昔之侈，慎不可欺！当如常貌哀鸣，或蒙天宥耳。"妓曰："何如？"胥曰："若须沐浴极洁，仍以脂粉香泽冶面与身，令香远彻而肌理妍艳之极。首饰衣服，须以金宝锦绣。虽私服衣裙，勿以寸素间之。务尽天下之丽，能夺目荡志则可。"问其词，曰："一味哀呼而已。"妓从之。比见上，上叱令自陈，其无一言。上顾左右曰："绑起杀了！"群妓解衣就缚，自外及内，备极华灿，缯采珍具，堆积满地，照耀左右。至裸体，装束不减，而肤润如玉，香闻远近。上曰："这小妮子，使我见也当惑了，那厮可知！"遂叱放之。②

自然，这样的故事实属凤毛麟角了。不过，话又说回来，随着时代的发展，国人对合理的裸体也不再像从前那样视之为罪过了。尤其是这十年来，社会的可容度也产生了很大的变动。我们不妨参照西方进程的四个关口来做简略的回顾。

1988年，美术作品关已过，不必赘述。1989年以后，进行了调整，1992年又开始升温。1993年，如本文开头所述，裸体摄影出版物在全国范围内大批涌现。除了个别出版社把关不严，出现了色情、淫秽产品被查封外，总体上都还是健康的。于是，原有的不容许人体摄影出版物的临界线

---

① 转引自荷兰高罗佩著《中国古代房内考》，第301页，李零、郭晓惠等译，上海人民出版社1990年11月版。
② 明詹詹外史评辑《情史》，第456页，春风文艺出版社1986年版。该版本无"至裸体，装束不减"句。冯梦龙评纂《智囊》，中州古籍出版社1986年版，第378页所录同条有此句，据之补上。

被突破，第二关过了。

第三关，就是电影电视中的镜头处理了。应该肯定，新中国的电影发展过程一直是非常健康的。中国电影工作者在严肃认真地把握原则的同时，也科学、慎重地遵循艺术规律，探索新的表现手法。对于中国电影来说，根据剧情的需要使用裸体镜头也是其中的一个新领域。这个问题需要推远一点。毕竟是在大众文化中体现艺术中的裸体，它需要一个更严谨的过程。

先谈接吻。中国电影出现第一个"接吻"镜头，是在1979年放映的《生活的颤音》中。之所以加上引号，是因为并未真正实现，画面的处理是两个全景人物嘴唇正要相触时被突然进门的家长打断了。除此之外，还有同时期的《苦恼人的笑》，但用的是虚镜头。现在看来这很平常了。但在70年代末，刚刚从不食人间烟火的人物中走出来，最多才适应了情侣们在树林中"长跑"的恋爱处理套路，一下子来个如此"不含蓄"的镜头，应该说是一个很大的突破。真正的接吻镜头，是在八年之后的1987年的影片《老井》中出现。在塌方的井底下，男女主角疯狂地接吻，积抑多年而又不能实现的爱尽情地发泄……如此"洋"的处理居然从如此"土"的人物和环境中诞生，真有点令人意外。没想到，裸体镜头处理的序幕是由中国大西北的"农民"拉开的！

1987年前后，是中国艺术界最富生机的年代。但有一条，银幕、荧屏依然是不容许出现裸体人物绘画形象的，真人就更不用说了。偶尔在一些专题片中出现了比较写实的油画人体全景，竟然还引起很大的非议。1989年之后，把关更严。自然，这里还有其他的特殊因素。其实，再早的年代，我国对此也并未绝对禁止。大约在60年代，就曾公映过一部希腊电影《伪金币》，主人公是一位画家，一个作画的镜头前景就是女模特儿正面祖裎的上半身。这也许是新中国历史上绝无仅有的一次，而且是真人，并非画作。

1992年，压得很低的临界线开始松动。其途径依旧是以洋人的玉躯开路。在巴塞罗那举办的第二十五届奥运会期间，中央电视台每天的专题节目的片头中，就有由西班牙建筑师高迪设计的著名教堂尖塔雕刻幻变为一个起跑的裸体男运动员的形象——不管怎样解释，裸体人物而且不是画作可以在荧屏上出现了。如果说这只是一种新闻片头的装饰不足为证的话，那同年底中央电视台的《世界电影艺术欣赏》专题节目中的裸体镜头就是无可争议的事实了。其中一个例子，是女主人公在一个清澈的池塘中裸泳的长镜头。另一个例子，是女主人公赤身裸体在雪地打滚，以表现这位失足女性浪子回头、脱胎换骨的决心。影视中的裸体镜头解禁了，虽然都是洋人——这是第一步。

第二步就是致力于我们自己的创作了。自然是舆论做先导。如本文开头所述，明星谈裸，谈明星裸，成了热门话题。继洋人之后，就是洋华人。1993年，打进好莱坞的陈冲常常见诸报端。诸如陈冲举办人体摄影展，陈冲拍影片《大班》裸露胸部，陈冲接拍港片《诱僧》需全裸等等。与此同时，就是对筹拍《画魂》的宣传。同年，巩俐主演的《画魂》问世，算是地道的国内使用裸体情节的作品诞生。陈冲和巩俐都是国际影星，看来中国在这方面的起点不低！与此同时，中央电视台又推出了电视连续剧《唐明皇》，在赐浴华清池一场中又顺理成章地使用了裸体。至此，社会对这方面的试探基本认可了。

之所以用"试探"和"基本"这样的词，是因为上述作品中的有关镜头都明显地使用了特殊的技术处理使之变得非常含蓄。而真正的裸体镜头的运用，还得到1995年的电影《红樱桃》。该片从艺术质量、社会影响、历史地位到票房效益都是非常突出的。它作为纪念世界反法西斯战争胜利五十周年影片隆重推出，是朝野上下都推崇的优秀作品。1996年它夺得了第五届金鸡、百花电影节上最佳故事片"百花奖"，主角获百花"花神奖杯"。影片同时获金鸡奖最佳故事片奖。此外，还在朝鲜获一国际奖项。这是观众和专家都一致赞许的影片，极具典型性。至此，故有的临界线被突破，第三关通过了。

六、结束语

1972年，一颗宇宙探测器先锋十号从美国升空。在这颗探测器上面，刻着一对裸体男女的形象。他们并肩站着，男人的手高高擎起，呼唤着宇宙的高级生命。二十年过去，它已离我们十亿公里之遥，成为第一个告别太阳系的人造飞行器，并继续向宇宙深处飞去……

人体艺术的探索，犹如这对裸体男女一样，还有一段漫长的旅途。裸

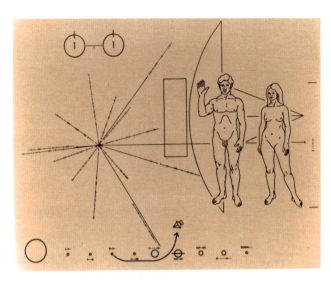

宇宙探测器先锋十号上的人类裸体男女形象

体、裸体艺术、艺术中的裸体，既是美学的题目，又是社会学的题目，归根结底还是人的题目。要做好这个题目，不仅仅需要专家学者们付出辛劳，还有赖于整个社会的繁荣与发展。那根无形的临界线，微妙地调节着社会的审美心理与道德意识的和谐，随着社会的前进而变化，反过来又促进了社会的发展与变化。不错，审美与色情有时难以区分，何况裸体未必色情，而着衣也未必不色情。解决这些问题都有赖于社会总体文明的提高。有关道理已在十年前充分论述，无须重复。不过，至少有一个反证的例子可供思考：西方合法存在的三级片、淫秽录像甚至"窥视"，可以说已将人的窥淫癖满足到了极致，但人们最终需要的依旧是艺术。

1987 年至 1996 年，是中国人体艺术富有成就的十年。"三关"的通过，也说明国家对艺术事业正确领导尤其是对社会临界线合理调整的结果。我们不盲目追随西方人的脚步，但我们会认真适应和遵循社会发展的进程和艺术创作的规律。至于我们是否有必要搞电影分级，甚至是否有必要过第四关，那将由历史去做结论。

原载《文艺研究》1998 年第 1 期

寻古论艺天竺行

——兼谈古代印度的情爱雕刻

应印度政府邀请，受文化部派遣，2001 年 1 月 18 日至 2 月 9 日，我们出席了第十届印度国际艺术三年展。这是我国首次派团参加，东道国很重视，也很友好，竟主动提出延长十天，特意邀请我们参加在马德拉斯举办的一个学术交流活动。据中国驻印使馆的同志们说，这是很少有的事。

一、石头刻凿的史诗

本届展览展出了三十多个国家共二百余件作品，传统的、现代的、前卫的都有，多元化是当然的。印度当代艺术属于西方体系，一些作品表面上看，它们也是西方现代艺术的那些常惯样式，但如果仔细琢磨，有的作品又会流露出一点印度的情趣。其实，在作者的心灵深处，都不可避免地埋藏着东方的以至印度的文化底蕴。说实话，来到这个文明古国，我更注意对东道国的总体文化感受，尤其注重亲身探寻和体会一下他们的古老文明。我们有幸考察了德里、阿格拉、斋普尔"金三角"和南印度的马德拉斯、本地治里等，参观了多个博物馆，观赏和实地考察了大量的文物、古迹。我觉得，印度古代艺术最精彩的是石头——石头的建筑和雕刻。

石头，真是好东西，它把古代的艺术保存下来了。尤其难得的是那些庞大的建筑。中国古建筑，木结构为主，所以留下的只是凤毛麟角。阿房宫、铜雀台，只能在文献中想象了。印度的许多古建筑是用石头砌成，有的甚至是在山崖上整体刻凿而成。红砂岩、花岗岩和大理石的都有，蔚为壮观。论名气，当首推泰姬陵了。

这座用大理石砌成的巍峨建筑，远看，犹如一块方方正正的玉石，在蓝天的衬托下晶莹秀润，近观，整面墙大的大理石隔扇上镂雕的花纹玲珑剔透，犹如玉线"编织"，令人叹为观止。端庄圣洁、高贵华丽等形容词似乎都难以表达人们的感受。尤其在阿格拉堡远眺，领略一下当年被软禁的国王遥望陵寝怀念宠妃的情景，真有几分感慨，不禁想起我国古代唐明皇与杨贵妃的故事，真是，当皇帝也有他的无奈，也有他的痴情！如果说泰姬陵给人的联想是一个富于魅力的少女的话，那南印度的海岸神庙就是一位富于感染力的老人了。这座用大块花岗岩砌成的建筑连同雕刻的神仙神兽曾经在海水和泥沙下度过了漫长的岁月，近世才被挖掘清理出来，得以重见天日。由于长时间的海水腐蚀，岩石的表面已经斑驳，棱角已经模糊。然而，正是这种斑驳与模糊，才更显出其沧桑与顽强。这是一个很大面积的古迹群落，在它附近地势略高而未被海水淹没过的地方，保存下来的在山石上整体刻凿出来的神庙、用整块石头刻凿出来的与大象等身大的圆雕大象，以及在整块石壁上刻凿出来的高浮雕风俗图景等更具感染力。尤其是后者，神仙们或搂肩闲谈，或抬首远望，或下蹲挤奶，都是那样的悠闲自得，其写实能力着实令人佩服。再谈宫殿。在印度古代皇宫遗存中，除了部分大理石建筑外，大多是用红砂岩砌成的。远远望去，高低错落的建筑群一片暗红色，庄重而瑰丽，很有特色。许多诸如"红堡""红宫""粉红城"之类的简称也从此而得。这些昔日宫禁虽然年代不同大小各异，但都设计巧妙、造工精细，而且在风格上又都有其明显的共同之处。第一，是建筑布局分隔琐碎、走道屈曲多变，且间小路窄，大多给人以迷宫的感觉。斋普尔还有一个红砂岩筑的古代天象观测所，外形独特、空间分割怪异，也颇有迷宫意味。这些除了本土因素外，也明显带有阿拉伯

陈醉在印度泰姬陵　2001 年

文化影响的痕迹。与此相关，第二，是装饰繁缛。图案多为几何形，尤其是一些隔墙，雕镂透剔，细腻精致。因为是从整块石板雕出，更加动人。第三，是廊多、柱多、窗多、小楼阁多。这除了增加迷宫的情趣外，可能还与当地的炎热气候有关。宫殿中，还常常见有一个大面积的平台，上有许多石柱支撑着一个平顶，犹如当今体育场的主席台，这就是国王与大臣们议事、活动的场所了。平顶也是石料盖成，檐口斜伸出来的大块石板榫接巧妙，虽历经岁月风雨，斑痕累累，竟坚固如初……

看着这些建筑，人们在惊异石头的顽强的同时也不禁赞叹工匠的智慧。而时间，更使这智慧得以升华。不管是晶莹华丽，还是斑驳残破，面对这些石头人们都会不由自主地凝神遐想，因为这是艺术，是故事，是史诗！

二、古代的情爱天国

更具故事性和史诗性的还有印度古代的雕刻。印度古代艺术的一个重要特点是，它的内容大多与生殖、性等有关。在这里，我们笼统地把这类作品称为情爱艺术。首先要提到的，是抽象化了的、带有象征意义的艺术形象林伽。林伽即男性生殖器，它是婆罗门教的创造和破坏之神湿婆的象征。这是远古生殖崇拜的体现。它的原型是各种圆锥体和圆柱体的植物硬核，约在公元前 2 世纪，曾一度被塑造成非常写实的竖起的阴茎形状，后来才逐渐样式化。多是一根圆形的或多面的石柱，笔直地竖立在一个"基座"上。这"基座"有圆形的、椭圆形的和多边形的，它表示女性生殖器，也象征湿婆的妻子萨克蒂。男女性生殖器结合在一起象征着雌雄两性，代表大千世界的创造力。整体形象好像石磨的下半部和磨心，现在走进印度教寺庙，还可以看到在大殿内沿着墙根砌起一圈平台，上面一个接一个地摆满了一圈。也有单独供奉的，庙内或庙外都有。在马坦格斯伐拉庙中的一尊巨型林伽，高 256 厘米，直径 115 厘米，底座高 137 厘米，直径 622 厘米，几乎占据了整个内殿空间，至今还受到信徒的热烈膜拜。除了这种样式化的形象外，当湿婆被人格化表现时，还被塑造成两性同体的人物形象。

当然，更丰富多彩的人物形象，就是直接表现情爱的雕刻作品。这类

古代印度雕刻　林伽

雕刻在印度的博物馆不少，但数量最多并相对集中的应数中央邦查塔普尔县卡朱拉诃镇的中世纪寺庙建筑群。这是古人留下的奇迹，1986 年被列入世界遗产名录。作为建筑的装饰，这里有难以数计的雕刻人物形象。国外已经有不少学者从事这方面的研究，有人鼓足勇气数了其中几座庙的雕像，在堪达利耶一座，内外总计就有八百七十二尊。这里的男男女女都沉浸在爱的快乐中，真可以称得上是古代印度的情爱天国。根据不同的内容和表现方式，可以将雕像划分成六类。第一类，妇女单人雕刻，裸体或呈充满情欲状，如美丽的山林水泽女神，即青春艳丽的天国仙女。她们多被表现成带有色情色彩的样子，常常半裸着身子，腰肢婀娜，胸脯饱满，肚脐眼深而圆。有的裙子下系，有意暴露出一半性器官；有的用手轻托一只乳房，痴迷地欣赏它的迷人魅力；有的正在解自己的裤子，裸露出自己的身体。在这些女神的单人雕像中，常常有一种非常巧妙的情爱迹象。在克拉希马那庙里，有一尊人物的胸部和靠近胳肢窝的地方显露出一些指甲的印痕。在另外一些人物形象中也有同样的刻画，这可见出古代印度艺术家刻画人物之匠心独运。第二类，简单的夫妻双人雕刻。通常是两人并肩而立，各自的一只手搭放在对方的肩上，男人的一只手握着女人的另一只手。也还有其他的动作，如一方安抚另一方等。样式也有坐像。这类雕刻大多是表现神祇与他们的配偶在一起。第三类，沉浸于热吻和拥抱中的双人雕刻。这一类数量最多，而且囊括了最优秀的作品。男女双方激情荡漾、狂热相爱，以各种姿势拥抱、抚摩、依偎。爱侣们动人的激情和强烈的欲望相互交织在一起，表现手法自然圆熟，作品富有生气，成为传世杰作。沉陷于爱河的恋人们，脸上洋溢着柔情蜜意，双眸半闭，煽动着强烈的欲望之光。雕像表现出了各种不同的拥抱姿势和热吻风格，这些通常都是意味着男女欢爱的前奏。一个男子抚摩着对方身体的各个部位；一个男子偷偷解开对方的裤带……这些都刻画得细致入微。第四类，用普通或比较普通的姿势进行性行为的双人雕刻。这是表现男欢女爱的具体动作。情侣们以各式各样的动作在做爱，站着的、坐着的、躺下的。这类雕刻中人物的做爱基本属于正常的、真实的。它们出现在庙宇正面和庙墙细装饰带的突出位置上、内廊里和庙外台基及底座上。这些雕像比较大胆露骨，雕刻者显然没有丝毫的禁忌。从艺术上看，它们是美轮美奂的作品，给人和谐对称、线条优美的视觉效果。这一类雕刻还有一个显著的特点，是有些场景表现男女做爱时旁边还有人，应该是侍者。有趣的是，有一组雕像情侣两侧站着的一男一女各自做着自慰的动作。这种色情成分显然属于某种宗教派别。第五类，以怪异姿势进行性行为的雕刻。这一类一般由几个男女组成，他们呈现出一种怪异的性交姿势。在一组杂耍式的场景中，一个男子头着地呈倒立姿势与三个女子同时交欢，她们一个坐在他身上，另外两个站在两侧帮助他们动作。另外一幅也是基本同样的情景，只是换成女子倒立在下面。这一类的作品数量有限，尺寸也较小，一般出现在一些大型庙宇的门厅正面。第六类，人与动物交媾。这一类雕刻可以在维斯瓦那萨庙、堪达利耶天尊庙回廊的细装饰带上发现，也能在拉克希马那庙的台基上看到。与人交媾的动物有熊、驴、马、狗、鹿等。

这些雕刻已经引起人们广泛的兴趣与争论。许多学者也对此进行研究并试图做出解释，有些颇为古怪，还有一些虽符合逻辑，但还没足够的依据让人信服和接受。譬如，有人把情爱雕刻的出现归因于一种信仰，认为它们能使寺庙避免雷电之灾或邪恶不祥。又有人认为是为了引起普通人对圣所的注意，即当造访寺庙者看到这些雕刻时，自然要走进庙宇的黑暗角落，情不自禁地走上前去与鲜花和熏香的芬芳接触，听祈祷的钟声鸣响，看神灯长明，最终将会感受超越世俗的氛围。也有人认为此类雕刻的目的，是为了测试祭祀者进入寺庙之前他的专心和虔诚的程度。另外，有学者追溯它的起源，双人情爱雕刻的出现被古典文学资料所佐证，但他不能解释为何当初这些雕刻在它们采取过分形式之前就广受欢迎，为何原文材料认为双人情爱雕刻是古迹上吉利祥和的象征。也有人认为此中的一些作品为一种宗教仪式的展示，是考拉和卡帕利卡派苦行僧们的宗教行为。中世纪有一些文学作品是关于这一派的信徒及他们的堕落行为的参考资料，而雕刻的构思显然是紧密跟随文学描述的。但反对者照样靠文学和碑文证据的帮助发现：修剪过的头颅、天国的衣服的苦行僧，除了迪加姆巴拉耆那教和尚外，再没有其他人了。而且，这会在群众中激发一种厌恶和仇恨迪加姆巴拉和尚的令人不愉快的行为的情感，但这些情爱的场景被展现在印度庙宇中。这是一种相当合乎逻辑的解释，但是其所有的价值将只能把雕刻中数量有限的作品解释清楚。卡朱拉诃双人情爱雕刻，往往被看作象征灵魂与神融合而产生超凡狂喜。这样，主体将有助于和神灵一起进行灵魂鉴定。这种解释被一些宗教经典充分证实，认为这些雕刻反映的是爱人们热烈拥抱接吻，但艺术家的目的绝不是仅仅刻画肉欲的快乐。此外，还有观点认为庙宇是一部打开的情爱教科书，是一种性教育的方式。可惜，同样拿不出任何有说服力的理由来解释为什么所有的地方、寺庙都要选择这个目的。而且这个观点没有显著文献能证实。

要对卡朱拉诃的情爱雕刻做一圆满解释确非易事。道理很简单，它们存在的原因不是一个而是有诸多因素。仅凭某一点，难免会在接近其解释时留下一段空白无法自圆其说。另外，我们更不应该忽略这样的事实，即在历史发展进程中没有任何东西是陡然出现的。每一件事物的发生不论怎样微不足道，在不同程度上都受其背景的制约。事物的起源可能隐藏在早几个世纪中，而在一定程度上又受当代环境的影响。恰如一个成长中的孩子和成熟的成年人的性格，是根据社会环境而发展变化，与此同时也受遗传所制约。鉴此，把它们放回原有的历史环境，对照当时的社会、宗教、文学和艺术背景做相应研究，了解几个世纪前印度人对待爱情、感官欢娱和性的态度，对解释卡朱拉诃的情爱雕刻想是甚有意义的。

有关学者研究性在印度日常生活、文学艺术和宗教中所扮演的角色。他们得出结论，印度人在过去从不以谈论、描写性为耻，从不觉得这样做是粗鲁、不道德。性与印度的宗教、文学艺术有着非常密切的关系。就宗教而言，除了湿婆崇拜外，很流行的还有萨克蒂崇拜，也即性力教。萨克蒂是湿婆的妻子，对于崇拜者来说，她是超越一切的，即使对湿婆而言。她是创造和支撑宇宙的雌性能量，而湿婆则是雄性化身，帮助她的创造力。萨克蒂崇拜者在组织上又可以分为左道和右道两派，后者主张在礼拜仪式中以"五欲"即酒、肉、鱼、舞乐和性交为基础（注：原文为"五M"，在梵语中这五项都是 M 字母为首，故称。在印度教中，法、利、欲三者都是正当的，故此译"五欲"）。信徒们没有种姓、贵贱之分，所有人一律平等。在固定的晚礼拜仪式之后，这些人经过神的抚慰和其他仪式，将沉迷于"五欲"之中。"五欲"中的最后一项就是男女杂乱的交媾。在中世纪，随着这些教派的名气变大，纵欲和追求感官享受终于在普通宗教教派中也起到空前的作用。这些，无疑会对印度雕刻产生广泛的影响。而更为直接和具体的影响，还有《卡玛经》以及大多是源自《卡玛经》的有关的性书和大量的文学作品。卡玛是印度的爱神，故也译《爱经》。书中深入研究、全面总结和详尽记述了关于性交的方式、动作、技巧以及情感等内容，对后世的文学尤其是中世纪的性文学以及艺术都有很大的影响。至今这部书仍被看作性爱方面的经典之作，许多专家学者都为它做过注释和评述。在上述的情爱雕刻中，有好多内容或动作直接就可以在《爱经》或有关文学作品的描写中得到印证。

譬如，在前面提到的第三类作品。女子一腿立地，另一腿高高盘绕在男伴身上，一条胳膊环抱他的脖颈，另一手可能放在他背上，用力将他压向自己的乳房；她把对方的脸往下拉，想让他在嘴唇上亲吻。在另一方，男子也仅用一腿站立，另一条腿缠绕着对方的臀部，一手支撑着她高抬的大腿，另一手搂住她的背；男子双手的姿势好像要用力将对方的整个身体挤进自己体内。在这类雕像中，女子经常抱住男子的脖颈，拉低他的脸准备亲吻他，她的一条腿在膝部弯曲，被男子用一只手举起托着。这类雕像所表现的姿势，与《爱经》以及后来的性书中描写的"拉塔梵希塔卡"和"甫利克斯哈德赫鲁德哈卡"拥抱姿势相吻合。前者是一个女子"像枝藤缠绕舍拉树一样用身体攀附着男子，将他的脸拉向自己的脸，用手捧住他的脸，嘴里发出阵阵低缓的呻吟；或者将身子贴紧他的身体，觊觎他脸上出现的亢奋表情"。后者的姿势，则是"女子的一条腿放在男子的一条腿上，用另一条腿挤压、缠绕他的股部，一手用劲按着他的后背，另一手将他的肩膀稍稍压低，嘴里轻声喊叫着，身子向上攀，以便与他亲吻"。还有更细致描写的例证。如在第一类作品中提到的仙女胸部附近刻有指甲痕的奇特细节，其实也源自《卡玛经》。激情中的性爱无疑像一场格斗，用

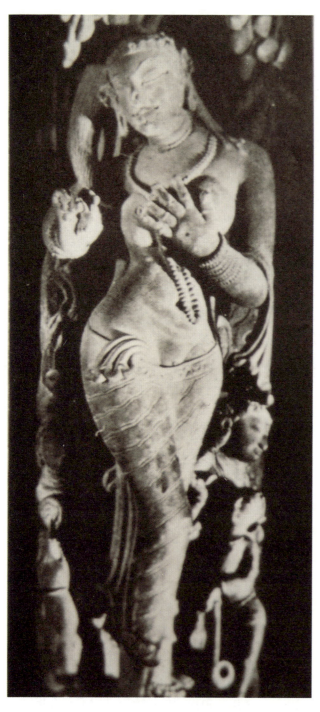

裙子下系，有意暴露出一半性器官

手抓、用口咬在其中很重要。在书里，就把腋下和乳房等归入情人常留下甲痕的部位。原为吠斯瓦那特哈庙墙上的雕刻，现藏于加尔各答印度博物馆的《写信女》就是一例，在乳房和腋窝附近就有甲痕。另外，作者对指甲痕的分类竟达八种之多，月牙形只是其中一种，还有直线形的。如在黛芙和加格达姆比庙的南门上有一组双人拥抱雕像，有意思的是雕像中抓挠的甲痕在腰部出现，并呈三条直线状。这使人想起书中的描写，一位女子腰部留有指甲抓痕，腰带这类饰物在此就显得多余，因为甲痕本身已给她增添无穷魅力。恋人

男子偷偷解开对方的裤带

们在性高潮时随意在爱人身上留下牙印和甲痕作为爱的纪念。在《爱经》中还有各种各样关于性高潮时留在恋人们身上的印迹的详细描述。

无疑，印度的情爱艺术是印度文化瑰宝，它神秘、深奥，不知吸引了多少专家学者去对它进行研究。这次短期考察和本文有限的篇幅只能见其一斑、谈点体会。即便暂且抛开性爱内容，那古代的艺术家能构想出如此恢宏的画面，雕凿出如此生动的形象，就够令人惊叹的了。那难以数计的人物形象是那样随心恣意，又是那样生动多姿。他们是浸淫在南亚次大陆特有的人文、地理环境中的男男女女，尽管大多生活在宗教神话的世界中，但展现出来的毕竟是他们日常生活中的情景。或者更准确地说，工匠们在刻凿这些形象的时候，就深深地沉浸在爱的情绪中。而且，风格上，是在高度写实的基础上强化美感。诚然，任何艺术都追求美感，但印度雕刻有其独特之处。它有古希腊的准确，但又不像他们那样理想化；它有中国的洗练，但又不像我们那样形而上。不论是神是人，其形象大都是植根本土，所以显得那么真切。而不论男女，都着意夸大他们的动作和性别美点，大幅度的扭动、大体量的夸张。所以他们总是那样生龙活虎、婀娜撩人、肆无忌

情侣交欢的情景

惮、个性张扬。尤其是那些裸体女性雕刻，体态丰盈、曲线优美、神情妖媚。

三、论艺马德拉斯

马德拉斯是南印度的大城市，感觉上相当于我们的广州。组委会在这里举办了一个"国际绘画营"学术交流活动，内容主要是笔会，再加一些讲座、参观等。

我们一到马市，工作人员就逐个征询使用什么材料，如油彩、水粉等，以做准备。我属特殊，对方还特意告诉我有从新加坡买来的中国纸。因为画展开幕式的那天，在中国馆就遇上了承办这次活动的马德拉斯美术学院院长巴斯特伦先生，他对我展出的中国画人体作品很感兴趣，想了解究竟是怎样画出来的。他希望我到马市时能画给他和他的师生们看，我答应了。平心而论，画油画、中国画对我来说都不成问题，不过，现在要作为笔会本身的内容，那就要认真考虑了。画中国画，满足了院长的请求，又可借此宣传中国传统绘画艺术，这是好事。但是，第一，担心所说的那些"中国纸"是否真是宣纸，另外，有没有中国的墨汁、颜料等。第二，即便是这些材料都具备，但没有装裱，画好后皱皱巴巴的，反而误导了外国人，以为中国画就是这等模样。第三，我总是认为，外国人能欣赏中国画的实在太少了。考虑再三，我还是选择了油画。第二天工作开始了。每人一块绷好的大画布，同时还是给我送来一叠"中国纸"——我的担心没有多余，其实就是水彩纸。我庆幸我的选择正确，还好没有说要画中国画，但后来却发现对外国人欣赏中国画的能力的判断有所偏颇。

接下来就是画什么了。我曾想过印度题材，人物、风景都很有特色，也想过画一个长城和泰姬陵组合的画面，但最后还是选择了画中国的江南水乡。因为我觉得，留下来的作品最好一看就让人知道是中国的。两天后，画面的大效果都出来了，风格多样。大家互相观摩，气氛很好。在我旁边是巴斯特伦院长，他画了一幅半抽象的猫，冷灰调子，很好。我对他说："色调好极了。""不，还有线条，"他补充说，"就像你们中国画一样，我也很讲究线条。"的确，线条也很有匠心。一般来说，油画更注重

陈醉在印度国际绘画营中创作并与外国艺术家交流
2001 年

色调。显然，我太"内行"的赞扬反倒不"到位"，他还有更高的追求。这时，我想起开幕式那天他对中国画的兴趣了。无疑，他更敏感于我们在线条上的共鸣。更深层的共鸣还是在一次聚会中与一位老教授、画家的谈话，话题也是有感于中国画的简练而发的。他认为画外修养非常重要，还讲了一个故事，说国王请一个画家作画，半年过去，他只画了一枝月下竹子，国王很生气。画家说，他半年都用来思考，真正画的时间是很短的。虽所画不多，但简练而精到，笔笔有意。这故事与中国古代有关画论的精神何其一致！话再说回来，绘画营每天都有人来参观，除本院师生外，还有外地甚至外国人闻讯而来。一些画家尤其是学院的师生很喜欢我的画，他们常来观看和交谈。一天上午，来了一对法国夫妇和一个意大利人，见到我的画异常兴奋，异口同声地说："苏州！苏州！"他们到过苏州，所以一口咬定我画的是苏州，还满怀眷恋地和我聊起苏州园林来，最后还要买这幅画……当然卖是不可能的了，但我还是很高兴，因为我的初衷实现了——让外国人了解中国。

不过，也有持异议的。一位专程从德里来的资深艺评家、记者采访了我，她看架上的画，也认真翻阅我带去的画册。她问我是否留学过欧洲？很有意思，好几个外国朋友都提出过这个问题。大概在他们看来，能画得像样点的，都非留欧不可。每当遇到这种情况，我除了回答"没有"之外，一定耐心相告：油画正式传入中国已一百余年，我们的前辈早已熟练地掌握这门手艺了。她又问："你为什么要画这个，是否有某种官方意志？"我很诧异，反问她是什么因素使她有这种感受。她说："我觉得，你现在这幅画稿没有你画册中的作品的心境自由、随意。至少，使我感到这是欧洲某些水乡等见过的画面。而且，有明显的学院派痕迹。"的确，艺术是人的心迹。也许，我很想表现中国这种"主题先行"的意图就可以理解为"官方意志"？也许，这是翻译上的歧义？因为"官方"一词也可译为"正规"，引申为"拘谨"，甚至"保守"。但无论如何，我都很赞赏她的坦诚。不过，更坦诚的还在后面。她说很喜欢我画册中的中国画人体作品，造型简练、线条生动。还强调说："很有个性，而且画得很自由、很舒畅，画出了一种画外的境界。"话题越来越具体："你画中的少女都很有意味，很美。不过，我觉得中国女性没有这么丰满的乳房……"话一出口，又似觉不妥，立刻对我的翻译贺小姐补充一句："对不起，如果介意的话，可以不翻过去。"小贺也懂绘画，所以就代我回答了："没关系，这是在讨论艺术嘛。"我也接过话题："就种族而言，中国人不如印欧人高大丰满，但中国人匀称适中、皮肤细嫩，而且有不少既苗条又丰满的女性，很美……"一位女士初次见面竟然与我讨论起人体局部来，在国人看来更属欠妥。不过，如前所述，印度古代艺术在内容和形式上都有其明显的特色。如果再了解上面所介绍的古代情爱艺术中的那些健壮丰满的裸体女性雕刻杰作的话，就不致误会了。这位女士到底是行家，对话时能切入艺术本体，而且谈

轻托乳房，痴迷地欣赏它的迷人魅力

292

话直率大方，还自然流露出对本民族形象的自豪感。这是访印以来最有意义的一次交谈。

一周的"洋笔会"接近尾声的时候，组委会突然通知大家，为了赈济地震灾区，每人再画一幅捐赠他们。访印期间，好事坏事都碰上了——祖国春节、印度国庆、印度地震。现在又碰上一个"发扬国际主义精神"的机会，也是难得的人生经历。只是我的《江南水乡》并未画完，看来得匆匆收尾，开始第二幅的创作了。时间紧迫，不能再用写实手法了。这时，我想到了几天的观摩，画抽象作品的画家都提前完成了任务；想到了几次交谈，了解了许多印度观众尤其是艺术家对中国传统艺术韵味很有共鸣甚至相当喜爱；我还感谢那位女记者的坦率议论，使我了解了另一个侧面的效果。于是，我决定用中国画的笔墨形式、西方现代构成手法、依旧是油画工具画了一幅半抽象的《爱》。创作仅仅一天时间就完成了，而且画到大半时，不少画家还过来说好，说妙，甚至劝阻我："行了，就这样最好！""不要再往下画了……"我为按时完成任务而松了一口气，但当我回想起两幅画作所付辛劳的悬殊时，一个"费力"与"讨不讨好"的问题一直萦回在我心中……

四、惜别的遐思

短短几个星期的走马观花，对这个传统深厚的文明古国的了解自然是浅表的，但印象却是深刻的，感触也是多方面的。其中之一是，早在十年前出访欧洲时就有的感受——出国是一个最好的爱国主义教育手段。不管在富国还是在穷国，效果都殊途同归。在发达国家常常会因民族自尊心受伤害而激发自己的爱国热忱，在欠发达国家常常会因自己的祖国已经跨越了眼前的阶段而庆幸、自豪。与此同时，因为经过实地的感受与对比，回过头来思考自己的问题也许就更客观，而最后都会汇聚到对自己祖国的爱上。惜别这个国度，也同样带出点点遐思——政治的、经济的和文化的。

第一，先进与落后。印度这个国家很有意思。就我所知和眼见，它有很先进的领域，如电脑软件、经济学研究成果等。印度大城市的车也很多，但却井井有条，很少堵车。这说明他们的交通管理水平很高。据说我们也曾派过有关城市交通考察团前往考察，但总是不得要领。还有一点，他们也爆炸了原子弹。甚至连选美，2000 年竟囊括了三项世界冠军。但也有很落后的一面。就"硬件"而言，如全国还没有一条高速公路。像泰姬陵这种几乎是来访元首必去的世界级名胜，居然也没有一条像样的公路。又如，大多城市都脏、乱、差，甚至还有人随地大小便。说到"软件"，感触最深的是办事效率低。印度人做事都慢慢吞吞，且毫无章法。我们常常遇到这种情况：明明安排好的日程，但因陪同迟到、时间延误而部分节目不得不取消。还有一次，明天大部队就要离开首都到别的城市了，也不告诉你怎么个走法，在哪里集合、上什么车等。我们追问急了，陪同才手忙脚乱半夜三更打电话去问。更令人哭笑不得的是一些餐厅的服务。印度人吃饭习惯用手抓，大概因为这个缘故，所以一般不摆餐具。一次在南印度，我们一群外国人坐下了，白种人、黄种人都有，只好向服务员要。于是，他给你拿来一把叉。你说还要刀，他磨蹭半天再送来一把刀。而且每位顾客都是这样重复一遍。我们是一连几天住在这个饭店的客人，按常理应该这群外国人一来服务员就知道是要餐具的，统统给你摆上就得了。但不然，我们还得挨个一样一样地要。一位客人实在忍无可忍而大发雷霆，服务员立刻过来赔礼道歉。我们想这下可解决了，没想到他赔着笑脸照样拿了一样再拿一样……

第二，人口的重负。印度之所以给人留下这些印象，原因是多方面的。首先有个观念问题。印度人至今还崇尚一种艰苦、简朴的精神。联系到他们的苦行僧、他们的甘地等等，就很自然了。当今明显的例子是，从政府总理到商贾白领，他们都用同样的国产轿车，区别只是总理的能防弹。那种车子很小，像个小甲虫，但他们有时候竟硬挤进去七个人。这种精神无疑是可嘉的，但过分拘泥，也会制约经济发展。其次，就体制而论，印度实行的是西方民主政治。不过，民主使用不当，同样也会制约社会发展。在议会中，常常是只要一派提出一个议案，另一派必定否决，加上公民的社会观念淡薄，所以很多明显对社会有利的大事都办不成。如首都要迁出一个污染严重的工厂，因工人反对而告吹。又如，一位女总理要推行计划生育，结果被选下了台……所以印度有识之士，都盼望有一个强硬的政府出现。还有，恐怕更根本的是人口问题。印度是世界第二人口大

294

我们下榻的五星级的阿育王饭店的楼层上有荷枪实弹的军警，我们很随意聊天

国，不足三百万平方公里的国土，养育着十亿人民。所幸的是，自然、地理条件良好，几乎任何地方都适合人类生存，不像我国有大片沙漠和高寒地区，所以尚未至活不下去，但人口继续膨胀就难说了。与此有关的一些难忘景象是，公共汽车甚至火车在行进中竟然常常不关门，在车门口挤满了半个身子在外面的乘客。这里总体感觉穷人多，街上所见乞丐多，不安定，就在我们下榻的五星级饭店的楼层上，竟然都有荷枪实弹的警察值班……当然，还有更深层的，诸如悠久的宗教历史、根深蒂固的种姓制度、国民素质等等。联想到我们国家，就观念而论，我们民族深沉大度，既尊重传统又能适应时代。其实，我们也崇尚艰苦朴素的精神，但是，我们没有把它与发展经济和提高人民生活水平对立起来。我们不会再以贫为荣，甚至"宁要社会主义的草，不要资本主义的苗"了。但在改革开放取得重大成就的今天，又并没有忘记自己的本色。新近出台的"国训"——《公民道德建设实施纲要》很说明问题，内中号召在全社会大力倡导"勤俭自强、敬业奉献"的基本道德规范，所以人民逐步走上富裕。当然，这与西方发达国家相比，还有一段很大的距离。我深深觉得，当前制约第三世界发展的最重要因素还是人口。中国十三亿人，再高的国民经济产值，一"人均"就变成贫穷落后了。人口、资源、环境，这是当前世界性的大问题，对于第三世界，尤为突出。

第三，文明的断裂。印度有极其优秀的古代文明，但它断裂了。虽然作为传统在整个民族精神上有所延续，但一些重要载体却完全中断了，以至不得不追随甚至直接使用别民族的，这的确令人惋惜！譬如，当今印度

295

的艺术，并没有一种延续和发展自己传统又能为今天所用的样式，而是只使用西方的，如油画、雕塑等。所以在创作上特色不鲜明，在水平上又很难与西方相匹比。尤其是现代艺术，许多作品都摒弃了具体事物的形象，难以体现印度风

陈醉出席印度国际艺术三年展，在国际绘画营活动闭营式中代表外国艺术家致辞　2001年

貌。所以，除了个别作品透出一点印度的文化底蕴外，从总体看来难免给人跟在欧洲人后面跑的感觉。作为印度艺术，能展现给世人并引以为自豪的主要是古代辉煌，后来就整个地断裂了。更有甚者，连语言文字都改用了英国人的。从人文的角度言之，无疑是一个悲剧。在世界几大文明发祥地中，唯独我们的汉文字从它诞生开始一直延续至今。这不但是中华民族的而且也是全人类的文化瑰宝。此外，我们还有几千年来一脉相承的文学、艺术等等，根基深厚、源远流长，并以其独特的体系自立于世界文化之林。这些，不能不让我们引以为骄傲！由此联想到，对当前"全球化""接轨"等概念的使用一定要慎重。这些概念，对于经济、科技等来说无疑是正确的和必要的，但在人文领域就行不通了。因为世界上并不存在这条"轨"，所以硬要"化"的话，那实质上就是被经济强国所吞噬。也许印度就是一个前车之鉴。先贤的那句话还是对的：越有民族性，就越有世界意义。

第四，艺术交流。在马德拉斯国际绘画营十多天的切磋论艺，思考不少，体会亦多。第一，外国人对中国当代的艺术状况知之甚少，但不少印度观众尤其是艺术家对中国传统艺术语言诸如线条、笔墨的韵味，画面的意境等很有共鸣甚至相当喜爱，这可能与同处东方有关。这种共鸣，又增

进了相互的了解与感情，艺术交流的意义与作用大概也体现于此吧。第二，艺术欣赏是见仁见智的，而且大多依据自己的体验、喜好和需要。不过，有一点是肯定的，即只要你的创作是真挚地去表达激动你的那份生活感受，那总会有被你的作品激动的那部分观众的。第三，在这类短期即兴创作中，既要注意画面内容、民族特色，还要选择相宜的样式和手法，只有这样才能达到事半功倍的效果。国际绘画营的活动结束了，大家都很愉快。在相当隆重的闭营仪式上，组委会安排我代表外国艺术家讲话。我的讲话最后一句是："艺术，是没有国界的语言，希望在这里听到更多的和平、友谊和爱！"在热烈的掌声中，大家重复着这句话，相互祝愿，相约再见……

原载《美术观察》2004 年第 5 期

百年风雨读人体

——从裸体艺术的引进与发展看中国社会变革

前　言

从人的抗争到生的歌赞，从欲的追求到美的享受，从物质文化到裸体艺术，……这里经历了多少艰辛的超越，又寄寓了人类多少希望与祈求！裸体艺术，以其极大的真诚直面人生，有如人类的降临与归去一样，赤裸裸，坦荡荡！当我们从尘世的扰攘中回到这个纯净的仙境的时候，会感到一种灵魂的充实；当我们的世俗贪欲在这无瑕的天地得到满足的时候，会超脱更多的烦恼与纷争……从这个意义理解，净化，也许并不应该是抽象的！当人们以一种裸体的精神赤诚相待的时候，自由，可能就相距不远了！

——摘自陈醉《生的歌赞》

裸体艺术定义：以裸体人物形象为元素进行创作的艺术作品以及艺术活动，统称为裸体艺术。最早出现是绘画、雕塑等美术作品，后世发展到摄影、行为艺术等。至今，作为一种艺术手段，还常常用在广告、影视等创作过程中。裸体艺术还有广义与狭义之分。广义的一般是指史前的作品，那时人类还未有衣服，当然是裸体的了。另外就是古代的作品，多半是工匠根据自己的心得而制作的。狭义的就是指西洋艺术传统的，一般需

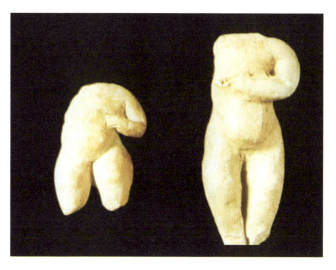

红山文化　牛河梁　裸体女神像

要通过写生模特儿训练甚至直接借助模特儿创作的艺术。

中国古代正统美术史上没有裸体艺术这种样式，更没有关于裸体模特儿的记载。但后世出土文物并不少见，原始时代如红山文化牛河梁红陶《裸体女神像》，新疆呼图壁岩刻画，商周有不少玉雕、青铜作品，汉代石刻、砖刻更多，还有著名的《石接吻像》、汉阳陵的陶塑。魏晋时，历史上第一次中外大交流——佛教艺术传入中国后，其中裸体人物形象就更丰富了，克孜尔、敦煌都是宝库。宋以后逐步禁绝。然而，如果把特殊领域的艺术——春宫画也算上，那反倒是绵延不断的了。

至于模特儿写生，我国古代也有，只是不像西画那样依赖、那样"精确"而已。明代画家仇英的《汉宫春晓》中就再现了汉代毛延寿画王昭君的情景，这是标准的模特儿写生。甚至，连裸体模特儿写生都有记载，《汉书·广川惠王去传》还记载了一段珍

雕刻　石接吻像　汉代

贵的史实："前画工画望卿舍，望卿祖褐傅粉其旁。"很清楚，陶望卿化好妆、赤裸着身体让画工为她画裸体像。不过，悲哀的是，这位王妃最后因后宫争斗而惨死于王后和惠王的手中，当"裸体模特儿"也是其中一个把柄。

酒泉十六国墓壁画　裸女像

当然，这毕竟是历史上一个极其罕见的"孤证"，而且也并不是真正画界的事情。所以，模特儿尤其是裸体模特儿写生毕竟不入古代画史正统。把裸体艺术以及与其紧密关联的裸体模特儿或称人体模特儿作为一种艺术创作样式和一种职业引进中国，是 20 世纪初的事，至今整整一百年。我们今天要讲述的就是这一百年的历史、故事和思考。

广义地说，西洋艺术传入中国可以追溯到明代，但那只是一些零星的传教小画片或进贡的工艺品，此中也夹杂了一些人体形象。但它们并未受到朝廷青睐，更谈不上作为一个画种引进。即便到了清代被封为宫廷画家的郎世宁，也只能是拿油画材料画"工笔重彩"。乾隆年间，甚至还有画上希腊裸体人物故事的瓷器、绘画等出现，但主要还是在澳门和从澳门外销到欧洲。欧洲的传统艺术油画、雕塑等作为一种崭新的样式连同它的技艺像"生产线"一样从域外引进来，这是 20 世纪初的事，这是历史上又一次大转折、大交流的产物。与此同时，裸体艺术也就必然地相伴而进。然而，由于我们的特殊国情，如封建思想影响根深蒂固，中华民族独特的审美观念和创作方式，还有内忧外患、战乱频繁、国弱民贫的社会环境等等，国人未能做进一步的实践与研究。而中华人民共和国成立后一段时期，由于"左"的路线影响，曾一度禁止了包括裸体和着衣的模特儿写生训练。一直到 80 年代，改革开放了，裸体艺术才重见天日，一些新的学

荷兰古代的模特儿写生训练课　油画　16世纪

说、新的创作方式也完整地被介绍进来，科研与创作才真正步入正常。裸体艺术，当它在中国扎根伊始，直至成长的全过程都常常伴随着或大或小的风波和事件，这是一段艰难历程，步履蹒跚，命运多舛。不过，当我们对一百年的风雨历程做一理性回顾的时候，却又不难发现，恰恰是这些"风波"和"事件"，客观地反映出了中国社会的变革和中华民族观念变化的轨迹。

一、扎根伊始的风波

20世纪初，一些青年学子留学欧、美、日本，把西洋艺术意义的裸体艺术连同其教学程式也带回了中国。正式在学校开设画裸体模特儿课程，最早有李叔同、刘海粟等。李叔同1913年在浙江第一师范学校就开始实践了。从照片上看，模特儿是个成年男子，条件也不错，可惜没有留下名字。也有材料说李叔同在1914年才开始教人体写生课，那就是与刘海粟同时了。不过这并不重要，重要的是，因为引进模特儿教学而对后世产生深远影响的，还是刘海粟。1912年，刘海粟在上海创办了上海图画美术院，也即后来的上海美术专科学校。1914年3月，于该校西洋画科开设了裸体模特儿写生课。但那时候，不但女子模特儿找不到，就是男的也难找。最后找到一个小男孩，十五岁，名字叫和尚，想应是外号。初来时猜疑不定，日子一长，就慢慢适应了。这是中国美术学校充当教学裸体模特儿的留有名字的第一人。不过，学生不能只画童体。于是，到了8月，招募成年模特儿成了当务之急。但是，除了难以克服羞耻感外，还有当时的习俗和迷信，认为给人画了去，会减少精神、损伤元气。甚至还有人说，把灵魂画去了，会死的……所以无人敢问津。后来有一位校工愿意试试，但只肯裸

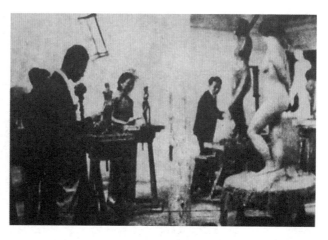

上海美专的人体雕塑课，左二为刘海粟 1925 年

半身。校方想，先裸半身，日子长了，一经习惯，也许全裸就没问题了。不料此人始终不肯全裸，甚至认为此举几近侮辱。没办法，校方为解燃眉之急，不得不提高待遇，多方招致。来的人倒不少，且起初无不勇气百倍，可是一入画室，都咋舌而奔。连续二十余人都是如此，无论怎样说都无济于事。剩下最后一个人了，刘海粟故意与他讲好条件，如果临阵逃跑，便要受罚。那人满怀信心，斩钉截铁地说："我一定不会跑。"岂料他一进画室，就喃喃地说："我情愿受罚！"最后经多方开导，终于褪下了衣服走上平台。至于女模特儿，直至 1920 年 7 月才开始使用，而且最早还是一个俄国人。此后，北京美专、上海神州女校美术科以及美术

上海美专第 17 届西画科毕业班的师生与模特儿的合影 1935 年

研究所等，也在使用裸体模特儿了。毕竟外界对此知之甚少，所以也没有人出来反对。

但是，事情一公诸社会就不那么太平了。1917年，美专举办成绩展览会，因为其中有裸体习作，引起了来宾的非议。刘海粟就被斥为"艺术叛徒，教育界的蟊贼"，而展览则为"丧心病狂败坏风化之展览会"。这是第一个回合。1919年8月，刘海粟等举办了一个小型展览，被工部局要求撤下几幅人体画，好在展览也该结束了。这是第二个回合。两次事件社会影响都有限。还应指出的是，这里展出的还只是男人体。第三个回合就大了。1924年，上海美专学生饶桂举在南昌办画展，陈列了几幅人体素描，江西警察厅勒令禁闭，其禁令谓："裸体画系学校诱雇穷汉苦妇，勒逼赤身裸体（名为人体模特儿），供男女学生写真者。在学校方面，则忍心害理，有乖人道；在模特儿方面，则含苦忍羞，实逼甚此；在社会方面，则有伤风化，较淫戏淫书为尤甚。……"于是，以此为导火线，开展了一场围绕模特儿的论战与官司。当时社会环境也很混乱，借此机会，有人拍摄娼妓裸体照片，有人画淫秽画作，都叫"模特儿"，招徕贩卖，四处兜售。报纸广告连篇满幅都是"模特儿"，甚至电影戏院开幕前，都要放几张"模特儿"……这些，都算到了刘海粟的头上。当时攻击最猛者有议员姜怀素，呈请当局查禁"堂皇于众之上海美专模特儿科"，严惩"作俑祸首"刘海粟。上海正俗社也去信责骂刘海粟："非艺术叛徒，乃名教叛逆也！……役迫于生计之妇女白昼献形，寸丝不挂，任人摹写，是欲令世界上女子入于无羞耻之地位也。人而禽兽之不若矣。"并威胁说："本社主张正俗，……对社会风化，有维持之责。……从违与否，是在足下……"①1926年5月13日，《申报》载上海县知事危道丰命令"严禁美专裸体画"。

讨伐风声愈紧，刘决定全面回击，并取以攻为守之策。他干脆直接向华东五省联军总司令孙传芳状告危道丰，5月17日、18日，《申报》发表刘海粟函请孙传芳申斥危道丰全文。孙问危模特儿是什么？危回答："是

---

① 本自然段中自此以上之引文均引自刘海粟《二十年代围绕着模特儿问题的一场斗争》，载《南艺学报》1978年第2期。刘文中谓上海总商会会长兼正俗社董事长"朱葆三"责刘海粟，实应为"正俗社"责刘。朱1925年10月13日曾去信刘解释自己因年迈早已不问事了；刘亦复函云见信后"疑团顿释"，并解释因其为董事长故前信点其名。见当年《申报》。

光屁股姑娘。"自然，孙是站在危道丰一边的。6 月 3 日，孙传芳在《申报》复函刘海粟好言相劝："美亦多术矣，去此模特儿，人必不议贵校美术之不完善。……业已有令禁止，为维持礼教，防微杜渐计，实有不得不然者。……如必怙过强辩，窃为贤者不取也。"从常理而言，权倾华东的大军阀这么大的面子，刘当立即顺水推舟下台阶。但他没有这样做，而是据理力辩，6 月 10 日再于《申报》发表公开信："学制变更之事，非一局一隅；学术兴废之事，非由一人而定……"孙见"敬酒"不吃，恼羞成怒，便密令通缉刘海粟并交涉封闭上海美专。有幸美专地处法租界，而且这一套都是从法国学来的，法国领事当然有自己的判断。他保护刘海粟，要求他一不要出校门；二是模特儿尽管继续用，不必停止，但不能让人参观；三不再与他们辩论。以此敷衍孙传芳和危道丰。7 月 15 日刘在《申报》发表致孙的第三封公开信："遵命将所有敝校西洋画系所置生人模型，于裸体部分，即行停止。"不久即见报载："孙传芳严令各地禁止模特儿，前刘海粟强辩，有犯尊严案已自动停止模特儿……"围绕模特儿的纠纷，本应画上句号了。无奈危道丰的气无法发泄，再度挑起事端。他向法院起诉刘海粟侮辱他的人格、毁谤他的名誉，要求赔偿损失。法院与刘海粟私下商定，要判他输的，并罚点钱，但不要真交，模特儿照画。庭审也很滑稽，危的证词是刘骂他狼狈为奸，狼狈是禽兽。刘的辩词是禽兽未必都是坏的，如女孩取名阿凤、男孩叫家驹，都是禽兽，好得很呢！最后象征性地判刘海粟罚款五十元了结，一场模特儿风波终于结束。

历时十年的一场风波，形式上失败了——被禁、败诉，但实质上胜利了——假禁、象征性赔款。经历了一番洗礼，"模特儿"终于在中国土地上乃至部分国人的观念中站住了脚跟。这场斗争的实质，属反封建范畴。时值五四运动前后，新思潮、新观念勃兴，反对封建礼教，提倡科学民主、引进西学等，它是与之顺应的。斗争以胜利告终，除了刘海粟的顽强和雄辩之外，与时代背景及社会进步舆论的大力支持是分不开的，当时蔡元培、鲁迅、郭沫若等名流都发表了意见。直至六十年后老人谈起这件事还感触尤深，1983 年 5 月 20 日在北京钓鱼台刘海粟与陈醉谈话时说："不仅是模特儿，还有男女同学，还有录取潘张玉良等等，都是风波。而且还不只美术界，还有搞舞蹈的，还有一位研究性学科的年轻学者，一时都成

刘海粟　裸女　油画　1929年

了社会舆论的众矢之的，几乎成了异端怪物……那场斗争，真不容易啊！"

的确，就世界范围而论，这也是一个需要和产生"异端怪物"的年代。19世纪末20世纪初，西方学术界、艺术界空前活跃，一些前沿性、边缘性的新学科不断涌现，如人类学、社会学、文化学、符号学、阐释学等，对艺术的研究与创作都产生了巨大的影响。尤应指出的是，这些研究，比以往任何年代都越来越关注人自身。摩尔根、格罗塞等对古代社会的研究，再现了人类早期的生活。特别一些心理学科，如弗洛伊德、荣格、弗洛姆等人的学说，直指人类心理深层，给人们展现了一个前所未见的世界。于是，艺术创作的领域又扩充了；对一些艺术现象的解释又增加了新的途径。在创作实践方面，诸流派出现，艺术由传统走进现代，一派繁荣喧闹景象。新的学说也陆续被介绍进来，其中如弗洛伊德的精神分析学等，在20世纪初就曾引起学界的重视。20年代，鲁迅曾翻译过《苦闷的象征》，郭沫若曾发表过用精神分析学研究《西厢记》的文章，王统照还发表过《美与两性》等论文。30年代，朱光潜出版了《变态心理学》，直接介绍弗氏理论……这些，在当时都曾产生过很大的影响。不过，弗洛伊德的"婴儿性欲说"实质上是一种"快感原则理论"，对当时的中国美术未必有直接干系，但包括弗氏理论在内的上述学说对 80 年代中国美术，尤其是裸体艺术研究产生影响是肯定的，此系后话。

20 世纪初至 1949 年，是裸体艺术的培育期。然而，毕竟处于内忧外患的年代，老百姓根本顾不上艺术，更何况

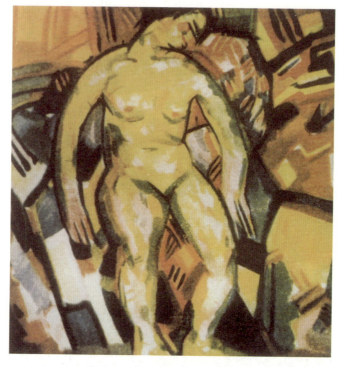

林风眠　女人体　油画　1934 年

是外来的油画和国人所不耻的人体作品。所以裸体艺术基本上只存在于上海、北京、广东等几个大城市和一些省份的美术学校及小部分艺术家的圈内活动中。而且，多半是一些画室里摆一个模特儿等习作性的作品，如刘海粟的《裸女》，林风眠的《女人体》等，体现了作者的功力以及形式探索的痕迹。

徐悲鸿　愚公移山　1940 年

应着重指出的是，徐悲鸿的《愚公移山》是少有的一件具有深刻意义的巨幅创作，寄托了作者对民族前途的关切与期望，这也是中国艺术优秀传统的体现。更为重要的是，画作是用中国画样式并主要以裸体人物形象来表达重大主题的最早的尝试，在中国美术史乃至中外美术交流史上都占有重要地位。

至于美术学方面，那就更滞后了，能涉及裸体艺术的更少。倪贻德曾发表过《论裸体艺术》①一文，正面地论述了裸体艺术和模特儿问题，真可谓凤毛麟角了。

二、濒临灭顶的灾难

1949年中华人民共和国成立。由于特定的体制和路线，裸体艺术创作样式被禁止，甚至被划归黄色一类，即便是世界名画，也不能在国内刊物上发表。自此以后，这个领域便成了"禁区"。所以这段时间的中国老百姓是不知道《维纳斯》《大卫》及"模特儿"的。不过同时也还有一个"特区"。传统中国画发展到清朝，就基本上没有人会画人物了。由于需要绘画直接地为宣传服务，而西洋画，尤其其中人物画是很好的工具，必须掌握这门技艺，培养这方面的人才。于是在美术学院中，不但油画、雕塑等原样保留了固有的教学程式，而且还全盘引进了苏联的教学方法。更重要的是，就连国粹的中国画系，也推行了画裸体模特儿的素描基础训练。不过，这一切是严格控制在画室内，仅仅作为一种教学手段，而作品是绝对不允许在社会露面的，更谈不上公开展出了。这时的裸体艺术，犹如在封闭"禁苑"中繁殖的有特殊用途的物种。那时的模特儿，大都是固定的，享受正式职工的待遇，有的学院称之为模特儿工。也有一部分人是临时的，他们互相介绍到学院做模特儿，学院也为他们保密。所以那个年代一般老百姓是不知道有"模特儿"一说的，更不敢相信，还有赤裸着身体让人画的。

从1949年至1978年，是裸体艺术的幽闭期——因特殊需要，它虽然没被取缔，但却是圈养在封闭的"禁苑"里。就裸体艺术本身而言，真正

---

① 1924年12月3日写于上海，收入倪贻德《艺术漫谈》，上海光华书局1928年出版。

得以合法存在，那是在 1978 年党的十一届三中全会之后的事了。

三、轰动的岁月

20 世纪 80 年代，是中国知识分子最兴奋、最活跃的时期。改革开放，社会环境宽松了。中国人的观念产生了变化，禁锢多年的思想、潜能巴不得一下子都迸发出来。在此背景下，许多领域都出现了爆炸式的发展，作为"禁区"的裸体艺术更是举世瞩目。得改革开放风气之先的广州也最先做出了尝试，1978 年，唐大禧的雕塑《猛士》问世。

唐大禧　猛士　雕塑　1978 年

这是改革开放时期——实质上也是中华人民共和国成立以来最早并产生影响的裸体艺术主题性创作之一。作品以当时的烈士张志新①为原型，引起激烈争论——"裸体"已经是违规了，还要让革命烈士裸，这当然是大逆不道了。1980 年，袁运生的壁画《泼水节——生命的赞歌》在北京首都机场面世，又是一场争论——怎么能在这样的公众场合出现裸体……

----

① 张志新，辽宁省的一位女干部、共产党员，因反对"四人帮"被关进监狱，并被残害而死，后追认为烈士。《猛士》后来由广州市政府铸成铜像安放于人民公园中。

这期间，一些民间画会的探索性画展也开始在中国出现，较有影响的如1980年北京油画研究会的展览就有裸体作品，其中如靳尚谊的油画《青春》等就给观众留下深刻印象，而且最初出现在新闻纪录影片时也曾引起观众哗然。因为中国观众是十个"样板戏"看了十年，只认那几个比男人还铿锵的女英雄形象。《洪湖赤卫队》刚刚开禁，就有

袁运生　泼水节——生命的赞歌　壁画（局部）1980年

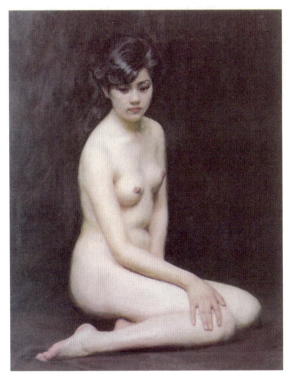

靳尚谊　青春　油画　1980年

"革命群众"提意见：那么软绵绵的歌子，怎么能播呢？银幕上突然冒出一个比真人大多少倍的裸体女人，情景可想而知。

上述三件作品正好代表这个时期创作主要的三种类型：一是直面现实，带有鲜明批判精神或理想象征的主题性作品；二是侧重抒情性、富于装饰意义的作品；三是原来"幽闭"于美术院校的人体习作，原样或经加工提炼后被"释放"出来的作品。这些探索，都为艺术回到它自身、重申审美功能以

及如何为现实生活服务等都起到了先锋的作用。尤其可贵的是第一种类型的一批作品，在新中国的裸体艺术创作诞生伊始就走到了现实斗争的前沿，表达了民众的呼声，充分体现出了中国艺术家的时代思考和历史责任感，这也是中华民族优秀传统的一种体现。还应该指出的是，《猛士》一番争论、几经反复，最终"落户"广州中央公园，百姓和政府一致认可，这也是社会进步的标志。除

杨燕屏　思想之花　油画　1981 年

《猛士》外，还有杨燕屏的油画《思想之花》等都是最早尝试以当代英雄人物作原型的裸体艺术创作。紧接着，一些带有先锋意义的裸体艺术创作也相继问世了。如孟绿丁、张群的《新时代——亚当、夏娃的启示》及陈醉的《火祭》《长恨歌》等。

与此同时，具有象征意义的"禁苑"也自然地成为历史。一些大城市的美术专业院校开始了建国以来首次公开招聘模特儿。仍以上海为例。1985 年初，上海戏剧学院公开招聘人体模特儿时，出人意料之外，报名者踊跃，不到半日，五百份报名表已全部发完。报考者中全民所有制职工占一半（那时只有"全民""集体"所有制之分），年龄最小者为十七岁，不少人还由丈夫陪着来。这是七十年前刘海粟他们创业伊始时无法想象

孟绿丁、张群　新时代——亚当、夏娃的启示　油画
1985 年

的，更是中华人民共和国成立以来无法想象的。

当然，道路也不是完全平坦的。就在人们庆幸新时代、新观念带来了新气象的时候，一件不幸的事情又给人们的喜悦蒙上了阴影。1986 年 8 月，曾在南京艺术学院当模特儿的陈素华因病回江苏乡下休养，正巧当时播放写刘海粟的电视片《沧海一粟》，内中有画模特儿的情节。村民见后，仿佛“明白”了当模特儿是怎么回事，于是天天有人跑到她家来看“西洋景”，甚至抱怨她不该“卖身”……最后，竟把这位年仅十九岁的姑娘逼迫至精神失常。海粟老人闻讯十分痛心，立即汇去一笔医药费，并委托学院予以关怀慰问。具有讽刺意义的是，富于现代文明的电视竟撩起了部分不甚文明的言行，而且契机又是“刘海粟”！不过，这应该是最后一次这类的事件了。所以，更富有历史意义的是，世纪初由刘海粟挑起的模特儿风波，七十年后又由刘海粟做一个“了结”——意识领域的科学与封建的斗争，以此事件为象征而最终画上了句号。

环境宽松，为艺术学科繁荣提供了条件。尘封了几十年的 20 世纪二三十年代的一些译著被当作“新”学问重新受到重视；国门打开，各种新学说、新流派以及新观念传入，迅速开阔了学人的眼界，这些都促进了艺术科研的发展。于是，裸体艺术研究领域也出现了重大突破——1987 年，拙作科研成果《裸体艺术论》出版，被视为一个标志。《裸体艺术论》的完成除了需要坚实的艺术史论和美学功底外，更重要的是还得涉猎社会学、文化人类学等多种学科。在当时历史条件下，尤其独特的是明确提出"以性意识为主线"贯穿研究，是前所未有的甚至恰恰是从前避之不及的，这显然与新观念传入和人类学、社会学等多学科的研究成果，尤其是弗洛伊

陈醉　火祭　油画　1985 年　91cm×71cm

德、荣格等学说的影响有关，这也是文化大交流的一个见证。这是我国第一部系统研究裸体艺术的学术专著，而且以一个前所未有的角度去论述，几十年的"禁区"冲破了，立即引起社会的轰动。新华社、《人民日报》《光明日报》《文艺报》《中国日报》等国家级传媒和《文艺研究》《美术史论》《中国美术报》等专业学术刊物率先发表了有关专家的长篇评论。学术界予以高度评价，认为见解独特，是填补空白、开拓领域并具有里程碑意义的研究成果，从此，人体研究进入艺术的殿堂，"它的价值不限于人体艺术创作和相应的研究领域"，"在当代美术史乃至文化史上都具有特殊意义"……海内外六十余家传媒发表书评、专访、消息等逾一百二十篇、条，并被海外媒体视为中国改革开放在学术领域的标志。仅 1988 年专著就累计印刷二十万册，发行国内外，引起了持续两年的社会轰动效应，

陈醉在 1988 年十本优秀畅销书颁奖大会上代表获奖作者讲话

创出版史上学术专著成为畅销书的奇迹。1988 年荣获全国图书金钥匙奖和 1988 年十本优秀畅销书奖；1989 年荣获中国艺术研究院优秀科研成果奖。1988 年被舆论界誉为"陈醉年"。

《裸体艺术论》的出版，开拓了人体艺术研究的新领域。在此后一系列著作中，正面地论述了性意识、性感、爱欲、人体美等问题，并曾给"人体美"做了如下定义："人体美是以审美感为存在形态的性感、美感和羞耻感的统一。"正视这种审美活动的复杂性、特殊性，对解释人体美欣赏的心理状态以及有关活动的独特效果将更趋合理。《裸体艺术论》及有关著述除对美术外，对姊妹艺术如文学、舞蹈、表演，对教育、医学、心理学等研究领域都产生一定的影响。2006 年，手稿捐赠中国现代文学馆。

在捐赠仪式上，作家张抗抗深情回顾："当年作为老三届，回城后脑子都是空空的。突然发现这本充满对生命关怀的《裸体艺术论》，如获至宝。重新认识了情欲、爱、生活……十年后，在该书启发和影响下，写出了长篇小说《情爱画廊》。"所以，每当历史的重要时刻，舆论都会重新关注这部研究成果。1999 年、2005 年，传媒将专著的出版列为中华人民共和国成立五十周年、五十五周年重大文化成果之一，2008 年列为改革开放三十周年重大文化成果之一。2008 年凤凰卫视播出专题"改革三十年记忆片"《陈醉与裸》，评价专著为"一本几乎是改变了整整一代人艺术观念的书"。

从 1987 年 11 月至 2016 年 12 月头尾三十年，《裸体艺术论》已出版六个版本了。版权合同每五年一签，正好是六个出版社相继使用。也就是说，专著在它问世伊始直至今天，一直都处在出版的状态中。另一个代表作就是论文集《女神的腰蓑——论性诱惑与人体美的起源及未来》，也出版了两个版本。此外还有《维纳斯面面观》《人体模特儿史话》等一些著作，都是这个领域的研究成果。《裸体艺术论》和《女神的腰蓑——论性诱惑与人体美的起源及未来》被一些高校用作教材或列为必读参考书，考我的博士生的可能就更熟悉了。

改革开放并非一帆风顺，新旧观念矛盾不断出现，也不断解决。每解决一对矛盾，社会就前进一步。20世纪80年代中期，北京、上海、广州等地的一些美展，尤其是一些民间画会的一些探索性展览中，已开始出现了裸体人物作品。一些专业刊物也开始介绍欧洲裸体名画。有读者提出批评，也出现种种争论。诸如是否色情、有无副作用、该不该展出和发表等。甚至还有个别民间画会的展览因偏激的政治批判而中途被禁止。还有一个有趣的事例，西南某大城市建了一座桥，两端设计了《春》《夏》《秋》《冬》四座裸体美女雕塑。市民众说纷纭，批评居多，最生动的意见是："司机不把车开到河里去了吗？"结果这个方案被否定了。《南方周末》对我的长篇采访，编辑转来大量赞扬的同时，也有对文章插图放了我的油画《火祭》裸体人物有意见。还有，1989年我的一本著作《世界裸体艺术鉴赏大辞典》准备出版，适逢社会环境变化被迫推迟。为保险起见，出版社还"做手术"将刘海粟先生题签的"裸"字改成"人"字……然而，毕竟历史的车轮在前进，作为一种样式，裸体艺术已逐步进入中国社会。

1988年12月22日至1989年1月8日，又一件轰动社会的事情出现——"油画人体艺术大展"在北京中国美术馆举办。展览由中央美术学院葛鹏仁等二十多位油画系青年教师策划、举办，并邀请了靳尚谊、詹建俊等几位老教授参展，还特邀笔者撰写《世界裸体艺术发展简史》并配以大量世界艺术史中的经典作品图片参展。这是我国有史以来的第一次，裸体艺术在中国又向前迈了一步。展览开幕，文化部副部长英若诚剪彩，各界嘉宾云集，中外记者如潮。展览期间，购票观众冒着凛冽的寒风排起长龙。观众总数达二十余万人次，再次震动京城。

展览中写实性风格备受青睐，除了老一辈画家外，青年画家杨飞云的作品尤为引人注目。展览的意义是多方面的，其中一点是又给中国百姓做了一次艺术普及——能吸引几十万人去看画展，这本身就是奇迹。那时真是一票难求，常常连记者都被拒之门外。本人不时得领着他们"走后门"进去接受采访。如果说观看裸体形象还可能居于某种欲念的话，那随着人流的蠕动认真阅读展屏上的《世界裸体艺术发展简史》，

观众排长队参观油画人体艺术大展　1989 年 1 月

就不得不正视此中的文化意义了。

就在这科研、创作均有突破，展览、出版走向繁荣的背景下，又爆发了一场小小的模特儿风波。在这次大展的过程中，一位模特儿在展厅画前被观众认出并遭恶语中伤，丈夫也因此而闹离婚。另一位模特儿开幕当天晚上有意拉丈夫去看电影，以躲过电视新闻可能会出现自己裸体形象镜头的尴尬局面。没想到还是被公婆认出来了，家庭纠纷发生。于是，她们提出要求撤下有关的作品。她们还要求给予经济赔偿并增加工资，理由是学院违反了为她们保密的承诺，并用她们的画像去展览赚钱，但遭到拒绝。后来，在一家民办律师事务所的支持下，状告美术学院

经典镜头

年代的记忆：
中国改革开放后第一场时装秀

随着 1978 年十一届三中全会的召开，中国走上了改革开放的道路。国门的打开，让新鲜资讯和新潮观念大量涌入。改革开放走过的每一步，都伴随着社会行进中涌动的浪潮，它无比鲜活地浓缩在一张张老照片中，不时叩开我们关于每个年代的记忆，留下回味无穷。

图为 1979 年 3 月，由法国著名时装设计师皮尔·卡丹率领的法国时装表演团在北京民族文化宫举行服装表演。这是中国改革开放后举办的第一场时装秀，台上衣着的多姿多彩与台下的一片"灰、黑、蓝"形成了鲜明的对比。　　　木匠

中国第一场时装秀　1979 年

侵犯肖像权。而我们的法律界，同样是"老革命碰到新问题"。于是开始了一场新时代的旷日持久的官司，又是历时十年，直到1998年才以调解方式并给原告一些经济补偿而了结。与20世纪20年代的风波及60年代的事件相比，两者有很大区别。那时"模特儿"只是一个导火线，引发了知识阶层及官方的科学、进步思想与封建、保守思想的冲突，与模特儿本人毫无关系，甚至她们对此毫无知晓。后者则由观念冲突进入到利益矛盾——实质上已上升到了经济冲突的层次，而且是模特儿自己站到了第一线，为维护自身的权益而斗争。人们的自我意识增强了，价值观改变了，法制意识出现了。这些都是社会进步的体现。

20世纪80年代，是中国社会转型的初始，艺术事业也开始全面振兴，"模特儿"就是典型的例证。如前所述，中国百姓原本对"模特儿"是一无所知的。最早是改革开放后，随着服装表演的引进而为人所知晓。老百姓知道了，那些穿着奇装异服在台上叮呀咚地走的俊男靓女就叫模特儿。

后来随着绘画和影视的普及，又懂得了那些摆个姿势让人画的人才是最早的模特儿，而且原本还有不穿衣服的。这次官司一打，印象就更真切了。由禁锢到开放，很多事物都是从零到有，不少的还突破"禁区"，所以其效应难免都是爆炸式的，往往会引来社会的轰动。那真是一个爆炸的岁月、轰动的岁月！以后就不会再有了。模特儿和裸体艺术虽然中途还有过一些小波澜，但比起时代前进的滚滚洪流，就显得无足轻重了。随着市场经济的出现，中外交流更加广泛，"模特儿"饱含时代气息以崭新的面貌重返社会——"模特儿"的外延回到了原本的意义，"时装模特儿""广告模特儿"和选美等商业活动也相继进入中国。一时间，模特儿成了中国百姓的热门话题，也是舆论界争论的热门话题。而每一次争论的结果，都是一种新事物在中国的确立。于是，商业模特儿成了一些俊男靓女们趋之若鹜的职业，而绘画模特儿也成了人们竞争的一个工种。

四、泛裸体时期的思考

随着时代的前进，从前人们回避的"人体美"这个概念日渐被正视并在日常生活中迅速具体化，甚至越来越为人们所追逐。前面已经提到，我给人体美下的定义："人体美是以审美感为存在形态的性感、美感和羞耻感的统一。"裸体"就是这种潜意识心理的一种实践，也是人类自炫本能在特定环境的一种心理释放。她们迫不及待要冲出牢笼，最早的试探就是在雪白透明的的确良衬衣下面带一个红色的或者黑色的胸罩。显露自己的胸部，这本来是害羞的。但她们更懂得，这是性感的、美的。这就是心理学的所谓模棱情感。性感、美感和羞耻感都蕴含其中，这就是人体美，她们终于有勇气去主动追求了。她们的试探赢得了社会的青睐。很快，"露、透、瘦"的女装风靡全国，一些明星，也会故意"走光"了。几乎与世界"接轨"了，可以说，国外有什么摩登的花样，国内也都可能有。一些禁忌的，也许在小范围尝试或者打"擦边球"。

2005年10月，我在接受中国新闻社记者专题采访时指出，"21世纪，中国进入泛裸体时期。"后来经网上传播，受到更多读者的关注，多方来电来信。所谓"泛裸体"，是指"裸体"这种样式或手段被普泛使用，有艺术的也有非艺术的，甚至有的还成为一种时尚，而社会对此也给予了普遍的关注与理解。2006年，《美术观察》抓住了这个热点做了一期专题讨论。

最普遍的例证就是人体摄影。20世纪80年代末，人体摄影出版物是靠拼凑外国摄影画册中的作品印制的。这一方面，那时敢拍裸体摄影的模特儿还极少。另一方面，这是一种超越社会临界线的试探，结果得到了认可。于是，到90年代就跨了一大步，完全"国产化"了——中国影人拍摄中国模特儿的出版物大量涌现，以致招来非议。此后，又一种景象出现，就是一些女士到影楼去拍摄裸体照片，以图留驻自己的青春倩影，甚至一度成为时尚——这，显然就是一种泛化了。如果说人体摄影的模特儿毕竟认识的人有限的话，如果说影楼照相不过是个人的私密活动的话，那2002年9月《汤加丽人体艺术写真》的出版，则不能不说是一个突破。汤加丽是一位国家级表演团体的舞蹈演员，对于绘画和摄影来说，当然是一个很优秀的模特儿了。但要正式出版影集出版社也还是要担风险的。我很支持她，与出版社做了一些工作，答应他们为影集写了一篇序，最后终于同意了。以公开的身份和姓名出版自己的裸体摄影集，这在国内还是头一个。影集的发行加上其他的一些个人纠纷，引起了社会的关注，网上的讨论尤为热烈，媒体称之为"汤加丽事件"。不过，这次事件与以往的风波和事件有很大的不同。第一，以前还没有互联网，而这次除传统媒体外，信息主要是通过网上传播，信息量大，传播面广。第二，20世纪90年代

317

初之前还未兴炒作，媒体也少，宣传的方式、等级等都很规范。现在就不同了，炒作风盛，虚实难辨。第三，因为模特儿是公众人物，又因为主要是在网上讨论，读者兴趣浓厚，畅所欲言，甚至肆无忌惮。所以溢美颂扬者有，抨击挖苦者有，恶语中伤者亦有，使裸体这一话题更加普泛化。当然，主人公喜收名利的同时也带来意想不到的苦恼，如果不是因为2003年春的"非典"转移了大家的注意力，相信热闹的时间还会更长。后来又有一些公众人物也以真名出版了人体艺术摄影集，但毕竟前已热闹过，人们不觉得新鲜了，所以反应就很平静了。

还有一件也是具有一定开创意义的事情，那就是2004年5月，在重庆举办了"首届中国西部人体模特儿大赛"。大赛选出了冠军独伊，女，大学生；亚军赵蕊，女，高中生；季军郭延利，男，职业模特儿。"开创意义"，在于其试图最先付诸实践。之所以用"一定"这个限制词，是因为它并未有名副其实的实践。大赛的原计划是总决赛时，在限定的观众范围内选手们做全裸的比赛和表演。但实际情况是比赛时穿着内衣，而最后一场舞蹈表演《飞天》，也是上半身贴着胸贴，下半身穿着裙裤。所以说这还不是真正意义的人体模特儿大赛，只是从原来的基础上迈出了半步。不过有一点是值得肯定的，那就是参赛的选手们都是以充分的心理准备去迈"完整"的一步的。比赛结束后还安排了外景现场人体摄影创作，选手们的表现都很好。此外，泛裸体时期还体现在裸体对象与群众的近距离关系，如一些当众的人体彩绘。而诸如裸奔、一些裸体的行为艺术等，竟然是在街头闹市、大庭广众中"现身说法"，更是对群众带有某种强迫性——因为他们原本并没打算当观众。但也就是这种意外的、不同的反应而加强了它的传播效应。

泛裸体时期形成的原因是多方面的。第一，改革开放二十多年了，人们的观念已经起了根本性的变化。一些以往极端敏感甚至难以逾越的临界线，如羞耻观、贞操观等已经有了很大的改变。只要不违法、有一定的合理性、能满足一定的物质或潜物质乃至精神的需求，不少人可以把有关的临界线相对放宽。

第二，国外影响——这也是中外文化交流的产物。国门打开了，加上信息传播快捷了，一些新的表达方式很快就能传进来。西方人可以用裸体来表达他们的思想、观念和诉求，有严肃的政治见解，明确的经济目的，轻松的文化娱乐，自我的艺术观念，另类的生活态度……五花八门、无奇不有。明星拍裸体照片甚至裸体电影镜头在国外并不罕见，裸奔、人体彩绘和裸体的行为艺术等也已行时有日，国人也依样体验一下，有的也已成时尚，随海外潮流同步翻新。还有一些更稀奇古怪的极端花样因国情所囿，目前尚未能尝试。

第三，市场经济规律的支配，商业运作方式的需要，有的活动已经很商业化了。艺术市场的兴起，"文化搭台、经济唱戏"的倡导，使艺术与商品的内在与外在的联系都越来越紧密了。就个体而言，激烈的竞争迫使每个人都使出浑身解数，不择手段也是一种手段。

从整个模特儿历史来看，每经历一次风波、事件，都能体现出社会的前进和观念的更新。泛裸体时期的活动更为丰富，至少我们可以从中见出如下几点。

一、演艺人员出版自己的裸体影集和男女青年参加裸体模特儿竞赛，就个人而言，他们敢于先尝螃蟹，勇气可嘉。就总体而言，则体现出中国女性更自信、更独立、更自主了。20世纪初征聘模特儿的困难情景，除了传统的羞耻观念、风化习俗和迷信意识外，从心理深层分析，还有一个因素就是缺乏自信。如果作更远一点的历史回忆，中国封建社会的妇女是毫无地位的。她们有的连名字都没有，出嫁后只能随夫姓后再带上自己的姓称某某氏，就更不要说主宰自己了。而当代女性则完全不同了，她们不但能独立、自主，甚至还可以走在时尚的前沿去表现自我、开创事业。1997年陈醉在对裸体艺术做十年回顾的时候，曾经分析西方裸体艺术发展经历了美术关、摄影关、电影关、舞台表演关等"四关"。以此为例，在中国，1988年美术"关"过了，1993摄影"关"过了，1995年以电影《红樱桃》为标志，影视"关"过了。至于第四"关"，则以2004年"首届中国西部人体模特儿大赛"为前奏，过了一半。她们能率先迈出这半步，首先要肯定的就是中国女性这越来越自信的心态。2005年，北京演出了有人体艺术形式出现的短剧，如草场地艺术区演出的《乱伦》，而《死胡同》更是动用了一百个人体。就此，第四关算是勉强过了。

二、中国的社会环境越来越好了，这里主要强调一下人文环境。如上所述，人体美是性感、美感和羞耻感的统一。而裸体艺术长期被打入"禁区"，其要害就在这个"性感"。现在提倡"人性化""以人为本""人文关怀"等——这些都是欧洲文艺复兴时期的口号,在 20 世纪我国极左时期是难以想象的。

所以,历史上许多重大的社会变革,往往都会伴随着人性解放的内容,文艺复兴就是一例。那时候中世纪的精神枷锁受到了猛烈的冲击,人性的复苏也是从"性"的角度先在舆论上突破临界线的,薄伽丘的《十日谈》在某种意义上说就是当年的"荤段子"。20 世纪中期,美国还有人明确地提出了"性解放"的口号并广泛地付诸实践,彻底摧毁了传统的婚姻、家庭以及两性甚至同性关系的观念。中国这么大的社会变革,必然也会有所反映。譬如,"性感"这个 30 年代曾经流行过的对人尤其是对女性赞誉词语,1949 年就禁用了,被视为不健康甚至黄色、下流而绝迹。改革开放后又悄悄回到社会生活中。人们去拍裸体照片、参加裸体展演,从心理深层去分析,也是人类露体情结乃至被欣赏心理长期受压抑的一种释放。至于个别女性主义画家、"美女作家"的"身体写作",则既是一种露体的代偿,也是一种性自炫、性诱惑的心理满足。我们当然不会搞"性解放",但我们做到了合理的"性宽舒"——上述一些活动允许了;结婚、离婚的手续简便了;同居的方式出现了;还有一点,在一些旅游地、大学和生活区发放安全套,虽然是经过权衡利弊后的一种无奈举措,但的确体现了一种人性化的关怀,"人"终于放到重要的地位了。

三、中国人逐步走向富裕了。出个人裸体写真集也好,搞人体模特儿大赛也好,泛裸体时期林林总总有关的活动,都是"饱暖"以后的事,饥寒年代是"活动"不起来的。还应当指出,如今的饱暖已远不是衣食问题了,更重要的是一些现代科技成果所带来的意识深层影响。20 世纪初汽车普及的时候,其结果绝非是简单的走路快了,而是使美国变成一个"装在汽车轮子上的国家"。还有始料不及的,是包括婚外情在内的人际间的感情交流方式和内涵大大扩展了,以至形成了一种"汽车文化"。如今,汽车也已进入中国富裕人群,还有更新的科技成果的普及——互联网、手机进入千家万户,"网络文化""手机文化"的影响难以估量。就情感领域而言,属于自己的私密空间扩展了,在不断有新的亲近与获得的同时,也不断有旧的疏远与抛弃。再加上消费文化的推波助澜,传统的伦理临界线正在经受更加严峻的考验……

在历史大转折的年代,在中外文化大交流的历史时期,裸体艺术和人体模特儿传入了中国。从20世纪初至今，风风雨雨一百年过去，在中国走过了一段不寻常的路程，在世纪初与世纪末产生过明显的影响，也留下了一段可供后人解读的历史。裸体艺术，在艺术环境多元化的今天，已经有了它应有的位置。而模特儿，作为一种特殊的劳动，他们突破了现存伦理观念的桎梏，为艺术事业做出了特殊的贡献，精神可嘉。对于社会，人体模特儿是一种需要，它本身就是一条正当的就业渠道。对于个人，这可以是一种谋生的手段，也可以是一种生活的追求。时代变了，我们没有必要再将此举提到"为艺术献身"那么悲壮，也更不应该对他们采取歧视的态度。大家都待之以平常心态之时，他们才算真正地受到社会的理解与尊重。至于那些自发的与裸体有关活动，不管艺术的与非艺术的，只要不违反法律和对社会造成坏的影响与后果，都应属正常的艺术实践或生活追求。我们无意鼓励大家去参与，但有人做出大胆尝试也应予以理解。随着社会的发展，将来也许还会有更多的新花样出现，我们同样待之以理性，抑扬有度，宽容自律，艺术的发展将会更加健康，社会生活将会更加丰富多彩。

后　　语

人类在把握裸露的同时，却更深刻地认识到掩蔽的意义。……从深层的意义考察，人类不同意回到赤身裸体年代，也依旧并非为了风化。真正的原因是，人类需要掩蔽，人类需要不断施展自身的智慧。维护风化，说到底只是人类相约的一种托词，人类真正永远需要的是好奇、是求新；是诱惑、是追求。如果真有那么一天，人们都一丝不挂、"赤诚相见"，人们的感受绝不会是兴奋愉悦而肯定是索然无味。因为人们可以模仿原始人类的外表，但无法回到原始人类的思维。我们拿掉的看似仅仅一丝掩蔽，但实质上取消了的是人类的创造本能。性刺激和羞耻感的麻木、"卑劣的贪欲"的消亡，绝不是文明的前进，而恰恰是文明的终止。

女神的腰蓑，当它一旦挂上去的时候，就再也取不下来了！

摘自陈醉《女神的腰蓑——论性诱惑与人体美的起源及未来》

321

图书在版编目（CIP）数据

信步随风／陈醉著. — 北京：中国文史出版社，
2019.10

（政协委员文库）

ISBN 978 – 7 – 5205 – 1138 – 4

Ⅰ．①信… Ⅱ．①陈… Ⅲ．①散文集 – 中国 – 当代
Ⅳ．①I267

中国版本图书馆 CIP 数据核字（2019）第 117331 号

责任编辑：蔡晓欧　薛未未

出版发行：**中国文史出版社**

社　　　址：北京市海淀区西八里庄 69 号院　邮编：100142

电　　　话：010 – 81136606　81136602　81136603（发行部）

传　　　真：010 – 81136655

印　　　装：北京新华印刷有限公司

经　　　销：全国新华书店

开　　　本：720×1020　1/16

印　　　张：21　　　　　字数：230 千字

版　　　次：2019 年 10 月第 1 版

印　　　次：2019 年 10 月第 1 次印刷

定　　　价：98.00 元